華人家庭、代間關係與群際認同

Family, Intergenerational Relationship and Intergroup Identity in Chinese Society

周玉慧、葉光輝、張仁和 主編

中央研究院民族學研究所

目錄

IV、兒少性傾向與種族偏好

導論

周玉慧、葉光輝、張仁和

臺灣家庭的結構、發展與功能在人口老化、少子化、晚婚化、單身化、外籍配偶與新移民人數遽增的情形下，均產生急遽轉變。不論是個人發展、人倫價值、孝道觀念、子女教養，或是夫妻關係、代間關係及高齡生活安排等各方面議題，都展現相當複雜的樣貌。面對社會變遷帶來各層面的現代化及多元文化的交會與衝擊，中央研究院民族學研究所「家庭、世代與生命歷程研究群」（以下稱本研究群）於 2016 年 8 月成立，以華人文化特色的理論架構與研究典範為起點，融合社會與文化心理學的關懷，探究當代家庭、世代與個人隨著生命發展與家庭週期的遞進所呈現的特色。

本研究群於 2017 年 6 月 28 至 29 日舉辦為期兩日的「家庭、世代與多元文化」學術研討會，研討會中發表 17 篇論文，會後經兩階段審查通過 9 篇論文，依據各篇議題內容集結而成此《華人家庭、代間關係與群際認同》專書論文集。此專書論文集可分為「家庭傳承與信念」、「青少年教養與適應」、「代間照顧與支持」及「兒少性傾向與種族偏好」四個主題，各包含 2 至 3 篇論文，以下逐一呈現此四個主題並簡介各篇論文。

首先，「家庭傳承與信念」此一主題以「家」為軸心，包含兩篇論文。第一篇論文從家庭故事理解當代家庭文化與華人倫理傳統，透過家庭成員的聽、說、敘述認知歷程來展現個體能動性；另一篇論文檢視家庭與婚姻領域中的報，凸顯已婚者的報概念在對象、時間、空間及差序格局的華人文化特性，以及宿命因果決定論與主體能動性的角力。此兩篇論文討論的議題環繞在家與家庭成員間的關係、時間與生命階段的流轉，以及倫理信念在傳統與主觀能動間的調整，扣連研究對象的實際生活脈絡，提供研究者對當代華人家庭脈絡的深刻反思。

劉蓉果、朱瑞玲兩位作者所撰〈家庭故事的傳承：個體能動性的展現〉一文，著眼於家庭文化與華人倫理傳統，引入個體能動性此一概念，採取敘事訪談法，透過家庭故事的述說與整理，探討華人的家庭倫理傳統是否藉由日常家庭故事的代代相傳而保留，及家庭價值與信念如何被家庭成員接收、理解、實踐或轉化的歷程。此文以主題分析年齡 30 至 55 歲 14 位受訪者訴說的 88 個家庭故事，在作者們的細膩剖析下，呈現非常豐富的家庭故事內容與個人認知歷程。這些家庭故事涵蓋祖父輩的生活歷史與生命經驗，曾面臨的挑戰與因應韌性，對後代子孫的期望與教導，以及人際相處的複雜關係網絡和節慶儀式的傳承，長輩在特定的團聚時刻、日常生活或不特定的時機口述給受訪者，成為家庭記憶、價值觀、人生態度及教化傳遞的重要媒介。文中特別有意思的是從社會認知歷程來建構與理解家庭故事與家人關係，隨著時間與生命階段流轉，不同家庭成員間多重敘事觀點的斷裂與反思連結，回歸到家庭義務責任與和諧延續，展現個人能動性與環境互動後的調整。家庭、家人關係可說是華人生活世界的核心，即使處於社會變遷劇烈的當代臺灣，民眾意識中對於家庭和諧、婚姻美滿、代間情感紐帶等家庭倫理價值的重視程度仍隨時間而愈發增強。此文以一般民眾敘述的家庭故事為起點，從個體角度理解家庭意義價值與互動經驗的傳承並建構其心理認知歷程，是臺灣家庭心理學研究一個十分具啟發性的新嘗試。

周玉慧撰寫的〈華人已婚者「報」的概念及其內涵〉一文，從婚姻家庭的角度檢視華人文化中的「報」。「報」是華人社會關係中解釋多層次系統交換與互動的重要概念，這些層次系統涵蓋個人、家庭、家族、國家、宇宙和超自然，指涉範圍包括動機、處事原則、行為期待及事前事後的歸因。此文詳細介紹社會交換論、公平理論、投資論、自尊增強論及心理負債理論觀點與「報」概念的異同，指出社會交換論等相關理論觀點不足以解釋華人夫妻間的相處互動，而應採取含攝多元層次且華人文化色彩濃厚的「報」概念來闡述。作者以內容分析法歸納 47 位已婚者的深度訪談資料，從「報」的定義、具體內涵及態度看法，來理解當代臺灣已婚者「報」的概念體系。在家庭與婚姻領域中，受訪者指涉的「報」的對象包含天、神、冥冥、祖先、上下代及夫妻等，分屬於超驗、垂直、平行三層次；夫妻間的「報」更須考慮時間長度，可進一步區分為當下即時的你來我往相互性、白首不相離的終身相守，以及彼此牽絆來世再續。另外，家人間「報」的轉換、「報」的溢出，以及蔭澤子孫的善報期待等部分則更是凸顯家與家人的跨時間跨空間連結性，呈現相當獨特的華人文化色彩。作者也依據每位受訪者對報的態度意向，將之分成認同肯定、條件協商、游移不定、否定排斥及教義微調等五型，這些型式與婚齡長短、婚姻品質、價值觀傳統／現代性密切關連。透過質化資料的分析整理，此文顯示臺灣已婚者的「報」觀念在對象、時間、空間及親疏遠近差序格局上的華人文化特性，而人際回報系統存在著或多或少的宿命因果決定論與更大部分的主體能動性，展現已婚者對傳統報的態度與方式正隨著社會變遷不斷地應變及調整的心理歷程。

第二部分主題為「青少年教養與適應」，關注父母對子女的教養、父母與青少年的衝突以及青少年的行為適應表現。此主題包含三篇論文，分別針對父母知覺青少年子女表現變化對父母自身不同教養行為變化軌跡的影響、青少年對親子衝突的因應策略及其對生活適應的影響效果，以及佛禪正念對新移民青少年學業弱勢表現之緩解效果等議題進行探討。在多元文化價值取向及少子化結構變遷的衝擊下，臺灣青少年的發展任務與行為適應受到各層面的挑戰，親子關係與青少年因應，逐漸邁向跨越世代階序朝向以平權協商溝通及務實改善關係為基礎的趨勢轉化，反映出家庭運作以及華人化正向心理特質（正念）功能的與時俱進，應有助於達到親子雙贏、社會安定的結果。

林惠雅與蕭英玲〈青少年時期父母教養行為的變化：子女表現的影響〉一文主張：父母的教養行為並不單純地只是由父母單方來決定如何實施；事實上，父母會受到青少年子女的日常表現影響其採行的教養行為。亦即，當父母知覺青少年子女表現良好時，在放心的情況下，更願意採用如說理或監督等正向的教養行為來對待青少年。相對的，當父母知覺青少年子女表現不好，在不放心情況下，父母覺得更需要採用如不一致或體罰等負向的教養行為來對待青少年，而較不會採用正向的教養行為。作者在探究這樣的影響歷程時，也關切這一影響歷程是否會受到父母性別或子女性別差異的調節。經由使用「臺灣青少年成長歷程研究（Taiwan Youth Project）」調查中 907 位家長填答的三波追蹤資料作為分析材料，其研究結果顯示：當控制子女性別及父或母親教育年數後，隨著子女年齡（從國一至高三年級）的增加，不論是父親或母親，其採用說理教養行為的頻率並沒有明顯的變化；然而父親採用監督教養行為的頻率呈現緩慢上升的趨勢，而母親採用監督教養行為頻率則是先緩慢上升而後微幅下降；另外，父、母親在採用不一致及體罰教養行為頻率上也都隨子女年齡增加相對應下降。當控制調查時間、子女性別與父親教育年數的因素後，在父親方面：當知覺子女有正向行為的變化時，與自身採用的說理及監督教養行為的變化有顯著的正相關；而當知覺子女有負向行為的變化時，與其採用監督教養行為的變化有負相關，但與其採用不一致及體罰教養行為的變化有顯著正相關；而父親知覺子女有偏差行為的變化時，則只與其採用監督教養行為的變化有顯著的負相關；至於父親對子女成績及品性的滿意度變化，則與其自身教養行為的變化並無關聯。在母親方面：其對子女品行滿意度的變化與其說理、監督教養行為變化有顯著正相關，但與其採用體罰教養行為的變化則具顯著的負相關；再者，母親知覺子女有正向行為的變化時，與其採用說理、監督教養行為的變化有正相關，但與採行不一致教養行為的變化具顯著負相關；而當母親知覺子女有負向行為的變化，則與自身採用監督教養行為的變化有顯著負相關，但與不一致及體罰教養行為的變化具顯著正相關；最後，母親知覺子女有偏差行為的變化，只與其採用監督教養行為的變化有顯著的負相關；母親對子女成績滿意度的變化則與其教養行為的變化無明顯關聯。整體而言，父親與母親對待青少年子女的教養行為的變化模式是大同小異的，大約依循著「實力——放心放手循環：信任機制」的原則運作，它指稱的是青少年隨著年齡增長，他們的實力可能會增加，這包括自我照顧、自制和自治、解決問題能力等。當父母看到青少年子女的實力增加，會導致父母相信子女們可以自我照顧、自我管理或自己解決問題，亦即「信任」他們，這使得父母能夠對青少年子女「放心」，父母也因而「放手」，開放更多的權限給他們。換言之，親子間互動的機制，大致朝著「良性相互循環」或「惡性相互循環」兩個基本模式運作，是個雙向對應交互影響的發展歷程。這也提醒為人父母者省思，良好的親子關係才是有利於子女適應發展的根本核心，而不應該為了父母單方面一時的期待目標，破壞了親子關係，短時間或許順遂了父母個人的期待，但長遠發展下去，最後將對青少年發展造成適得其反的效果。

而吳志文、葉光輝、王郁琮共同撰寫的〈「親子衝突因應策略量表」之效度研究〉一文，單從標題似乎僅是一篇針對「親子衝突因應策略量表」編製的信、效度探究。但是任何一份測量工具的研發都必須奠基於與測量概念相關的理論為基礎，來評估它的信、效度；因此嚴格來說，此文章關注的議題是：不同因應策略（區分為兼容並蓄、折衷妥協、自我犧牲、功利主義，以及規避逃離五種）與青少年生活適應間的關聯，並進一步比較不同的親子衝突對象，即父親與母親，如何對青少年採取的因應策略產生影響。經由作者們針對高中生蒐集大樣本（1,047 位）資料進行分析後發現：（1）兼容並蓄與折衷妥協兩種因應策略具有高度正相關，可合併稱為共享型因應策略；這兩種因應策略與青少年自身的生活滿意度、親子關係滿意度間具有正向的關聯，而與個人抑鬱、焦慮、壓力等內化問題行為傾向，以及親子衝突頻率之間呈現負向關聯；（2）自我犧牲因應策略雖與親子關係滿意度具正向關聯，但與個人內化問題行為傾向之間也具正向關聯，這顯示：與父母發生衝突時，自我犧牲的因應策略，雖然符合華人傳統孝道規範要求，但對青少年長遠的身心適應發展，並非是最佳選擇；（3）功利主義、規避逃離因應策略則與青少年的生活滿意度、親子關係滿意度皆呈現負向關聯，且與個人的內化問題行為傾向、親子衝突頻率皆具正向關聯；（4）男性青少年相較於女性青少年，更傾向於採取兼容並蓄、折衷妥協、自我犧牲，以及功利主義等因應策略處理親子衝突；（5）當衝突對象為母親時，相較於父親，青少年採取兼容並蓄、折衷妥協，以及自我犧牲因應策略的傾向較高。整體而言，青少年時期因身心變化及獨立自主需求增高，容易與父母親發生衝突，然而在選擇如何因應衝突時，則如何引導或教導青少年採行可同時兼顧親子雙方需求，或各自部分退讓妥協以達成共識的共享式因應策略，才是創造親子雙贏的較佳選擇；這也是實務與教育工作者未來可以著力及用心的努力方向。

張仁和所撰〈正念特質對新移民青少年學業表現之調節效果〉一文，探討新移民子女相對弱勢之學習表現，以及從佛禪正念可能帶來之緩解效果。從2000年初期政府大力倡導新移民之通婚政策，及至今日強調的新南向政策，具體可見新移民子女在臺灣的累積人數逐年提升，至今占了全臺國中小學將近10%的人數。然而，大部分的教育研究顯示新住民子女在學業上表現屬相對弱勢，這也呼應作者之發現。據此，如何能有效提升新移民子女之學業，作者由正念對於學業刻板印象威脅緩解予以切入探究，尤其從正念特質著手。這篇研究發現：對於高正念傾向的新移民青少年，其主要學科表現（國文、英文及數學）和一般背景之青少年並無顯著差異；相對的，低正念傾向的新移民青少年則比一般背景青少年較差，是以突顯出正念特質對於新移民青少年學業表現的正向效益，並且可於未來執行相關正念活動，具體促進新移民青少年的學業表現。由新移民子女組成之「新臺灣之子」，以往研究多聚焦於其較為弱勢的探索面向，但對如何降低此差距的研究相對不足，此研究提供了一個未來可加以促進的方向，由本土心理的正念角度切入，兼具多元文化和本土在地化的交融性，也由此衍伸出教育應用的可行性。

第三部分主題為「代間照顧與支持」。人口高齡化是當代臺灣民眾須共同嚴肅面對的重要課題，由此衍生而來的挑戰是如何解決龐大高齡安養照顧的醫療、經濟支出以及照護服務人力短缺的問題。政府解決這些問題的考量目標，主要在於如何讓高齡民眾的晚年生活還能維持一定的品質。在重視家庭的華人社會中，政府的各種高齡安養照顧制度與服務設置要能發揮功效，良好的家人互動關係絕對是關鍵要素。臺灣在走向高齡社會的同時，家庭代間關係不論在延續時間以及複雜性上，都與過去情況明顯不同，這對子女照顧年老父母帶來焦慮、緊張，不利於代間互動與高齡照顧品質。從另一個角度來說，傳統觀念中成年子女對父母有反哺奉養照顧之責，但在平均餘命延長、世代間生命階段的交替延後，對雙薪育兒狀態的已婚子女而言，父母的協助幫忙是相當重要的資源，探討究竟原生父母與配偶父母提供支持的特性及其對雙薪夫妻心理健康產生何種影響，實具重要意義。據此，本主題包含兩篇文章，依序探討代間照顧於近代華人社會的新形態，以及夫妻所獲得來自夫家和妻家父母支持的影響效果。

利翠珊、唐先梅、焦源羚及丁品瑄所撰〈代間照顧新模式：初探高齡家庭照顧之協力跨界現象〉採後實證取向的質性研究法，收集22位介於50至64歲，具代間互動經驗的已婚女性之訪談資料，將研究問題聚焦於人口結構高齡化後對家庭代間關係的衝擊，探討臺灣社會代間照顧機制在既有華人的「反饋模式」以及西方的「接力模式」之外，是否有可能打破上對下的傳統期待，以不同於東西方既有的照顧模式共同面對這一挑戰。經資料分析結果顯示：臺灣社會目前在福利制度並不健全，而戰後嬰兒潮世代擁有的子女數量明顯降低的情況下，民眾在高齡照顧上所採取的模式，毋寧是在資源與照顧服務上趨向以互惠合作而非以角色規範為基礎的彈性務實主義運作機制。這種務實取向的互惠模式不僅反映在跨越多元世系（老、中、青、孫子女等世代）的權力移轉與決策下放等互助合作行為上，也反映在打破單一家系（姻親家系、原生家系）、甚至引進家庭外資源及服務的協力合作模式上。作者進一步將這些轉變現象稱為跨越世代與家系的「跨界協力」照顧模式，而臺灣家庭未來如何在這多元跨界協力的動態發展過程中，找到跨界照顧上的平衡點將會是高齡家庭照顧訴求中的重要考驗。此文不僅指出臺灣家庭在面對高齡照顧困境的發展趨勢，同時也點出跨世系、跨家系的協力合作照顧模式，才是因應快速人口結構老化的務實之道，值得高齡服務實務工作者關注。

林瑋芳與利翠珊撰寫的〈老爸老媽幫幫忙！代間支持與心理憂鬱的性別差異〉一文，從已婚者獲得上一代支持的角度，探討育兒時期雙薪夫妻所獲代間支持是否因原生或配偶父母而有不同，並探討來自父母的代間協助與夫妻心理適應的關聯以及在夫妻間效果的差異。處於雙薪育兒狀態的已婚子女在原生家庭、自己家庭以及工作場域擔負多重角色，面對蠟燭多頭燒的壓力，父母的協助是相當重要的資源，而雙方父母提供的支持究竟有何不同？能否降低壓力的負面影響？作者們透過 108 對雙薪夫妻的配對資料，發現受訪夫妻報告原生父母主要提供勞務與情感支持，而配偶父母則主要提供勞務支持，反映出其與原生父母的情感比與配偶父母來得親密。不過，從平均數來看，不論金錢、勞務或情感，雙方父母提供的支持其實均低於中點 3 分，尤其金錢支持幾乎「從未」提供，意味雙薪夫妻與上一代父母之間經濟獨立，勞務或情感的依賴也不深。而雖然頻率不高，但原生父母提供的情感支持愈多，雙薪夫妻的心理健康愈良好（憂鬱度愈低），顯示：父母對已婚子女的傾聽和回應確實具有保護功能。值得深思的是配偶父母的勞務支持愈多，雙薪夫妻的憂鬱度愈低，然而原生父母提供的勞務支持愈多則作用相反，且這些負向影響對妻子的作用更為明顯；但由於此文為橫斷式資料無法推斷究竟是因獲得父母的勞務支持使妻子的憂鬱升高，或是因妻子心理狀況不佳而需要父母更多的勞務支持則無法確認。未來若能長期蒐集夫妻與雙方父母的追蹤資料，將更能展現當代已婚夫妻與上一代代間支持互動之多元樣貌。

最後，第四部分以「兒少性傾向與種族偏好」為主題，從多元社會與文化的角度來看，性別與種族是孩童首需面對的認同議題。此主題包含兩篇論文，依序探討臺灣青少年性取向認同對於心理健康的影響，以及香港華裔兒童對於東南亞種族態度的發展歷程。這兩篇論文討論當今重要的性別與族群認同問題，尤其在臺灣近期對於同性婚姻以及新南向政策的倡導下，更有其重要性。尤為可貴的是，兩篇論文的研究參與者並非是常見的大學生族群或是較為成熟的青年，而是正在遭逢這改變與轉換之時下兒童與青少年，即是最具可塑性跟彈性的族群，透過這些研究分析，或許可勾勒出臺灣未來社會與文化發展趨向的正向可能。

李怡青、周玉慧、張仁和共同撰寫的〈親密關係中的自我一致性：不同性傾向認同者的適應探討〉一文，藉由「臺灣青少年成長歷程研究」的長期資料庫，追蹤了兩千餘位的參與者從青少年至成人初期（期程為 2000 年至 2014 年），透過此般巨量且長時的寶貴資料，探討性傾向以及內在自我一致性對於心理健康的影響。此研究呼應以往顯示同性戀個體有較高的內在困擾與不適應，也進一步點出「性傾向自我一致性」對此困擾的保護效果，即是個體性傾向之自我一致性愈高者，其心理適應愈佳，且於國中階段就有其正向效益，甚而能長期正向地作用到後來成人階段。這樣的發現相當突顯出臺灣時下對於情感教育的迫切需要，尤其在青少年時期中，適逢經歷初次的情感認同困惑，若沒有相關協助與探討，可能會讓此「不一致性」持續強化，終而長期負向的影響個體的身心適應。相對的，倘若於此關鍵期間能有效的引導探索理解，進而接納統整，對於「性傾向一致性」促進勢必有其幫助，進而讓個體能長遠地有較佳的適應。是以這篇研究不僅是承續以往對於性傾向研究結果的發現，更延伸並啟發了現下社會性別教育之必要性與意義性，尤其對照臺灣近期對同性戀議題的投入，是深具現象探討和實務應用的論文。

最後，陳伊慈撰寫之〈家庭與學校對於香港學前兒童內隱種族偏好的影響（Examining the Impact of Family and School Background on the Implicit Ethnic Preferences of Hong Kong Chinese Children）〉，從兒童的角度切入，探討香港華裔兒童對於不同「內團體」（華人）以及「外團體」（白人／東南亞人）的社會知覺。這篇研究貼近香港特有的華裔育兒背景，即是華人子女多由東南亞背景的幫傭照顧，而香港作為亞洲高度經濟資本以及展現全球化的城市，對於西方白人存有其正向知覺。此文特別探討在此成長的華裔兒童，是否在相對早期（3 歲至 7 歲）便可能由此知覺受到影響，且此文透過內隱測量的方式，有別於以往自評報告的作業，更能夠捕捉較為自動化的認知連結特色。有趣的是，作者發現對於白人的內隱偏好受到其與北美文化的接觸（如國際學校）有關；同樣的，對於東南亞裔的內隱偏好亦受到其與此背景之幫傭互動經驗有關；在在顯示出早期的多元文化接觸經驗，對於兒童自身內隱態度的影響歷程。此結果同時也能應用於臺灣社會，誠如前面提及新住民學童在臺灣的比例逐年提高，對於這些兒童能於早期就接觸來自不同文化的薰陶，這對於其後來形成正向態度以及族群和諧皆有其積極意義。

總結而言，本專書所收錄的論文在議題或方法上都有提供未來家庭研究參考的價值。在主題上，家庭故事傳承、家人的報、長輩支持對已婚者心理的影響、正念特質的對新移民學子學習的效應、青少年的性傾向，或是兒童的種族偏好，均為過去未曾或較少處理的課題。就中老年的代間關係，以對偶資料分析或發展多元照顧的概念模式；就青少年親子關係，以長期追蹤資料分析或建構親子衝突因應策略量表；就整體家庭層次，展現質性資料的細緻取徑；都在方法上或概念上嘗試突破，有其創新之處。

從個人、關係、空間、時間的角度來看，當代家庭與世代呈現多層面的拉扯。個人受到社會變遷逐漸朝向自我彰顯的價值觀，使得人我互動關係隨之調整，挑戰夫妻關係、親子互動、代間連結、兒童青少年適應發展的內外運作機制。傳統與現代不再是線型式或對立式的思考模式，人與人相處時的態度行為往往呈現相互折衝、兼容並蓄的現象。不論個人自我或家人關係並非靜止不變，其特徵均須置於所處之本土社會文化傳承及歷史脈絡中才能全面理解，尤其在日益全球化、跨國化的當代時空中，其運作機制與歷程更顯現動態與多變。本專書論文集的 9 篇論文正詮釋了此一多元複雜的當代社會文化現象，應有助於大家對臺灣與華人家庭發展不同面向的瞭解，也可提供日後研究在理論、方法與實務應用上的反思與方向指引。

家庭故事的傳承：個體能動性的展現

劉蓉果、朱瑞玲

摘　要

家庭故事是一種家庭互動，可以幫助家庭與個體認同的建立。本研究訪談十四位臺灣民眾口述聽長輩們說過的家庭故事，透過分析故事內容與說故事形式，以反映：（1）臺灣家庭代間傳承的家庭故事，以及（2）在家庭故事聽說過程中，個人透過對故事的理解，反思家對自己的意義，進而將此意向推展至行動實踐。本研究整理傳承的家庭故事內容主要有「家族形成遷移的歷史和過去的生活型態」、「個人或家庭面對困境和挑戰的過程」、「待人接物與士大夫觀念的教育意義」以及「家族人際關係與儀式習俗」四大類，顯示家庭做為一個行動集體，透過與不同文化脈絡、社會結構的碰撞和交融，持續承載著主流社會的文化意義與價值。而由受訪者的敘說形式來看，家庭成員在說故事過程當中透過「時間觀點的移轉」、「多重視角的取替」、「承擔責任的報償」等社會認知歷程，從家庭故事理解家人關係、獲得意義，也運用於日常生活與家人互動，是形成個人行動的重要依據。家庭是文化的中介，家庭故事的傳承是家人關係的建立、維持、理解和溝通的重要媒介之一，也反映出家庭成員與所處社會文化與價值的協商、具體化過程。

關鍵詞：社會認知理論、故事陳述、家庭故事、家庭倫理、個人能動性

「如果你想要認識我，你得先知道我的故事。因為我的故事會定義我是誰。如果我想認識我自己，從我自己的生命獲得一些啟示，那麼還是得先從我的故事著手。」～ Dan McAdams（1993:11）

McAdams（1993）提出：由「故事」去了解鑲嵌於社會文化脈絡下人類的心理與行為，是一個很好的著力點。個體隨著生命發展，會將經驗進行內化、不斷演進和統整的自我敘述，形成對現在、過去和將來的連貫感，能為個體的經驗賦予意義，並指明生命的目標。透過這些觀察、反思、敘述自己生命的過程，即是個體的「敘事認同（narrative identity）」，將形成「我是誰」和「我會成為誰」的答案。若是將上述句子中的「我」，換成「我的家庭」，應同樣地言之成理。

家，是人類社會最基本的組織，也是形塑個人最早的團體。在不同時代與社會，家庭的定義或有差異與變遷。無論將家庭視為生產單位、制度或系統，家庭研究學者大致有個不變的共識，就是家庭乃為一個整體，各成員間相互連結，家人彼此相對親近，共享資源和生命記憶。如同個人故事或家庭（長輩）故事的傳述，反映出一個人在家庭生活中獲得的生命認同，因為他／她聽過，然後還記得。

家庭生活可分為兩個層面，實踐（practices）與表徵（representations），亦稱為互動與信念（Fiese, Wilder, & Bickham 2000）。家庭不是靜止的，家庭生活本身就是隨著時間而演化轉進的歷程，特別是由多重關係系統，甚至於多世代系統，共同交織成的變化歷程。如何透過研究呈現此動態的複雜歷程，是頗具挑戰的難題。家庭故事的傳承同時涵蓋家庭生活中互動和信念這兩個層面，這些根據記憶所說出來的「故事真實」比客觀真實更具理解的正當性，編構的內容成為家庭中共通的現實、同享的信念，代表相互的了解或共有的偏見。當然有些有利於家庭運作，有些則使家人困住。

家庭故事和家庭內其他的互動形式有一個顯著的差異，家庭故事在說與聽的過程中創造了意義。不管是個人或集體的經驗，在被說出來和被聽見的過程中，經驗被檢視，同時對於「說」與「聽」互動雙方形成認同。家庭故事給家人這樣的契機：經由說出這些家庭事件和經驗，去建構他們集體的過去和歷史，並形成認同。

Bandura（1986）認為：個人能力（能動性）來自社會互動和對周遭世界的觀察而習得，因此社會認知理論重視個體行為的社會性來源，人類有能力主動建構其心理世界，既受環境影響，同時也影響環境，即三元交互決定論（reciprocal determinism）。從社會文化觀點來看，家庭是文化的中介，不同類型的家庭故事傳送不同的文化訊息（Bruner 1996）。特定文化脈絡下生活的人們，當然也會形成他們對家庭的認定。建構家庭認同的同時，成員評估自己的家庭文化與外在期望及文化規範的關係，由故事的內容、主題、連貫性，可以反映家庭的世界觀、價值信念和對家庭成員的期望，以及與所處在地文化的契合程度。由於家庭故事承載著時間與脈絡如此豐富的內涵，我們期望藉此了解：華人的家庭倫理傳統是否藉由家庭故事的代代相傳而保留在當代臺灣社會，以及家庭成員接收、理解、實踐或轉化這些價值與信念的歷程。

一、前言

(一)華人家庭文化

華人社會向來重視家庭。錢穆（1993）認為華人文化屬於典型的大陸農耕文化，而家族觀念是農耕文化的直接產物。古代一個家族即一個勞作單位、一個小型社會，家庭在維持生存和生計上的重要性大於個人的力量，個人的生存依附於家庭。家族在整個社會中的地位，也決定個人在社會中的地位。因個體必須依附家族的勢力才能獲得生存和發展，家族至上的意識成為傳統家庭倫理的核心精神。

梁漱溟（1963）則提出中國是一個「倫理本位」的社會，而「家族本位」不足以說明。其指出：「倫者，倫偶，乃指人們彼此之相與。相與之間，關係遂生。家人父子，是其天然基本關係，故倫理首重家庭」，但不止於家庭。家庭在東西方社會結構中的地位和作用有很大不同，原因是華人傳統社會因「缺乏集團生活，團體與個人的關係輕鬆若無物，家庭關係就自然特別顯著出」。梁漱溟認為「西洋近代個人主義的抬頭，自由主義盛行」，這是由「其集體生活中過強若干的反動而來。西洋人始終過的是集團生活；不過從前的集團是宗教教會，後來的集團是民族國家。」華人社會則以非宗教的周孔教化作中心，以家庭為起點，遂漸建立起倫理本位的人際關係本質，並以家族家庭為主的生活延續於後，以倫理組織社會消融個人與團體兩端的對立。所以華人社會結構中的「家」，伴隨著家庭倫理道德，實質上是華人文化的核心。

家庭倫理規範家庭成員應有的角色義務關係，《禮記・大傳》:「親親也、尊尊也、長長也，男女有別，此其不可得與民變革者也。」其中親親與尊尊成為處理家庭成員關係的基本原則。親親原則要家人相親相愛、和睦融洽；尊尊強調成員因生理與社會的差異性所承擔的角色、責任與義務不同；長長和男女有別是父家長制權威，此即許烺光所謂的儒家社會核心關係——父子軸家庭（Hsu 1971）。《禮記・禮運》:「何謂人義？父慈、子孝、兄良、弟弟、夫義，婦聽、長惠、幼順、君仁、臣忠十者，謂之人義。」即使家族的家長，也有他的角色義務，需要協調好家族內部的利益關係，還必須在威信的前提下給予成員愛和關懷，「父慈子孝」是首要基本的倫理，且由互動雙方合力完成的關係條件。總之，每個人在相應的位置各盡其分、各安本位，不突出個人的獨特性、不追求個人的權利，這是華人家庭關係運作的依據。

「國在家中，家國同構」更是傳統華人社會的一大典型特徵。《大學》描述的很詳盡:「古之欲明明德于天下者，先治其國；欲治其國者，先齊其家。」「家齊而后國治，國治而后天下平。」家是國的基礎，而齊家和治國是具有同構性的兩件事物，以人倫家庭關係來理解國家政治，整個國家社會的運作建立在家族主義基礎上。錢穆（1993）認為「家的原理是倫理，國的原理是政治……家庭的倫理與國家的專制交互作用，共同維繫了社會秩序的穩定。」人民以遵從國家法律秩序為生活手段，倫理道德是維持家庭和社會和諧的根本。

家在華人社會的重要性，也延伸出當代學者對華人家族主義概念的探討。葉明華與楊國樞（1997）將家族主義定義為一套複雜而有組織的心理構念，以實徵研究得出代表家族主義認知與意願的三個因素，依序為團結和諧、繁延家族及興盛家道。其中「團結和諧」認為個人應該以相互依賴與內外有別來增進家庭的團結，以忍耐抑制與謙讓順從來維持家庭的和諧。「繁延家族」是指重視家族延續的觀念，且認同繁衍子孫的作法。「興盛家道」是指個人應該為了家庭的富足與榮譽而奮鬥。

近期不少實徵研究顯示，傳統華人家庭倫理價值仍然受當代臺灣民眾的重視。黃囇莉與朱瑞玲（2012）以「臺灣地區社會變遷基本調查計畫」1994 年、1999 年、2004 年三個時間點的資料分析價值觀，跟追求進步、民主及容忍不同意見的「民主性價值」與重視財富、養兒防老及權力的「功利性價值」相比，以「家庭和諧」為最重要的核心價值，在三次調查分數最高且共識度最高。周玉慧與朱瑞玲（2013）再加入 2009 年資料，採取交叉分類隨機效應模型探討價值觀之時期變遷與世代差異，結果顯示「家庭倫理觀」的重要性持續最高且持續增強。這些調查分析說明華人的家人關係在現代化的今天並未變質或變差，人們最希望擁有的還是和諧的家庭和美滿的婚姻，同時也非常看重情感性的孝親價值，但親子關係中傳統性的權威控制則有所鬆動。

綜合來說，華人傳統社會家族至上的群體意識、父家長制的差序倫理，形成階層化的家庭結構、嚴密的倫理規範，使得個人的人際角色固著。每個家庭成員被期待履行的責任更勝於完成個人的目標，個人的獨立與自主性的發展在家庭中被弱化。一般咸信，華人傳統的家庭上下結構與倫理規範維繫了家庭和社會的穩定，在臺灣社會也見證民眾對家庭倫理的重視如終不變。大多數著眼於家庭生活影響個體福祉的實徵量化研究，只能發現家人關係與家庭倫理的線性關聯。至於個人如何理解、應對這些家人關係、規範與文化，亦即個人在家庭中的能動性如何展現，在過去研究中相對少見。

(二)個人能動性與家庭

人做為一個行動者，行動如何產生與造成什麼影響，即促使個體產生一連串行為的動力——人的能動性（human agency），是人文社會學者長期關注的問題。許多心理學理論和概念均涉及人的行動能力，例如內控感（internal locus of control）（Rotter 1966）、自我導向（self-direction）（Kohn & Schooler 1982）、自主（autonomy）（Ryan & Deci 2000）、勝任（mastery）（Pearlin, Menaghan, Lieberman, & Mullan 1981）、自我效能信念（self-efficacy）（Bandura 1997）、個人控制感（personal control）（Mirowsky & Ross 1998）和規劃能力（planful competence）（Clausen 1991）。一般而言，心理學多以主觀的控制感（subjective sense of control）為個體能動性最關鍵的定義和測量。能動性的心理學歧義來自於它不僅包含了動機、能力及信念，並與認同、獨立、自主性、主觀性等概念重疊與混用。我們不妨把能動性視為一個概念家族（family resemblance），統括許多子概念，而不是單一的概念，子概念彼此之間有所關聯也存在差異。

社會認知理論（Bandura 1982, 1997）可說是以人類行為能動性為觀點建立的理論，核心信念是人們雖然會受到外在環境的衝擊，但亦具有主動性，能選擇、創造及改變所處環境與周遭事物。而行為的產生與持續，是以個人的認知為基礎，面對的環境為背景，形成一個三元交互影響的因果關係。具體來說，個體具有主動產生目標導向行為的能力，個體能動性即指個體具有主動地選擇信息、決策判斷並做出目標導向行為以達到既定目標的能力。意向性（intentionality）、前瞻性思維（forethought）、自我調節（self-reactiveness）及自我反思（self-reflection）是個體能動性的四大特徵（Bandura 2006）。人類在行動實踐上的自主性乃奠基於其獨特的認知能力，正是透過對個體能動性的實踐，個體的自我管理功能才得以展現。

心理學所關注的能動性常與另一個概念配對出現——親和性（communion），被視為兩種人類生存的基本形式，最早由Bakan（1966）提出。Bakan對於能動性的定義是：個體透過權力、控制等方式以表現其獨立存在的狀態。而親和性概念則是個體通過聯合、合作與親密等方式融入更大的集體當中，使自身做為其部分存在的生存形式。其他學者也曾提出類似意涵的二分架構。例如 Hogan（1982）以超越他人（get-ahead）和與人相處（get-alone）一組對偶概念，用以說明生活在有地位等級差異的社會團體中，人類所具有的生物學傾向。群體生活（即與人相處）的方式使我們的祖先享受到合作的益處，而擁有地位（即超越他人）則允許個體獲得更豐富的食物與配偶選擇權，這兩者均是人類生存的基本追求。McAdams 等學者以個體的敘說認同（narrative identity）統整自己的生命經驗，是人格層面中最容易被自己掌控的部分；而能動性和親和性正是構成認同的二大核心情節。例如能動性可由以下的主題展現：自我掌控（self-mastery）、地位／勝利（status/victory）、成就／責任（achievement/responsibility）、賦權（empowerment）；而愛／友情（love/friendship）、對話（dialogue）、關懷／援助（caring/help）和歸屬感（community）則是突出的親和性故事主題（McAdams, Hoffman, Day, & Mansfield 1996）。

其他延伸的觀點如 McClelland（1987）提出包括權力（power）、成就（achievement）、聯結（affiliation）及親密（intimacy）等基本的社會性動機；Ryan 與 Deci（2000）主張內在動機乃相關的三種基本需求：勝任（competence）、自主（autonomy）以及關係（relatedness）。這些動機理論可以進一步加以整合，其中權力與成就動機，以及勝任與自主需求，可歸為能動性動機；而親密與聯結動機，以及關係需求，可歸為親和性動機（Locke 2015）。甚至傳統儒家思想由提升自身能力開始，即格物、致知、誠意、正心、修身，到融入更大的集體中，如齊家、治國、平天下的觀念，也被 Wiggins（1991）認為和能動性與親和性概念相呼應。

學者們普遍認為：能動性（自主性）和親和性的基本心理需求存在於所有人類社會中，但是在不同的文化環境下，這些需要的滿足方式並不一定相同。Markus 與 Kitayama（2003）整合不同自我構念取向與個體能動性發展的觀點，認為能動性不只限於追求超越他人的成就與地位、支配與影響他人或強調自己與他人區別為目標，如個體主動追求親和性目的的行動，也可以是其能動性的表現。兩位學者區分出性質迥異的兩種能動性模型：分離能動性（disjoint agency）和連結能動性（conjoint agency）。分離能動性強調以自我為焦點，由自身內部往外的觀照（inside-out perspective），行動來源取決於個人自己可自由選擇的喜好、目標、意圖及動機，重視自尊、效能及權力等感受，行動被視為是評斷自我本質，同時個體必須為自己的行動後果負責，這是強調個人主義社會或獨立自我建構的文化所熟悉的個體能動性。而連結能動性強調以關係為焦點，由自身外部往內的觀照（outside-in perspective），關注於他人、與他人互動時形成相互依賴為標的，行動來源以因應個人的義務，或他人、角色及情境的期待，個人的喜好、目標及意圖是由人際關係來定位的，行動的結果大部分是共同決定與被控制的，重視個人社會角色、關係、連結及團結一致等感受，這是重視集體主義社會和相依自我構念文化的人們都能理解的能動性。

整理上述對能動性的各種概念和討論，在華人家庭嚴謹的尊親倫理規範，以及家族主義文化主導下，除了掌權握勢的父家長外，其他家庭成員在家中的能動性幾乎無法以西方學說所提的「權力與控制」、「成就與抱負」、「分離與獨立」等主要核心概念來表現，那麼個體的能動性存在嗎？除了滿足附屬於家庭之下的親和需求，個體會全然被動、退縮地面對自己的需求嗎？會有哪些可能的行動方式呢？抑是 Markus 與 Kitayama（2003）所主張的連結式能動性可以滿足倫理本位社會的自主需求？ 本研究以臺灣民眾敘述的家庭故事為分析素材，試圖來回答這個問題。

（三）家庭故事做為探究途徑

家庭故事是一種家庭互動，從討論日常生活、平淡的家庭瑣事、或過去重要歷史事件，其中包含互動規則，與家人關係的建立與維繫有關（Segrin & Flora 2005），也傳達了家庭承載的價值觀、態度與目標，重點不在反映事件的客觀真實性，而在創造家庭成員對特定真實的共同信仰（Arnold 2008）。隨著講述者和聆聽者共同經歷這個整合經驗和意義創造的過程，家庭故事幫助家庭認同與個體認同的建立（Kellas 2005; Langellier & Peterson 1993; McLean & Thorne 2006），成為個人行動和目標的指導方針。Stone（2004）訪談超過百位來自不同年齡、種族、宗教背景的受訪者得到的結論是「家庭故事是家庭文化的基礎」，家庭故事幫助每個人認識自己的家庭，提供家庭成員是非對錯、責任義務的定義和為人處世的準則。簡而言之，家庭故事既由家庭成員共同形成，也型塑了家庭成員。

家庭故事更應該放在家庭生命歷程發展的理論架構來討論，因為家庭生活陪伴個體度過不同的生命階段，過程中家庭組成可能改變，透過家庭故事的述說建立代間連結，形成共同的記憶和家庭文化，家庭故事扮演了家庭記憶與傳承之重要性（Kellas 2005; Langellier & Peterson 2004; Wang 2008）。家庭故事呈現長輩價值觀與人生課題，同時也是教化後輩的重要媒介。

家庭故事另一個重點在於家人聽說故事的互動過程，不僅涉及講述、再述、分享與重構等溝通的概念，還有家庭成員一同講述之「共構」，是形塑溝通歷程之重要面向。Kellas 與 Trees（2006）指出，當家庭成員共同參與說故事過程時，較能理解故事意義，更可展現家人之互動狀態，並增添家庭故事內涵。將家庭說故事視為一種溝通形式，使家庭成員之間產生聯繫，進而成為推進家庭運作的動力（Wolff 1993），家庭便是人類溝通實踐的結果。

家庭故事中所表達或承載的文化價值與意義倍受關注，家庭溝通模式發展過程極為複雜，必然受到社會文化、歷史脈絡與成員關係等因素影響（Hammack 2008; Wang 2008）。Arnold（2008）整理文化與故事的關係有兩種。第一是文化被重新概念化為探討「意義製造」，有三種分析層次：實踐中的文化、文化生產、探討文化架構。說故事是創造意義的重要方式，也是建構文化的重要方法。第二是企圖建構關於自我與集體的故事，確立統整貫連的認同，在大多數的日常生活、制度、組織，及更大的族群、國族等集體文化認同過程中，是普遍的基本現象。

承上所述，家庭故事面向多元，是重要的家人溝通和互動過程，影響個人與家庭功能的發展，連結個人、關係、家庭與文化的媒介，因此家庭故事是研究家庭意義、家庭互動與家庭經驗的重要取徑，學者們更是呼籲以不同研究典範和取向來研究家庭故事有助於對家庭現象的了解（Kellas 2013）。目前臺灣學界以家庭故事為材料的研究多關注於特定的家人關係，如親子衝突、婆媳問題、夫妻關係、親子教養、代間照顧等。另一些研究是採取臨床觀點，如家庭暴力的創傷經驗，特殊疾病兒童的養育。例如劉惠琴（2008, 2011）以家庭系統觀點討論家庭韌性和家庭適應，曾端真（2003）比較中青兩代童年記憶中的家庭經驗，黃宗潔（2005）分析書寫家庭故事的文學作品對身體感官的記憶與描寫，賴玉釵（2013）以華人家族聚會之照片特徵，探究家族故事與美感反應之關聯。除了以上少數的研究報告，以一般民眾敘述的家庭故事，從個體的角度去理解家庭價值觀、家庭意義，以及做為文化傳遞歷程的研究目前尚付之闕如。

(四)問題意識與研究問題

家庭在華人生活中的重要性，呈現於其悠久的文化傳統，強調依循家庭倫理，做為人際互動的規範，更擴大為建構社會秩序的基礎。華人對家庭與家族的重視，反映在複雜的家庭結構與互動模式上。另一方面，現代化及全球化導致社會、經濟、人口結構的急速變遷，伴隨著家庭結構、家庭價值和家人關係的變化現象，是國際上諸多家庭學者們的共同關注。

當生態條件、經濟型態及生活方式等外在的社會結構發生重大或長期的變遷時，楊國樞（1992）以文化生態互動論（cultural-ecological interactionism）觀點，認為一個社會中的共同心理與行為（或稱共同特質）、屬於社會功能性部分容易受到影響而產生變化，甚至完全消失；相對的，屬於個人格調性與表達性的心理與行為，或是終極性價值等非社會功能性的，較不易受外在環境變遷的影響。這項觀點，提供一個解釋社會現代化過程中傳統與現代價值同時並存的理論架構。

然而人類這個行動者不該被化約為外在結構因素影響下的產物，特別是社會認知論對於人類主動、選擇、創造及改變所處環境與周遭事物的肯定，強調行動者與社會系統互動，會透過各種不同的模式再製規則和資源，甚而改變它們（Bandura 1995）。於是我們希望能從一個可以呈現個體能動性與獨特性的觀點來看傳統與現代、結構與行動、家庭與個人等概念，而生命故事的分析提供實際且具發展性的方法，去進入個人能動性在歷史文化脈絡下複雜的交互建構。

個人說故事時不是將過去發生的事實直接呈現出來，而是用一種他認為別人可以理解的方式，去陳述和重構他的生活經驗，並賦予事件及行動意義（Richardson 1990）。也就是說故事不僅描述事件，亦可解釋或表達說故事者的情緒、思考及對行動與事件的詮釋（Bruner 1996）。Riessman（1993）認為針對生命故事進行分析的敘事探究能充分展現個體的行動與想像，適用於關注能動性與認同的研究。說故事本身就有主動性與反思性的特質，它可能涉及家庭關係的文化形成以及傳達故事所形成的關係，個人透過家庭故事，能反思其家庭對他的意義，並進而將此意向性推展至個人對其家庭的行動實踐，建構個人、家人、家庭共享的意義與價值系統，也把家庭傳說（myth）轉化為家庭真實（reality）。

本研究收集臺灣民眾口述其家庭故事，透過講述形式與故事內容的再現，以反映家庭歷史、成員性格和家庭關係，藉此察覺家庭精神與象徵意義；並從個體的角度去了解故事如何影響其家庭角色與家族意識，藉此，探討華人家庭文化下個體的能動性如何展現與影響其生命歷程和家人關係。

二、研究方法

本研究旨在探究親子間傳遞的家庭故事，邀請受訪者回想父母親或長輩們說過的關於家族或家人故事。在受訪者描述這些故事的情境下，研究者陪同受訪者一起回溯聽來的過往家庭經驗，透過這些描述和整理，以了解受訪者對這些家庭故事的理解與感受。

(一)資料收集

為了充分展現家庭故事的特性：(1)故事的結構、內容，(2)講述時的語調、意象、情節與主題等，組織並展現其個人意義，(3)家庭故事包含述說、再述、建構與解構等家庭關係，本研究參考 Fritz Schütze 所提出的「敘事訪談法(narrative interview)」擬定訪談大綱，探究受訪者如何呈現、認定與解釋經驗，以闡明他們對世界的看法或說服他人的互動過程(引自 Flick 2007)。敘事導向的訪談法重視整體故事的「完形」(gestalt)性，認為任何故事皆有其固有結構與邏輯，而事件的意義可以從說故事時的時序位置及角色安排而顯示(Richardson 1990)。

本研究參考敘事訪談法的提問方式來設計訪談大綱，主要包含三部分：(1)主敘說(main narrative)：以研究主題相關的「起始敘說問句(generative narrative question)」引發受訪者開始說話，通常包含較大範圍，受訪者可以針對特定經驗回想，並說明事件的階段與歷程。本研究的提問是「從小到大，父母親或長輩說過哪些有關家人或家族的故事，讓你印象深刻的？」一旦受訪者開始說話後不宜打斷或干擾，直到告一完整段落。(2)回問(narrative enquiries)：詢問受訪者補充說明沒有描述清楚的片段。例如「是誰說的？」「什麼時候？」「什麼地方？」等相關訊息。(3)平衡整理階段(balancing phase)：提出問題引導受訪者針對剛剛內容進一步解釋，並試著歸納出普遍意涵的意義，每位受訪者都被視為他說的故事的「專家或理論家」(Flick 2007)。提問包含「當時你有什麼想法或感受？」，「有想過他為什麼要跟你說這些故事嗎？」，「你有對或想對孩子說什麼家庭或家人的故事？」(有孩子的受訪者)。當受訪者要開啟另一個家庭故事的話題時，同樣重覆上述三階段。訪談過程保留彈性、反覆和持續的，訪談問題與內容也隨著研究進行、與當下談話的情境進行修正、擴展和聚焦。

(二)受訪對象

本研究採取立意抽樣收集訪談資料，受訪對象從研究者身邊友人，到關係普通、不特別親近，但可以自在談論家庭事務者。受訪對象為即將或已經步入中年階段，因為中年階段的受訪者對原生家庭與即將或已建立自己的新家庭有更多的想法，可以豐富訪談內容。相關研究顯示，中年世代在生命期發展的第一個重點是「婚姻與家庭生活」，高於「工作與事業成就」，中年人對家庭付出最多心力（洪晟惠、周麗端 2012）。李良哲（1997）的研究也發現，臺灣中年世代關心的課題依序是後代子孫、老年父母、與追求個人更美好的生活等，與家人相關的主題顯然是最重要。每位受訪者的訪談時間從半小時到三小時不等，訪談次數有一到二次，訪談時錄音和筆記，訪談後錄音檔轉謄成文字稿。共有訪談十四位受訪者，基本人口變項資料列於表 1。

表 1　研究參與者基本資料

編號	性別	年齡	教育程度	婚姻與子女	父母籍貫
1	男	32	大學	未婚	父親：臺中 母親：臺中
2	女	52	大專	已婚 2 子	父親：彰化 母親：彰化
3	男	48	研究所	已婚 1 子 1 女	父親：廣東 母親：廣東
4	女	41	研究所	已婚 2 子	父親：臺中 母親：南投
5	女	49	研究所	已婚 1 女	母親：河北
6	女	43	大專	已婚 2 女	父親：湖南 母親：臺中
7	女	40	高職	未婚	父親：高雄 母親：宜蘭

8	女	55	高職	已婚 1子1女	父親：新竹 母親：新竹
9	女	39	五專	已婚 2子	父親：桃園 母親：新北
10	男	41	大學	已婚 1子1女	父親：嘉義 母親：嘉義
11	女	40	大學	已婚 2女	父親：浙江 母親：新竹
12	男	38	高工	已婚 1子	父親：臺北 母親：臺北
13	男	40	大學	已婚 2女	父親：新北 母親：苗栗
14	女	31	研究所	未婚	父親：臺中 母親：臺中

(三)資料整理與分析

整理資料包含以下的步驟：(1)反覆聆聽錄音檔與閱讀文字稿、訪問筆記。(2)感覺研究參與者的說話風格。(3)記錄對每個訪談資料的感覺及印象。(4)準備資料分析單位。資料分析分為兩個部分。第一部分為了解「哪些家庭故事在親子間傳誦」，從訪談文本找出完整陳述的家庭故事做為分析單位。依據 Labov 與 Waletzky(1967)故事結構的分析，一個故事包含六種元素：摘要(對於故事的簡短說明，用以總結故事內容的重點)、狀態(確定故事的某種場景，包括時間、地點、情境、參與者)、複雜的行動(事件的順序)、評估(如行動的重要性和意義、說話者的態度)、解決方式(描述事件發生到最後的結果為何)、結局。參考這些元素將受訪者的訪談內容切割為一個一個家庭故事，再逐步發展出有意義的分類系統，再把相似概念聚集，形成主題，給予命名。

第二部分的分析層次轉為「受訪者如何認知這些家庭故事」，試圖了解個體在聽說家庭故事過程中的社會認知歷程。比較 Lieblich、Tuval-Mashiach 與

Zilbe（1998）所提出敘說分析的四種資料分析模式：「整體──內容」、「整體──形式」、「類別──內容」、「類別──形式」，以「整體──形式」分析模式最適合這部分的分析。用每位受訪者整體敘說的結構（即形式）為分析單位，每位受訪者提供了不只一個家庭故事，受訪者如何呈現每個家庭故事的脈絡，如時間、原述者、流傳方式、故事中呈現的人際關係，以及故事引出受訪者的情感與詮釋。還有受訪者的說話風格，和訪談時的語調、情緒、隱喻，以及「轉折點」（如情節、語調轉變、停頓）等各種線索。第二部分的分析除了關注所表達的內容，更看重其形式，理解受訪者的話語所展現的意義，以及各個事件是如何被賦予意義。最後匯整十四位受訪者的資料，找出共通的部分。

本研究採主題分析法進行訪談文本分析，依 Braun 與 Clarke（2006）分析步驟為：（1）熟悉資料：透過反覆聆聽錄音和閱讀文本，尋思受訪者所傳達之意義與主題。研究者將想法記下，以作為後續階段產生編碼之用。（2）衍生初始編碼：標示分析的基本單位，將可能反映某些主題的段落進行編碼，除了核心內容外，盡量保留相關的內容，避免流失敘說的重要脈絡。（3）尋思主題：考慮編碼間、主題與主題之間、不同階層的主題之間的關聯，盡可能形成多個主題。（4）回顧主題：檢視同主題下的各段落是否有一致性。若有不連貫之處，考慮該主題是否需要修改，或將編碼段落重新歸類到其他主題中，或創造新主題，或予以拋棄。再來檢視各主題與整體資料是否相關，各主題之間的階層與關聯是否確實反映整體資料的意義。（5）定義與命名主題：辨認各主題之核心概念予以命名和精簡的描述性定義，將主題以理論立場相關的面向予以詮釋。本研究分析過程整理於圖 1。

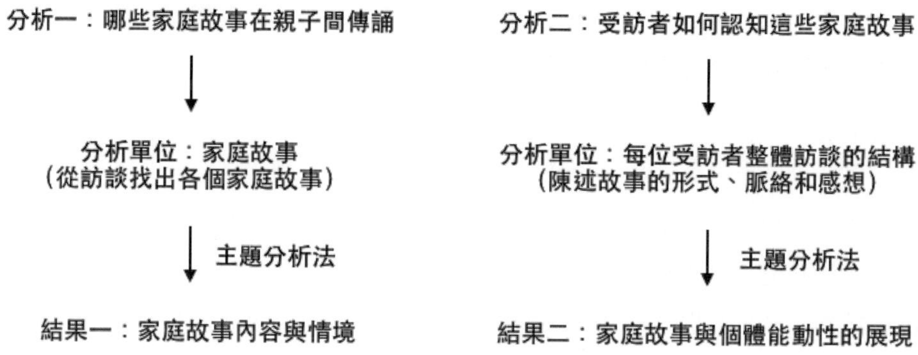

圖 1　資料分析過程

（四）研究品質的確認

Riessman（1993）提出四個信賴度指標來評鑑研究的有效性：分析與解釋的說服力，研究資料和分析解釋之間的符合度，分析與解釋是否具有連貫性，以及研究結果是否能被讀者採用的、成為其他研究的基礎，即實用性。本研究以社會認知理論做為理論視框，嚴謹與一致的論述進行文獻分析，以及延伸研究發現與文獻的對話。此外，邀請兩位協同編碼者對研究資料進行協同分析，這兩位協同編碼者具有質化研究經驗，各自以質化研究完成他們的碩士和博士論文。由他們協助檢核研究者的編碼，補足有所遺漏的部分，確認主題對於解釋整體資料是有意義的，避免研究者陷入自己的主觀詮釋。研究者也邀請兩位研究參與者（編號 3 與編號 9）閱讀論文初稿的研究結果，徵詢研究參與者的回應，提升研究資料與分析解釋之間的符合度。最後依 Levitt、Bamberg、Creswell、Frost、Josselson 與 Suárez-Orozco（2018）所整理 APA 發行刊物對質化研究品質要求的標準來撰寫論文。

三、結果

(一)家庭故事的內容與說故事情境

1. 家庭故事內容

由十四受訪者回憶從家中長輩聽來的家庭故事非常豐富，包羅萬象。依故事結構分析我們找出 88 個家庭故事，透過主題分析故事內容有四個主題，命名為「家族歷史」、「困境因應」、「教導意義」、「互動儀式」。以下分別說明每個主題的內涵，並提供受訪者的文本為例。每個受訪者提供家庭故事的類型與個數整理於表 2。

表 2　研究參與者提供的家庭故事

編號	故事個數	故事主題			
		家族歷史	困境因應	教導意義	互動儀式
1	9	7	2	3	1
2	7	4	3	3	2
3	9	5	1	3	3
4	10	6	4	2	4
5	5	4	2	1	2
6	4	3	1	0	2
7	4	3	0	2	0
8	2	0	1	0	1
9	13	8	4	4	3
10	8	5	3	2	2
11	4	4	1	1	1
12	3	1	1	1	1
13	8	5	2	3	2
14	2	1	1	0	0
總計	88	56	25	25	23

（1）家族歷史

受訪者回憶的家庭故事很大部分為描述家族歷史與重要事件，長輩們會回顧家族遷移的過程，包括來到臺灣、在臺灣各地的搬遷，以及家人間的相識、家庭形成的過程。以下列舉一些受訪者提供的家庭故事。

「姥姥常說她小時候在大陸非常非常富裕的生活，也有講逃難來臺灣的故事，和外祖父走散、失聯了。姥姥帶著一大家子，為了生活，於是再婚。故事很曲折……」（編號 5）

「爸爸最常說的是自己來臺灣的過程，隨著部隊在臺灣各地搬來搬去，我們家也搬來搬去，所以我家四個兄弟姊妹都在不同的地方出生……」（編號 6）

「爺爺去南洋當兵沒有回來，大家都以為爺爺死了，過了好久才回來，家裡都不一樣了，大家要重新相處，後來還去查了爺爺當初是留在琉球」（編號 9）

「小時候覺得最興趣聽的是爺爺是跟著蔣公來臺灣的事情，媽媽跟我們說的。（媽媽講爺爺的事？）對，媽媽講。剛過來的時候，派到新竹當監察、調查長，算是官位蠻大的，關連、人際，什麼的逢年過節，很多人就來送禮啊。」（編號 11）

「媽媽常常說自己家的故事，好像是一輩子的驕傲，她覺得她家庭出身很好，仕紳家庭，往來的人很多，蠻有面子。（外公家是？）三灣的村長，相較於其他的家庭比較貧困、物質缺乏，他們家還不錯，但是也是臺灣本土長大，沒有什麼特權，只是生活還不錯，沒有大富大貴。」（編號 13）

「我媽會講和我爸認識的過程……我爸透過同鄉介紹，寄了一張相片和一封自我介紹去香港給我媽，我媽一看相片，說夢過這個人，就自己搭船來到基隆，我爸去接她，兩個人就決定結婚了。因為同鄉……」（編號 3）

由這區區十四位受訪者提供家族歷史故事，我們得以窺見近代及當代臺灣家庭成員的多元組成和融合，例如因二次大戰滯留南洋多年歸臺（編號 9），國共內戰逃難過程家人失散再相聚（編號 5），因生活環境與日本人、平埔族與高山原住民的往來（編號 8）等等，許多家庭經歷了各種解組和重組的過程，某種程度已經打破傳統華人以血緣氏族做為穩固家庭的重要基礎，家人、家庭，乃至於家族的定義和疆界變得模糊而有彈性，顯示臺灣移民社會的特徵，而華人傳統對家和家人的定義已被在地化的調整。

另外一些關於家族歷史的故事是分享以前的生活型態，包含生產模式、社會關係模式、消費模式、娛樂模式等。例如：

「我伯公負責養豬，叔公是養雞，我阿公要種菜和賣菜，阿嬤要煮全家人的飯，家族要分工合作……」（編號 1）

「從霧社山上搬下來，沒有什麼可以謀生。阿公找了朋友買了一小塊地開始種荔枝，在旁邊搭鐵皮屋當房子住。門口阿嬤擺了小攤子買雜貨……」（編號 4）

「沒有講什麼，大部分都說種水果很辛苦，我們住在新竹山上靠復興鄉，長輩都忙著工作，講的事情就是親戚誰誰誰種什麼，收成怎樣怎樣……」（編號 8）

「媽媽也會講自己家的事情，農業時代很會養動物，是主要的經濟來源，我印象最深刻的是媽媽說他們養兔子，一下就生很多，長大後要殺來吃，我媽媽不敢弄，就二阿姨處理。當然雞啊，豬啊都有。家裡還有種金針菇，還有荔枝，兩棵荔枝，包給別人，用多少錢包下整棵荔枝的收成」（編號 11）

這些家庭故事交待家族的形成與演變，以及賴以維生的方式。故事多來自於前一兩代的事情，特別是對之後生活型態完全不同的下一代來說是非常新奇有趣，是大多數受訪者最先想到的家庭故事。雖無法親身參與，透過長輩們的口述，以「神遊」的形式參與家族的過往，對於家人的淵源有一些了解，這是家族認同形成的起步（Giarrusso, Feng, Silverstein, & Bengtson 2001），而對家族的認同感建立之後，體認這些家族歷史的意義，才會有意願去保存和承傳這些故事。

（2）困境因應

這個主題的故事是關於長輩提及個人或家族過去曾經面對的困境和挑戰，也呼應過去研究認為生命故事常以困難或問題為核心（Bruner 1996），故事值得被講、值得被理解，其價值在於難題的存在、人們的體驗和消解。

> 「他（受訪者的爸爸）在家門口玩，突然看到弟弟快掉到井裡，他用比跑百米最快的速度衝過去，救起弟弟，我爸形容的那個速度之快，真的很難想像……」（編號 1）
>
> 「我爸說過我阿公的故事。阿公以前賣麵，日本時代警察很嚴，有一次不知道怎麼了，好像筷子弄到日本國旗，警察來抓他……然後怎樣我爸也不知道，最後結果就是阿公很失望，就不再賣麵了，改做別的……阿公之前買了一塊地，種了一些水果，等到水果快收成了，居然全部被偷走了。後來親戚一起來想辦法，抓小偷，借錢……」（編號 1）
>
> 「媽說她小學畢業就去工作賺錢，想要多賺一點錢給家裡，家裡的經濟需要她，所以她跟爸爸認識很久之後才結婚，一直到家裡的弟妹都長大了……」（編號 2）
>
> 「我爸和我媽會講小時候家庭很窮的事，要繳學費的時候沒有錢，阿公很煩惱地在家門口走來走去。然後就是找鄰居或親戚先幫忙一下……」（編號 12）

上述幾個例子反映家庭故事涉及的困境各有不同層次。有的是個人層次，特殊際遇與生涯發展等。有的是家庭層次的，自家人的、涉及親戚的或關於全家族的。還有一些困境來自於與外界互動、受整個社會狀況大環境的影響。更多情況是來自不同層次的原因互相影響著，這些動力過程非常複雜。這些困境或多或少為家庭帶來壓力。

傳遞這些挑戰和困難的另一意義在於：所有的家庭在某些時刻會面對既有運作方式受阻的時候，研究家庭韌性的學者們認為最重要的是家庭成員們怎麼看待自己的家庭與處境（Walsh 1996）。因此，家人透過這些共享的家庭故事，共同定義與評估他們家庭處境的過程，也是家庭韌性建立必要的關鍵歷程。因為透過家人間的對話，分享彼此對家庭的意義，進而建立家人對家庭的共識，而產生家人間的集體意義與共同感。也就是說一個家庭回顧它如何回應歷史與經驗，走過過去的困境，有助於家庭認同的建立，也同時增進面臨危機時的韌性（Reiss 1989; Rutter 1987）。

（**3**）教導意義

另一個重要的家庭故事主題是帶有教育意涵的故事。父母或祖父母常常會分享他們的人生經驗和體悟，協助後代子孫們去面對生存與人生課題。其中最強調的是道德勸說和待人處事的故事，期望子孫們符合社會規範，以利生存。另外也有部分長輩以家庭故事傳達功利觀點，希望子孫能在比較與競爭的社會勝出。例如下面幾個受訪者說的家庭故事即屬於此類。

> 「我爸會講阿公的故事給我們。我爸說我阿公很正直。以前有一些機會可以賺比較多錢，可能不是那麼好的方法，他就不去做……爸爸在說這些事的時候，好像是有點抱怨阿公的那些堅持讓家裡一直很窮，經濟狀況不能改善。可是又好像有那麼一點點驕傲說阿公都沒有做什麼不好的事……」（編號 1）

> 「外公外婆、媽媽舅舅的身教，自己很好客，對客人很禮貌，對子女的這方面要求也比較嚴格，客人來要泡茶，坐下來很認真的聊天。對子女的影響很深。畢竟華人社會很多禮節，從小受過這些禮數的約束，進入社會陣痛期比較短。」（編號 13）

「媽媽有跟我們說外婆那邊的親戚，有靈異功能會下符，但是下場都很不好，因為他們利用這些能力去做一些不好的事，違反道德、報負別人、對別人很不好的事，也就會有惡報。」（編號 8）

「外公外婆比較早就過世了，媽媽回憶起他們的事情，最大的感嘆會一直說要及時行孝」（編號 11）

「奶奶很會做生意，開旅館，我每年暑假回山上住，她就會講很多事情，教我們，要如何算計別人，不要吃虧，說謊也沒關係……」（編號 4）

此外，幾乎是每位受訪者都會提到長輩們以各種故事，包括成功或受挫的榜樣，以實際的獎懲去強調好好讀書，爭取優異學業和爭取升學的重要。

「我爸爸很重視我們讀書，因為他是他們家唯一讀書比較好，然後可以當老師，當老師的生活比較好……」（編號 5）

「我媽媽說我小舅舅想讀書，可是沒有錢，還在課本上畫哭臉……」（編號 1）

「我阿公一直很重視我們讀書，我印象很深刻的是他最後在病床上，還是一直念我們要好好讀書……」（編號 2）

「我媽媽會講我阿公的有一個弟弟，應該是堂弟，他那時候上臺大，全家族第一個，所以是全家族都會講他的事情，他是全家族都會知道的名人，就是希望後代子孫都要很努力讀書。」（編號 4）

臺灣家庭傳遞這些教育意義的家庭故事，呼應儒家思想下的家庭教育首先是教育自己的子女如何待人接物、處世的道理。歷史學者熊秉真（1999）研究前現代中國的幼教或「訓幼」文獻，發現不同時代的士人家庭教導孩子的重點雖有不同，但普遍帶有「功能論」色彩，教養的目的是為了讓孩子「學做人」，養成符合社會規範的成人特質，以光宗耀祖、延續香火。除此，傳統文化中「萬般皆下品，唯有讀書高」的觀念更是根深蒂固。王震武（2002）追溯明、清時代的士大夫文化現象，由於（1）傳統讀書人的優越感；（2）新興仕紳階級的階級意識；（3）對讀書人較高的社會評價，所以人人爭著做讀書人。而傳統「士大夫文化」的觀念也反應在華人社會中的升學主義。從這些中生代的家庭故事回憶中，長輩們對於讀書和升學的訓勉栩栩如生、歷歷在目。即使當代臺灣的生活型態已由傳統農業社會轉為工商業社會，各家庭成員仍可以由長輩口中熟悉和實踐這些儒家倫理，也使得家庭故事作為「主導文化腳本（dominant cultural repertoire）」，具有規範與典範的地位。

（4）互動儀式

家族裡複雜的人際網絡、關係和互動常常呈現在家庭故事裡，涉及代間關係、延伸的親屬和姻親關係，例如：

「以前家裡常常因為阿公的小老婆和生的小孩有很多事。大人都會講來講去，我媽媽也會為我外婆抱不平，也會跟我們講一些發生什麼事⋯⋯」（編號 2）

「我媽媽喜歡說我爸的二伯母的故事，她是霧峰的林家千金大小姐，嫁到陳家來，娘家還送一個丫鬟跟著過來，就是希望照顧她，結果被辭退，懂意思嗎？（是陳家養不起嗎？）不是，是陳家很壞，媽媽的觀點，男人不會講的觀點，就是嫁到陳家就是要做事情，做牛做馬。」（編號 4）

「媽媽有說為什麼沒有和叔叔他們往來，還有掃墓都是我們家自己掃，沒有親戚一起。爸爸有三兄弟，因為奶奶早逝，阿公一個人沒有辦法管，最後我爸爸愛賭博，兩個弟弟一個吸毒，一個最後吃農藥自殺。也因為他們偽造文書拿走爺爺所有遺產，又打了我媽媽，所以之後和他們都沒有往來。」（編號 7）

「爸爸說爺爺生病過世的過程，因為要照顧的分擔，兄弟姊妹因此不合，後來財產、也很不愉快⋯⋯」（編號 14）

關於某個成員的家庭故事可能聚焦於某些特徵，使其理解自己在家庭或世上的定位，談論方式與故事主題顯示家人看待成員的方式以及成員與他人的關係。家文化取向的儒家思想，在傳統的大家庭制度中有非常繁雜的人際關係，繼之而來的各種倫理規範，是為家庭倫理，並作為社會道德的基礎。克盡孝悌、六親和睦等相關倫理在基層民眾之間的內化，常常經由這些家人間口耳相傳的故事，同時也得以窺見婚姻制度、家庭組織、性別角色、社會風俗等等社會結構如何影響人們對家人關係的理解。

還有一些家庭故事是傳達每個家庭特別重視的一些習俗和「儀式（rituals）」，用一種形式給某件事賦予特殊涵義，使得某一時刻與其他時刻不同，某一天與其他日子不同。

> 「我媽媽很重視立冬那天要吃補，我爸爸一定要打電話叫我們回家，然後一邊吃就一邊說為什麼立冬吃補很重要，因為他們小時候也是這樣的……」（編號 2）
>
> 「我媽媽有說過外婆手藝很好，不同的日子會做不一樣的東西。其實我媽媽也是，而且我媽媽點子很多，我們兄弟姊妹常常都很期待媽媽今天要拿出什麼不一樣的食物，然後她會說，要來慶祝什麼……」（編號 6）
>
> 「我爸爸很注重節日，像過年、祭日……然後他會說一些以前的事，該怎麼做怎麼做，就是一些規矩。每次都要講，小時候聽多了也會煩，結果現在也是有意無意跟我的小孩說這些，我們不一定跟以前做一樣，不過還是想讓小孩知道這些習慣……」（編號 10）

儀式不僅是常規或習慣，更對互動的家庭成員產生意義。這些儀式創造每個家特有的氛圍，期待儀式帶來的感動、莊重感和安全感可以傳遞給下一代。儀式可以傳達言語所無法說明的訊息，透過一些象徵隱喻將儀式賦予深度、意義、價值和影響。這些家庭儀式像一條紐帶，將家人聯繫在一起，讓彼此認同和接納，從中獲得力量。由於家庭不斷有新成員加入與舊成員離去，家庭儀式可成為安定與延續家庭生命的方式（Leon & Jacobvitz 2003），而當成員們一同參與慶典或傳統活動，過程中即蘊含歸屬認同的關係意義（Arnold 2008）。

2. 說故事的情境及關連

講家庭故事時的情境指一些相關的背景資訊，包含參與的人員，發生的時間、地點和場合等，情境不同呈現的故事內容類型也有差異。本研究分析說家庭故事最常發生的時機整理為三大類：「團聚時刻」、「家常生活」和「機會教育」。以下分別說明和列出數個故事文本為例。

（1）團聚時刻

因重視家庭，臺灣社會有許多重要節日強調家人團聚，例如俗稱「三節」的春節、端午節和中秋節，以及清明掃墓等，一定會有連假的安排，整個臺灣的交通不論南來北往湧現人潮和車潮。而這些家人聚會的時候，通常是家庭故事被密集地傳頌的時候。

> 「有一次過年，我們就在三伯的房子，後來沒人住的那間辦外燴，就遇到好多親戚，大人一邊吃飯一邊說以前發生的事，其實是他們都知道的事情，好像是再講一次給我們小孩聽的……」（編號 1）
>
> 「香港的親戚來訪之前，媽媽就會跟我們介紹他們的關係，他們的故事，講很多次，每次都要重講……」（編號 3）
>
> 「掃墓的時候，爸爸就會開講他小時候的事情，他們大戶人家，糖果吃不完，放到壞掉。不只爸爸啦，就爸爸那邊的親戚，很愛講他們家以前有多風光，然後又感嘆現在落到這個狀態……」（編號 4）

家庭聚會時講的故事內容多與家族的來龍去脈、親屬關係、以及重大的家庭事件有關，特別是家族中風光的、意氣風發的一面，或是克服難關、揚眉吐氣的時刻。

（2）家常生活

一些日常生活的固定安排，例如晚餐時間，全家人在一起用餐的時候，還有一些較休閒的安排，例如一起泡茶聊天的習慣。通常這時候以輕鬆的心情交換當天或近期發生的事情，也有長輩以講古的心情，聊起以前發生的事情和生活。

「我們家吃完飯後，爸爸就會去推出他泡茶的車子出來泡茶，一邊喝茶一邊聊天，（每天嗎？）對，每天，大約半小時，然後大家就說說自己發生的事情，聊聊天，爸爸媽媽就會說一些以前的事情……」（編號 1）

「每天吃飯的時候，就是講一些以前的事，我們就是聽媽媽講她的童年在廣東老家的事，常常講同樣的事。（像是什麼事？）就是他們家種芝麻的事情，我媽排行老十，下面一個差一歲的妹妹出生後就死了，外婆也死了。哥哥姊姊白天出門去田裡工作的時候，我媽媽負責煮飯，五六歲就會煮飯了……（媽媽講？）大部分，爸爸吃飯兩分鐘就吃完了，就先走了。」（編號 3）

「吃飯時媽媽也會講自己家的事情，農業時代很會養動物，是主要的經濟來源，我印象最深刻的是媽媽說他們養兔子，一下就生很多，長大後要殺來吃，我媽媽不敢弄，就二阿姨處理。當然雞啊，豬啊都有。家裡還有種金針菇，還有荔枝，兩棵荔枝，包給別人，用多少錢包下整棵荔枝的收成，所以我們家裡種，可是不能吃。我媽說小孩很期待颱風天，掉在地上的荔枝小孩就可以撿來吃。」（編號 11）

「小時候家裡養蚵，到我之前好幾代都養蚵，海耕子民隨著潮汐生活……傍晚晚飯前後，大人在門口路旁大樹下休息聊天，有時候喝茶有時候喝酒，我們小孩在旁邊玩，也會聽到大人講事情，親戚的五四三啊，有時候意見不合還會吵起來……」（編號 10）

上面家庭故事傳播的兩種情境中，有的時候說故事的人直接對著他所要傳達的對象，也有不少時候，子女或後輩聽著父母或長輩之間彼此的談話，也就是說家庭故事的傳遞也有很多情況是間接的。由於多位家人共同參與家庭故事的建構，於是產生多人共構的敘事視角，敘事視角的內外差異、客觀與主觀的論述，也牽涉成員親疏遠近與互動關係，於是家庭故事的共構過程就是講述者和聆聽者間互相溝通、協商和創造家庭的意義過程，當中可以定義整個家族的特徵和風格，也是成員形成家庭認同的方式。

（3）機會教育

第三種家庭故事的情境在於所謂「機會教育」。華人父母有種時時刻刻負擔著教養責任的心情，因此會把握時機，掌握機會，隨時表達一些想要教導的內容。雖然教導的意圖很明確，華人父母並不完全以教條或抽象的道理和原則來教小孩，常常是以具體的故事，講一些自己或熟識的人的經驗或體驗，讓孩子有一些模範可以遵循或警惕，以達「見賢思齊，見不賢內自省」的目的。

「我弟弟國中時比較叛逆都不讀書，我爸爸會叫我和弟弟到二樓去，說他自己怎麼努力讀書的故事，前面有跟你講，他是家裡面比較會讀書的人，一講就講兩個鐘頭。我很聽話都乖乖讀書，我弟弟後來也比較認真……」（編號 2）

「我爸有一隻手指頭前面斷了，他常會說他小時候的手指怎麼受傷的故事，就被大門夾到……每次在我們小孩要出門去玩的時候他會伸出他的手指再講一次。（小孩要出門玩的時候？）是啊，就是要我們注意安全的意思。」（編號 3）

「比如說我們吃飯時沒有坐好，這時候媽媽就會講她小時候的故事，就是手沒有放好，被外婆用筷子打的事情。她自己不會動手，就是希望你聽了，知道我在講什麼這樣。平常我們皮的時候也這樣，就說要是她小時候，外婆就拿大棍子在旁邊了。」（編號 13）

儒家的倫理思想與西方倫理學對比起來，強調道德倫理的實踐，肯定人格的可完美性，人必須在現實生活中遵守既有的社會規範，並實踐道德倫理，遵行道德義務與陶鑄最高德行。不少華人學者的研究支持華人父母認為兒童的首要社會化目標為培養道德發展，日常生活的互動為機會教育的重要時刻（Fung 1999；雷庚玲與陳立容 2010）。本研究以中年子女的角度來回憶父母或長輩曾說過的故事，支持上述的觀點，即華人父母重視機會教育，主要是關於人際互賴、道德規範、或增進認知及學業能力，警世和勵志兼有。

（二）家庭故事與個體能動性的展現

第一部分分析代間流傳的家庭故事內容和說故事情境，我們看到家庭故事的內容反映每個家庭性格與價值觀；另一方面，與不同文化脈絡和社會結構的碰撞和交融，家庭持續承載著主流社會的文化意義與價值，也清楚呈現在這些代間傳承的家庭故事中。每位受訪者提供二到十三個不等的家庭故事，第二部分分析透過每位受訪者如何敘述這些家庭故事，包括他說故事的脈絡和感想，探問個體在家庭故事聽與說的過程中的認知歷程。綜合十四位受訪者的文本，最常以三種社會認知歷程來理解家庭故事與家人關係，分別命名為：「時間觀點的轉移」、「多重視角的取替」、「承擔責任的報償」。我們認為這三種認知歷程展現華人家庭下的個體能動性。以下分別說明。

1. 時間觀點的轉移

受訪者在回溯以前聽到的家庭故事時，中間會穿插一些評論，並且以過去和現在的立場和角度去詮釋家庭故事和家人關係。「時間」向度在理解每段家庭生活的重要性也呈現在受訪者在回憶和詮釋中。例如以下為編號 9 受訪者一個訪談小段落。受訪者回述婆婆說過的故事，是關於婆婆小時候生活艱苦並堅強以對的故事。「我婆婆都跟我們講她小時候，為了要讀書，因為她爸爸過世早，媽媽再跟一個那裡的議員在一起，其實那個議員對他們很好，婆婆她要非常努力，像是很用功讀書。她會講很多事情，在家裡怎樣，親戚看不起她，在學校怎樣，……」緊接著受訪者分析婆婆童年辛苦養成強悍個性，但是在人際相處上容易引起磨擦。「她特別計較錢的事，她跟公公家人處得很不好，講很多人的壞話，大家都說不喜歡她，害得我先生、我們家都常常受到親戚排擠……」說完幾件過去發生的不愉快，受訪者有個短暫的沈默，接著說起最近發生的事情「可是，最近，我的小孩在學校發生像霸凌事情，婆婆就很強硬地去解決，說用法律什麼的，她一直是這樣，就很會去找人，看有什麼規定什麼的……這次我們家小孩的事情，好像有效，所以，我的感覺，對她，就又不一樣了。」受訪者從婆婆的過去去理解婆婆的為人處事，再到最近自身的經驗，對婆婆的評論和感覺也有所調整。

受訪者回溯家庭故事是透過事件的時間組織與情節而將過去、現在、未來有意義地聯繫起來，是個人不斷與過去、未來等不同家人互動做對話的過程，因而回憶故事包含「時間歷程」(a temporal process)。例如編號 13 受訪者的一個訪談小段落。受訪者先是說了幾個從媽媽和外公外婆聽到關於家族歷史與發展的故事，再提到爸爸這邊的家族時，他說：「我從小沒有從爸爸那邊聽到什麼事，沒有印象。我以前覺得跟外公外婆這邊的親戚感情比較好。」接著更長一點的停頓，受訪者似乎在比對兩邊家族相處的差異，他認為原因是：「後來我才覺得這是因為爺奶過世得早，所以爸爸那邊親戚沒什麼往來。後來我的外公外婆過世後，好像就有這種感覺，分家的感覺。家就是，它必須要有個 hub，來 bundle 很多人。」從這裡可以看到受訪者由回憶家庭故事開始，隨著時間演變家人互動也產生了變化，理解父親和母親兩邊家族關係的差異性，然後做出自己對於「如何維繫家族」的結論。

相對於西方家庭觀念，成員的關係主要靠個體間的感情來維繫，如果親情不足，關係容易疏離或斷裂；而華人傳統的家庭觀念強調倫理，以強調應然的、義務的、強制的「分位性」的內涵為家庭成員互動的依據，於是親人在情感不足時仍然可以維持關係的連結。然而家人互動的方式是可能隨著時間演變的，依著個體成長和家庭的生命發展歷程，每個階段的情感、責任、義務、資源是不一樣，是動態、須不斷調整才能維持良好的感情。家庭週期的轉換或家庭生涯（family career）變化，衍生為代間交流的傳承，無論是複製特定必經階段或是開創次生涯（subcareers），使得家庭生命經驗和家人關係得以延續、開展與改變的可能。由於華人倫理文化某種程度先穩固家人關係的連續性，雖然每位成員在每個互動時刻似乎都得照既定的劇本演出，然而個體的能動性卻得以從時間性的裂隙中找到出處。

2. 多重視角的取替

受訪者由回憶聽過的家庭故事開始，當家庭故事一個接一個出現，故事的性質愈發多元，摻雜更多受訪者與家人互動親身的經驗，我們可以看到更多關於家庭中被鼓勵說出來的榮耀，與不能公開說的禁忌和污點；也有個人獨特的意見對比於集體的共識。我們也可以看到受訪者會比對不同家人說的故事，也會對照故事與實際的互動經驗。我們更可以看到個人從正向或負向家庭傳承中創造意義，以及如何接納、拒絕或延續家庭傳承。如編號 5 受訪者敘述從姥姥那聽到國共戰爭期間姥姥攜家帶眷從中國大陸遷臺，最後在臺灣落地生根的過程。「大家都是講那時候發生的事情。」交待完故事細節，受訪者接著比較同樣經歷這些的家人有姥姥、媽媽和阿姨，而他們對於這些故事的表達並不相同：「姥姥很喜歡講這些，可是我媽媽很少說，我從阿姨那邊也聽來很多，阿姨愛講，講的大多是她的抱怨。」，受訪者感受到每位家人有不同的觀點，「而且他們每個人講的，明明是同一件事，卻常常不一致，兜不起來……還有也都不是很好的事情，我就不會再跟我女兒說這些故事了。」因為每位家人說法不一致，受訪者無所適從，於是沒有以媽媽的身份把這些事再說給女兒聽。

例如編號 9 的受訪者清楚地記得媽媽告訴她在她出生前的故事，「媽媽說那時候她每天去市場撿菜販不要的、挑剩下的菜葉，為了要餵飽家人。小時候小孩子要長大，幾乎沒有什麼營養的東西吃，只有吃很稀很稀的粥……」受訪者出生後，家境沒有改善太多，但是家裡人口還是繼續增加，「我排第五，前面四個姊姊，後面還有弟妹各一個……大姊之前有兩個男生出生後就死了……」受訪者對於家裡的辛苦非常煩惱也不能理解，後來她去問父親尋求解答：「我有問爸爸為什麼要生那麼多？（多大的時候？）小學三四年級的時候。」受訪者從父親那裡得到的回答是「我爸爸說為了孝順，就是不孝有三無後為大」受訪者心疼媽媽和手足的困境，她當下就質疑爸爸：「我就問他那你這樣犧牲你的小孩，媽媽還差點死掉，這樣值得嗎？」「爸爸也很難過地說他也不知道，就只是以為這麼做才是對的，因為他的時代孝順是最重要的。」和父親談話過後，受訪者表達她的感受是：「我還是會怨他，可是看他也那麼難過，我知道他不是完全不在乎我們。我也沒那麼生氣了。」可以看到受訪者透過家庭故事、生活經驗、與父親的溝通而理解當時的每位家人處境，也調整自己的觀點和情緒。在後面的訪談中，受訪者也提到由於自己從小就「有問題就問，所以我算是比較了解家裡每個人的想法」，於是父親還把重要的身後大事交由「排行第四的女兒」她去協商，這對受訪者來說更是意義重大。

這些當代臺灣中年世代的受訪者，能把長輩說過的故事侃侃而談，他們自己會跟子女說說哪些家庭故事呢？又為什麼呢？以下是幾位受訪者的說法。

> 「我很少跟小孩說以前家裡的事，也很少說自己的事情。但是我會問他們的事情，有沒有發生什麼事。（為什麼不說？）沒想過……大概是我希望尊重他們的選擇。我覺得以前長輩是希望我們照著他們的想法做，所以講很多。另一方面，因為我們住在臺北，跟親戚往來少了，所以也沒什麼機會或必要講以前那些事。不過我爸爸媽媽，就是阿公阿媽還是會跟小孩講很多啦。小孩還是知道很多以前的事。」（編號 4）
>
> 「我沒有跟小孩說這些我爸爸的事，出那麼多事，偷偷不曉得把錢花到那裡，結果兄弟姊妹要出來處理……我媽媽身體很不好，一直出入醫院……小孩不理解這些事，我不想讓他們對外公有不好印象。但是我會跟小孩說我媽媽煮什麼好吃的東西，我媽媽只要身體好一點的時候，她就會做東西給我們吃，這是我很好的回憶，我也會帶我的小孩一起做東西吃。」（編號 6）
>
> 「家裡的事、長輩的事我都會跟小孩分享，我希望他們都知道，我覺得這些事都是生命教育，我還有進學校班級去講故事做生命教育。」（編號 9）

「我會跟小孩講以前大家為生活辛苦的事情，因為他們現在過得太好了，太浪費，都不知道知足惜福。當然還有我們以前小時候玩的遊戲、利用很多自然的素材當玩具，真的很好玩，也想帶他們玩。」（編號 11）

本研究的談訪資料顯示：（1）受訪者在面對多方敘述的、不一致的、矛盾的、不連續的家庭故事時，個人的反思性與能動性發生作用，把家庭故事、生命經驗、實際互動當作對象來反省和思考。（2）透過對家庭故事的理解，過去的家人關係和生命經驗除了影響現在的家人互動，包括調整家人互動的規範、形成自己的家人互動腳本，尚且會以他們認為適切的、理想的家人互動方式，反映在他們想要傳遞給子女的家庭故事。

3. 承擔責任的報償

很多家庭故事會提及過去的生活的艱辛和困難，其中總會出現一些家人任勞任怨，甚至於犧牲個人的福祉和發展，對於家族有很大的貢獻。過去心理學的研究，特別是道德心理學，多是從個體的能動性去做責任感的判斷，當個體認為是出於其自由意志並清楚因果關係時，才會認定要對該行動負責。然而從受訪者敘述的家庭故事顯示另一種心理機制：擔負家庭重責的人因為獲得家族間的尊重和信任，伴隨而來其能動性的提昇，包含對家族興衰的掌控，對家人互動的自主性，自身的成就感，以及無愧於人、自豪和滿足的情緒。

例如編號 2 受訪者提及因祖父母早逝，父親獨自生活一段時間後，國中離鄉到臺東依親升學，半工半讀，自立自強，並協助兄長發展事業和家庭。這些歷史在親戚間傳誦，大家對父親的好評，也讓受訪者感到與有榮焉。「我們家都是彰化二水人，我爸在田中教書，我們搬去二水。爺爺奶奶很早就過世，我爸國中只好去臺東念師院，去臺東就可以住在他哥家，過得很辛苦，一路半工半讀，供自己生活讀書，也幫忙哥哥，哥哥已經有家庭了，負擔更大，所以爸爸要靠自己，還給哥哥錢，因為住他那邊，連當兵的補貼也要幫忙他哥哥的家。後來一定要回到他的故鄉彰化來，申請學校調職，才有機會成立自己的家庭……後來從親戚間還是會聽到別人稱讚我爸爸當年很替家裡著想的事情，我聽了也覺得哦，好辛苦，也很高興爸爸被人這樣說……」

還有受訪者 4 提及父親很小負起照顧弟妹的責任，使得手足的情誼延續至今。「奶奶開旅館很忙，爸爸很小的時候就被送到親戚家住，被迫獨立，他現在很怕黑，是小時候的陰影。他小時候是帶著弟妹住到親戚家，受到不好的對待，要扛下來，照顧弟妹，弟弟妹妹更小更不懂事，他都要承擔這些委屈。就是對上……大家長大後，發生很多事情，各自成家，感情漸漸淡了，也有不少衝突，像是照顧長輩的工作，財產分配，有很多事……可是你就是感覺得出叔叔和姑姑還是很尊敬我爸爸，對他講話的態度，對他的決定就是會支持會聽……」

受訪者 13 也提到父親在祖父母過世後，長兄如父，主持家務，這樣的互動模式就持續到大家都成家立業之後。這些事情受訪者不是從父親口中聽說的，而是看到受父親照顧的叔叔姑姑們表達感激之情。「爸爸自己不太說什麼事情。他是長子，父母過世得早，後面還有很多弟妹要讀書，他長兄如父，他很晚婚，工作薪水都用來照顧弟妹。爸爸比較大男人，負責大事情。家裡的大事，還是有什麼糾紛要處理，都會找我父親出面，因為他付出很多，最後就是他說了算。我對父親那邊知道的事情很少，他可能覺得不需要講，他很少說什麼。（你是聽誰說這些事？）過年過節的時候，親戚遇到了，像叔叔姑姑他們，會說一些以前的事，會說感謝我爸爸之類的……」

受訪者 4 用了很多時間介紹她的外祖母持家的辛苦，說明外祖母為何受到家族的敬重與愛戴。「妳知道我們大家最愛姥姥，她現在九十四了，她健康我們就安心，她開心我們就放心，姥姥是我們整個家族的重心，因為姥姥我們才能在臺灣落地生根。雖然現在大家分散各地，我媽媽定居美國，哥哥半年前過世，這個騙姥姥他出國宣教去，怕怕姥姥傷心，弟弟剛去美國，只有一個阿姨在臺北……但是大家都和姥姥保持密切連絡。剛剛有講過我姥姥帶著一大家子人從大陸來臺灣，我媽媽三姊弟，姥姥家的工人，姥姥從小的丫鬟。姥姥自小嬌生慣養，這過程一路這麼辛苦她都撐下來，後來又跟我外祖父走散了。在臺北落腳後，姥姥還準備嫁妝讓丫鬟去嫁人了，嫁得很好，現在那阿姨還會做姥姥愛吃的烤麩來看她。那時有一大家子要活下去，雖然離家時帶了一些貴重的東西，好像沒有男主人不行，後來姥姥改嫁，那個人我們都叫他那個老頭子，家裡也多一個沒有血緣關係的舅舅。那個老頭子非常兇，像是我們吃飯時發生一點聲音就會被打下桌回房間去不能吃飯，也會打姥姥。姥姥一直到小舅舅結婚了有自己的家庭，六十幾歲才跟那個老頭子離婚……」

把家庭成員之間的義務和責任，建立於親情仁愛基礎上，以家庭的和諧和延續為人生首要目標。即使是犧牲個我發展，即使是強制性的義務，透過社會接受的文化意義系統來形塑與傳遞，家庭責任如同與生俱來的神聖使命。一肩扛起家庭重擔、幫助家族度過困境與難關的成員常是家族間口耳相傳的故事主角，成為大家的模範，廣受敬重和感恩，記得的故事成為說故事者的陳述性知識（Cervone & Pervin 2016）。

四、討論

本研究以受訪者重述從長輩聽來的家庭故事為分析素材，整理當代臺灣家庭相傳的故事，主要有「家族形成遷移的歷史和過去的生活型態」、「個人或家庭面對困境和挑戰的過程」、「待人接物與士大夫觀念的教育意義」「家族人際關係與儀式習俗」四大主題。由受訪者串連各個家庭故事的訴說，我們可以看出家庭故事傳承的過程是家人關係的建立、維持、理解和溝通的重要媒介之一，家庭成員於此透過「時間觀點的移轉」、「多重視角的取替」、「承擔責任的報償」等社會認知歷程，除了建立家庭認同外，從家庭故事中獲得意義，也運用於日常生活與家人互動，是形成個人行動的重要依據。本研究架構與研究結果統整於圖 2。

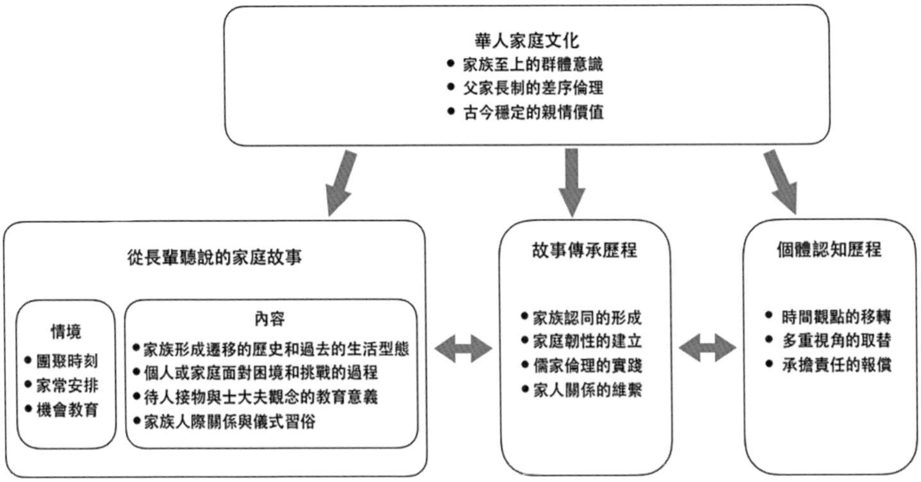

圖 2　研究架構與結果

家人互動不能脫離其社會情境而存在，家庭價值的傳承也部分藉由口述行動得以延續，正是在其中，人們構成並參與「生活世界」，於是家庭生活蘊含著難以化約、豐富和多重的真實（reality），而我們的研究目標是一連串對此提問與提供可能解釋，是各種對於家人關係之探索的可能努力之一，也並非唯一。而社會認知理論重視個體行為的社會性來源，能力是透過社會互動與觀察而習得，人類有能力主動建構其心理世界，既受環境影響，同時也會影響環境。這是我們理解個體心理與行為的基本立場。

以下延伸討論本研究結果，最後提出本研究可能的限制。首先，我們統整這些家庭故事所描繪出的當代臺灣家庭樣貌：臺灣社會仍然保留傳統大家庭繁雜的人際關係，以及繼之而來的各種倫理規範。從故事被訴說的過程和內容來看，親屬關係的細致與複雜無法被忽視。所有受訪者的居住型態只有一位是三代同堂，其他都是小家庭形式，但說起自己所知道的家庭故事，可以從直系父母、祖父母、外祖父母延伸到旁系親戚，故事中涉及的親人很廣，顯示雖然當代家庭結構已有轉變，家人及親族關係的聯繫則相對穩固。

這些豐富的家庭故事內容呈現：族人親戚關係的維持仍是重點，「父義、母慈、兄友、弟恭、子孝」的倫理規範是多數家庭重要的教化內涵。肯定對家庭的歸屬感，追求家庭的榮耀和成就，眾親人在各種困境時候，放下平日相處的齟齬，一起面對難關等等，再再顯示家族凝聚與團結的家人的向心力。然而臺灣中年世代考量向子女們傳遞的家庭價值，因為生活型態改變，與親友之間的往來方式、互動頻率都有相當的變化，使得家長權威式的倫理被鬆綁、和睦謙讓的道德受到強調個人自主的衝擊。未來，家庭能否繼續如這些故事所呈現——結合眾家人之志，展現眾家人之力，做為與外在世界互動的單位——可能還需要再觀察一兩個年輕世代。

由一般民眾流傳的家庭故事，往往是一個社會變遷的縮影。臺灣從農業社會走向現代化，這個過程「在歐洲常需一、二個世紀的時間來調適，但在臺灣卻濃縮在幾乎只有一個年代之中」（金耀基 1982）。也因為進展快速，目前臺灣社會出現現代與傳統文化並存或混搭（culture mixing）（Chiu et al. 2011）的種種景象。再加上幾百年來臺灣具有移民社會的特性，不同時期、不同地域的政權更迭與移民差異，表現出多元異質的文化交融，以及包容、開放、勤奮、強悍的移民社會特質。就我們的資料來比對國外相關研究結果（如 Ryan, Pearce, Anas, & Norris 2004），有兩個比較明顯的差異。第一個是大多數受訪者知道前一兩代家族的事情，再遠的就模糊不清楚，而國外可以看到有些家庭故事是對好幾代源遠流長的如數家珍；另一個差異是臺灣民眾講述家族歷史的同時，比較少提及或對照社會上或國內外發生的重大歷史事件。我們推測有幾個可能的原因，包括臺灣早期移民人口特質、近代被殖民統治的經驗，以及國共戰爭後遷臺的歷史背景，讓一般人對故鄉的想像相對模糊；而快速的社會政經變遷，發生在這個島上的重大歷史事件，不斷反覆被重新詮釋，也不容易被記憶。

家庭故事所呈現的臺灣家庭面貌，讓我們對於傳統家庭倫理的轉變有了更具象的理解。家庭倫理觀念的變遷有其變與不變的成分，不再期望傳宗接代、養兒防老，整體來說是受結構影響較大的價值，而和諧美滿的家庭、情感性的親子關係在文化涵化下一直保存在當今華人社群之中，也是臺灣民眾最為重視的家庭價值，我們認為這說明了人類心理與情感的普同性，也正是文化傳統可貴之處。臺灣社會家庭凝聚與個體自主並存的現況也不是無例可比。Kagitcibasi（2005）主張不同文化採用不同的社會來往模式，她提出三種典型的家庭人際關係模式：一種是在物質和情感都相互依賴的集體主義模式（傳統的農業社會的家庭模式），另一種是強調物質和情感上都獨立的個人主義模式（以西方社會中產家庭為代表），以及上述兩種模式的結合產生的一種新模式：在物質上獨立，在情感上相互依賴。他認為在具有集體主義文化基礎的發展中國家，由於大規模的都市化和工業現代化，家庭人際關係可能朝向最後一種轉化。在此模式中，對兒童的社會化既強調個體的自主，也強調對集體的忠誠，把控制和自主兩者結合在一起。我們也已觀察到，當代臺灣家庭和 Kagitcibasi 的第三種模式有若干符合。再加上未來文化主客位置的鬆動、全球化與在地化的拉扯，只會愈加劇烈，儒家傳統對於個人及家庭生活的影響可能不再那麼理所當然。

本研究另一個貢獻是呈現個體理解家人關係重要的認知歷程：時間向度、觀點取替和責任感。本研究材料「家庭故事」同時具有歷時性（diachronic）與共時性（synchronic）的特性來顯示家庭與個體發展的動態：歷時性涉及長時間的家庭記憶，而這些代代流傳的家庭故事則受到每次共時的、聽與說的過程不斷轉化與重構。更進一步延伸，家人互動意味著在特定空間裡的聯合行動和共構意義，還有關注當下與後續的時間變化，但是更應該提高層次來了解家人關係。家人關係指向一種人際連結，是先於家人互動存在，並導引互動的發生和組織情境的意義。家人關係不該被化約為這些可觀察的、你來我往的互動，也不僅僅是這些互動的總和，家人關係只能被推論（Scabini, Marta, & Lanz 2006）。特別是在華人的家文化傳統下，若只關注每次互動的結果和效果時，也容易忽視個體為維護家人關係連結所付出意願和行動，與其背後的自主性。

Emirbayer 與 Mische（1998）是極少數以時間性（temporality）去探討能動性的學者，直接將人的能動性（human agency）定義為「嵌入時間歷程的社會行動」。據此觀點，以生命歷程取向（life course theory）去了解家庭與個人的關係是很重要的依據。生命歷程取向重視個人的能動性原則（Elder, Johnson, & Crosnoe 2003），雖然個人在發展歷程中做出各種決定和行動時，依據歷史社會環境提供機會與限制的背景；而且生命歷程取向更強調時間性的作用，包含終身的發展、鑲嵌在特定的時空、事件發生的時機點，更是對個體能動性的延伸。華人家人關係持續不易斷裂的特質，使得個體有更多時間上的餘裕去探索、發現和統整過去家庭經驗的動向，也可以建構未來的方向與力量，而不至於完全受困於當下緊張與挫折。

家庭成員也在家庭故事的聽說過程中，比較不同家人的觀點，對照實際的互動經驗，條分縷析其家人關係。Langellier 與 Peterson（1993）認為家庭故事反映世代傳承的知識和理念，受訪者自小聽家人說的故事與諄諄教誨，成長過程漸漸由這些故事中找出事件、人物與世界之間的連結。Thompson 等人（2009）探討代間的故事如何建構個人與家庭認同，結果發現研究對象的家庭第三代成員多數接受正向故事並拒絕負向故事，還有些人甚至於試圖將負向故事轉化為非負向的家庭故事。受訪者的確可以從家庭故事獲得意義，也將故事運用於日常生活與家人互動，是形成個人認同的重要因素。Fung、Miller 與 Lin（2004）關於家庭故事的研究中，強調華人家庭的語言溝通多由父母主導，但是子女的表面上的聽從行為並不是代表完全的被動，子女的主動地建構意義、反思和道德判斷也是有跡可尋。Pinsof（1992）說明家庭系統是由許多不同層次的次系統互相影響，因家庭系統包含很複雜的次系統，家中每個人都在詮釋著他眼中的、他知道的、他經驗中的家庭，即使是同一家庭的成員，在不同的次系統中也許看到的家庭並不一樣，這些差異就可能為這個家庭帶來改變的契機。

生活在華人文化之下，照顧他人與分擔責任是經常被肯定與鼓勵的。例如黃宗堅與周玉慧（2009）以大學生為對象研究親子的三角關係，有一類「子擔親職」的類型，把家庭中的「責任」與「孝順」視為自我期許，將親職化行為視為一種孝道的表現。這些大學生知覺到對家庭的付出與獲得之間，是平衡互惠而且是心甘情願的狀態時，展現較佳的「自主彈性感」及較低的「衝突矛盾感」。儒家的倫理哲學常被理解為一種德性倫理學（virtue ethics），強調的是個體德性的培育和德性在道德行為上的推動力，不只是遵守道德原則，更重要的是情感、判斷能力和有價值的品格特質。因此，不像行為倫理學理論（如康德倫理學、效益主義等）將焦點放在行為的對錯上面，德性倫理學更重視做行為的行為者。「我應該成為什麼樣的人？」是華人道德最關心的問題，重視的是德性、自覺和境界。同時，儒家思想的「齊家」是中華文化主流中極為重要的社會發展進階：從著重個別性完美的「修身」，走向群體性的完善追求時，必以「齊家」為起點，承擔家庭責任的意義不僅是對家庭和家族，更彰顯個體的修養、美德與價值。

家人關係置身於特定文化中，無可避免面對各類道德衝突與妥協，一個妥善可行的方式就是建立家人真誠的對話關係。對話必須創造或使用共同語言，以使理性的關係可以系統地發展，而家庭故事的共構是很值得推薦的選項。以家庭故事做為一種溝通形式，個體得以窺見不同成員的觀點，於是有了不同的視角去理解和感受家人關係，那麼我們的家庭便是成員溝通實踐的結果。雖然臺灣社會未來的家庭模式仍在變動中，但是我們相信家庭意義和價值是相對持久和連續的，可以由家庭成員透過對生命經驗的分享、協商，取得家庭信念的共識，得以世代傳承和延續。

本研究的訪談對象集中於臺灣北部都會地區、功能運作正常的中年世代雙親家庭，研究結果的類推仍須保守。不少關於華人家庭代間衝突的研究，指出許多問題源自於家庭中的權力結構與孝道倫理，家庭面對問題時受限於僵化的家庭倫理與角色，主要在於家人間不能夠平等溝通、家庭成員無法靈活運用資源等等。但是同樣的有更多的家庭依然在這些家庭規範下運作正常，一代代的強調家族成員保有的傳統文化價值，使家人得以成長、走過難關、找到生命的意義。至於解組、失序或失能的家庭，會有什麼樣的長輩經驗在親子間傳頌？抑是家人沒有家庭故事的記憶？這是一個更具挑戰的議題，換言之，家庭故事的缺失、無法說的或不能說的，其中的差異或可補充說明家庭故事與個體能動性之間可能的關係，值得未來進一步探究。

參考書目

Flick, Uwe

2007　質性研究導論。李政賢、廖志恒、林靜如譯。臺北市：五南。

王震武

2002　升學主義的成因及其社會心理基礎——一個歷史觀察。本土心理學研究 17:3-65。

李良哲

1997　國內中年人關心的生活課題之研討研究。教育與心理研究 20:141-180。

周玉慧、朱瑞玲

2013　殊異或趨同？臺灣民眾價值觀之變遷及其影響因素。刊於華人的心理與行為：哲學反思、理論建構與實徵研究。葉光輝編。臺北市：中央研究院。

金耀基

1982　從傳統到現代。臺北市：時報出版社。

洪晟惠、周麗端

2012　中年世代的家人關係與生活滿意度。人類發展與家庭學報 14:95-124。

梁漱溟

1963　中國文化要義。臺北市：正中書局。

黃宗潔

2005　試論當代臺灣家族書寫中的感官記憶。中國學術年刊 27:205-220。

黃宗堅、周玉慧

2009　大學生親子三角關係類型與親密關係適應之研究。中華心理學刊 51:197-213.

黃囇莉、朱瑞玲

2012　是亂流？還是潮起、潮落？——尋找臺灣的「核心價值」及其變遷。刊於臺灣的社會變遷1985－2005：心理、價值與宗教，臺灣社會變遷基本調查系列三之2。朱瑞玲、瞿海源、張苙雲主編，頁1-36。臺北市：中研院社會學研究所。

曾端真

2003　中青兩代童年記憶中的家庭經驗。本土心理學研究 19:229-271。

楊國樞

1992 傳統價值觀與現代價值觀能否並存？中國人的價值觀國際研討會論文集。臺北市：漢學研究中心。

雷庚玲、陳立容

2010 學齡前兒童之母親遊戲行為初探：依戀比較與文化比較。中華心理學刊 52:397-424。

葉明華、楊國樞

1997 中國人的家族主義：概念分析與實徵衡鑑。中央研究院民族學研究所集刊 83:169-225。

劉惠琴

2008 行動中家庭的故事。應用心理研究 38:17-59。

2011 家庭調適的質量對話。教育心理學報 42:567-590。

賴玉釵

2013 圖像敘事與美感傳播：從虛構繪本到紀實照片。臺北市：五南。

熊秉真

1999 歷史上的幼教與童年——若干中國式的假設與呈現。本土心理學研究 11:203-261。

錢穆

1993 中國文化史導論。臺北市：臺灣商務印書館。

Arnold, L. B.

2008 Family Communication: Theory and Research. Boston, MA: Allyn & Bacon.

Bakan, D.

1966 The Duality of Human Existence: Isolation and Communion in Western Man. Boston: Beacon Press.

Bandura, A.

1982 The Self and Mechanisms of Agency. *In* Psychological Perspectives on the Self. J. Suls, ed. Pp. 3-40. Hillsdale: Lawrence Erlbaum.

1986 Social Foundations of Thought and Action. Englewood Cliffs, NJ: Prentice Hall.

1995 Self-efficacy in Changing Societies. Cambridge University Press.

1997 Self-efficacy: The Exercise of Control. New York: Freeman.

2006 Toward a Psychology of Human Agency. Perspectives on Psychological Science 1(2):164-180.

Braun, V., & V. Clarke

2006 Using Thematic Analysis in Psychology. Qualitative Research in Psychology 3(2):77-101.

Bruner, J.

1996 The Culture of Education. Cambridge: Harvard University Press.

Cervone, D., & L. A. Pervin

2016 Personality: Theory and Research. (13 ed.). N.Y: John Wiley & Sons, Inc.

Chiu, C.-Y., P. Gries, C. J. Torelli, & S. Y. Y. Cheng

2011 Toward a Social Psychology of Globalization. Journal of Social Issues 67:663-676.

Clausen, J. A.

1991 Adolescent Competence and the Shaping of the Life Course. American Journal of Sociology 96:805-842.

Emirbayer, M., & A. Mische

1998 What is Agency? American Journal of Sociology 103(4):962-1023.

Elder, G. H., Jr., M. K. Johnson, & R. Crosnoe

2003 The Emergence and Development of Life Course Theory. *In* Handbook of the Life Course. J. T. Mortimer & M. J. Shanahan, eds. Pp. 3-19. New York: Kluwer.

Fiese, B. H., J. Wilder, & N. Bickham

2000 Family Context in Developmental Psychopathology. *In* Handbook of Developmental Psychopathology. A. Sameroff, M. Lewis, & S. Miller, eds. Pp.115-134. New York: Kluwer Academic.

Fung, H.

1999 Becoming a Moral Child: The Socialization of Shame Among Young Chinese Children. Ethos 27:180-209.

Fung, H., P. J. Miller, & L. C. Lin

2004 Listening is Active: Lessons from the Narrative Practices of Taiwanese Families. *In* Family Stories and the Life Course: Across Time and

Generations. M.W. Pratt & B. H. Fiese, eds. Pp. 303-323. Mahwah, NJ: Erlbaum.

Giarusso, R., D. Feng, M. Silverstein, & V. L. Bengtson

2001 Grandparent-adult Grandchild Affection and consensus: Cross-generational and Cross-ethnic Comparisons. Journal of Family Issues 22(4):456-477.

Hammack, P.

2008 Narrative and the Cultural Psychology of Identity. Personality and Social Psychology Review 12:222-247. DOI: 10.1177/1088868308316892

Hogan, R.

1982 A Socioanalytic Theory of Personality. Nebraska symposium on motivation 30:55-89.

Hsu, F. L. K.

1971 Kinship and Culture. Chicago: Aldine Publishing Co.

Kagitcibasi, C.

2005 Autonomy and Relatedness in Cultural Context: Implications for Self and Family. Journal of Cross-Cultural Psychology 36:403-422.

Kellas, J. K.

2005 Family Ties: Communicating Identity Through Jointly Told Family Stories. Communication Monographs 72:365-389. DOI: 10.1080/03637750500322453

2013 Framing Family: An Introduction. *In* Family Storytelling: Negotiating Identities, Teaching Lessons, and Making Meaning. J. K. Kellas, ed. Pp.1-14. New York, NY: Routledge.

Kellas, J. K., & A. R. Trees

2006 Finding Meaning in Difficult Family Experiences: Sense-making and Interaction Processes during Joint Family Storytelling. Journal of Family Communication 6(1):49-76.

Kohn, M. L., & C. Schooler

1982 Job Conditions and Personality: A Longitudinal Assessment of their Reciprocal Effects. American Journal of Sociology 87(6):1257-1286.

Labov, W., & J. Waletzky

1967 Narrative Analysis: Oral Versions of Personal Experience. *In* Essays on the Verbal and Visual arts. J. Helm, ed. Pp. 12-44. Seattle: University of Washington Press.

Langellier, K. M., & E. E. Peterson

1993 Family Storytelling as a Strategy of Social Control. *In* Narrative and Social Control: Critical Perspectives. D. Mumby, ed. Pp. 49-76. London: Sage.

2004 Storytelling in Daily Life: Performing Narrative. Philadelphia, PA: Temple University Press.

Lieblich, A., R. Tuval-Mashiach, & T. Zilber

1998 Narrative Research: Reading, Analysis, and Interpretation. Tousand Oaks: Sage.

Leon, K., & D. B. Jacobvitz

2003 Relationships between Adult Attachment Representations and Family Ritual Quality: A Prospective, Longitudinal Study. Family Process 42(3):419-432.

Levitt, H. M., M. Bamberg, J. W. Creswell, D. M. Frost, R. Josselson, & C. Suárez-Orozco

2018 Journal Article Reporting Standards for Qualitative Primary, Qualitative Meta-analytic, and Mixed Methods Research in Psychology: The APA Publications and Communications Board task force report. American Psychologist 73(1):26-46. http://doi.org/10.1037/amp0000151

Locke, K. D.

2015 Agentic and Communal Social Motives. Social and Personality Psychology Compass 9(10):525-538.

Markus, H. R., & S. Kitayama

2003 Models of Agency: Sociocultural Diversity in the Construction of Action. *In* Nebraska Symposium on Motivation: Cross-cultural Differences in Perspectives on the Self (Vol. 49). V.M. Berman & J.J. Berman, eds. Pp. 1-58. Lincoln: University of Nebraska Press.

McAdams, D. P.

1993 The Stories We Live by: Personal Myths and the Making of the Self. London:

The Guilford Press.

McAdams, D. P., B. J. Hoffman, R. Day, & E. D. Mansfield

1996 Themes of Agency and Communion in Significant Autobiographical Scenes. Journal of Personality 64(2):339-377.

McClelland, D. C.

1987 Human Motivation. New York, NY: Cambridge University Press.

McLean, K., & A. Thorne

2006 Identity Light: Entertainment Stories as a Vehicle for Self- development. *In* Identity and Story: Creating Self in Narrative. D. McAdams, R., Josselson, & A. Lieblich, eds. Pp. 111-128. Washington, DC: American Psychological Association.

Mirowsky, J., & C. E. Ross

1998 Education, Personal Control, Lifestyle and Health: A human capital hypothesis. Research on Aging 20:415-449.

Pearlin, L. I., E. G. Menaghan, M. A. Lieberman, & J. T. Mullan

1981 The Stress Process. Journal of Health and Social Behavior 22(4):337-356.

Pinsof, W. M.

1992 Toward a Scientific Paradigm for Family Psychology: The Integrative Process Systems Perspective. Journal of Family Psychology 5(4):432-447.

Reiss, D.

1989 The represented and Practicing Family: Contrasting Visions of Family Continuity. *In* Relationship Disturbances in Early Childhood: A Developmental Approach. A. J. Sameroff & R. N. Emde, eds. Pp.191-220. New York: Basic Books.

Richardson, L.

1990 Narrative and Sociology. Journal of Contemporary Ethnography 19(1):116-135.

Riessman, C. K.

1993 Narrative Analysis. Newbury Park, CA: Sage.

Rotter, J. B.

1966 Generalized Expectancies for Internal Versus External Control of

Reinforcement. Psychological Monographs 80(1):1-28.

Rutter, M.

1987 Psychosocial Resilience and Protective Mechanisms. American Journal of Orthopsychiatry 57:316-331.

Ryan, E. B., K. A. Pearce, A. P. Anas, & J. E. Norris

2004 Writing a Connection: Intergenerational Communication Through Stories. *In* Family Stories and the Life Course: Across Time and Generations. M. W. Pratt & B. H. Fiese, eds. Pp. 375-398. Mahwah, NJ: Erlbaum.

Ryan, R. M., & E. L. Deci

2000 Self-determination Theory and the Facilitation of Intrinsic Motivation, Social Development, and Well-being. American Psychologist 55:68-78.

Scabini, E., E. Marta, & M. Lanz

2006 The Transition to Adulthood and Family Relations. Hove, UK: Psychology Press.

Segrin, C., & J. Flora

2005 Family Communication. Mahawh, NJ: Lawrence Erlbaum Associates.

Stone, E.

2004 Black Sheep and Kissing cousins : How Our Family Stories Shape Us. New Brunswick, N.J.: Transaction Publishers.

Thompson, B., J. K. Kellas, J. Soliz, J. Thompson, A. Epp, & P. Schrodt

2009 Family legacies: Constructing Individual and Family Identity through Intergenerational Storytelling. Narrative Inquiry 19(1):106-134.

Walsh, F.

1996 The Concept of Family Resilience: Crisis and Challenge. Family Process 35(3):262-281.

Wang, Q.

2008 On the Cultural Constitution of Collective Memory. Memory 16:305-317. DOI: 10.1080/09658210701801467

Wiggins, J. S.

1991 Agency and Communion as Conceptual Coordinates for the Understanding and Measurement of Interpersonal Behavior. *In* Thinking Clearly about

Psychology: Essays in honor of Paul E. Meehl. W. Grove & D. Ciccetti, eds. Pp. 89-113. Minneapolis: University of Minnesota Press.

Wolff, L. O.

1993 Family Narrative: How Our Stories Shape Us. Paper presented at the Speech Communication Association annual conference. Miami Beach, FL. Retrieved from http://www.eric.ed.gov/PDFS/ED368002.pdf (2010/10/25)

Intergenerational Transmission of Family Stories: From an Agentic Perspective

Rong-kou Liu, and Ruey-ling Chu

Abstract

Family stories—organized, interpreted, and shared across generations—shape family relationships as well as individual and family identities. This study collected qualitative data via semi-structured interviews inviting 14 young and middle-aged adults in Northern Taiwan (aged 31–55) to reminisce about the stories they had heard from seniors in their family. Thematic analysis of the content of these vignettes identified four distinct themes: (1) family history, (2) challenge and difficulty, (3) didactic messages, and (4) family ethics and customs. In sum, family storytelling passes down family traditions and rituals; connects a family's past, providing a guide and form to the present and future; teaches important life lessons of the family system and of the larger sociocultural contexts; and helps members make sense of, and get through, hard times. This result means that family—as a whole and exerting its collective agency—both reflects and recreates the interaction with the larger culture and society. Furthermore, the structure of accounts narrated by each participant was analyzed. Three kinds of social-cognitive processes for meaning-making of family experiences emerged: (1) switching time perspectives between the past, present, and future, (2) explaining the meaning of life events to the family from the perspective of those with different family roles, and (3) praising the virtue of taking responsibility for the well-being of the family.

Family relationships, on the basis of interactive and ongoing dynamics, change over time and throughout the life course. This analysis provides an initial finding: reflexivity from the storytelling process is the critical capacity to understand, maintain, and create family relationships. Family members take part in the multi-process of storytelling by way of listening to or telling, accepting or rejecting, constructing, reconstructing, or deconstructing family stories, all actions that accompany an individual's impact on his or her own family. Family storytelling is not only an internal relational process, it is also a medium for socialization and negotiation in the context of cultural values and norms.

Keywords: Family Ethics, Family Story, Human Agency, Social Cognitive Theory, Storytelling

華人已婚者「報」的概念及其內涵

周玉慧

摘　要

本研究採取質性研究中的深度訪談法探討已婚者「報」的概念與內涵，並區辨已婚者對報概念的態度特徵。透過47位受訪者（含20對夫妻與7位已婚者）的深度訪談資料，區分出個人的普遍領域報概念及對家庭婚姻的特定領域報概念，前者著重泛自然、冥冥中及人際相處，後者強調祖先、上一代、夫妻關係、親子關係、家人關係及親戚關係。此兩大概念均包含超驗報、垂直報及平行報三個層次，而特定領域的平行報概念更牽涉到時間的長廣度，可進一步區分為即時報、終身報及來世報。不僅如此，受訪者與雙方原生家庭的家人相處出現轉換報，期待自己的善行能夠蔭澤子孫（善報期待），凸顯報的概念特色。進一步檢視受訪者對報概念的態度意向，可區辨出「認同肯定」、「條件協商」、「游移不定」、「否定排斥」及「教義微調」五種態度型式，展現多元複雜的樣貌。最後並論及宗教信仰、婚齡、婚姻關係及價值觀對於當代華人已婚者報概念的關連。

關鍵字：報、互惠性、社會交換論、已婚者、質性研究相較於西方以「浪漫愛情」為攜手進入婚姻的最大前提，擇偶的目的在於找尋心靈相契、氣性相和（soul mate）、能使自己變得完整的另一半；傳統華人對於共結連理的基礎則傾向理性，門當戶對的物質條件重於情愛感性，更常將婚姻與恩情、責任、道義相連結，現代華人也傾向將婚姻視為夫妻間的經濟共同體及生活互助組。不過，在理性物質層面之外，其實華人對夫妻結髮還有一套宿命因果的解釋觀點，包括「緣」、「命」、「三世姻緣」、「七世夫妻」乃至於「前世相欠今世還」等。不論對交往、愛情的理論，對婚姻的看法，或是實際的相處互動，東西方的觀點與狀況頗為相異。

有關夫妻間具體互動行為的運作機制，歐美大部分實證研究傾向採取社會交換論觀點進行解釋，例如對於夫妻彼此間支持提供與接受的運作過程及其影響的說明，主要乃根據社會交換論而來的公平理論及自尊增強論。不過，以臺灣夫妻配對資料進行分析的結果，卻發現這些理論對於臺灣夫妻支持交換的現況無法提供全面的解釋（見周玉慧、謝雨生 2009）。

究竟如何解釋華人的人際互動交換現象？統攝性強、涵蓋面廣的「報」概念無疑有著相當關鍵的重要作用。韋政通（1990）、楊國樞（1990）、黃光國（1990）等學者一致認為華人傳統的「報」不僅以個人為主體，更擴及家庭、家族、國家、宇宙和超自然的世界。我們也常觀察到，臺灣夫妻在擇偶過程、步入禮堂、婚姻生活事件、互動相處各層面上，不論動機、處事原則、行為期待，乃至於事前事後的邏輯解釋，均或多或少出現「報」的觀點。雖然「報」的概念如此重要、深具發展性，針對「報」進行的研究探討卻極為少數，且幾乎均為概念層次的討論，相關實徵研究屈指可數。至於聚焦於婚姻關係，探討夫妻「報」的研究目前為止則仍付之闕如。

本研究的目的在於瞭解臺灣已婚者對「報」的概念定義、具體內涵及態度看法，將採取質性研究中的深度訪談法，透過一對一深度訪談資料的收集與整理，探究臺灣已婚者在一般層次與特定關係層次中「報」的概念架構與內涵，分析其對「報」的態度看法及其所展現的特徵。以下文獻回顧將先介紹一般社會交換論及相關理論，其次整理華人報的研究，再聚焦於夫妻關係討論華人婚姻中的報。

一、文獻回顧

(一)社會交換論及相關理論

社會交換論（Cocial Exchange Theory）（Homans 1958; Standford 2008）研究人際關係中的交換現象，認為「選擇」是人類行為的最基本的特徵，所有的人類行為都是建立在合理化選擇的基礎上，以最小的「付出」（Cost）獲取最大的「獲益」（Benefit）。所謂付出或獲益的內容不僅包含物質，亦包含心理、精神等層面，社會交換論的核心內容即在於討論互動與交換過程的規則與模式。

從付出與獲益的社會交換論角度來看人際關係中的互動交換，可引伸出公平理論（Equity Theory; Adams 1963, 1965; Walster, Walster, & Berscheid 1978）、投資論（Investment Model; Rusbult 1980, 1983）、自尊增強論（Esteem Enhance Theory; Batson 1998）等重要理論。依據公平理論，兩個體的互動中，其中一方的付出（input）與收益（outcome）之比率和另一方的付出與收益之比率相等時，兩個體間的關係乃處於均衡（equilibrium）狀態，會產生公平感；若比率不相等時，則兩個體間的關係處於不均衡狀態，會造成不公平感，產生不滿及緊張。不均衡狀態又可分為兩類，一為過多獲益（overbenefited，收益多於付出），一為過少獲益（underbenefited，付出多於收益），後者對關係的負面影響強於前者。

投資論則由相互依賴模型（Interdependence Theory）發展而來，著重於獲益、付出、比較基準及投資，其基本假設為：在關係中付出愈少且獲得愈多益處的個人，其滿意度愈高。自尊增強論將焦點放在親密關係中，認為個體提供自己的個人與社會資源給親密他人，乃不含特殊目的、不要求立即回報的利他（altruistic）行為，具積極正面的意涵，因此能夠促進自我滿足（self-satisfying）及自我提升（self-bolstering），且能夠增進個體的身心適應（Kessler,

McLeod, & Wethington 1985; Krause, Herzog, & Baker 1992）。

Väänäen et al.（2005）評述並比較公平理論與自尊增強論，認為此二理論間主要有三個相異處，首先對於均衡與否的看法不同，公平理論認為均衡本身即為身心健康或關係滿意的決定因素，自尊增強論則不重視是否均衡。其次關於過多獲益與過少獲益，公平理論認為在不均衡的狀態中，過多獲益優於過少獲益，而自尊增強論則強調過少獲益優於過多獲益，甚至優於均衡。第三在於是否為親密關係，公平理論不特別區分親密關係或其他人際關係，但自尊增強論則將焦點集中於親密關係。

周玉慧與謝雨生（2009）針對公平理論、投資論、自尊增強論的關係觀點、運作原則及影響形式進行比較，將此三理論的異同處整理如表 1。公平理論聚焦於個人與個人間的交換，未討論親密與否，運作原則著重為公平性、均衡性，故均衡狀態最佳，過多獲益狀態次之，過少獲益狀態最差。投資論以親密關係中的個人與個人為對象，認為關係之所以能夠進展或維繫，端看投資報酬率，故報酬大於投資的過多獲益狀態最佳、均衡狀態次之，而投資大於報酬的過少獲益則最差。自尊增強論也討論親密關係中的個人與個人，但將重點放在對方的需求以及自我滿足與自我提昇，不關注均衡與否，故最能展現個人能力的過少獲益狀態最佳、均衡狀態次之，而過多獲益意味關係中的弱者則為最差。

表 1　公平理論、投資論、自尊增強論三種理論觀點的異同

	公平理論	投資論	自尊增強論
關係觀點	個人與個人	親密關係中的個人與個人	親密關係中的個人與個人
運作原則	公平、均衡	投資、報酬	自我滿足、自我提昇
影響形式	均衡＞過多＞過少	過多＞均衡＞過少	過少＞均衡＞過多

引自周玉慧、謝雨生（2009:218）。

除了上述三個理論之外，Greenberg（1980）、Greenberg & Westcott（1983）結合「互惠規範」（Norm of Reciprocity；Gouldner 1960）與社會交換論，提出心理負債感理論（Theory of Indebtedness）。個體經由另一個體的幫助而獲得某些收益後，會產生某種應回報的心理狀態，此即心理負債感，其強度會隨提供者的動機、提供者付出程度與接受者獲益程度、行為歸因及社會比較等因素而改變。Greenberg 等人也提出心理負債模式 Indebtedness=V1×Benefit+V2×Cost（V1>V2），其中 Benefit 為個體的淨獲益（net benefits）、Cost 為對方的淨付出（net costs），若個體本身的淨獲益愈高、或對方的淨付出愈高時，個體的心理負債感也會愈高。

林宜旻（2004）指出一般心理負債感理論討論的負債感只在於「量」，忽略了負債感的不同「質」。她透過深度訪談組織中的員工，發現負債感至少可以區分為情感性、工具性及威脅性三種性質，進一步問卷調查與情境故事實驗結果，基本上均顯示此三種負債感與回報程度有顯著相關。

一些研究顯示，即使面對相似情境事件，不同地區或國家的人也會因文化差異而展現不同程度的心理負債感，特別是在團體、關係、個人等方面展現不同取向的東西方地區或國家。例如，一言英文、新谷優與松見淳子（2008）以 88 名日本大學生與 151 名美國大學生為對象，探討獲得幫助後的心理負債感是否因幫助對象（家人、朋友及陌生人）而有差異，並比較自我獲益與他人付出的評估是否在此三種幫助對象及美日間有所不同。他們推論，歐美國家屬於個人主義文化，人際關係乃為達到「目的」的一種手段（Hofstede 2001），因此當關係處於不均衡的狀態時，會優先關注「自我獲益」的程度來進行不均衡狀態的修復；相反地，日本人在人際相處時傾向於不直接表達，彼此猜測對方的感受，對於自我獲益相對隱諱，因此會優先關注「他人付出」的程度來進行不均衡狀態的修復。分析結果大部分支持其美日差異的研究推論，僅對於家人，美國大學生並未優先關注「自我獲益」；意味即使在重視個人主義的歐美地區，「家人」仍有別於朋友或陌生人，具有不同意義。

近年來對於付出與收益的比較討論，國外也有一些研究加入不同觀點進行分析。例如 Zhang & Epley（2009）從自我中心偏誤（egocentric biases）的觀點，探討正向社會交換提供者與接受者之間的「錯置（mismatched）」。人們會誇大自己在過去事件中所扮演角色的重要性，使得正向社會交換中的提供者著重於自己的「付出」、誇大付出的程度，而接受者則關注自己的「收益」、低估所得的獲益度，因此提供者期待的回報與接受者實際的回報之間，往往會出現錯置，而產生付出與收益的差異隙縫（gap）。此研究經由六組實驗，證實個人的確因所處不同的角度觀點（提供者 vs. 接受者、付出 vs. 收益、期待的回報 vs. 實際的回報），而展現不同的自我中心偏誤。

這些研究對於人際交換中「付出」與「收益」的比較，提供許多豐富值得思索的內容，然而如同一言英文等人（2008）所述，歐美地區與東方地區的文化脈絡不同，歐美強調「自我獲益」、東方重視「他人付出」，因此人際關係的關注焦點與行為方式極為不同；不過，「家人」在各個文化中均具有特殊位置。華人社會為「關係取向」，個人與對方的關係往往決定彼此對待方式，黃光國（2005）建構華人社會的「人情與面子」理論模型，將華人人際關係依情感性成分與工具性成分比例的多寡，分成情感性、工具性及混合性三大類，分別適用需求、公平及人情法則。情感性關係（expressive ties）通常是指個人和家人之間的關係，能夠滿足個人關愛、溫情、安全感、歸屬感等情感方面的需要，主要以「需求法則」進行運作。而不論是需求法則或是公平法則、人情法則，都屬於「報」的規範。亦即各種社會交換、互惠規範，在華人社會中常以「報」一詞展現，但報的內涵、運作機制及影響後果等各層面，其實與社會交換論大相逕異，接下來回顧這方面的相關研究。

(二)報的相關研究

「以德報怨」、「以直報怨」、「以德報德」是幾乎所有華人均耳熟能詳的論語名言（見「論語憲問篇」：或曰，以德報怨如何？子曰：何以報德？以直報怨，以德報德。），日常生活中所謂「善有善報，惡有惡報；不是不報，時候未到」，更是勸人行善卻惡的老生常談。然而探討「報」的研究相當少數，且侷限於概念性的探討（文崇一 1990; 韋政通 1990; 黃光國 1990; 楊國樞 1990; 楊聯陞 1976; 翟學偉 2007; 劉兆明 1993），僅劉兆明（1996）曾收集深度訪談資料，針對組織中的「情感報」進行分析。

楊聯陞（1976）首先專文討論「報」的起源、持續與影響，區分報應、報償、還報等不同種類「報」的特徵，與不同社會關係進行對應，指出「報」可用於人與天的理性化關係上，或是人際關係間相互報償上，以及君臣關係或官官之間。報的衍生觀念更可應用於家庭生活，報答與報應乃由整個家族相互承擔，如「孝」便是對父母恩的回報。他提出普遍主義與分殊主義的觀點，以解釋「報」的性質與運用標準之所以出現差異之因，亦即華人普遍認同交互報償的原則（普遍主義），但實際上的運用卻通常受個人或家族「差序格局」而異（分殊主義），使得報的運用原則也隨著身分的不同而有不同的標準。

文崇一（1988）針對「報恩」與「復仇」兩種較為明顯的交換行為進行史料分析，從史料文獻中整理出「以德報德」（報恩）、「以怨報怨」（報仇）、「以德報怨」、「以怨報德」、「恩怨均不報」五種交換關係。他也認為報恩與復仇乃基於倫理觀念，復仇強調「孝」，報恩則強調「禮」，這兩種交換行為，實際是基於道德價值的功能運作，與中國的社會結構本身關係密切。

為了有系統討論華人心理現象，張老師輔導中心與張老師月刊於 1987 年合辦一系列座談會，其中一場以「報」為主題，由韋政通、文崇一、黃光國及楊國樞幾位教授討論報的概念、功能與變遷，並出版於 1990 年。韋政通（1990）區分報的五種概念：報恩、報仇、還報、果報及業報，此五種「報」都包含交互報償的原則，是相對的，有來有往、有因有果。其中「還報」乃指人情中的禮尚往來，某種程度上最貼近社會交換論。

文崇一（1990）著重「報」的轉變，認為中國人的報由「以德報怨」「以直報怨」「以怨報怨」的理性角度轉向「果報」「業報」的非理性角度，報的觀念與行為逐漸式微，且報所具有的社會平衡、安定的正面功能消失、負面功能卻升高。黃光國（1990）強調「義務性的報」，並推論：中國人報恩和報仇的對象不僅限於個人，而擴及和當事者有關的家族系統，甚至朋友、國家。

楊國樞（1990）認為報的現象仍存在現今社會，只是以異於傳統的面貌呈現出來。「報」分為「業報」與「人報」兩種，前者宗教色彩較濃厚，且與宿命觀點有關；後者則為人與人之間的現世之報。業報具有社會控制力量，能夠產生積極的「勸人為善」功能與消極的「防人為惡」功能，兩者均能達成社會的和諧。不僅如此，業報亦促進人的社會與超自然世界的和諧，人在善待同類本身的同時，也要善待超自然界的一切生靈，以達成兩個世界的和諧。他指出，因為現今社會居住流動性大、強調個人本位、人際關係及社會流動頻繁，社會規範、社會監督系統作用減弱，使得傳統的報與現代的報在特性上產生差異，包括集體主義取向轉為個體主義取向、投資性行為轉向非投資性行為、義務性降低、宿命業報色彩減弱，等等。

劉兆明（1993）針對「報」進行非常細緻的討論。透過與西方社會交換論的比較，他指出華人「報」的概念基本上雖與社會交換論有相通之處，但在性質、方向、社會性、回報時間、回報量，乃至於動機來源等層面，都存在相當差異（見表2）。社會交換論在性質上較偏重工具性交換，主要討論正面利益的獲得與交換，多以個體為研究對象，較重視短期或一定期間內的即時回報，回報量強調均衡對等，可清楚地計算成本及收益，至於動機乃為具有增強作用的酬賞。華人「報」的概念在性質上則包含了工具性、情感性以及因果性，討論正反兩面的善報、惡報，認為差序格局會影響報的行為，報的對象由個人擴展至家族，回報時間包含即時報、終身報、乃至於來世報，回報量強調多加回報，並不清楚地計算成本及收益，動機包含酬賞以及華人傳統的倫理道德規範。

表 2　社會交換論與報的概念比較

	社會交換論（西方概念）	報（中國概念）
性質	工具性	工具性＋情感性＋因果性
方向	正向	正向＋負向
社會性	弱（以個體為研究對象）	強　1. 差序格局影響報的行為 2. 報的對象由個人擴展至家族
回報時間	即時或短期內回報	即時報＋終身報＋來世報
回報的量	1. 對等回報 2. 可清楚計算成本及利益	多加回報 未必清楚計算成本及利益，而重視報的實質意義
動機來源	酬賞（增強作用）	酬賞＋倫理（道德規範）

引自劉兆明（1993:303）。

華人「報」的概念特色之討論在 90 年代中期突然告一段落，直至 10 餘年前才再被提起。翟學偉（2007）分析報的含義及其運作機制，指出華人「報」的四個特點：其一、由於華人以關聯性思維（correlative thinking）構築社會和宇宙觀，因此「報」既包含具體而真實的對象，亦包含具體而假想的對象；其二、當個體有所付出時，並不必然得到收益性的回報，即使有，也是補償性的或解釋性（歸因）的，因此難以判斷其為理性或非理性；其三、報是華人社會關係的基礎，然而與報相反的價值和行為特徵亦同時存在；其四、論及華人社會文化中的報必然涉及道義。而在行為上，華人「報」可分成送禮與還禮、行為或事件上的互惠或互助，及信仰上的祈求與保佑三個層次。尤有意思的是，他以傳統華人婚禮儀式中的拜天地來表現報應的文化系統，一拜天地（虛設交往系統）為第一層次的報答（諸神信仰在此系統中），二拜高堂（上下交往系統）為第二層次的回報（祖蔭庇護、積陰德在此系統中），夫妻對拜（平行交往系統）為第三層次的互惠（親屬、鄉民間的禮尚往來在此系統中）。

經由這些學者的概念分析與整理，可以明確得知華人「報」的概念較之於社會交換論更具深廣的內涵意義與層次，然而針對「報」進行的實徵研究，其實僅見劉兆明（1996）針對組織中的情感報進行的深度訪談分析。他將「情感報」定義為：個人在與他人建立情感性關係後，由於感受到對方在情感方面的對待，而表現出來的回報行為。情感對待包括正面的關懷、照顧、體恤、或恩情，以及負面的羞辱、欺壓、怨懟、或仇恨。由於情感對待方向的不同，情感報又可分為正向情感報及負向情感報。他分析 33 名中層以上主管的深度訪談資料，結果顯示，在組織中之所以會有正向情感報，受訪者將之歸因於機會論、轉移論、角色論、因果論，以及情感論。正向情感報的進行可分施恩與回報，其關係則可分成互動論（雙方的互動歷程）與非對等歷程（受恩必報、但施恩不能求報；多加回報、不一定立即報）。此外，負向情感報的來源包括人際競爭、不滿情緒的轉移、溝通不良、不當壓力或騷擾，以及不受支持；其表現方式分為隱藏式攻擊、懈怠工作或不合作，以及離職；至於反制方法則有直接對抗、架空對方、高壓、安撫、認命或接受。此研究清楚顯示，華人組織中的情感報具有相當複雜的多元內涵。

不過，不可忽略的是，華人傳統的「報」乃以家族為單位，夫妻為家庭建立之伊始，實須針對婚姻與家庭的「報」進行深度討論。在婚姻關係中，究竟「報」的意義如何？在夫妻相處中存在何種機制？對婚姻品質扮演何種角色？而現階段的研究，對於「報」在夫妻關係中的意義、歷程及其影響機制幾乎仍可說是一無所知。

(三)華人婚姻中的「報」

西方的親密關係（intimate relationships）通常僅就心理層面而言，華人的親密關係則包含多種層面，且相對隱晦。Hsu（1971）指出東方在集體文化下，個人被束縛在複雜的人際關係網絡中，往往以「報」規範個人的情感。在傳統華人社會強烈的「報恩」要求下，夫妻關係強調履行道德義務、社會正義信念而產生的「恩義」，除了愛情，更重視恩愛、恩義與恩情（唐君毅 1991）。利翠珊（1997）曾根據臺灣夫妻質性訪談的資料，將婚姻情感歸納出感激、欣賞、親近、契合四個面向，發展「婚姻親密情感量表」（利翠珊 1999），並進一步將感激與欣賞歸類為「恩情」、親近與契合歸類為「親密」，展現本土婚姻情感的特色（Li & Chen 2002）。「感激之情」為個人在感受到對方的付出或包容時，所產生的感動、感恩或是難以回報的情感；「欣賞之情」為個人因喜愛對方的個性或能力所產生的愛慕或讚美之情；這兩種情感主要來自對配偶在婚姻中付出的感懷，在倫理規範下展現出對配偶的一種「情感回報」。

在芸芸眾生中，何以兩個人會結為連理，華人亦有一套的解釋系統。其中包括「緣」「命」，以及彼此前世「相欠債」、今世「償還」的說法，都與宿命因果的「報」相連結。張思嘉、周玉慧（2004）認為「緣」的概念是華人文化中一個相當值得注意的特質，既涵蓋接受宿命的層面，又強調個人的積極進取，此二者常呈現彼此互補的作用。她們深度訪談 50 對新婚夫妻，發現多數夫妻仍然相信緣分，不少夫妻仍採用緣的相關概念來解釋親密關係中的事件，相信兩人之間之所以能夠結成連理是由冥冥之中的力量或累世累積的因果所造成，同時也強調或相信個人的意志與努力可以創造、控制或延續緣分。

其次，雖然並非直接採取「報」的概念，近年來針對夫妻間相處的互惠性或相互性，已有一些研究進行了部份探討，包括負面衝突因應（熊谷文枝 1979; 黃宗堅、葉光輝與謝雨生 2004; 周玉慧 2009）及正面支持（周玉慧與謝雨生 2009）等。在夫妻負面衝突因應的交換方面，熊谷文枝（1979）以日本、印度及美國的高中生為對象，探討高中生子女知覺父母意見不合時父母彼此間採取的衝突因應策略，結果發現不論哪個國家，子女知覺到的父母使用策略有對應關係，如果父母一方採取「彼此溝通」的方式，另一方也會同樣採取「彼此溝通」的策略。黃宗堅、葉光輝與謝雨生（2004）分析夫妻相對權力、夫妻情感與衝突因應策略使用之關係，結果發現丈夫或妻子的衝突因應策略幾乎都受到配偶使用同一種衝突因應策略的影響。周玉慧（2009）也發現夫妻的衝突因應策略使用類型有相當的對應關係，丈夫傾向使用某些種策略，妻子也會傾向使用與丈夫相似的策略，夫妻之間存在著「策略運用之相互性」。

關於夫妻間正面支持的交換，周玉慧與謝雨生（2009）考量夫妻關係中的角色與規範，探討婚姻中配偶支持的提供（授）與接受（受）在夫妻關係中所展現的意義。根據公平理論、投資論、自尊增強論，以及 Väänäen et al.（2005）的研究，進行四種可能的推測：夫妻雙方處於均衡狀態者之婚姻關係最佳（公平理論）、夫妻均認為自己獲益較多者之婚姻關係最佳（投資論）、夫妻均認為自己付出較多者之婚姻關係最佳（自尊增強論），或是妻子付出較多而丈夫獲益較多者之婚姻關係最佳（Väänäen et al. 2005）。該研究以 452 對夫妻為對象，分析結果發現，對婚姻關係最為滿意者乃是獲得比付出多的丈夫或妻子，亦即在夫或妻「個人層次」上，投資論的觀點最具解釋力。但在「對偶層次」上，則此四種可能性均被推翻，反而是妻子獲益較多而丈夫付出較多之配對關係婚姻品質佳，且夫妻知覺差異最小。這些研究結果顯示臺灣現代文化與社會變遷的特色，意味西方相關理論（公平理論、投資論、自尊增強論）或研究結果不足以解釋臺灣夫妻支持授受對偶互動的現況。他們更指出，應思索臺灣夫妻交換機制的深層意義，以建立一套適用解釋臺灣夫妻互動的理論。而作為含攝多元層次、華人文化色彩濃厚的「報」概念，無疑是一個相當貼切的理論方向。

另一方面，傳統華人家庭以父子關係為核心，相對於西方社會以夫妻關係為家庭核心，且父子關係之基礎不在情感，而在「代—性別—長幼」的權威上；且雖然受到工業化與西化影響而使華人社會急遽變遷，華人的婚姻關係與夫妻互動隨之產生巨變，但傳統家庭觀、婚姻觀及性別角色觀仍在現代人的婚姻生活中佔有舉足輕重的地位。蔡勇美與伊慶春（1997）探討臺灣民眾的家庭價值觀，發現女性、年紀較輕、教育程度較高者比男性、年紀較長、教育程度較低者，在離婚、未婚生子等屬於個人主義取向的觀念上較為開放，而重視家庭、子女、親戚等屬於集體主義取向的觀念則較無明顯的性別或世代差異。陳舜文（1999）也指出當代臺灣民眾的家庭價值觀含有「情感」與「規範」兩個因素，而年輕者較年長者重視情感因素，年長者較年輕者重視規範因素。因此在考量夫妻關係中「報」的特色時，不應忽略夫妻各自原生家庭可能產生的影響，也應思索處於不同出生世代夫妻之間的可能差異，以進一步探討其背後的道德規範及婚姻價值觀（周玉慧 2017）所可能產生的作用。

（四）婚姻關係中「報」的概念架構及研究目的

由上述文獻回顧可知，雖然已有研究或多或少關注到「報」在華人夫妻關係中的可能作用，但侷限於實際的正負向互動層面的「投桃報李」「以牙還牙」。如何與過去「報」的概念對話，從較高層次、較廣闊的格局來看待「報」在夫妻關係及互動背後的原理原則、運作機制，及影響後果，對於華人夫妻關係之理解與理論建構，具有相當關鍵之重要意義。

過去文獻中，劉兆明（1993）與翟學偉（2007）對於報的概念架構有相當清楚的整理與論述，其中劉兆明（1993）論及的差序格局（報的對象，社會性）與回報時間，以及翟學偉（2007）所提虛設、上下及平行三層次的交往系統，牽涉到報的對象、時間及空間，本研究將藉以作為報的概念主軸。不論對象、時間或空間，各種層面的報均可能包含工具、情感、因果等性質，也可能包含正負不同的方向。以報的對象而言，由個人擴展至家庭、家族、國家、宇宙甚至超自然的世界（楊國樞 1990；劉兆明 1993），放到婚姻關係中可以初步簡化為個人人際相關的「普遍領域」以及婚姻家庭的「特定領域」；以回報時間而言，則包含當下你來我往的「即時報」、不限於當下而是考量一輩子的「終身報」，以及今生所得來生償還的「來世報」；以空間軸線而言，敬天拜神、信仰祈求與保佑屬於虛設交往系統，而代代相傳的祖先、父母、子女、孫輩屬於由上而下的上下交往系統，夫妻相處、親屬來往則屬於平行交往系統（翟學偉 2007）。本研究所蒐集的訪談資料在閱讀、解讀、詮釋時將以這些理論觀點架構為重要參考依據，同時也將留意有別於這些既有觀點架構之外的概念或類別，以凸顯華人已婚者「報」的特色。

綜上所述，華人傳統的「報」乃以家族為單位，然而目前對於婚姻與家庭的「報」缺乏深度討論，婚姻家庭中「報」的意義、內涵及其歷程作用均有待釐清。為了探討婚姻家庭密切相關的「報」概念定義及具體內涵，本研究以身處其中的已婚者為對象，透過深度訪談蒐集受訪者對「報」的概念定義、具體內涵及態度看法，以期瞭解當代臺灣已婚者「報」的概念體系。

二、研究方法

(一)受訪者[1]

本研究採取滾雪球方式，透過認識的朋友協助提供名單，尋找聯絡願意接受訪談的夫妻或已婚者，共獲得 20 對夫妻與 7 位已婚者共 47 位受訪者的參與，此 47 位受訪者的基本資料整理於表 3。受訪者的年齡在 30 歲至 82 歲之間，其中婚齡未滿 10 年者 19 位、11 年至 30 年者 14 位、30 年以上者 14 位。

(二)研究程序

訪談於 2012 年 9 月至 2013 年 5 月間執行，先以信件或電話聯繫、邀請，俟受訪者同意後，再約定訪談時間與地點。訪談主要由研究者或研究助理及一名訪員負責執行。

訪談開始前，先介紹研究目的，請受訪者填寫一份基本資料表與訪談同意書，於訪談時進行全程錄音。訪談者並在過程中做摘要筆記，包括訪談問題的摘要與非語詞溝通的觀察等，訪談結束後並致送每位受訪者一份謝禮。

(三)訪談內容

訪談內容主要為以下六項：

1. 基本資料表：受訪者的年齡、教育程度、職業、宗教、結婚日期、手足數、子女數、家庭收入等。
2. 普遍的「報」：(1) 回報、報答、報恩、報仇、報應，(2) 對「報」的古語、俗語的感受，(3) 與宗教信仰的關聯。

1 本研究資料來源為國科會專題研究計畫「婚姻關係中「報」的運作機制：夫妻與代間比較」(主持人：周玉慧，計畫編號：NSC 101-2410-H-001-031- MY2)。

表 3　深度訪談已婚者基本資料一覽表

編號	年齡	籍貫	教育程度	工作情形	宗教	手足數	婚齡	子女數	家庭收入
C01W	53	本省閩南	大學	無	佛教	3	26	2	2~3 萬
C01H	54	本省閩南	大學	兼：攝影	無	3	26	2	4~5 萬
C02W	48	外省	專科	全：金融保險	民間	4	25	3	10~11 萬
C02H	48	外省	大學	全：軍職	無	2	25	3	8~9 萬
C03W	70	本省閩南	小學	無	基督	4	50	3	2~3 萬
C03H	82	外省	國初中	無	佛教	1	49	3	2~3 萬
C04W	36	本省客家	大學	全：助理	民間	2	2	1	6~7 萬
C04H	34	本省閩南	研究所	全：科技業	無	2	1	1	8~9 萬
C05W	35	本省閩南	大學	無	民間	1	4	2	10~11 萬
C05H	35	本省閩南	研究所	全：技術支援經理	民間	1	4	2	13~14 萬
C06W	45	本省閩南	研究所	全：約聘行政助理	佛教	4	17	2	15 萬以上
C06H	44	本省閩南	研究所	全：中醫師	佛教	2	17	2	15 萬以上
C07W	74	本省閩南	國初中	無：家管	佛教	3	48	5	1~2 萬
C07H	77	本省閩南	高中職	無	民間	5	48	5	2~3 萬
C08W	33	本省客家	大學	全：專員	民間	3	1	0	8~9 萬
C08H	37	本省閩南	大學	全：營建業	基督	2	1	0	8~9 萬
C09W	35	本省客家	研究所	全：教師	民間	5	4	0	8~9 萬
C09H	35	外省	研究所	全：國中教師	民間	1	4	0	9~10 萬
C10W	46	本省閩南	研究所	兼：中文教師	無	4	9	0	12~13 萬
C10H	45	本省閩南	研究所	全：專案經理	佛教	1	9	0	10~11 萬
C11W	67	本省閩南	國初中	無：家管	佛教	5	47	2	2~3 萬
C11H	75	本省閩南	高中職	無	民間	8	46	2	3~4 萬
C12W	66	本省客家	小學	無	民間	8	46	6	4~5 萬
C12H	70	本省客家	小學	兼	無	7	46	6	4~5 萬
C13W	58	外省	高中職	無：退休	無	3	33	1	2~3 萬
C13H	59	外省	國初中	全：農機製造	無	2	33	1	2~3 萬

編號	年齡	籍貫	教育程度	工作情形	宗教	手足數	婚齡	子女數	家庭收入
C14W	33	原住民	高中職	無	基督	2	3	1	10~11 萬
C14H	43	本省閩南	大學	全：業務	基督	2	4	1	7~8 萬
C15W	32	外省	專科	全：服務業店員	民間	無	9	2	10~11 萬
C15H	38	本省客家	大學	全：稽核主管	佛教	5	8	2	9~10 萬
C16W	41	本省閩南	專科	全：自營	一貫道	8	13	1	5~6 萬
C16H	40	本省閩南	高中職	全：自營眼鏡行	無	2	13	1	4~5 萬
C17W	31	本省閩南	大學	全：採購	民間	2	1	0	7~8 萬
C17H	30	本省閩南	大學	全：設備副理	民間	2	1	0	8~9 萬
C18W	57	外省	大學	無：家管	佛教	2	31	3	5~6 萬
C18H	56	本省客家	專科	無	佛教	4	31	3	5~6 萬
C19W	44	本省閩南	專科	全：約僱助理	民間	6	24	2	3~4 萬
C19H	47	本省閩南	高中職	全：中醫推拿師	民間	4	24	2	5~6 萬
C20W	32	本省閩南	大學	全：會計	無	2	1	0	7~8 萬
C20H	33	本省閩南	大學	全：通訊業工程師	佛教	1	1	0	7~8 萬
W41	43	本省閩南	研究所	全：編輯	佛教	3	4	0	11~12 萬
H42	70	本省閩南	小學	無	民間	3	45	3	7~8 萬
W43	41	本省閩南	大學	全：美編	無	2	12	2	9~10 萬
H44	76	本省閩南	專科	無	民間	4	41	3	2~3 萬
W45	36	本省閩南	專科	無	民間	2	13	3	12~13 萬
W46	41	本省閩南	專科	全：醫療器材公司負責人	民間	1	14	2	14~15 萬
W47	44	外省	大學	全：保姆	無	2	23	2	5~6 萬

注：同一對夫妻中出現婚齡或家庭收入不同者，乃因受訪者各自報告的結婚日期或家庭收入在夫妻間有差異所致。

3. 家庭與夫妻的「報」：(1) 對家庭的責任、義務，(2) 夫妻間的責任、義務、權利、角色、愛情、忠貞，(3) 在婚姻中感到不公平或吃虧的部份（列舉婚後到現在，婚姻生活中發生的較大事件，描述這些事件的前因後果，對事件的感受、反應及看法）。

4. 自己與配偶的相處與比較：與配偶的相處情形，包含正面支持、負面衝突等各層面的互動，對於互動的感受、反應及看法。
5. 與他人比較，對「報」看法之異同：代間（父母／子女）、兄弟姊妹、朋友、同事等。
6. 婚姻整體評價：婚後到現在，對自己、對配偶、對整個婚姻生活的感覺及評價。

(四)資料分析

所有訪談的錄音內容均經逐字謄稿，進行抽取式的內容分析。訪談資料首先由研究者、研究助理及訪員就訪談經驗交換意見，從逐字稿中畫出重要的敘說段落，將該段落特別提及的重要觀點、意見與感受加以標註與摘要。接著對每一份訪談逐字稿進行資料縮減，對抽取出的段落進行分類，形成主題與類目。最後重新檢視每份訪談資料，從資料中找尋契合的例證，區辨其對報概念的態度意向。

關於文本資料的內容分析至少可從兩種不同的方式進行，一種重視文獻資料的數據化歸納（或稱量化的內容分析法），另一種則注重文本資料中主要類別的發現與類別間組型的確認和歸納（或稱質化的內容分析法）；此兩種方式均強調演繹（deduction）與歸納（induction）並行的步驟（Berg 1998; 蘇中信、吳訂宜、洪宗德 2012）。以內容分析進行資料分析的過程中，一方面可依循既有理論中發展出的概念類別或待驗證的假設，一方面亦應注意資料中出現的有別於既有概念的新類別或組型，以助於理論的發展與修正。

本研究有關報概念的訪談資料主要依循質化的內容分析法進行分析，由於研究者關心的是受訪者對於報概念的認知、內涵及態度，分析重點在於主要概念類別與組型的發現，而不強調類別的數據化分析。

三、研究結果

深度訪談的資料內容極為豐富，本研究主要聚焦於報的概念與內涵，依據劉兆明（1993）與翟學偉（2007）的概念架構，從報的對象、時間及空間等層面進行檢閱。首先區分報的兩大對象層面：個人的普遍領域報概念，及夫妻對家庭與夫妻彼此相處時的特定領域報概念；前者著重泛自然、冥冥中及人際相處，後者強調祖先、上一代、夫妻關係、親子關係、家人關係及親戚關係。其次，關於報對象的所處空間則呼應虛設、上下及平行等三層次的交往系統，虛設交往系統乃指涉天、神、冥冥等處於超經驗、超自然狀態卻實存於心的不特定對象，於此採取「超驗（transcendental）」一詞（國家教育研究院 2017）來代表超越感官可見的世界，如上帝、神、靈魂、魔力等難以在物理時空中定位，無法透過物理學機制作用於經驗的超自然存在或現象；關於上下交往系統，則採取「垂直（vertical）」一詞，以展現與「平行（parallel）」的對應性。而牽涉時間特性者，仍維持即時、終身、來世等語詞。

除了既有概念架構的類別，本研究的訪談資料也呈現一些不同的新概念類別，如：事後解釋、報的轉換、善報期待等，亦將逐一敘述。最後，本研究將透過受訪者對報概念的態度意向，區辨幾類態度型式特徵，以展現其多元的殊異面貌。

引述文中，C01 代表第一對受訪夫妻，C01W 代表第一對夫妻中的妻子、C05H 代表第五對夫妻中的丈夫。未標示 C 僅有 W 者代表僅妻子受訪、僅有 H 者代表僅丈夫受訪，如 W43 代表第 43 位已婚有偶女性。文後括弧中加註引述的段落，如 S0621 代表逐字稿的第 621 個段落。

(一) 普遍領域報概念

當問及一般觀念及人際相處的報，受訪者對於回報、報答、報恩、報仇、報應，以及對「報」的古語、俗語的感受等，主要呼應上述概念架構中的超驗、垂直、平行三個層次。除此之外，有些受訪者認為是一種事後解釋，有些受訪者傾向肯定或命定觀點，也有不少受訪者或否定或不以為然或採取敬鬼神而遠之的消極忽視態度。

1. 超驗層次：以天、神、冥冥等詞語來指涉處於虛無狀態卻實存於心的不特定對象，此不特定對象掌握「必然回報」的規律，使得受訪者認為善有善報、惡有惡報；拜神得神佑；也強調人在做天在看。

*C02H：就是善有善報、惡有惡報啊，……做好事神都會保護你啊，……神在保佑我，我是這樣想啦！（S0160-S0168）

*C09H：像我月考的時候我去拜拜，我我不是說保佑我考全部都過什麼，我只是說保佑我那一天考試順利，不要什麼拉肚子什麼，我只祈求這個。（S0309-S0311）

*C19H：一般現在的人心也是這麼想的不是嗎？不用說信什麼教，才會有善有善報、惡有惡報，對，現在是大部份的人應該都會這麼想的。（S0209-S0212）

*C19W：所以人做什麼事，人在做，天在看！（S0387）

2. 垂直層次：著重因緣果報在前世、今世、來世的延續連貫性，受訪者認為行善可以在某個時候得到回報（可能立即、可能未來、可能來世），善的積累也是「陰德」的積累，曾做過的都可能回到自己身上（因果輪迴）。

*C06H：做善事你應該有得到善的回報。可是不見得是在這一世或者你在下一世。或者是在以後。那這樣子……才有一個依循的方向。（S0579）

*C04H：積善然後下輩子會可以人生順遂這樣子。……替未來積善……。（S0170-S0176）

*C07W：我們…甚至一隻螞蟻都不能跟人家結惡緣，下輩子會再結……。（S0243）

3. 平行層次：人與人的相處交往特別留意應投桃報李，強調在獲得與付出之間的「公平」，對於佔便宜、不懂回報的人，會被記怨討厭且被認為不值得與之交往。

*C07H：得到親戚、朋友的幫助牢記在心，有機會就要回。（S0241-S0245）

*W47：你跟你付出的多寡跟公平這件事情……一定有相對的關係。（S0043-S0044）

*W41：手足之間……我爸……會把我們家的田地拿去給他們。……可是我們家到最後就沒有了，……媽媽很怨。（S0429-S0423）

*C17W：我就是覺得……他的朋友都很愛佔他便宜。我不喜歡這樣子，……很討厭他的個性。（S0259-S0266、S0337-S0338、S0429、S0423）

4. 事後解釋：受訪者面臨難以接受的結果時，會採取命中注定、命運、機緣來解釋，讓自己能夠寬心放下。

*H44：所以什麼都注定的……那以前、我都會憤憤不平啊，說我為什麼那麼久都沒有調升啊？那個命、你知道命運之後，你就會寬心啊說，本來你的命就這樣，本來你的命就這樣。（S0126）

*C11H：那也是要命運，時機，有時候人難說。（S0095）

*W45：我覺得真的有很多東西……其實是冥冥中有注定。（S0588-S0589）

5. 不信：也有不少受訪者強調自己重視科學驗證的事物，對無法解釋的現象採取尊重、存而不論或敬而遠之的態度，認為仍應靠自己的努力。

*C01H：我是對於這種東西我是比較科學的，……你沒有辦法重覆驗證的，……不能用那個來說服我說是必然或是絕對。（S0495-S0498）

*C05H：我爸以前從小就告訴我，就是敬鬼神而遠之，尊重……也不要太迷信，對，那對於那個冥冥的力量其實你就，就當作是如果你是正向想法的時候那冥冥的力量就往正的去推，所以對你來講是助

力，你也不用想太多。那如果你心存惡念，你要走那條路，那當然他也會推向你走那條路，那也是你自己做的，那也不干神明的事。（S0054-S0055）

*C02W：拜心安的啊……你說都去求，你不努力也沒有啊！求有甚麼用，神明都嘛是會看人，你不努力，誰會幫你那個…都要靠自己啊！（S0713-S0716）

(二)特定領域報概念

當論及婚姻中的報時，明顯地，受訪者往往不僅會侷限於夫妻雙方，總是將「報」延伸至原生家庭，更擴及先祖與後代子孫。可見當代臺灣已婚者的婚姻不僅止於夫妻兩人，仍含括著雙方的所從出與從所出，且源遠流長。

對於婚姻家庭這個特定領域，在祖先、上一代、夫妻關係、親子關係、家人關係及親戚關係中所展現的報，亦可與虛設交往系統（超驗層次）、上下交往系統（垂直層次）及平行交往系統（平行層次）相呼應。不少受訪者認為之所以與配偶共結連理，乃姻緣天定、婚姻是緣分；夫妻關係進一步牽涉到時間的長廣度，而可區分為即時報、終身報及來世報。除此之外，夫妻與雙方原生家庭的家人相處更出現轉換報，受訪者也指出期待自己的善行能夠蔭澤子孫（善報期待）。

1. 超驗層次：對於夫妻之所以相遇、共結連理，多數受訪者認為姻緣天定、婚姻是緣分，也提及燒好香有好姻緣；至於信仰基督教的教友則相信是上帝的安排。

*C02H：就是可能是緣分吧？……這麼多人為什麼會跟他（結婚）……當然也是個緣分啦……。（S0043-S0044）

*C20H：算蠻有緣分的吧？……早該認識就要認識了啊，為什麼會拖到現在？……其實也很妙……。（S0050）

*W46：「有拜拜有燒香，人家這保祐他（臺語）」……有緣分啊，冥冥之

中，他有沒有遇到你啊！（S0807）

*C10W：因為這個就是……你就覺得這是配好了。（S0075-S0077）

*C14W：我覺得真的要珍惜……如果以我們自己的信仰來說，祂其實我們未來的路其實祂都為我們，就是為我們預備好了。（S0056-S0059）

2. 垂直層次：成為怎樣的夫妻或成為怎樣的父母子女家人，或多或少牽涉到「前世」的所行，善行得善果、惡行得惡果。不少受訪者認為前世行善今世得好姻緣、前世行善今世得子女媳婦回報、積陰德家庭美滿，也有受訪者認為夫妻、兒女是債。

*C05H：有些父母親會（覺得子女）……就是這是來討債的，讓我那麼累。……（不過）我爸媽其實對我們來講是不離不棄，……我媽應該會認為是我們是來報恩的。（S0167-S0169）

*C09W：我覺得我們兩個在上輩子應該積了很多的善……（所以這一世相遇）。（S0268）

*C16W：我認為是這樣，上輩子欠他（才有這樣的子女）……（不過）可能我公公婆婆上輩子修的很好……娶到兩個媳婦都不錯。（S0101-S0103）

*C08W：我跟我老公是兩個人會互相開玩笑，所以你上輩子一定做很多好事，才會娶到我這個好老婆……然後我老公就說，妳……妳嫁給我才是妳最大的福氣，妳要好好珍惜，很多人都在搶著要（嫁給我）。（S0215-S0218）

3. 平行即時層次：夫妻間平素的相處互動，很大部分呼應社會交換論「你來我往」的觀點；不過夫妻關係的長期性也是考量重點，受訪者強調退讓、不斤斤計較，夫妻間有商有量、互相體貼、彼此理解，平淡的生活即是福。

*C12H：溝通……還好，有時候也是當然…會意見不合，有時候當然也會

吵架什麼的，對啊，就是大家互相，不然怎麼會幾十年。（S0064）

*C13H：感動，兩個都做的多……基本上打平……就是一般……平平淡淡一輩子就是福，……沒有什麼大起大落。（S0273-S0275）

*C14H：其實很多的衝突跟矛盾……到現在都還在磨合……偶爾之間會有一些衝突或者是一些 argue、爭執，那個我覺得在所難免。……通常一定有一個、有一方都會做適當的退步。那這一點我們都……有在做這樣子工作。（S0009）

*C04W：他還是幫我用，……結果他事情都 Delay，就為了做我的事情。（S0095-S0100）

*C09W：他會用很多的巧思，然後可能會有點製造浪漫……我對他的，就是付出的部份，我覺得雖然沒有說太多的巧思，但是我覺得是很真誠，很真實的，然後那我覺得，就是，我覺得我的東西是無形的東西比較多，他要做什麼決定基本上我都支持。（S0156-S0158）

*C18W：我是覺得說夫妻相處之道就是這樣，我多做一點你少做一點，你多做一點我少做一點，如果說要斤斤計較的話，那就……。（S0130-S0131）

4. 平行終身層次：相較於轟轟烈烈的激情愛戀，受訪者更為重視夫妻「恩愛」，希望長久的婚姻關係、一起白首、一輩子相互陪伴，一旦進入婚姻就以終身相守為目標。

*C02H：夫妻兩個是恩恩愛愛的，中國幾千年來都是一夫一妻制的……要互相尊重，互相幫助，這樣兩個人恩恩愛愛，平平淡淡一生是最幸福。（S0193）

*C14H：婚姻現在來講我覺得應該是九十九……九九就希望說一直久久下去。（S0078-S0079）

*C14W：我們在就是遇見彼此之後，我們就更珍惜，……我們其實很很少

吵架，是因為我們，我們有更遠大的目標就是我們要一起，一起到老，我覺得那個是我們的終點。（S0051-S0054）

5. 平行來世層次：對於婚姻關係的持續長度，並非僅止於一輩子。有受訪者疼惜感念配偶的付出，而希望來世再續前緣，期待來世努力讓配偶過得比今世好；也有受訪者認為前世牽絆今世婚姻、今世若未了結則來世續為夫妻，一直循環下去。

*C05H：我是覺得我希望再遇到像我太太這樣的人……下輩子我不知道，對，但是我希望她不要覺得還是這麼辛苦。對，所以我要努力一點。（S0188）

*C10H：我覺得我們兩個人就是前世，或者是幾輩子前，我們不知道是怎麼樣，但是這一世反正其實我們就是一起來做一些……在這一世裡面，去做一些功課吧！對啊！如果什麼事情能夠在這一世學會知道……就儘量趕快在這一生趕快學，趕快把這個功課做好！（S0107）

*C05W：有時候我就跟我先生說，如果以後再有選擇，我不會結婚，如果我會結婚，我一定會選你……。（S0343）

*C07W：那個就是前世……好好離開才不會再結……如果吵架離開…那個不好的緣又一直循環……。（S0210-S0217）

6. 家人間報的轉換：在訪談過程中，一些受訪者指出夫妻間的對待不僅止於夫妻間，也牽涉到更大範圍的兩個家庭，甚至親戚朋友，其中以原生家庭父母的位置尤為重要。夫妻間的相處未必直接對配偶，還可能透過配偶重視的人事物，間接迂迴地表達照顧、善意，例如深感配偶的付出，即使不想再生育，也會考慮配偶的期望來配合。此部分展現華人文化相當有趣的特性。

*C05H：那我太太對我媽很孝順，很多事情會替我媽想，所以相對於我對

岳母那邊，我也會多關照，所以這是互相的……。(S0099-S0101)

*C10H：我覺得我太太她……很有能量去幫助別人……她跟我爸跟我媽…她無形中也幫助他們去在某一方面的一些，心理上面的一些，就幫助他們走出，或是找到一些不同的這個出路方向。(S0053-S0055)

*W47：你如果看過一個男人這樣付出你就會覺得說，是不是應該為他做點什麼？……好像要做點什麼事情來報答他，他對我父母那麼好，對。……你不管對他做什麼事情，像你明明知道他很喜歡小孩，可是……我就不想生。那可是他還是對你付出還是一樣多，對然後你就會覺得說，那是不是該（再多生幾個孩子）……會有這種感激，然後報恩的心情。(S0056-S0059, S0073-S0078)

*C05W：他就是很貼心……譬如說：我媽就常常拿出來講，有一年……農民曆在講說那一天要吃什麼豬腳麵線，然後可以……去霉運，然後未來一年都很順遂，他可以騎著摩托車，買了一把麵線，從蘆洲騎到那個汐止，然後就為了煮那一碗麵線給我媽吃這樣子，然後我媽就一直把這個故事講給大家聽……像我婆婆那種很保守或什麼樣，有一些事情，我覺得就是因為這樣才有這樣的先生，所以我覺得我都可以接受，縱使，譬如說：我們要買兩間房子（一間自住、一間送公婆，負擔非常沈重），……我也無所謂。(S0357-S0361)

7. 善報期待：一些受訪者提及行善積福希望留福給子孫，認為善果的回報時間不可預估，不需回返自己身上，而期待能夠及於子孫後代。而信仰神明不僅自己受保佑，也會溢出至配偶及子女。這些都屬於華人相當獨特的觀念。

*C06H：不一定是這一世就會得到果啦！……那個因一定會結成果，然後果是不是……在這一世或下一世是不是……然後什麼時候回來不

知道！（S0574）

*W43：要積德……為了要……後半輩子啊，或是對以後的子孫啊，是希望……不管是幫誰，就是幫積德。（S0301-S0306）

*W46：我兒子就曾經講過……為什麼，我做那麼多好事，都沒有好報……我就說了，因為他還小啊，……要看長遠啊，也許不是現在有好報，他可能，今天我撿，我幫你扶了一把，我等一下就有好報，那麼快！又不是現世報，不好吧！我說沒有那麼快。（S0524-S0526）

*C18W：多說好話然後做一些……多做好事情，不是為自己，為你小孩子，我是覺得這個多少都有幫助。……為了夫妻也可以……像我故意跟我先生講，說我常常唸阿彌陀佛，我有時候分一些給你，回向給你，回向給你給女兒啊這樣子，就是比較順啦，真的有差耶！（S0177-S0178）

（三）報概念的態度型式

根據上述各層面的報概念與內涵檢視每一份受訪者的訪談資料，由研究助理與一位訪員將所抽取的概念類別進一步精簡摘要，再由研究者區分受訪者對報概念的態度意向，區辨出五種態度型式。舉例而言，C01W 信仰佛教，婚齡 26 年，其訪談資料的精簡摘要主要為：傾向用幸運、運氣來解釋自身的境遇；對於緣分、前世今生、因果均採不相信的態度；認為一切取決於個人作為；因之將此位受訪者的報態度意向歸類為「否定排斥型」。又如 C17H 信仰民間宗教，婚齡 1 年，其訪談資料的精簡摘要主要為：相信惡有惡報（現世報），但不相信輪迴；主張行善應是日常生活的舉手之勞，而非為了求善報；相信有鬼神，強調應敬鬼神而遠之；受訪者的報態度意向被歸類為「條件協商型」。此五種態度型式為：

1. 認同肯定型：這些受訪者基本上相信冥冥中的神秘力量、因果報應、善惡有報，傾向採取前世因今世果的概念來解釋人的外貌、財富、境遇，或人際之間的相處方式。認為夫妻之所以結合很大部分是因為緣分及命中注定，婚後的彼此間的互補或相互付出是維繫婚姻關係、促進親密情感的重要因素，夫妻感情好會歸因為前世燒好香所以今世有好姻緣，感情不好則歸因為前世沒燒好香、相欠債。認同前世、今生、來世的概念，今生的行善積德希望回饋給父母配偶及後代子孫。

2. 條件協商型：受訪者相當程度相信冥冥中的神秘力量，但強調須配合自身的努力（自助天助）。對善惡有報持保留態度（做好事的人未必有好報，做壞事的人卻享盡富貴），視因果報應為一種詮釋方式、工具或「善意的謊言」，目的在於勸人修身、做好事。傾向於採取機緣、運氣來解釋自身境遇，而不順遂時也會拜拜、看風水、捐款來求保佑。著重「現世報」，視前世或來世為虛幻。夫妻之間以彼此相互性為重點，不認同相欠債。
3. 游移不定型：此型受訪者的報概念處於搖擺狀態，一方面相信機緣、命中注定，會拜拜來祈求家庭幸福平安，行善以幫家人後代積德，另一方面不信鬼神（但怕鬼），認為因果報應、相欠債是騙人的說法，信仰的宗教也可能視情形而轉換。對夫妻關係會以緣分、命定或燒好香來詮釋的同時，更強調自我決定與個人努力的力量。
4. 否定排斥型：基本上認為一切結果取決於個人，以科學論證為憑，不相信緣分、前世今生、因果報應，認為這些都是老一輩的說法。而夫妻關係的良否無關燒香拜佛或積陰德，端看彼此的相處與相互對待。
5. 教義微調型：受訪者中有 4 位信仰基督教，頗為一致地指出自己的一生已由上帝做好規劃，而路途上的高低起伏為上帝安排的個人課業，若有煩惱則向上帝禱告，做禮拜時也會得到「上帝的神蹟」，來協助受訪者解決問題、獲得救贖。無所謂善惡有報，認為信仰唯一的神是善、信仰其他的神是惡。不信因果，不過，受訪者會覺得婚姻是一種「緣份」，也會依循家中長輩習俗以尊敬之心祭拜祖先，配合家人和所處環境做些微幅調整。

表 4　受訪者之報概念態度型式

<table>
<tr><th rowspan="2">報概念之
態度型式</th><th colspan="3">受訪者編號</th></tr>
<tr><th>婚齡 30 年及以上</th><th>婚齡 10 至 30 年</th><th>婚齡未滿 10 年</th></tr>
<tr><td>認同肯定</td><td>C03H（佛）
C07W（佛）
C11W（佛）
C11H（民）
C12W（民）
C18H（佛）
H44（民）
7 名</td><td>C06W（佛）
C06H（佛）
C16W（貫）
C19W（民）
C19H（民）
W45（民）
W47（無）
7 名</td><td>C04H（民）
C05H（民）
C09W（民）
C09H（民）
C10W（無）
C10H（佛）
C15W（民）
C17W（民）
W41（佛）
9 名</td></tr>
<tr><td>條件協商</td><td>C13H（無）
C18W（佛）
2 名</td><td>C02W（民）
C02H（無）
W46（民）
3 名</td><td>C04W（無）
C15H（佛）
C17H（民）
C20W（無）
C20H（佛）
5 名</td></tr>
<tr><td>游移不定</td><td>C07H（民）
C13W（無）</td><td>C16H（無）
W43（無）</td><td>C08W（民）
C05W（民）</td></tr>
<tr><td>否定排斥</td><td>C12H（無）
H42（民）</td><td>C01W（佛）
C01H（無）</td><td></td></tr>
<tr><td>教義微調</td><td>C03W（基）</td><td></td><td>C08H（基）
C14W（基）
C14H（基）</td></tr>
</table>

注：括弧中，（佛）（民）（無）（基）（貫）分別代表受訪者自填宗教信仰為佛教、民間信仰或道教、無宗教信仰、基督教、一貫道。

進一步就三類婚齡（30 年及以上、11 年至 30 年、未滿 10 年）將受訪者所屬態度型式區分整理如表 4。屬於「認同肯定」此一態度型式的受訪者共 23 名，在三類婚齡的人數相近，其宗教信仰大多數為民間宗教或佛教，而婚齡長者以信仰佛教居多、婚齡短者則以信仰民間宗教為眾；同屬此型式的夫妻共有5對。

「條件協商型」的受訪者共10名，婚齡多半較短，宗教信仰包含民間宗教、佛教或無信仰；同屬此型式的夫妻共有2對。6名受訪者屬於「游移不定型」，三類婚齡各2名，而宗教信仰為民間宗教或無信仰各3名，無夫妻同屬此型式。屬於「否定排斥型」的受訪者有4名，婚齡長或婚齡中者各2名，無夫妻同屬此型式。而「教義微調型」的4名受訪者婚齡多半較短，有1對夫妻同屬於此型式。

四、結論與討論

本研究根據質性典範，探討已婚者對於報的概念與內涵，並嘗試區分受訪者對報概念的態度型式。不論就普遍領域或就特定的家庭與婚姻領域，報的概念相當程度均可從超驗、垂直及平行三個層次加以指涉；進一步就特定領域的家庭夫妻關係來看，其向度內容又更為多元，包含了時間、對象、期望等。以下從報的對象、時間長度、空間軸線等層面來討論本研究已婚受訪者的報概念。

首先，受訪者指涉的報的對象，並不僅限於自己個人，還包括配偶、子女，泛及父母、祖先，乃至於周遭的親人。楊國樞（1990）曾指出「中國人的報不光是個人的事，通常還會擴及到家庭、家族、國家、宇宙和超自然的世界，不似西方報的對象往往偏重於個人的獨立個體。」亦即，報的行為與觀念展現在各種不同類型的社會關係裡，親疏遠近的差距格局可能影響報的強度，報的對象由個人擴展至家族（楊聯陞 1976; 劉兆明 1993），本研究的結果顯示此種社會性強的報的特性，現今仍清楚存在。有意思的是，受訪者提及自身行善來為父母配偶及後代子孫積德積福的「幫積德」觀念，個人與親人間的界限因血緣或親緣關係而具有溢出滲透性以及報的交換性，更為明確地凸顯此親疏遠近的差序格局特性。

其次，報的時間包含具體的當下，也包含相對模糊的一輩子甚至前輩子、下輩子。此種前世、今世、來世的延續連貫思維，使得因緣果報得以實踐。受訪者認為行善可以在某個時候得到回報（可能立即、可能未來、可能來世），善的積累也是「陰德」的積累，曾做過的都可能回到自己身上（因果輪迴），因此連「一隻螞蟻都不能……結惡緣，下輩子會再結……（C07W, S0243）」。不過，相對於「前世因今世果、今世因來世果」的宿命觀，大多數受訪者更強調「現世」的努力，展現個人的主體能動性。

已婚受訪者的報概念也符合超驗、垂直、平行的空間軸線特性。翟學偉（2007）以傳統華人婚禮儀式中的一拜天地、二拜高堂、夫妻對拜來標示三層次的交往系統，本研究受訪者的資料內容不論就普遍領域或就特定領域均相當契合地對應此三層次。超驗對象乃指天、神、冥冥等處於超自然不特定空間的對象，此不特定對象掌握「必然回報」的規律，使得受訪者認為善有善報、惡有惡報，神得神佑，人在做天在看；對於夫妻之所以相遇、共結連理，也認為姻緣天定、婚姻是緣分，燒好香有好姻緣。，而垂直的空間軸線包含祖先—父母—個人—子孫，也包含前世—今世—來世的延續連貫性，善的積累也是「陰德」的積累，曾做過的都可能回到自己身上（因果報應）；前世的所作所為更牽涉到今世的家人關係（親緣、姻緣、子孫緣的好壞），特別是今世的夫妻關係或親子關係乃基於前世之因，而今世的關係品質則成為來世之因。至於平行的空間軸線，包含一般人際相處及夫妻相處，一般人際相處著重有來有往、投桃報李，獲得與付出間的「公平」是重要的衡量標準，符合社會交換論中公平理論的概念；但夫妻關係則不僅僅要求公平，更需考量時間長度特性，而尤為強調互相體貼、彼此理解及退讓、不斤斤計較，以長久而恩愛的「終身」相守為今世目標，且期待來世再續前緣，而若夫妻關係不佳也可能造成來世繼續牽絆。

整體而言，多數受訪者認為「報」是一種事後的歸因或解釋方式，用以勸人為善去惡。對於婚姻關係，受訪者一方面強調個人的努力及夫妻相處時你來我往的相互性，一方面也運用天命、冥冥中的力量，並佐以前世今世來世的觀點來解釋夫妻關係，顯示對於「報」並非全然肯定或否定，是一種選擇式或協商式的相信。在此種協商信念下，受訪者寧願相信夫妻間的「緣分」而不太承認「報」的作用。另外，在家人之間（含父母、配偶父母、配偶、子女）可能出現報的移轉行為與期待，轉移內容涉及人事物，而善行或累積陰德的結果不需回到行善者本身，期待移轉至其他家人或後代子孫，在在顯示華人之家人與我界限模糊、重視子孫後代傳承的特色至今仍相當程度地維持著。

另一引人深思的結果是，此 47 位已婚受訪者對報的概念態度，呈現頗為多元的樣貌。楊國樞（1990）指出受到臺灣社會變遷的影響，傳統的報產生急遽改變，個人對於傳統報的態度與方式也產生不同的應變及調整，有些仍被保留，有些則已被全盤推翻。本研究訪談資料顯示，將近一半的已婚受訪者（23 位）不論在普遍領域或在特定領域，均認同肯定各層面的報概念，意味「報」仍具有相當的影響，為不少受訪者解釋性歸因的重要依據。不過，也有一半受訪者對報的概念採取或保留、或游移、或否定、或抽離的態度，除了宗教教義的根本不同之外，宿命業報色彩愈濃的部分愈先被揚棄，而當下與現世的狀態、個人的自我決定與所作所為愈發被凸顯，朝個人主義及社會交換論的方向靠攏。

報的概念態度型式因宗教信仰而大為不同，認同肯定型的受訪者之宗教信仰以民間宗教或佛教為主，教義微調型的受訪者之宗教信仰則全為基督教。姜永志與張海鍾（2011）討論天命觀與原罪說的差異，指出基督教原罪的基本含義是人的傲慢自大和對上帝的背離，罪的後果是人神關係的破裂，個體的信仰是對自我原罪的補償和救贖，是虔誠而主動的。天命觀則建立在對不可知的宇宙的恐懼之上，屬於一種被動的實用主義。本研究發現，當詢問受訪者對於善惡有報的看法時，信仰民間宗教、道教、佛教或無信仰者，不論是否認同或是否批判，均能提出相對清楚的看法；但信仰基督教的受訪者則無善惡有報的概念，善惡的判斷僅止於是否信仰唯一的神；透過禱告尋求因應途徑與救贖（蔡怡佳 2014）。不過，這些基督教徒也覺得婚姻是一種「緣份」，也會依循家中長輩習俗以尊敬之心祭拜祖先，使得原本固著的教義規範加入跨文化色彩，融入其生活中。

最後，本研究的訪談資料也隱約透露報的概念態度可能因婚齡長短、婚姻關係的良否、價值觀的傳統 - 現代傾向而展現不同的面貌。例如，婚齡較短的已婚者較不認同因果報應，強調個人的獨立努力與互動的相互性，傾向以緣來解釋夫妻關係；而婚齡較長的已婚者對婚姻多採忍耐、認命的態度，比較相信果報與相欠債的概念，對於與子女關係，更有好子孫是來報恩、壞子孫是來討債的想法。婚姻品質差、常起衝突的夫妻傾向以前世欠債今世還的角度解釋（如 C11H），並希望能於今世還完不要帶到來世；婚姻品質好的夫妻則認為彼此個性與相處方式才是重要因素。此外，即使婚齡較短，自認觀念較傳統的受訪者也會傾向於相信因果報應，重視善惡有報。對於「報」與宗教信仰、婚齡、婚姻關係及價值觀之間的複雜關係，有待日後較大量資料的進一步檢視與驗證。

參考書目

文崇一

1990 報的迭替流變。刊於中國人的世間遊戲——人情與世故。余德慧編，頁 14-19。臺北市：張老師月刊編輯部。

1988 報恩與復仇：交換行為的分析。刊於中國人的心理。楊國樞主編，頁 347-382。臺北市：桂冠圖書公司。

利翠珊

1997 婚姻中親密關係的形成與發展。中華心理衛生學刊 10(4):101-128。

1999 婚姻親密情感的內涵與測量。中華心理衛生學刊 12(4):29-51。

周玉慧

2009 夫妻間衝突因應策略類型及其影響。中華心理學刊 51:81-100。

2017 家庭價值觀與夫妻互動。刊於跨˙文化：人類學與心理學的視野。胡台麗、余舜德、周玉慧主編，頁 337-367。臺北市：中央研究院民族學研究所。

周玉慧、謝雨生

2009 夫妻間支持授受及其影響。中華心理學刊 51:215-234。

林宜旻

2004 受助者負債感之內涵與其前因後果之探討：以組織內的受助事件為例。國立政治大學心理學系未出版之博士論文。

唐君毅

1991 唐君毅全集。唐君毅全集編委會編著。臺北市：臺灣學生書局。

姜永志、張海鍾

2011 天命觀對中國人格心理的構建與影響。心理學析探 31(1):18-22。

韋政通

1990 報的概念古今談。刊於中國人的世間遊戲——人情與世故。余德慧編，頁 5-13。臺北市：張老師月刊編輯部。

陳舜文

1999 「仁」與「禮」：臺灣民眾的家庭價值觀與工作態度。應用心理研究 4:205-227。

張思嘉、周玉慧
2004 緣與婚前關係的發展。本土心理學研究 21:85-123。
國家教育研究院
2017 超驗（先驗）。雙語詞彙、學術名詞暨辭書資訊網。網路資源，tp://terms.naer.edu.tw/detail/1311772/，2017 年 7 月 27 日。
黃光國
1990 報的個體與群體。刊於中國人的世間遊戲——人情與世故。余德慧編，頁 20-27。臺北市：張老師月刊編輯部。
2005 華人關係主義的理論建構。刊於華人本土心理學。楊國樞、黃光國、楊中芳主編，頁 215-248 頁。臺北市：遠流出版社。
黃宗堅、葉光輝、謝雨生
2004 夫妻關係中權力與情感的運作模式：以衝突因應策略為例。本土心理學研究 21:3-48。
楊國樞
1990 報的功能與變遷。刊於中國人的世間遊戲——人情與世故。余德慧編，頁 28-34。臺北市：張老師月刊編輯部。
楊聯陞
1976 報——中國社會關係的一個基礎。刊於中國思想與制度論集。張永堂、段昌國、劉紉尼譯，中國思想跗究委員（編），頁 349-372。
翟學偉
2007 報的運作方位。社會學研究 1:83-98。
蔡怡佳
2014 天心與人心在祈禱中的會遇：宗教心理學的觀點。哲學與文化 41(10):5-31。
蔡勇美、伊慶春
1997 中國家庭價值觀的持續與改變，九十年代的臺灣社會。刊於社會變遷基本調查研究系列二（下）。張苙雲、呂玉暇、王昌甫主編，頁 123-170。臺北市：中研院社會所。
劉兆明
1993「報」的概念及其在組織研究上的意義。刊於中國人的心理與行為——理念及方法篇（一九九二）。楊國樞、余安邦編，頁 293-318。臺北市：桂冠圖書公司。

1996 組織中的情感報——初步的觀點分析。應用心理學報 5:1-34。

蘇中信、吳訂宜、洪宗德

2012 內容分析法之回顧與分析：以臺灣商管期刊為對象。弘光學報 68:1-20。

一言英文、新谷優、松見淳子

2008 自己の利益と他者のコスト——心理的負債の日米間比較研究——。感情心理学研究 16(1):3-4。

熊谷文枝

1979 夫婦の葛藤解決表出過程——日・印・米の比較調査——。社会学評論 30:36-50。

Adams, J. S.

1963 Toward an Understanding of Inequity. Journal of Abnormal and Social Psychology 67:422-436.

1965 Inequity in Social Exchange. *In* Advances in Experimental Social Psychology, Vol. 2. L. Berkowitz, Ed. Pp. 267-299. New York: Academic Press.

Batson, C. D.

1998 Altruism and Prosocial Behavior. *In* The Handbook of Docial Psychology, Vol. 2. D. T. Gilbert, S. T. Fishe & G. Lindzey, Eds. Pp. 282-316. New York: McGraw-Hill.

Berg, B. L.

1998 Qualitative Research Methods for the Social Sciences (3rd). Boston: Allyn and Bacon.

Gouldner, A. W.

1960 The Norm of Reciprocity: A Preliminary Statement. American Sociological Review 25(2):161-178.

Greenberg, M. S.

1980 A Theory of Indebtedness. *In* Social Exchange: Advances in Theory and Research, K. J. Gergen, M. S. Greenberg, & R. H. Willis, Eds. Pp. 3-26. New York: Plenum Press.

Greenberg, M. S., & D. R. Westcott

1983 Indebtedness as a Mediator of Reactions to Aid. *In* New Directions in Helping, V.1: Recipient reactions to aid, J. D. Fisher, A. Nadler, & B. M. DePaulo, Eds. Pp. 85-112. New York: Academic Press.

Hofstede, G.

2001 Culture's Consequences: Comparing Values, Behaviors, Institutions, and Organizations Across Nations. Thousand Oaks, London, New Delhi: Sage.

Homans, G. C.

1958 Social Behavior as Exchange. American Journal of Sociology 63(6):597-606.

Hsu, F. L. K.

1971 Eros, Affect, and Pao. *In* Kinship and Culture. F. L. K. Hsu, Ed. Pp. 439-475. Chicage, IL: Aldine Publishing.

Kessler, R. C., J. D. McLeod, & E. Wethington

1985 The Costs of Caring: A Perspective on the Relationship Between sex and Psychological Distress. *In* Social Support: Theory, Research, and Applications. I. G. Sarason & B. R. Sarason, Eds. Pp. 491-506. The Hague, The Netherlands: Martinus Nijoff.

Krause, N., A. R. Herzog, & E. Baker

1992 Providing Support to Others and Well-being in Later Life. Journals of Gerontology: Series B: Psychological Sciences and Social Sciences 47:P300-P311.

Li, T. S., & F. M. Chen

2002 Affection in Marriage: A Study of Marital En-qing and Intimacy in Taiwan. Journal of Psychology in Chinese Society 3(1):37-59.

Liu, C.

1999 The Concept of Bao and Its Significance in Organizational Research. *In* Management and Cultural Values: The Indigenization of Organizations in Asia. H. S. R. Kao, D. Sinha & B. Wilpert, Eds. Pp. 152-168. London: Sage.

Rusbult, C. E.

1980 Commitment and Satisfaction in Romantic Associations: A Test of the Investment Model. Journal of Experimental Social Psychology 16:172-186.

1983 A Longitudinal Test of the Investment Model: The Development (and Deterioration) of Satisfaction and Commitment in Heterosexual Involvement. Journal of Personality and Social Psychology 45:101-117.

Standford, L.

2008 Social Exchange Theories. *In* Engaging Theories in Interpersonal Communication: Multiple Perspectives. L.A. Baxter & D.O. Braithwaite, Eds. Pp.377-389. Thousand Oaks.

Väänänen, A., B. P. Buunk, M. Kivimäki, J. Pentti, & J. Vahtera,

2005 When it is Better to Give Than to Receive: Long-term Health Effects of Perceived Reciprocity in Support Exchange. Journal of Personality and Social Psychology 89:176-193.

Walster, E., G. W. Walster, & E. Berscheid

1978 Equity: Theory and Research. Boston: Allyn Bacon.

Zhang, Y., & N. Epley

2009 Self-Centered Social Exchange: Differential Use of Costs Versus Benefits in Prosocial Reciprocity. Journal of Personality and Social Psychology 97(5):796-810

The Concept and Connotation of "BAO" of Married People in Taiwan

Yuh-Huey Jou

Abstract

This study explored the concept and connotation of "BAO" of married people, and identified the attitude characteristic of married people's "BAO". Through in-depth interviews with 47 respondents (including 20 couples and 7 married couples), the general field BAO concept and the specific field BAO concept of family marriage were distinguished. The former meant pandeism, the destined and the interpersonal relationship, while the latter emphasized the ancestors, the previous generation, the husband-wife relationship, parent-child relationship, family relationship, and relatives. These two concepts included the three levels of transcendental, vertical, and parallel BAO. The parallel BAO in specific areas was more related to the long-term breadth of time, which can be further differentiated into immediate, lifelong, and afterlife BAO. Not only that, the interconversive BAO, their good deeds were expecting to be able to shade their offspring (expectations of good will be rewarded with good), also showed when getting along with husbands and wives' original families, highlighting the feature of BAO concept. Furthermore, the respondents' attitudes towards the BAO concept could be identified to five attitude patterns: affirmation, conditional negotiation, doubt uncertain, negative exclusion, and doctrine slightly transferred, showing the multi-complex appearance. Finally, the relation of religious belief, marriage age, marital relationship, and values to the BAO concept of contemporary Chinese married people was also addressed.

Keywords: BAO, Reciprocity, Social Exchange Theory, Married Person, Qualitative Research

青少年時期父母教養行為的變化：子女表現的影響[1]

林惠雅、蕭英玲[2]

摘　要

本研究檢視青少年的父母知覺教養行為的變化軌跡以及知覺子女表現變化（包括子女成績的滿意程度、子女品行的滿意程度、子女偏差行為、子女對父母的正向行為、子女對父母的負向行為）對於父母教養行為變化的影響。本研究使用「臺灣青少年成長歷程研究」中第一、三、六波家長版作為分析的資料，有效樣本共907人（172位父親，735位母親）。成長曲線模式的研究結果顯示，在教養行為變化方面，當控制子女性別及父或母親教育年數後，隨著子女年齡的增長，不論是父親或母親，說明理由的教養行為皆沒有呈現明顯的變化；而父親監督教養行為呈現緩慢上升的趨勢，母親監督教養行為先緩慢上升而後微幅下降；父母親不一致及體罰教養行為都隨之下降，之後下降幅度較為平緩。在子女表現變化對於父親和母親教養行為變化的影響方面，當控制時間、子女性別與父親教育年數的因素後，父親知覺子女對待其正向行為的變化與其說明理由及監督教養行為的變化有顯著相關；而父親知覺子女對其負向行為的變化與其監督、不一致及體罰教養行為的變化有顯著相關；父親知覺子女偏差行為的變化只與其監督教養行為的變化有顯著相關；父親對子女成績及品性的滿意度則與其教養行為的變化無關。至於母親方面，母親對子女品行滿意度的變化與其說明理由、監督及體罰教養行為的變化有顯著相關；再者，母親

1　本論文是102年度行政院國家科學委員會補助專題研究計畫的部分計畫，計畫編號NSC 102-2410-H-030-039。

2　通訊作者

知覺子女對其正向行為的變化與其說明理由、監督及不一致教養行為的變化有顯著相關；而母親知覺子女對其負向行為的變化與其監督、不一致及體罰教養行為的變化有顯著相關；最後，母親知覺子女偏差行為的變化只與其監督教養行為的變化有顯著相關；母親對子女成績的滿意度則與其教養行為的變化無關。

關鍵字：青少年、父母教養行為、子女表現

一、前言

過去有關青少年的父母教養行為之研究重點，大都以父母教養對青少年身心功能或適應的影響為主（Barber, Maugha, & Olsen 2005; Kotchick & Forehand 2002）。這樣的研究方向或許隱含二個互有關聯的意涵，第一個意涵是，在整個青少年時期，父母可能保持一貫不變的教養行為；第二個意涵是，父母教養行為屬於父母單向取向，亦即只檢視父母單方決定採用的教養行為如何影響子女，而未檢視子女因素可能影響父母所採用的教養行為。

針對第一個意涵，研究者認為個體在青少年時期，身心許多層面都產生蠻大的變化（郭靜晃 2006），例如，在身體生理方面，像是身高、體型的改變，生殖系統的發育（包括性器官、生殖功能成熟、第二性徵出現），以及性荷爾蒙的分泌等（姜元御、林烘煜、劉志如、何蘊琪、許木柱 2011)。再者，在認知方面，從 Piaget 的認知發展觀點來看，青少年邁入形式運思期，可以進行抽象和演繹思考（Keil 2014）。另外，在自我方面，青少年經歷自我認同危機，並藉由探索來獲知自己在社會中的角色，並發展自我認同（黃德祥 2006）。上述這些變化，並非一夕之間就可完成，而是在整個青少年時期逐漸改變，當父母面對處於上述逐漸改變的青少年子女，他們教養子女的行為是保持一貫不變呢？還是有所變化？若是有所變化，其變化又是如何？這是值得我們加以探究的課題之一。

針對第二個意涵，一些學者將青少年親子關係視為親子之間權力與自主的相關議題（De Goede, Branje, & Meeus 2000; McGue, Elkins, Walden, & Iacono 2005）。林惠雅（2007）在探討青少年獨立自主發展之際，發現青少年獨立自主的發展包括了「生活依賴和獨立的轉變」以及「父母職權和自我管轄權限轉型」二方面，而這二方面發展的機制之一是「實力——放心放手循環：信任機制」。所謂「實力——放心放手循環：信任機制」，指的是青少年隨著年齡的增長，他們的實力可能會增加，實力包括了自我照顧的能力、或自制和自治能力、或解決問題的能力等。而父母看到他們增加的實力，導致父母相信他們可以自我照顧、或自我管理、或自己解決問題，亦即「信任」他們。有了對這些能力的信任，使得父母能夠對青少年子女「放心」，既然「放心」，父母也因而「放手」，也就是開放更多的權限給他們。研究者認為，開放更多的權限並不代表父母從此由孩子自己完全做決定，而不再管孩子，而是孩子擁有較多的自主權，但父母對青少年子女的教養仍然存在。針對「實力——放心放手循環」的現象，研究者認為其中蘊含的概念之一是，青少年的表現或能力會影響父母是否給予青少年自主權力。

如上所述，「實力——放心放手循環」的概念之一，即青少年的表現或能力會影響父母是否給予青少年自主權力。若沿用這樣的概念到父母教養行為時，可能顯示教養行為並不是父母單向取向，換言之，父母教養行為可能不是純然由父母自己單方採用或決定；相對的，父母或許會受到青少年子女表現而影響其教養行為。當父母知覺青少年子女表現良好之際，其教養行為也會受影響，當父母知覺青少年子女表現不好之際，其教養行為也會受影響。研究者認為，當父母知覺青少年子女表現良好，在放心之下，父母更願意採用正向教養行為來對待青少年，較不需要採用負向教養行為。相對的，當父母知覺青少年子女表現不好，在不放心之下，父母或許覺得更需要採用負向教養行為來對待青少年，較不能夠採用正向教養行為。基於以上所述，父母知覺青少年子女表現究竟是否影響其教養行為，以及如何影響均有待檢視，加上相關研究較少，因此，探討此一課題也有其重要的意義。

除此之外，有關父母和子女性別與父母教養行為變化的關係也許是一個有意思的課題。父親和母親在子女社會化過程可能扮演不同的角色，例如，母親是主要照顧教養者，而父親扮演選擇性育兒角色（王舒云、余漢儀 1997）。由於角色的差異，父親與母親對子女，不僅在育兒勞務分配上有所差異，在其教養行為可能也有所差異。

綜合上述所論，本研究主要探討在青少年時期，父親和母親教養行為是否有所變化？以及父親和母親知覺青少年子女一些表現的變化是否影響父親和母親教養行為的變化？對於這些問題，過去相關研究十分匱乏，因此，瞭解青少年時期，父母教養行為的變化及其影響因素，應該有其重要性與貢獻。

二、文獻探討

(一) 父母教養行為

國外相關研究提出許多教養行為的面向，本研究採用四種教養行為，包括說明理由、監督、不一致和體罰。一方面，一些學者認為說明理由、監督、不一致、處罰是重要的面向，不僅如此，說明理由、監督被視為正向教養行為面向（Kim & Ge 2000; Cui & Conger 2008; Walton & Flouri 2010; Sher-Censor, Parke, & Coltrane 2011），不一致、處罰則被視為負向教養行為面向（Kim & Ge 2000; Cui & Conger 2008）。說明理由、監督被視為正向教養行為面向的原因之一是，說理、監督對青少年的行為或發展有正向影響。例如，青少年知覺母親說理和監督會降低自己的憂鬱（Kim & Ge 2000），而 Macaulay、Griffin、Gronewold、Williams 與 Botvin（2005）的研究結果顯示，監督具有保護效果，因而減少青少年的藥物使用。相對的，不一致、處罰被視為負向教養行為面向的原因之一是，不一致、處罰對青少年的行為或發展有負向影響。例如，Duncombe、Havighurst、Holland 與 Frankling（2012）研究結果發現，父母不一致的教養行為與孩子破壞行為問題有顯著關係。同時，Muratori 等人（2015）研究結果發現，如果減少父母不一致的教養行為，孩子的攻擊行為也會減少。另外，母親的批評、處罰、不一致等教養行為會增加子女的行為問題（Bares, Delva, Grogan-Kaylor, & Andrade 2011; Cui & Conger 2008）。

另一方面，針對青少年而言，說明理由、監督、不一致、體罰教養行為確實有其重要性。在說明理由方面，由於認知越來越成熟，於是青少年對於父母的命令或規則會越來越要求父母加以說明合理的理由（姜元御等人 2011）。再者，多數青少年和父母參與共同活動的時間變少（Crosnoe & Trinitipoli 2008），因此，監督教養行為更為重要。所謂監督，指的是父母知道孩子在哪裡、跟誰在一起、參與什麼活動等等（Li, Feigelman, & Stanton 2000），在上述定義中，知道子女行蹤是父母監督教養的一部分。而監督反映了父母對子女的關心和了解，同時也是有效能教養青少年的重要元素之一（Laird, Pettit, Dodge, & Bates 2003）。

有關父母不一致執行規則方面，父母要能夠一致執行規則，才能有效設定和執行規則，並規範孩子的行為（Buehler, Benson, & Gerard 2006）。所以，父母自己本身不一致的教養，可能使青少年子女無所適從或將父母的要求不當一回事。最後，依據林文瑛與王震武（1995）的觀點，打罵觀是我國傳統社會流俗取向的教養觀，而目前體罰仍然存在於一些父母教養行為當中。既然體罰教養仍然存在，將之納入探討的教養行為應有其重要性。

(二)青少年子女表現與父母教養行為

過去的研究大部分著重在父母教養行為對子女表現的影響；如前所述，在「實力——放心放手循環」這樣的概念下，子女表現會影響父母教養行為。再加上，親子是一個次系統，父母和子女應會相互影響彼此的行為與發展。其中，有研究發現，氣質屬於難養育型的兒童會導致父母採用較嚴厲的教養方式（Scaramella & Leve 2004）；面對自我情緒管理不佳的青少年，父母比較會採用消極和溺愛的教養方式（Moilanen, Rasmussen, & Padilla-Walker 2014）。由此可知，子女的表現會影響父母的教養行為。本研究選取父母對於子女成績滿意程度、父母對於子女品性的滿意程度、父母知覺子女偏差行為、父母知覺子女對他們的正向和負向行為作為子女表現的面向，探討這些子女表現的變化對於父母教養行為變化的影響。

選取這些面向的原因是，有關父母對於子女成績滿意程度方面，一方面，華人父母原本就相當重視子女學業的表現（林惠雅 1999）。另一方面，林惠雅、蕭英玲（2017）探討青少年時期親子關係的變化之研究，結果發現，由國中七年級、國中九年級、到高中三年級的親子關係滿意度一直下降，可能的原因之一是，由國中到高中、由高中到大學有二次重要入學考試，而入學考試可能影響青少年生活與親子互動，導致親子關係滿意度下降，不僅如此，學業成績的變化也和親子關係滿意度的變化有關。在這種情況下，研究者認為父母對於子女成績滿意程度的變化或許會影響父母教養行為的變化。

有關父母對於子女品性的滿意程度方面，基本道德人格、端正品性乃是我國父母教養目標的重要內涵之一（王叢桂 1997; 林文瑛、王震武 1995; 林惠雅 1999），由此可見，品性的培養是父母相當重視，且是子女社會化過程中的培養重點。既是如此，研究者認為父母對於子女品性的滿意程度的變化或許會影響父母教養行為的變化。

有關父母知覺子女偏差行為方面，青少年生活重心逐漸由家庭轉為同儕和學校，他們不僅在同儕相處或待在學校的時間比過去增加，他們受到同儕和學校的影響也不小。同儕的壓力或同儕影響也是導致青少年做出違規或偏差行為的重要因素之一，如抽菸、喝酒等行為（姜元御等人 2011; Ali & Dwyer 2011; Cavalca et al. 2013）。然而「養不教，父母之過」的傳統觀念仍存在父母心中，於是當子女產生偏差行為之際，父母認為他們負有連帶責任（林昭溶、林惠雅 2007），如此一來，父母有可能改變其教養行為。

有關父母知覺子女對他們的正向和負向行為方面，父母知覺子女對他們的正向和負向行為是父母最直接可感受到的子女表現。當父母知覺到子女對其表示看重和關心，也就是知覺子女以正向行為對待他們之際，他們會有正向感受，而正向感受或許使父母以正向教養行為加以回應；相對的，當父母知覺到子女對其表示不良的態度和爭執，也就是知覺子女以負向行為對待他們之際，他們會有負向感受，而負向感受或許使父母以負向教養行為加以回應，因此，父母知覺子女對他們的正向和負向行為的變化或許會影響父母教養行為的變化。

由於過去相關研究十分匱乏，本研究可謂是初步探索性質的研究。至於在青少年時期，上述子女表現變化與父母教養行為變化關聯的原因，本研究沿用「實力——放心放手循環」（林惠雅 2007）所蘊含的概念來說明，也就是父母會受到青少年子女表現而影響其教養行為。進一步來說，在青少年時期，隨著子女年齡增長，當父母越滿意子女的表現或越察覺子女正向的行為時，將使父母對青少年越放心，越放心之餘，其正向教養行為（說明理由、監督）會增加，而負向教養行為（不一致、體罰）會減少；相對的，當父母越不滿意子女的表現或越察覺子女負向的行為時，將使父母對青少年無法放心，無法放心之餘，其正向教養行為會減少，而負向教養行為會增加。

（三）性別、父母教育程度與父母教養行為的關係

過去較少相關研究單純地探討父親和母親教養行為的差異，或是父母對青少年兒子和女兒教養行為的差異。少數研究中，Shek（1998）以香港中學生為對象，研究結果顯示，比之母親，青少年知覺父親較少反應、較少要求、較少關心、但較為嚴格。一般而言，青少年男生和女生的知覺沒有太大的差異，不過女生傾向知覺母親要求較多、較不嚴格。此結果仍需進一步檢視父親和母親教養行為的差異。至於子女性別方面，針對 126 個相關研究的後設分析研究中發現，年齡包含 0 歲到 18 歲，比之女生，父母對男生的控制稍為高一點；而自主——支持策略，性別沒有顯示顯著差異（Endendijk, Groeneveld, Bakermans-Kranenburg, & Mesman 2016）。有關性別與父母教養行為的關係甚為匱乏，值得進一步加以探討。此外，過去的研究也發現父母教育程度與其教養行為的關聯性（例如，黃毅志 1997; 楊賀凱 2009），父母親教育程度越高，越常採用正向的教養方式。因此本研究加入父或母親教育年數當成控制變項。

(四)研究目的

基於以上討論，本研究使用「臺灣青少年成長歷程研究」(Taiwan Youth Project, AS-93-TP-C01)中第一、三、六波的家長資料作為分析資料。本研究主要目的有二：(1) 探討青少年時期，父親和母親教養行為的變化；(2) 探討青少年時期，子女表現(包含父母對於子女成績的滿意程度、父母對於子女品性的滿意程度、父母知覺子女偏差行為的頻率、父母知覺子女對他們的正向和負向行為)的變化對於父親和母親教養行為變化的影響。過去較少相關研究且以縱貫性資料探討這一個研究議題，本研究結果或許可以增進我們對於青少年的父母教養行為的理論知識，並提供實務運用上的參考。

(五)研究假設

根據以上的文獻探討，本研究提出下列的假設：

1. 隨著子女年齡的增長，父母教養行為會隨之改變。父母採用正向教養行為越多，採用負向教養行為越少。
2. 父母對子女成績滿意程度的變化與父母教養行為的變化有關，當父母對子女成績越滿意，父母採用正向教養行為越多，採用負向教養行為越少。
3. 父母對子女品行滿意程度的變化與父母教養行為的變化有關，當父母對子女品行越滿意，父母採用正向教養行為越多，採用負向教養行為越少。
4. 父母知覺子女偏差行為頻率的變化與父母教養行為的變化有關，當父母知覺子女偏差行為越多，父母採用正向教養行為越少，採用負向教養行為越多。
5. 父母知覺子女對其正向行為的變化與父母教養行為的變化有關，當父母知覺子女對其正向行為越多，父母採用正向教養行為越多，採用負向教養行為越少。
6. 父母知覺子女對其負向行為的變化與父母教養行為的變化有關，當父母知覺子女對其負向行為越多，父母採用正向教養行為越少，採用負向教養行為越多。

三、研究方法

(一)研究樣本來源

本研究採用「臺灣青少年成長歷程研究」資料庫做為分析的資料。[3] 此研究計畫的樣本包括學生及家長，抽樣母體是臺北縣、臺北市及宜蘭縣國中 7 年級和 9 年級兩個年級（不含夜間部、補校及進修學校）的學生，採用分層的多階層叢集抽樣法，最後抽取 2,696 位 7 年級及 2,890 位 9 年級學生。本研究採用此研究計畫中國中 7 年級樣本的第一波（國中 7 年級）、第三波（國中 9 年級）、第六波（高中 3 年級）的家長資料。第一波是由學生帶回家給家長或主要照顧者填寫，第三、六波則是面對面訪談家長或主要照顧者。由於每年接受問卷調查的家長不見得是同一人，所以本研究樣本只包含三波都參與研究計畫的父母親，有效樣本共 907 人（172 位父親，735 位母親）。在本研究第一波家長的分析樣本中（n = 907），81% 是母親，父親只佔 19%；國中 7 年級子女分別有 475 位（52.4%）女生及 432 位（47.6%）男生。父親平均年齡為 44.05 歲，平均教育年數為 11.12 年，94.80% 的父親有工作；母親平均年齡為 40.41 歲，平均教育年數為 10.98 年，57.10% 的母親有工作（見表 1）。

3 本論文（著）使用資料全部（部分）係採自中央研究院支助之「臺灣青少年成長歷程研究」計畫（AS-93-TP-C01）。該計畫係由中央研究院社會學研究所執行，計畫主持人為伊慶春教授，該資料由中央研究院調查研究專題中心釋出。作者感謝上述機構及人員提供資料協助，然本論文（著）內容由作者自行負責。

表 1　第一波樣本背景變項的描述

背景變項	父親 (n=172)		母親 (n=735)	
	M/n	SD/%	M/n	SD/%
年齡	44.05	4.69	40.41	3.78
教育年數	11.12	3.28	10.98	2.79
工作情況				
有工作	163	94.8	420	57.10
無工作	2	1.2	259	35.20
遺漏值	7	4.1	56	7.60
子女性別				
男生	88	51.2	344	46.8
女生	84	48.8	391	53.2

(二)主要變項的測量

以下分別說明本研究分析的重要變項，包括第一、三、六波資料的父母親教養行為以及第一、三、六波資料的知覺子女的表現（對子女成績的滿意程度、對子女品行的滿意程度、知覺子女偏差行為的頻率、知覺子女對其正向及負向行為的頻率）。

1. 父母親教養行為

此測量是分別詢問父母採用四種教養行為的頻率，包括：1. 說明理由（有關這孩子的事決定之後，您會告訴他您的想法）；2. 監督（您知道這孩子每天的行蹤）；3. 不一致（同樣一件事，您有時處罰小孩，有時不處罰）；4. 體罰（如果這孩子做錯事情，您會動手打他）。各波段的測量皆為 5 點量尺，1 為總是，3 為一半時間，5 為沒有，經反向計分後，分數越高，代表父母採用該教養行為的頻率越高。

2. 父母親知覺子女的表現

父母親對子女表現的滿意程度主要包括二個面向：成績及品行表現。各波段的測量皆為 6 點量尺，1 為很滿意，6 為很不滿意，經反向計分後，分數越高，代表父母越滿意子女的成績及品行表現。

父母知覺子女偏差行為頻率的測量包括蹺課、逃學或故意不去上學、以及在學校裡惹麻煩（例如：吵架、打架、在班上惹事等）兩種行為。第一、三波以兩題來測量此兩種行為，第六波則是將兩種行為合併成一題進行測量。為了可以跨波比較父母知覺子女偏差行為頻率的變化，因此將第一、三波兩題，計算其平均數合併成一題。此外，各波段的量尺不太一致，第一波的選項為 5 點量尺，經反向計分後，從「從未」到「總是」（1-5 分），第三波和第六波的選項則為 4 點量尺，經反向計分後，從「從未」到「常常」（1-4 分），為了統一測量的量尺，將第一波的「總是」及「常常」合併成為「常常」，改為第三波、六波的 4 點量尺：1 為從未，2 為偶爾，3 為有時候，4 為常常。分數越高，代表父母知覺子女偏差行為的頻率越高。

父母知覺子女對其行為的測量共有 6 題，3 題為正向行為（子女會問您對重要事情的看法、會注意聽您的看法或想法、會關心您）；3 題為負向行為（對您態度不好、很生氣地對您大小聲、因為您不同意他的看法而跟您爭執）。此外，各波段的量尺不太相同，第一、三波的選項為 7 點量尺，經反向計分後，從「沒有」、「一半時間」、到「總是」（1-7 分），第六波的選項則為 5 點量尺，經反向計分後，從「沒有」、「不常」、「一半一半」、「常常」到「總是」（1-5 分），為了統一測量的量尺，將第一、三波的 7 點量尺改為 5 點量尺。[4] 分數越高，代表父母知覺子女對其正向或負向行為的頻率越高。信效度分析結果顯示，第一波的測量可以萃取出 2 個因子，其累積解釋變異量為 73.39%（正向行為：31.05%；負向行為：42.34%），正向及負向行為的內部一致性係數分別為 .80、.83。第三波的測量亦可萃取出 2 個因子，其累積解釋變異量為 68.42%（正向行為：27.50%；負向行為：40.92%），正向及負向行為的信度內部一致性係數分別為 .72、.80。第六波的測量也是萃取出 2 個因子，其累積解釋變異量為 74.03%（正向行為：27.30%；負向行為：46.73%），正向及負向行為的內部

4　反向計分後，第一、三波的 7 點量尺是 1 為「沒有」、4 為「一半時間」、7 為「總是」，2、3、5、6 並未加入文字說明，為了統一第一、三、六波的量尺，將第一、三波的量尺改為 1 為「沒有」、2、3 為「不常」、4 為「一半一半」、5、6 為「常常」、7 為「總是」，與第六波的尺度相同。

一致性係數分別為 .79、.85。將正負向行為各三題分別加總計分，總分分數越高，代表父母知覺子女對其正向或負向行為的頻率越高。

(三)統計分析

本研究的統計分析分為初步分析及成長曲線模式兩部分。首先，採用相依樣本單因子變異數分析來描述各主要變項跨時間的差異，再採用階層線性模式（Hierarchical linear modeling, HLM）及 HLM7.0 版統計軟體（Raudenbush, Bryk, Cheong, Congdon, Jr., & du Toit 2011）進行成長曲線模式的分析，檢視青少年在國中 7 年級至高中 3 年級時期，父母教養行為的變化以及探討影響此變化的因素。由於過去文獻顯示，父親與母親的教養行為及其影響因素可能不同，父母對於男生及女生教養行為可能也有所差異，因此本研究將父母親樣本分別進行分析，並加入子女性別為解釋變項，以了解父母性別及子女性別對教養行為變化的影響。此外，過去文獻也顯示，父母親教育程度與其教養行為有顯著的關聯性，因此也加入父或母親教育年數為控制變項。

本研究分析包括二個層次的資料，第一層為受試者內模型，涵蓋針對同一受試者重複觀察的資料（父母教養行為、知覺子女的表現）；第二層是受試者間模型，可加入個人相關變項（子女性別、父母親教育年數），比較不同個人變項在變化率上的差異（溫福星 2006）。因此，本研究的成長曲線模式包括兩個階段的分析，第一個階段描述父母教養行為的變化軌跡（直線或是曲線關係），此模式的截距表示父母在教養國中 7 年級小孩行為的情況，斜率表示父母在教養國中 7 年級至高中 3 年級小孩行為的變化，並了解子女性別、父母親教育年數對父母教養行為變化軌跡的影響；第二個階段檢視父母知覺子女表現變化與其教養行為變化的關連。

四、研究結果

(一)初步分析

表 2 呈現在子女國中 7 年級至高中 3 年級時期，父母教養行為及其知覺子女表現的平均數、標準差及跨時間的比較。結果顯示，不論子女在國中 7 年級（父親：$F = 144.24, p < .001$；母親：$F = 800.25, p < .001$）、國中 9 年級（父親：$F = 600.65, p < .001$；母親：$F = 2683.97, p < .001$）、或高中 3 年級（父親：$F = 1080.545, p < .001$；母親：$F = 5443.17, p < .001$），父母採用監督教養行為最多，其次是說明理由、採取不一致及體罰的行為最少。隨著子女年齡的增長，父母監督的行為增多，採取不一致及體罰的行為減少，而說明理由的教養行為並不會隨著時間而改變。在父親知覺子女表現方面，與子女在國中 7 年級時相比，父親知覺高中 3 年級子女對其正向的行為較多。除此之外，父親知覺子女表現並沒有跨時間點的差異。而母親知覺子女表現則有跨時間的差異，隨著子女年齡的增長，母親越滿意子女的成績及品行表現，知覺子女對其正向行為越多，對其負向行為越少，但是母親也越覺得子女的偏差行為頻率增高。此結果顯示，隨著子女年齡的增長，父母在教養行為上都有明顯的變化，知覺子女表現的變化在母親樣本中較為明顯。

其次，本研究檢視子女在國中 7、9 年級及高中 3 年級的時期，父母知覺子女表現與其教養行為的相關性。在父親的樣本中，不論在哪一個時期，知覺子女正向行為與說明理由及監督的教養行為有顯著正相關，知覺子女負向行為與體罰的教養行為有顯著正相關，知覺國中 9 年級及高中 3 年級子女負向行為與其不一致教養有顯著正相關，但知覺國中 7 年級子女負向行為與其不一致教養無關。在母親的樣本中，不論在哪一個時期，對子女成績的滿意度與監督的教養行為有顯著正相關；對子女品行的滿意度與說明理由及監督的教養行為有顯著正相關，與體罰行為有顯著的負相關；知覺子女偏差行與其監督教養有顯著負相關；知覺子女正向行為與說明理由及監督的教養行為有顯著正相關，知覺子女與監督教養行為有顯著負相關，而與體罰有顯著正相關（見附錄 1-3）。以上結果顯示，知覺子女的表現與四種父母教養行為皆有某種程度的關聯，為了檢視小孩在國中 7 年級至高中 3 年級時期，父母教養行為的變化軌跡，與知覺子女表現變動之間的關聯性，本研究進一步以成長曲線模式分析。

表 2　子女處於國中 7 年級至高中 3 年級時期父母教養行為及知覺子女表現的平均數、標準差及跨時間比較

		國中7年級		國中9年級		高中3年級		跨時間比較	事後[a]
	分數範圍	平均數	標準差	平均數	標準差	平均數	標準差	F值	比較
父親教養行為									
說明理由	1-5	4.16	1.06	4.28	1.18	4.15	0.97	1.01	
監督	1-5	4.45	0.81	4.70	0.70	4.62	0.71	6.33 **	2>1
不一致	1-5	2.57	1.33	1.77	1.12	1.51	0.81	43.53 ***	1>2>3
體罰	1-5	2.24	1.32	1.35	0.74	1.10	0.40	83.37 ***	1>2>3
母親教養行為									
說明理由	1-5	4.35	0.96	4.44	1.03	4.39	0.81	2.28	
監督	1-5	4.65	0.71	4.81	0.56	4.78	0.57	16.96 ***	2,3>1
不一致	1-5	2.52	1.23	1.89	1.19	1.62	0.88	127.63 ***	1>2>3
體罰	1-5	2.40	1.31	1.37	0.78	1.13	0.45	475.85 ***	1>2>3
父親知覺子女表現									
子女成績的滿意程度	1-6	3.99	1.15	3.98	1.11	4.03	1.08	0.15	
子女品行的滿意程度	1-6	4.67	0.86	4.72	0.86	4.77	0.91	0.61	
子女偏差行為	1-4	1.08	0.28	1.06	0.21	1.10	0.38	1.11	
子女對父親的正向行為	1-5	3.21	1.01	3.44	1.04	3.49	1.00	4.90 **	3>1
子女對父親的負向行為	1-5	1.72	0.80	1.74	0.74	1.61	0.72	1.96	
母親知覺子女表現									
子女成績的滿意程度	1-6	3.90	1.16	3.89	1.15	4.01	1.14	4.32 *	3>2
子女品行的滿意程度	1-6	4.55	0.95	4.71	0.90	4.89	0.85	41.73 ***	3>2>1
子女偏差行為	1-4	1.07	0.22	1.06	0.20	1.11	0.40	8.65 **	3>1,2
子女對母親的正向行為	1-5	3.41	1.02	3.75	0.95	3.77	0.93	49.14 ***	2,3>1
子女對母親的負向行為	1-5	2.08	0.95	2.05	0.83	1.93	0.79	8.68 ***	1,2>3

[a] 1=國中7年級, 2=國中9年級, 3=高中3年級

$^{*}p<.05$. $^{**}p<.01$. $^{***}p<.001$.

(二) 父母教養行為的變化

表 3 呈現子女在國中 7 年級至高中 3 年級時期父母教養行為的變化。其成長曲線模型方程式如下：

Level 1: $Y_{it} = \beta_{0i} + \beta_{1i}Time_{it} + \beta_{2i}Time_{2it} + \varepsilon_{it}$

Level 2: $\beta_{0i} = \gamma_{00}$ (子女性別) + γ_{01} (父或母教育年數) + μ_{0i}

$\beta_{1i} = \gamma_{10}$ (子女性別) + γ_{11} (父或母教育年數) + μ_{1i}

$\beta_{2i} = \gamma_{20}$ (子女性別) + γ_{21} (父或母教育年數) + μ_{2i}

研究結果發現，在父親樣本中，說明理由教養行為的平均截距為 4.20，達統計顯著水準，而父親說明理由教養行為的直線及曲線變化率皆未達統計顯著水準，表示在子女國中 7 年級時，父親說明理由的教養行為頻率高，但沒有呈現明顯的變化。父親監督教養行為的平均截距為 4.53，直線變化率為 0.15，皆達統計顯著水準，表示在子女國中 7 年級時，父親說明理由的教養行為頻率高，之後父親監督教養行為呈現緩慢上升的趨勢。父親不一致及體罰教養行為的平均截距分別為 2.73 及 2.11，直線變化率分別為 -0.63 及 -0.53，曲線變化率分別為 0.08 及 0.07，皆達統計顯著水準，表示在子女國中 7 年級時，父親不一致及體罰教養行為頻率低，而隨著子女年齡的增長，父親不一致及體罰教養行為也隨之下降，之後下降幅度較為平緩。子女性別不影響父親四種教養行為的截距、直線及曲線變化率。然而，父親教育年數對其說明理由與監督教養的截距有影響，亦即父親教育年數越高，其在子女國中 7 年級時的說明理由與監督教養行為的頻率越高。

在母親的樣本中，母親說明理由教養行為的平均截距為 4.37，達統計顯著水準，而母親說明理由教養行為的直線及曲線變化率皆未達統計顯著水準，表示在子女國中 7 年級時，母親說明理由的教養行為頻率高，但沒有呈現明顯的變化。母親監督教養行為的平均截距為 4.69，直線變化率為 0.13，曲線變化率為 -0.02，皆達統計顯著水準，表示在子女國中 7 年級時，母親說明理由的教養行為頻率高，之後母親監督教養行為先緩慢上升而後微幅下降。母親不一致及體罰教養行為的平均截距分別為 2.59 及 2.31，直線變化率分別為 -0.50 及 -0.62，曲線變化率分別為 0.06 及 0.08，皆達統計顯著水準，表示在子女國中 7 年級時，母親不一致及體罰教養行為頻率低，而隨著子女年齡的增長，母親不一致及體罰教養行為也隨之下降，之後下降幅度較為平緩。子女性別影響母親不一致教養行為的直線及曲線變化率，相較於女兒，母親對待兒子的不一致教養行為下降的幅度較小。而母親教育年數影響其四種教養行為的截距，亦即母親教育年數越高，其在子女國中 7 年級時的說明理由與監督教養行為的頻率越高，不一致及體罰教養行為的頻率越低。母親教育年數同時也影響其監督行為的直線變化率，母親教育年數越高，監督教養行為上升的幅度較小。

表 3　子女處於國中 7 年級至高中 3 年級時期父母親教養行為的變化

	父親說明理由		父親監督		父親不一致		父親體罰	
固定效果	係數	標準誤	係數	標準誤	係數	標準誤	係數	標準誤
截距	4.20 ***	0.12	4.53 ***	0.08	2.73 ***	0.15	2.11 ***	0.14
截距 x 子女性別	-0.07	0.16	-0.15	0.12	-0.32	0.20	0.27	0.20
截距 x 父親教育年數	0.08 ***	0.02	0.06 ***	0.02	-0.06	0.03	0.00	0.03
直線變化率	0.09	0.12	0.15 *	0.07	-0.63 ***	0.15	-0.53 ***	0.11
直線變化率 x 子女性別	0.03	0.17	0.06	0.11	0.22	0.21	-0.11	0.15
直線變化率 x 父親教育年數	0.01	0.03	-0.01	0.01	0.06	0.03	0.02	0.02
曲線變化率	-0.02	0.02	-0.02	0.01	0.08 **	0.03	0.07 ***	0.02
曲線變化率 x 子女性別	0.00	0.03	-0.01	0.02	-0.04	0.04	0.01	0.02
曲線變化率 x 父親教育年數	0.00	0.01	0.00	0.00	-0.01	0.01	0.00	0.00
隨機效果	變異成分							
截距	0.34 ***		0.24 ***		1.20 ***		1.62 ***	
直線變化率	0.41 ***		0.10 *		1.31 ***		0.84 ***	
曲線變化率	0.02 ***		0.00 *		0.04 ***		0.02 ***	
層次一誤差	0.73		0.39		0.51		0.13	
固定效果	母親說明理由		母親監督		母親不一致		母親體罰	
截距	4.37 ***	0.05	4.69 ***	0.03	2.59 ***	0.06	2.31 ***	0.07
截距 x 子女性別	-0.06	0.07	-0.09	0.05	-0.15	0.09	0.19	0.10
截距 x 母親教育年數	0.03 *	0.01	0.04 ***	0.01	-0.04 *	0.02	-0.04 *	0.02
直線變化率	0.09	0.05	0.13 ***	0.03	-0.50 ***	0.07	-0.62 ***	0.05
直線變化率 x 子女性別	-0.04	0.07	-0.03	0.05	0.21 *	0.10	-0.14	0.07
直線變化率 x 母親教育年數	0.03 *	0.01	-0.02 *	0.01	0.01	0.02	0.02	0.01
曲線變化率	-0.02	0.01	-0.02 ***	0.01	0.06 ***	0.01	0.08 ***	0.01
曲線變化率 x 子女性別	0.01	0.01	0.01	0.01	-0.04 *	0.02	0.02	0.01
曲線變化率 x 母親教育年數	-0.01 *	0.00	0.00	0.00	0.00	0.00	0.00	0.00
隨機效果	變異數成分							
截距	0.31 ***		0.23 ***		0.83 ***		1.54 ***	
直線變化率	0.27 ***		0.09 ***		1.03 ***		0.77 ***	
曲線變化率	0.01 ***		0.00 ***		0.03 ***		0.02 ***	
層次一誤差	0.61		0.26		0.66		0.16	

*$p<.05$. ** $p<.01$. ***$p<.001$.

(三)影響父母教養行為變化軌跡的因素

表 4 及表 5 呈現父母知覺子女表現變化對其教養行為變化的影響。其成長曲線模型方程式如下：

Level 1: $Y_{it} = \beta_{0i} + \beta_{1i}Time_{it} + \beta_{2i}Time_{2it} + \beta_{3i}$(子女成績)$+ \beta_{4i}$(子女品行)
$+\beta_{5i}$(子女偏差行為)$+ \beta_{6i}$(子女正向行為)$+ \beta_{7i}$(子女負向行為)
$+ \varepsilon_{it}$

Level 2: $\beta_{0i} = \gamma_{00}$(子女性別)$+ \gamma_{01}$(父或母教育年數)$+ \mu_{0i}$
$\beta_{1i} = \gamma_{10}$(子女性別)$+ \gamma_{11}$(父或母教育年數)$+ \mu_{1i}$
$\beta_{2i} = \gamma_{20}$(子女性別)$+ \gamma_{21}$(父或母教育年數)$+ \mu_{2}i$
$\beta_{3i} = \gamma_{30}$
$\beta_{4i} = \gamma_{40}$
$\beta_{5i} = \gamma_{50}$
$\beta_{6i} = \gamma_{60}$
$\beta_{7i} = \gamma_{70}$

研究結果顯示，在父親的樣本中，當控制時間、子女性別與父親教育年數的因素後，父親知覺子女對待其正向行為的變化與其說明理由及監督教養行為的變化有顯著相關，亦即隨著時間的推移，父親知覺子女對其正向行為越多，越常採用說明理由及監督的教養行為。而父親知覺子女對其負向行為的變化與其監督、不一致及體罰教養行為的變化有顯著相關，亦即隨著時間的推移，父親知覺子女對其負向行為越多，越常採用不一致及體罰的教養行為，而越少採用監督行為。父親知覺子女偏差行為的變化只與其監督教養行為的變化有顯著相關，亦即隨著時間的推移，父親知覺子女偏差行為越多，父親越少採用監督教養的行為。父親對子女成績及品性的滿意度則與其教養行為的變化無關。而從隨機效果來看，各教養行為截距項、直線及曲線變化率的變異成分皆達顯著水準，亦即父親教養行為的變化軌跡可能還受到其他調節變項的影響。如果與

表 3 的模式進行比較，可發現加入隨著時間變化的子女表現，可減少第一層誤差項的變異數分別達 12.33%（說明理由）、12.82%（監督）、5.88%（不一致），表示子女表現的變化對於父親說明理由、監督及不一致教養行為的變化有一定的解釋變異量，而表 3 及表 4 中父親體罰行為的第一層誤差項的變異數幾乎相等，顯示子女表現的變化對父親體罰行為的變化較無實質的貢獻。

表 4　父親知覺子女國中 7 年級至高中 3 年級之表現對其教養行為的影響

	父親說明理由		父親監督		父親不一致		父親體罰	
固定效果	係數	標準誤	係數	標準誤	係數	標準誤	係數	標準誤
截距	4.26 ***	0.11	4.53 ***	0.08	2.72 ***	0.16	2.09 ***	0.13
截距 x 子女性別	-0.08	0.15	-0.10	0.12	-0.29	0.20	0.29	0.20
截距 x 父親教育年數	0.07 **	0.02	0.05 ***	0.02	-0.07 *	0.03	0.00	0.03
直線變化率	0.01	0.12	0.12	0.07	-0.64 ***	0.15	-0.53 ***	0.10
直線變化率 x 子女性別	0.09	0.17	0.07	0.11	0.19	0.21	-0.13	0.15
直線變化率 x 父親教育年數	0.01	0.03	-0.01	0.01	0.06	0.03	0.01	0.02
曲線變化率	-0.01	0.02	-0.02	0.01	0.08 **	0.03	0.07 ***	0.02
曲線變化率 x 子女性別	-0.01	0.03	-0.01	0.02	-0.03	0.04	0.01	0.02
曲線變化率 x 父親教育年數	0.00	0.00	0.00	0.00	-0.01	0.01	0.00	0.00
父親知覺子女表現								
子女成績的滿意程度	0.00	0.05	0.00	0.03	0.01	0.05	0.03	0.03
子女品行的滿意程度	0.00	0.06	0.06	0.05	-0.02	0.06	-0.01	0.02
子女偏差行為	-0.23	0.13	-0.45 *	0.19	-0.18	0.11	-0.04	0.09
子女對父親的正向行為	0.33 ***	0.05	0.12 ***	0.03	0.06	0.04	0.00	0.02
子女對父親的負向行為	-0.06	0.06	-0.10 *	0.05	0.29 ***	0.07	0.18 ***	0.04
隨機效果	變異數成分							
截距	0.36 ***		0.26 ***		1.33 ***		1.55 ***	
直線變化率	0.48 ***		0.13 **		1.31 ***		0.80 ***	
曲線變化率	0.02 ***		0.00 *		0.04 ***		0.02 ***	
層次一誤差	0.64		0.34		0.48		0.13	

*p<.05. ** p<.01. ***p<.001.

在母親的樣本中，當控制時間、子女性別與母親教育年數的因素後，母親對子女品行滿意度的變化與其說明理由、監督及體罰教養行為的變化有顯著相關，亦即隨著時間的推移，母親越滿意子女的品行表現，越常採用說明理由及監督教養的行為，越少體罰。此外，母親知覺子女對其正向行為的變化與其說明理由、監督及不一致教養行為的變化有顯著相關，亦即隨著時間的推移，母親知覺子女對其正向行為越多，越常採用說明理由及監督，越少採用不一致的教養行為。而母親知覺子女對其負向行為的變化與其監督、不一致及體罰教養行為的變化有顯著相關，亦即隨著時間的推移，母親知覺子女對其負向行為越多，越常採用不一致教養及體罰，越少採用監督的教養行為。最後，母親知覺子女偏差行為的變化只與其監督教養行為的變化有顯著相關，亦即隨著時間的推移，母親知覺子女偏差行為越多，越少採用監督教養的行為。母親對子女成績的滿意度則與其教養行為的變化無關。而從隨機效果來看，各教養行為截距項、直線及曲線變化率的變異成分皆達顯著水準，亦即母親教養行為的變化軌跡可能還受到其他調節變項的影響。如果與表 3 的模式進行比較，可發現加入隨著時間變化的子女表現，可減少第一層誤差項的變異數分別達 28.13%（說明理由）、4.54%（不一致），表示子女表現對於母親說明理由及不一致教養行為的變化有一定的解釋變異量，而表 3 及表 4 中母親監督及體罰行為的第一層誤差項的變異數相差無幾，顯示子女表現對母親監督及體罰行為變化的解釋力較小。

表 5　母親知覺子女國中 7 年級至高中 3 年級之表現對其教養行為的影響

	母親說明理由		母親監督		母親不一致		母親體罰	
固定效果	係數	標準誤	係數	標準誤	係數	標準誤	係數	標準誤
截距	4.43 ***	0.05	4.70 ***	0.03	2.58 ***	0.06	2.30 ***	0.07
截距 × 子女性別	-0.02	0.07	-0.06	0.05	-0.17 *	0.09	0.17	0.09
截距 × 母親教育年數	0.02	0.01	0.04 ***	0.01	-0.04	0.02	-0.04 *	0.02
直線變化率	0.00	0.05	0.10 ***	0.03	-0.48 ***	0.07	-0.61 ***	0.05
直線變化率 × 子女性別	0.02	0.07	-0.01	0.05	0.19	0.10	-0.16 *	0.07
直線變化率 × 母親教育年數	0.02	0.01	-0.02 *	0.01	0.01	0.02	0.01	0.01
曲線變化率	0.00	0.01	-0.02 **	0.01	0.06 ***	0.01	0.08 ***	0.01
曲線變化率 × 子女性別	0.00	0.01	0.00	0.01	-0.03	0.02	0.03 *	0.01
曲線變化率 × 母親教育年數	0.00	0.00	0.00	0.00	0.00	0.00	0.00	0.00
母親知覺子女表現								
子女成績的滿意程度	-0.01	0.02	0.00	0.01	0.01	0.02	-0.01	0.02
子女品行的滿意程度	0.06 *	0.03	0.09 ***	0.02	-0.03	0.03	-0.05 **	0.02
子女偏差行為	-0.01	0.06	-0.28 ***	0.07	0.08	0.07	-0.04	0.04
子女對母親的正向行為	0.27 ***	0.02	0.07 ***	0.01	-0.05 *	0.03	0.00	0.02
子女對母親的負向行為	-0.02	0.03	-0.05 **	0.02	0.12 ***	0.03	0.16 ***	0.03
隨機效果	變異數成分							
截距	0.40 ***		0.20 ***		0.87 ***		1.46 ***	
直線變化率	0.45 ***		0.08 ***		1.05 ***		0.75 ***	
曲線變化率	0.02 ***		0.00 **		0.03 ***		0.02 ***	
層次一誤差	0.46		0.26		0.63		0.16	

$^{*}p<.05$. $^{**}p<.01$. $^{***}p<.001$.

五、總結與討論

(一)青少年時期，父親和母親教養行為變化

本研究結果發現，隨著子女年齡的增長，不論是父親或母親，說明理由的教養行為皆沒有呈現明顯的變化，這個研究結果有別於其他教養行為的變化。研究者推測可能的原因是，如前所述，青少年會要求父母加以說明理由 (姜元御等人，2011)，當父母在國中七年級就對子女說明理由時，意謂這種教養行為已存在期親子互動當中，目前並無其他因素影響之下，這種教養行為應該會繼續維持到國中九年級和高中三年級，因此，青少年的父母之說明理由教養行為沒有呈現明顯的變化。

再者，隨著子女年齡的增長，父親監督教養行為呈現緩慢上升的趨勢；母親則先緩慢上升而後微幅下降。其實父親和母親的變化有相似的趨勢，但因為父親人數較少，以至於微幅下降的狀況不夠明顯。如前所述，青少年和父母參與共同活動的時間變少（Crosnoe & Trinitipoli 2008），同時，青少年早期有明顯的順從同儕壓力與從眾性，青少年後期才逐漸減少 (郭靜晃 2006)。面對這樣的狀況，父母可能覺得知道子女行蹤在國中七年級到九年及非常重要，而後青少年後期因其同儕順從降低，母親監督教養行為也微幅下降。

三者，隨著子女年齡的增長，父母不一致及體罰教養行為也隨之下降。可能的原因有二，因著子女年齡增長，父母認為子女更臻成熟，因而負向教養行為下降；當然，也有可能因著子女年齡增長，父母負向教養行為的成效不彰，因而越來越不採用。

(二)青少年時期，子女表現變化對於父親和母親教養行為變化的影響

根據「實力——放心放手循環」的概念（林惠雅 2007），父母在放心之下，給予青少年更多的權限，但父母對青少年子女的教養仍然存在。沿用到教

養行為，反映當父母知覺青少年子女表現良好，父母更願意採用正向教養行為來對待青少年，較不需要採用負向教養行為。相對的，當父母知覺青少年子女表現不好，在不放心之下，父母或許覺得更需要採用負向教養行為來對待青少年，較不能夠採用正向教養行為。

針對青少年時期，子女表現變化對於父親和母親教養行為變化的影響，父親和母親有其異同之處。首先，父親和母親在結果上呈現完全相同的是，一者，隨著子女年齡的增長，父親和母親對子女成績的滿意度變化與其教養行為的變化無關。可能原因之一是，如果父母對子女成績不滿意的話，他們採用的方法可能是直接加強子女成績的方法，例如上補習班、請家教等，來因應子女學業學習的情形，故而與本研究四種教養行為無顯著關係。二者，隨著子女年齡的增長，父親和母親知覺子女偏差行為越多，父親和母親越少採用監督教養的行為。可能原因之一是，當父親和母親知覺子女偏差行為越多，他們可能就越沒有管道來瞭解子女的行蹤，不論從子女本身的揭露，或從子女朋友的查詢等，因而知道子女行蹤的頻率減少。

除上述父親和母親呈現相同結果之外，知覺子女的行為對父母教養行為的影響也是大同小異。大同的是，隨著子女年齡的增長，父母親知覺子女對其正向行為越多，越常採用說明理由、監督教養行為；知覺子女對其負向行為越多，越常採用不一致、體罰教養行為。由於父母親所知覺子女對他們的正向或負向行為可謂是最直接接受到的行為，而最直接接受到的行為可能使父母有較強烈的感受和衝擊，進而影響他們的教養行為。也因此，研究結果反映了父母教養行為有著「你對我好，我也對你好；你對我不好，我也對你不客氣」的現象。此外，父母親知覺子女對其負向行為越多，其監督行為越少。這可能和親子關係好壞有關，父母親知覺子女對其負向行為越多，可能反映親子關係較差，因此父母親越不能從子女本身或其他管道得知子女行蹤。

小異的是，母親知覺子女對其正向行為越多，不一致教養行為（同樣一件事，您有時處罰小孩，有時不處罰）就減少。其可能的原因是，母親知覺子女對其正向行為越多，處罰子女的情況會變少，連帶的，有時處罰和有時不處罰的情形減少，因而不一致教養行為也就隨之減少。綜合父母親的結果來看，隨著子女年齡的增長，子女正向的行為只會增加父親的正向教養行為，而子女正向的行為會增加母親的正向教養行為與減少負向教養行為，而子女負向的行為會同時增加父母親負向教養行為及減少正向教養行為，研究者稱這種情形為「有來有往，雙面影響」。

除了知覺子女對其正向和負向行為之外，母親對子女品行表現的滿意程度也扮演重要角色，隨著子女年齡的增長，母親對子女品行表現的滿意程度影響了說明理由、監督以及體罰三種教養行為。如前所述，基本道德人格、端正品性乃是我國父母教養目標的重要內涵之一（王叢桂 1997；林文瑛、王震武 1995；林惠雅 1999），品性的培養是子女社會化過程中的培養重點。由於母親是主要教養者，擔任主要社會化代理者，因此，當母親越滿意子女的品行表現，越常採用說明理由及監督教養的行為，越少體罰。

綜合本研究結果發現，一者，除說明理由之外，在青少年時期，父母監督、不一致和體罰教養行為確有一些變化，而非一貫不變。二者，研究結果某種程度符合本研究所沿用「實力——放心放手循環」的概念（林惠雅 2007），也就是一方面，父母會受到青少年子女表現而影響其教養行為。另一方面，在青少年時期，隨著子女年齡增長，研究結果顯示，當父母越滿意子女的表現或越察覺子女正向的行為時，其某些正向教養行為會增加，而某些負向教養行為會減少；當父母越不滿意子女的表現或越察覺子女負向的行為，其某些正向教養行為會減少，而某些負向教養行為會增加。三者，在本研究的子女表現當中，父母知覺子女對其正向和負向行為是影響父母教養行為變化的重要面向，或許是該行為表現是針對父母，且直接接受到的行為。最後，針對青少年時期，子女對父母的行為變化對於父親和母親教養行為變化的影響，父母親皆具有「有來有往，雙面影響」的特色。

由於過去的研究著重在探討父母親教養行為對於子女表現的影響，因此本研究試圖想了解子女表現對於父母親教養行為的影響。然而，不可諱言的，子女表現與父母親教養行為可能是雙向影響，互為因果的關係，有待日後研究進一步驗證。此外，本研究採用的「臺灣青少年成長歷程研究」資料庫只包含四種教養行為，但青少年的父母親也常採用支持 (接納、情感) 及控制（行為、心理）的教養行為（Barber, Maughan, & Olsen 2005），未來的研究可以加入這二種教養行為，讓教養行為的面向更為完整。最後，本研究的父親樣本數量太少，期待日後研究多增加父親的受試者，重複驗證本研究初步探索出的結果。

參考書目

王舒芸、余漢儀

1997 奶爸難為——雙薪家庭之父職角色初探。婦女與兩性學刊 8:115-149。

王叢桂

1997 父職與母職認知基模及其生涯承諾關係的探討。行政院國家科學委員會專題研究計畫成果報告（編號：NSC-86-2413-H-031-001）。

林文瑛、王震武

1995 中國父母的教養觀：嚴教觀或打罵觀？。本土心理學研究 3:2-92。

林昭溶、林惠雅

2007 父母教養信念之探討：以臺北地區中上教育程度者為例。輔仁民生學誌 13(2):231-251。

林惠雅

1999 母親信念、教養目標和教養行為之探討（一）——內涵意義之探討。應用心理研究 2:143-180。

2007 青少年獨立自主發展之探討。應用心理研究 35:153-183。

林惠雅、蕭英玲

2017 青少年時期親子關係滿意度的變化：生態脈絡的影響。教育心理學報 49(1):95-111。

姜元御、林烘煜、劉志如、何蘊琪、許木柱

2011 青少年心理學。臺北市：三民書局。

郭靜晃

2006 青少年心理學。臺北市：洪葉文化。

黃德祥

2006 青少年心理學：青少年的發展、多樣性、脈絡與應用。臺北市：心理出版社。

黃毅志

1997 職業、教育階層與子女管教：論 Kohn 的理論在臺灣之適用性。臺東師院學報 8:1-26。

溫福星

2006 階層線性模式：原理、方法與應用。臺北市：雙葉書廊。

楊賀凱

2009 父母社經地位對父母管教價值與方式的影響——檢證 Kohn 的理論在臺東國中生父母之適用性。臺北市立教育大學學報 40(2):145-180。

Ali, M. M. & D. S. Dwyer

2011 Estimating Peer Effects in Sexual Behavior among Adolescents. Journal of Adolescence 14:183-190. DOI: 10. 1016/j.adolescence2009.12.008

Bares, C.B., J. Delva, A. Grogan-Kaylor, & F. Andrade

2011 Personality and Parenting Processes Associated with Problem Behaviors: A Study of Adolescents in Santiago, Chile. Social Work Research. 35(4):227-240.

Barber, B. K., S. L. Maugha, & J. A. Olsen

2005 Patterns of Parenting across Adolescence. New Direction for Child and Adolescent Development 108:5-16.

Buehler, C., M. J. Benson, & J.M. Gerard

2006 Adolescent Problem Behavior: The Mediating Role of Specific Aspects of Parenting. Journal of Research on Adolescence 16(2):265-292. DOI: 10.1111/j.1532-7795.2006.00132.x.

Cavalca, E., G. kong, Y. Lisa, E. k. Reynolds, TyS. Schepsis, C. E. Lejuez, & S. Krishnan-Sarin

2013 A Preliminary Experimental Investigation of Peer Influence on a Risk-taking among Adolescent Smokers and Non-smokers. Drug and Alcohol Dependence 129:163-166. DOI: 10.1016/j.drugalcdep.2012.09.020.

Crosnoe, R. & J. Trinitapoli

2008 Shared Family Activities and the Transition From Childhood into Adolescence. Journal of Research on Adolescence 18(1):23-48. DOI: 10.111/j.1532-7795.2008.00549.x

Cui, M., & R. D. Conger

2008 Parenting Behavior as Mediator and Moderator of the Association between Marital Problems and Adolescent Maladjustment. Journal of Research on Adolescence 18(2):261-284. DOI: 10.1111/j.1532-7795.2008.00560.x.

De Goede, I. M., S. j. T. Branje, & W. H. J. Meeus
2000 Developmental Changes in Adolescents' Perceptions of Relationships with their Parents. Journal of Youth Adolescence 38(1):77-88. DOI: 10.1007/s10964-008-9286-7

Duncombe, M., S. Havighurst, K. Holland, & E. Frankling
2012 The Contribution of Parenting Practices and Parent Emotion Factors in Children at Risk for Disruptive Behavior Disorders. Child Psychiatry & Human Development 43(5):715-734. DOI: 10.1007/s10578-012-0290-5

Endendijk, J., M. G. Groeneveld, M. J. Bakermans-Kranenburg, & J. M. Mesman
2016 Gender Differentiated Parenting Revisited: Meta-analysis Reveals Very Few Differences in Parental Control of Boys and Girls. PLoS ONE 11(7):e0159193. DOI: 10.1371/journal.pone.015193

Keil, F.
2014 Developmental Psychology. N.Y.:W.W. Norton & Company.

Kim, S. Y., & X. Ge
2000 Parenting Practices and Adolescent Depressive Symptoms in Chinese American Families. Journal of Family Psychology 14(3):420-435.

Kotchick, B. A. & R. Forehand
2002 Putting Parenting in Perspective: A Discussion of the Contextual Factors that Shape Parenting Practices. Journal of Child and Family Studies 11(3):255-269.

Laird, R. D., G. S. Pettit, K. A. Dodge, & J. E. Bates
2003 Changes in Parents' Monitoring Knowledge: Links with Parenting, Relationship Quality, Adolescent Beliefs, and Antisocial Behavior. Social Development 12(3):401-419. DOI: 10.1111/1467-9507.00240

Li, X., S. Figelman, & B. Stanton
2000 Perceived Parental Monitoring and Health Risk Behaviors among Urban Low-Income African American Children and Adolescents. Journal of Adolescent Health, 23, 43-48.

Macaulay, A. P., K. W. Griffin, E. Gronewold, C. Williams, G. J. Botvin
2005 Parenting Practices and Adolescent Drug-related Knowledge, Attitudes,

Norms and Behavior. Journal of Alcohol and Drug Education 49(2):67-84.
McGue, M., I. Elkins, B. Walden, & W. G. Iacono
2005 Perceptions of the Parent-adolescent Relationships: A Longitudinal Investigation. Developmental Psychology 41(6):911-984. DOI: 10.1037/0012-1649.41.6.971
Moilanen, K. L., K. E. Rasmussen, & L. M. Padilla-Walker
2014 Bidirectional Associations between Self-regulation and Parenting Styles in Early Adolescence. Journal of Research on Adolescence 25(2):246-262.
Muratori, P., A. Milone, A. Nocentini, A. Manfredi, L. Polidori, L. Ruglioni, F. Lambruschi, G. Masi, & J. Lochman
2015 Maternal Depression and Parenting Practices Predict Treatment Outcome in Italian Children with Disruptive Behavior Disorder. Journal of Child & Family Studies 24(9):2805-2817. DOI: 10.1007/s10826-014-0085-3
Raudenbush, S. W., A. S. Bryk, Y. F. Cheong, R. T. Congdon, Jr., & M. du Toit
2011 HLM7: Hierarchical Linear and Nonlinear Modeling. Lincolnwood. IL: Scientific Software International, Inc.
Scaramella, L. V., & L.D. Leve
2004 Clarifying Parent-child Reciprocities during Early Childhood: The Early Childhood Coercion Model. Clinical Child and Family Psychology Review 7:89-107.
Shek, D. T. L.
1998 Adolescents' Perceptions of Paternal and Maternal Parenting Styles in a Chinese Context. Journal of Psychology 132(5):527-537.
Sher-Censor, E., R. D. Parke, & S. Coltrane
2011 Parents' Promotion of Psychological Autonomy, Psychological Control, and Mexican-American Adolescents' Adjustment. Journal of Youth Adolescence 40(5):620-632. DOI: 10.1007/s10964-010-9552-3.
Walton, A., & E. Flouri
2010 Contextual Risk, Maternal Parenting and Adolescent Externalizing Behavior Problems: The Role of Emotion Regulation. Child: Care, Health and Development 36(2):275-284. DOI: 10.1111/j.1365-2214.2009.01065.x.

附錄1 父母知覺國中7年級子女表現與其教養行為之相關情形

	1	2	3	4	5	6	7	8	9
1. 說明理由		.33***	-.10**	-.07	.06	.14***	.00	.27***	-.12**
2. 監督	.42***		-.14***	-.09*	.14***	.20***	-.10**	.24***	-.18***
3. 不一致	-.13	-.14		-.34***	.05	.02	-.06	-.11**	-.02
4. 體罰	-.06	.02	-.48***		-.17***	-.19***	.04	-.02	.24***
5. 子女成績滿意度	.09	.07	.04	-.16*		.48***	-.18***	.22***	-.18***
6. 子女品行滿意度	.15*	.15	.18*	-.12	.42***		-.27***	.33***	-.33***
7. 子女偏差行為	-.05	-.14	-.02	.13	-.12	-.09		-.07	.14***
8. 子女正向行為	.28***	.22**	.06	.02	.14	.16*	-.01		-.17***
9. 子女負向行為	-.17*	-.04	-.06	.28***	-.01	-.21**	.10	-.04	

註：左下角是父親，右上角是母親

*$p<.05$. ** $p<.01$. ***$p<.001$.

附錄2 父母知覺國中9年級子女表現與其教養行為之相關情形

	1	2	3	4	5	6	7	8	9
1. 說明理由		.10**	.01	-.05	.05	.08*	-.02	.20***	-.04
2. 監督	.07		-.09*	-.17***	.12**	.21***	-.19***	.12**	-.12**
3. 不一致	.08	-.06		.18***	-.10**	-.11**	.07*	-.08*	.15***
4. 體罰	.11	-.07	.40***		-.16***	-.24***	.16***	-.10**	.27***
5. 子女成績滿意度	.06	.08	-.15	-.11		.47***	-.17***	.22***	-.22***
6. 子女品行滿意度	-.02	.13	-.24**	-.17*	.35***		-.28***	.31***	-.31***
7. 子女偏差行為	.04	-.27***	.08	.18*	-.11	-.18*		-.08*	.18***
8. 子女正向行為	.35***	.16*	-.03	-.07	.11	.23**	-.19*		-.23***
9. 子女負向行為	.09	-.15	.36***	.34***	-.23**	-.40***	.16*	-.12	

註：左下角是父親，右上角是母親

*$p<.05$. ** $p<.01$. ***$p<.001$.

附錄3 父母知覺高中3年級子女表現與其教養行為之相關情形

	1	2	3	4	5	6	7	8	9
1. 說明理由		.25***	-.03	-.06	.10**	.24***	-.09*	.45***	-.10**
2. 監督	.25**		-.13***	-.12**	.10**	.26***	-.26***	.20***	-.16***
3. 不一致	-.05	.01		.31***	-.06	-.15***	.08*	-.06	.22***
4. 體罰	.08	-.05	.41***		-.07	-.12**	.01	-.12**	.26***
5. 子女成績滿意度	.09	.21**	.04	.10		.42***	-.15***	.20***	-.21***
6. 子女品行滿意度	.16*	.33***	-.07	-.03	.48***		-.27***	.38***	-.40***
7. 子女偏差行為	-.30***	-.40***	-.02	.01	-.27***	-.42***		-.13**	.18***
8. 子女正向行為	.41***	.35***	.04	-.01	.25**	.30***	-.25**		-.29***
9. 子女負向行為	-.17*	-.29***	.24**	.17*	-.27***	-.44***	.39***	-.25**	

註：左下角是父親，右上角是母親

*$p<.05$. ** $p<.01$. ***$p<.001$.

Changes in Parenting Practices during Adolescence: The Effects of Children's Performance and Behaviors

Huey-Ya Lin, and Ying-Ling Hsiao

Abstract

This study examined the trajectory of changes in parenting practices during adolescence. In addition, this study explored the effects of children's performance and behaviors (including parents' satisfaction with children's school grades and conduct, children's deviant behaviors, children's positive behaviors towards parents, and children's negative behaviors towards parents) on changes in parenting practices. Data was drawn from waves 1, 3, and 6 in the Taiwan Youth Project and included 907 parents (172 fathers and 735 mothers). When controlling for the sex of child and the parents' education, analyses revealed that three of the parenting practices changed when the adolescent was in the period between the 7th grader and the third year of high school. Paternal monitoring significantly increased whereas maternal monitoring first rose and then declined. Inconsistent parental behaviors and physical punishment decreased gradually. There was no significant change in the inductive reasoning of parenting. Controlling for time, parents' education, and sex of the child, changes in children's positive behaviors towards their fathers were associated with changes in paternal inductive reasoning and monitoring. Changes in children's negative behaviors towards their fathers were associated with changes in paternal monitoring, inconsistent behaviors, and physical punishment. Changes in children's deviant behaviors were related to changes in paternal monitoring. Changes in paternal satisfaction with children's school grades and conduct were not related to changes in any of parenting practices. Changes in maternal satisfaction with children's conduct were associated with changes in maternal inductive reasoning, monitoring, and physical punishment. Changes in children's positive behaviors towards mothers were associated with the changes in maternal inductive reasoning, monitoring, and inconsistent behaviors. Changes in children's negative behaviors towards mothers were associated with changes in maternal monitoring, inconsistent behaviors, and physical punishment. Finally, changes in children's deviant behaviors were related to changes in maternal monitoring. Changes in maternal satisfaction with children's school grades were not related to changes in any of parenting practices.

Keywords: Adolescence, Parenting Practices, Children's Performance and Behaviors

「親子衝突因應策略量表」之效度研究

吳志文、葉光輝、王郁琮

摘 要

親子衝突對青少年生活適應雖被認為具有破壞性，但也可能帶來建設性的影響，關鍵在於個體採取何種策略因應衝突。本研究主要目的為編製「親子衝突因應策略量表」，以父親版和母親版分別測量青少年與父、母親發生衝突時採取各種因應策略的傾向，探討不同親子衝突因應策略與個人身心範疇及親子互動範疇適應表現間的關聯。本研究參考過去理論觀點將親子衝突因應策略區分為：兼容並蓄、折衷妥協、自我犧牲、功利主義，以及規避逃離。經由 1,047 位高中生的有效資料進行分析後發現：(1) 該量表測得的分數具有可接受的內部一致性信度，而且五因子的理論架構獲得支持；(2) 兼容並蓄與折衷妥協兩種因應策略具有高度正相關，可合併稱為共享型因應策略；(3) 兼容並蓄、折衷妥協兩種因應策略與生活滿意度、親子關係滿意度間具有正向關聯，與個人抑鬱、焦慮、壓力等內化問題傾向，以及親子衝突頻率之間呈現負向關聯；(4) 自我犧牲因應策略雖與親子關係滿意度具有正向關聯，但與個人內化問題傾向之間也具有正向關聯；(5) 功利主義、規避逃離因應策略則與生活滿意度、親子關係滿意度皆呈現負向關聯，與個人內化問題傾向、親子衝突頻率具有正向關聯；(6) 男性青少年相較於女性青少年，更傾向於採取兼容並蓄、折衷妥協、自我犧牲，以及功利主義等因應策略處理親子衝突；(7) 當衝突對象為母親時，相較於父親，青少年採取兼容並蓄、折衷妥協，以及自我犧牲因應策略的傾向較高。本文最後提出研究限制與未來研究方向。

關鍵字：親子衝突、衝突因應策略、身心適應

一、緒論

隨著青少年邁向獨立成長的過程，親子間發生爭論的次數也逐漸頻繁。青少年一方面想要爭取獨立自主的空間，另一方面又希望維繫親子間的情感（葉光輝 1997）。在這兩種目標相互拉鋸的張力下，青少年往往會經驗到極大的壓力，這也是親子衝突經常被定位成危害青少年身心適應與社會發展之危險因子的原因。既有研究發現：親子衝突不僅會增加青少年抑鬱、焦慮、壓力等內化問題行為（Yeh 2011）、降低其主觀幸福感（Shek 1997），還會危害親子關係發展（Yeh, Tsao, & Chen 2010）、甚至加劇衝突頻率，形成親子間互動的惡性循環（Maggs & Galambos 1993）。

值得慶幸的是，也有學者指出親子衝突並不必然造成負面影響，甚至可能促進個體的身心適應與親子互動品質（Canary, Cupach, & Messman 1995）。例如 Johnson（1981）主張爭執能增進雙方對彼此的瞭解，有益於雙方找出能夠解決問題癥結的理想辦法。McNulty（2010）也主張衝突可以幫助雙方溝通在互動過程中的感受、評估問題的嚴重性，並且藉此檢視及處理存在於彼此間的問題。DeVito（2007）也強調人際衝突可以適度宣洩個人的負面情緒，避免累積過多反而讓關係惡化到無法收拾的地步；而且個人在衝突中可以透過表達自己的想法，增加實現個人願望的可能性。許詩淇與黃曬莉（2009）更發現，在親子間具有良好的情感互動前提下，衝突非但不會破壞親子關係，甚至還能增進彼此間的親密互動。

儘管親子衝突可能為個人或家庭帶來危機，卻不該被窄化為造成青少年生活適應失衡的壓力來源。許多研究家庭壓力管理的學者，例如 Hill（1949）、Burr（1982）以及 McCubbin 與 Patterson（1982），都強調壓力事件本身並不必然會成為個人與家庭負向影響的威脅，若是因應得宜甚至可能成為替個人與家庭帶來正向成長的挑戰。國內學者葉光輝（2012）就主張親子衝突作為家庭的壓力事件具有其建設性的意涵與功能。他強調研究者必須採取歷程的觀點，探討雙方以何種信念、情緒，以及行為來面對親子衝突，以及這些信念、情緒、行為所引發的心理機制又會如何相互影響，進而導致親子互動關係朝向建設性或破壞性的方向發展。其中的關鍵要素之一，就是雙方會採取何種「因應策略」來處理衝突。若能採取適切的因應策略，不僅能緩減負面的影響，還能化解歧見、促使衝突導向建設性的結果轉化。

為了讓後續研究能夠探究不同因應策略在親子衝突歷程中的影響效果，目前需要一個具有良好信、效度的測量工具，用來評估華人青少年與父親、母親發生衝突時所採取的不同因應策略。基於此一動機，本研究將：(1) 參考既有理論觀點，發展編製適用於華人子女的「親子衝突因應策略量表」；(2) 探討這些因應策略與青少年生活適應間的關聯性；並且 (3) 比較不同的親子衝突對象，即父親與母親，分別對青少年採取各種因應策略之傾向的影響情況。

(一) 親子衝突因應策略的理論模型

因應策略，指的是個體為降低威脅或與壓力共處時所採取解決問題的方式（Weiten & Lloyd 2008）。個體會隨著在關係衝突中所欲達到的目標不同，而採取性質相異的因應策略。探討因應策略的理論架構不少，學者依據不同的觀點區分出多種因應策略。Montenmayor（1986）簡單地將因應策略區分成兩種：積極性與消極性；其中前一種策略能夠導致彼此合作、提升關係品質；而後一種策略則會加深彼此誤解、危害關係品質。Rusbult 與 Zembrodt（1983）藉由「主動性—被動性」（active-passive）和「建設性—破壞性」（constructive-destructive）兩個向度，區分出四種類型的衝突因應策略：(1) 屬主動性且建設性的「表明」策略（voice），指的是個體會積極地透過協商溝通合作、請求協助的方式處理引發衝突的癥結；(2) 屬被動性與建設性的「忠誠」策略（loyalty），指的是個體不會採取積極作為去解決問題，但由於重視對關係的承諾，會消極地期待關係能夠在未來獲得好轉；(3) 屬被動性與破壞性的是「忽略」策略（neglect），個體雖然不會採取積極的方式處理衝突，但是對於關係的持續發展已不再抱持正面的態度，這點與忠誠不同，反而是透過忽視對方感受、態度冷淡等方式來因應衝突；最後 (4) 屬主動性與破壞性的「結束」策略（exit），同樣是對關係不再抱持正面的態度，但不同於忽略的被動消極，個體會主動地終止關係或是做出破壞關係、使關係無法繼續維持的舉動。此外，Overall 等人（Overall, Fletcher, Simpson, & Sibley 2009）也以「正—負價性」（valence: positive-negative）和「直接—間接方式」（directness: direct-indirect）兩個向度將因應策略歸納出四種類型：(1)「正面—直接」（positive-direct）指的是個體會理性思考、提取對方的觀點，並且針對問題焦點所在蒐集更多的資訊，透過雙方良性溝通的方式解決衝突；(2)「正向—間接」（positive-indirect）是指個體會優先採取緩和雙方激動情緒的方式來處理衝突，具體作為像是安慰、緩減問題造成的嚴重性等；(3)「負向—直接」（negative-direct）是指個體會透過強迫的手段、權威性的言語，進而操控對方的想法與行為，希望藉此達到解決關係衝突的目標；以及 (4)「負向—間接」（negative-indirect）則是指個體會採取嘲諷、情感勒索等方式來作為解決衝突的方式。值得注意的是，不論 Montenmayor 的「積極性—消極性」、Rusbult 與 Zembrodt 的「建設性—破壞性」，或 Overall 等人的「正—負價性」，都是以個體行為對於關係互動的影響效果，或是個體是否打算維繫或終結關係的意願，來界定不同的因應策略。這樣的分類方式雖然容易理解，但也衍生有套套邏輯（tautology）的疑慮；而且，建立於血緣的親子關係並不同於一般的人際關係，個體無法輕易地採取 Rusbult 與 Zembrodt 在模型中提出的「結束」策略來因應。

另外也有學者關注個體如何評估在衝突之中的不同適應目標（goal）。像是 Rahim 與 Bonoma（1979）依照個體處理人際衝突時著重「關心自己」（concern for self）與「關心他人」（concern for other）兩種適應焦點，組合出五種不同處理目標的衝突因應策略，分別是：(1) 高度關心自己、高度關心他人的「合作／整合」（integrating）因應策略，強調個體能夠在關係互動中兼顧個人的需求以及對方的期望；(2) 中度關心自己、中度關心他人的「妥協」（compromising）因應策略，指的是個體會提出雙方各自退讓一步的協商建議，以妥協的方式達成雙方都不算最滿意卻又尚可接受的狀態；(3) 低度關心自己、高度關心他人的「遷就／順應」（obliging）因應策略，指的是個體在衝突衝會優先符合他人的期望，並且放棄自己的需求；(4) 高度關心自己、低度關心他人的「競爭」（dominating）因應策略，與「遷就／順應」恰好相反，個體會優先追求個人需求並且不在乎他人期望；以及 (5) 低度關心自己與低度關心他人的「逃避」（avoiding）因應策略，指的是個體在面對關係衝突時會選擇將個人需求與他人期望一併放棄。

Rahim 與 Bonoma（1979）提出的因應策略分類架構目前已被廣泛地應用於各種人際關係衝突的研究中，並且在臺灣社會中也有相當的理論契合度。黃曬莉（1999）提出近似 Rahim 與 Bonoma 的分類架構，分別將「關心自己」、「關心他人」這兩個向度界定為「關注己方的利益或意見」與「關注對方的利益或意見」，區分出四種符合本土意涵的因應策略：協調、忍讓、抗爭，以及退避（依序對應於 Rahim 與 Bonoma 分類架構中的合作／整合、遷就／順應、競爭、逃避），並且運用此模式於後續質性訪談研究中（鍾昆原、彭台光、黃曬莉 2006），探討華人組織中上司與下屬之間人際衝突的動態互動歷程。張妤玥與陸洛（2007）也將 Rahim 與 Bonoma 的分類架構延伸應用於親密關係衝突研究，她們先是修訂 Rahim 依據該架構所發展的組織衝突量表（Rahim Organizational Conflict Inventory-II: Rahim 1983），將量表題目中出現的組織稱謂（上司、同事，以及下屬）修改為適用於親密關係的「對方」，並透過預試程序後使用四種因應策略（分別為整合、謙讓、支配，以及逃避）的題目進行正式研究，研究結果指出：編修後的量表分數具有良好的信、效度表現，適用於臺灣華人的人際關係衝突議題，並可有效地探討不同因應策略與個體主觀知覺關係滿意度之間的關聯性。

除此之外，葉光輝（1995，1997）也曾在剖析 381 份深度訪談的資料後得出與 Rahim 與 Bonoma（1979）相似的分類架構。他主張華人子女在處理親子衝突時同樣可以依據「實現個人願望」與「滿足父母需求」這兩種適應焦點，區分出五種不同的因應策略（請參考圖 1）：

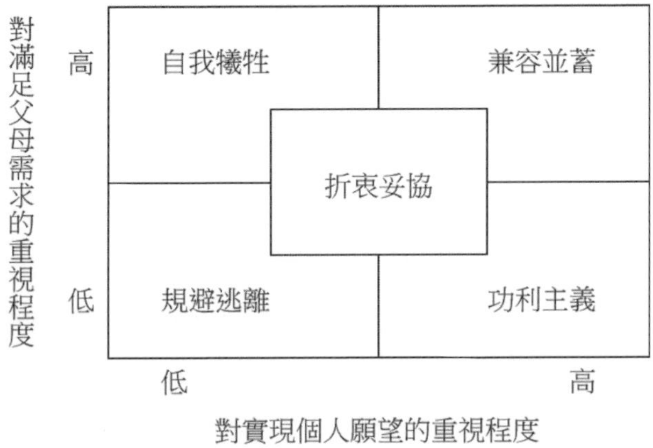

圖 1 親子衝突因應模式

資料來源：取自葉光輝（1997）。

(1) 兼容並蓄：強調子女不但會盡力達成個人的願望，同時也會盡力滿足父母的期待，以兼顧雙方訴求的策略來解決衝突。

(2) 折衷妥協：子女會以彼此讓步的方式，讓個人願望與父母期待都能獲得部分的滿足，以雙方都有所捨、有所得的策略來解決衝突。

(3) 自我犧牲：子女會放棄實現個人願望的目標，以滿足父母需求作為優先考量的目標，以遷就、順從父母要求的行為來解決親子之間的衝突。

(4) 功利主義：與自我犧牲模式相反，子女會優先考量個人利益，必要時甚至不顧父母的期待，以採取對自己最為有利的方式來解決衝突。

(5) 規避逃離：當子女面臨親子衝突的困境時，由於缺乏個人的主見或是不願意承擔問題的後果，所以採取迴避、不做任何處置的方式來回應親子之間的衝突。

後來葉光輝（2012）將兼容並蓄與折衷妥協這兩種策略合併、整合成「共享型」的因應策略。兩者都表徵個體將自己與對方視為一個整體，並以雙贏局面作為理想目標，努力地找尋合適的方法來化解雙方衝突的因應策略。兩者的差異在於，當情況允許時，共享型因應策略就能促使衝突導向兼容並蓄的結果；但是當情況有所限制時，可能是礙於現實條件或個人能力的限制，個體只好退而求其次以折衷妥協的方式來因應雙方間的衝突。過去研究像是 Hammock 等人（Hammock, Richardson, Pilkington, & Utley 1990）以及張妤玥與陸洛（2007），也都發現在概念上對應於這兩種因應策略的「合作／整合」與「折衷」之間不僅具有高度的相關，而且測量題目在因素分析中也都得到同屬一個因素的結果。這些發現都可以說明兼容並蓄與折衷妥協這兩種策略，雖然在實際表現上稍有不同，但彼此間具有高度的關聯。

由 Rahim 與 Bonoma（1979）提出的因應策略分類架構不僅沒有套套邏輯的限制，也能夠適用在基於血緣而無法輕易結束的親子關係，而且最重要地，該架構目前已獲得多項本土實徵研究資料的支持，充分地顯示該分類架構適合用來探討華人關係衝突的議題。其中葉光輝（1995、1997）更直接針對華人子女在親子衝突中面臨「兩難困境」時所採取的各種因應策略，強調在重視親子關係和諧價值觀的華人社會中，青少年一方面想要爭取獨立自主的空間，另一方面又希望維繫親子間的情感連結。後來他延伸既有的觀點，主張華人子女若是能夠並行不悖地兼顧這兩種適應目標，便能夠促進親子衝突朝向建設性的歷程發展，並可增進個人整體的福祉與親子關係的品質；相對地，如果無法在兩個目標上取得理想的平衡，衝突便會朝破壞性的方向發展，危害個體身心適應與社會發展（葉光輝 2012）。

由於葉光輝先後提出的架構模型與理論觀點，皆直接立基於華人親子間的互動脈絡，具有良好的本土契合性，並且與華人子女在親子衝突中所面臨的兩難困境相互呼應，有益於聚焦探討各種因應策略對衝突朝向建設性或破壞性歷程演變的影響效果。因此，本研究將以該理論作為基礎架構，發展編製適用於華人青少年的「親子衝突因應策略量表」，驗證其測量分數的信、效度，並探討各種因應策略與個人身心範疇以及親子互動範疇適應指標間的關聯性。

(二)既有測量工具限制

國內目前也有學者同樣依據關心自己和關心父母的雙向度，發展出各項親子衝突因應策略的測量工具，並且經由探索性因素分析大致上也都得到符合對應於理論架構的因素結構。像是莊玲珠（2000）編製的量表經分析得到五因素的結構，包含合作、妥協、遷就、競爭、迴避。任以容（2004）編修使用薛雪萍（2000）發展的測量工具經分析得到四因素的結構，分別命名為合作、順從、競爭、逃避。蕭麗玲（2009）使用的測量工具得到五因素的結構，分別為合作溝通、折衷妥協、順從遷就、支配競爭、逃避隔離。許惠婷（2014）與本研究一樣援用葉光輝（1997）的理論觀點，編製發展的量表經由探索性因素分析得到符合預期的五因素結構，即前文所述的兼容並蓄、折衷妥協、自我犧牲、功利主義，以及規避逃離。

但遺憾的是，這些測量工具都存有題項措辭不適切的疑慮，本研究整理出以下三項明顯的限制。首先是參與者評估的對象不一致。在任以容（2004）的研究中，雖然是由青少年參與者評估自己在親子衝突中採取的因應策略，例如：「當爸爸／媽媽罵我時，我會忍耐下來乖乖挨罵（順從）」；但對應於合作因應策略的題項，卻多是由青少年參與者評估父母的行為，而不是自己（子女）的衝突因應表現，例如：「與爸爸／媽媽溝通時，爸爸／媽媽會重視我的看法」、「我很生氣時，爸爸／媽媽會來瞭解我心裡的感受」。莊玲珠（2000）自行編製的衝突處理策略量表也有類似的情形，出現行為者混亂的問題，像是這個測量競爭處理策略的題項：「爸爸／媽媽常批評我的意見」，是由青少年參與者評估父母處理衝突的行為表現；但是，另一個測量遷就處理策略的題項：「我會聽爸爸／媽媽的話，讓他／她高興」，則是由青少年參與者評估自己處理親子衝突的行為表現。題項的行為者為父母而非子女，所表徵的內容便是青少年知覺父母採取的因應策略，並不是青少年在親子衝突中採取的因應策略。

第二項疑慮，是部分題項的陳述內容夾雜了衝突情境中父母帶有強烈的負向情緒。在任以容（2004）所使用的測量工具中有一些對應於順從因應策略的題項使用了較為強烈的負向情緒形容家長的感受，例如：「爸爸／媽媽『嫌』我的時候，乾脆聽他／她的話以免破壞氣氛」。蕭麗玲（2009）使用的測量工具中，對應於順從遷就的題項像是：「家長『罵』我，我會忍耐下來，乖乖挨罵不頂嘴」，以及許惠婷（2014）的量表中，用來評估功利主義因應策略的這個題項：「當被父／母『責備』時，我會頂回去」，也都有相同的疑慮。這些負向情緒的措辭會混淆參與者的作答，題項在概念上應測得的是採取各種因應策略的傾向，而非對於父母在衝突中情緒表現的知覺感受。

第三，部分題項的焦點已偏離了因應策略模式原先訴求的架構。像是任以容（2004）的測量工具中對應於逃避因應策略的題目：「當我和爸爸／媽媽發生爭執時，我會和爸爸／媽媽『冷戰』幾天，讓他／她知道我不高興」，這裡的「冷戰」並不符合逃避強調個體選擇忽視衝突爭執的概念內涵，恰恰相反地是以冷戰作為手段，繼續讓彼此置身於衝突之中。在蕭麗玲（2009）使用的測量工具中，這個對應於支配競爭的題項：「我會以摔東西或其他方式，讓家長知道我在發洩情緒」，以及許惠婷（2014）的量表中對應功利主義的題目：「我會以摔東西或是甩門的方式，故意讓父／母知道我在發洩情緒」、「當被父／母責備時我會頂撞回去」；這些題目的重點是在發洩自己不滿的情緒，而非原先支配競爭／功利主義在雙向度架構中的概念內涵（盡其所能達成個人目標）。此外，「我會先關心父／母的情緒」也無法反映出兼容並蓄強調找出親子雙方都滿意的因應辦法的內涵，以及「我會退縮並不再表示自己的意見」也不符合折衷妥協強調親子雙方各有讓步的內涵。另一個題項：「我會先敷衍父母，再背著父母做想做的事」也與規避逃離強調消極處理的概念內涵相去較遠，反而帶有功利主義強調盡其所能達成個人目標的意味。這些題項陳述的內涵偏離了理論的架構，其測量分數即便得到符合預期的因素結構數量，依舊無法確保其測量分數意義的可信度與有效性。

為了補足這幾項限制，本研究重新編製一份親子衝突因應策略量表。用來評估各種因應策略的題項，在陳述上必須是由青少年參與者評估自己在親子衝突中採取某種因應策略的傾向，而非對於父母行為表現的知覺感受。陳述應聚焦在因應策略的描述，其餘屬於衝突情境脈絡的描述都應該避免出現，減少對參與者評估的混淆。此外，測量題項應緊密貼合所屬因應策略在理論架構中的內涵，兼容並蓄的測量題目應強調兼顧自己的目標與父母的期望、折衷妥協的測量題目強調採取自己與父母各有退讓以取得共識、自我犧牲強調優先順應父母的期望並在必要時放棄個人目標、功利主義強調盡己所能優先達成個人目標，而規避逃離則是強調選擇不做積極回應的因應方式。因此，本研究主旨在修訂編製一份親子衝突因應策略量表，完成後再次進行因素結構的分析，確認該量表具有符合理論預期的因素結構。

（三）親子衝突因應策略與個人、親子關係適應指標間的關聯

本研究選擇以生活滿意度、內化問題程度、親子關係滿意度，以及親子衝突頻率等生活適應指標，用以探討「親子衝突因應策略量表」中各項因應策略與青少年生活適應表現間的關聯性。本研究主要基於兩項考量選取這些適應指標。首先，這四種生活適應指標分別對應於實現個人願望、滿足父母需求兩種適應焦點的正向、負向效應指標，可用來檢視共享型與其他三種因應模式與它們之間的關聯性。根據既有文獻，個人若能達成自己對於理想目標的期待，便會對生活感到滿意（Suikkanen 2011）；相對地，如果個人的目標受到阻礙，會引發抑鬱、焦慮，以及壓力等內化問題（Gilbert, McEwan, Bellow, Mills, & Gale 2009）。因此，本研究分別採用個人生活滿意度及內化問題程度作為對應於實現個人願望訴求目標的正向與負向適應指標。另外有研究指出：華人子女易受到孝道價值觀影響，如果能將父母的期待納入考量，將有益於提升自己與父母之間的關係品質（Chen, Wu, & Yeh 2016）；相對地，如果華人子女未能重視父母對自己的期待，親子之間容易發生衝突與爭執（Yeh & Bedford 2004）。因此，本研究分別採用親子關係滿意度與親子衝突頻率作為對應於滿足父母期待訴求目標的正、負向適應效標。

其次，採用這四種適應指標也能夠凸顯出本研究以「因應策略」探討親子衝突的重要性。因為過去有實徵研究曾探討親子衝突的頻率或強度，與這四項適應指標之間的關係，結果指出親子衝突不僅會增加青少年抑鬱、焦慮、

壓力等內化問題程度（Yeh 2011）、降低個人主觀幸福感（Shek 1997），還會危害親子關係發展（Yeh, Tsao, & Chen 2010），甚至加劇衝突頻率（Maggs & Galambos 1993）。因此，本研究沿用這四項適應指標，就是希望可以與前述既有發現相對照，強調以因應策略檢視親子衝突時，便能夠發現親子衝突亦有提升個人生活滿意度與親子關係品質、降低內化問題程度與親子衝突頻率的建設性作用效果。

本研究雖然以親子關係衝突頻率作為一項親子關係範疇的負向適應指標，但是本研究並不認同「將親子衝突窄化為造成青少年生活失衡之壓力源」的觀點。根據葉光輝（2012）觀點指出：親子衝突事件有機會成為子女與父母彼此成長的契機，然而無可否認的是，親子之間的衝突頻率愈高，反映著關係之中存在著愈多未能獲得解決的問題。更具體地說，如果子女能夠採用有效的策略因應與父母之間的衝突，讓彼此間的問題能夠獲得妥善解決，那麼雙方持續發生衝突的頻率應該會下降；相對地，子女採取的因應策略若是無法有效地化解與父母之間的衝突癥結，那麼只會更增加彼此發生衝突的頻率。

更具體地說，本研究主張圖 1 的五種因應策略與各項適應指標間的關聯各不相同。依據葉光輝（2012）的觀點，共享型因應策略（兼容並蓄與折衷妥協）有助於促使親子雙方轉化成共同解決問題的夥伴，也較能有效地解決問題、並令彼此的願望與需求獲得滿足，對於青少年在個人身心與親子互動等生活範疇的適應表現具有最為全面的建設性影響。因此，本研究預期共享型因應策略與個人生活滿意度、親子關係滿意度間具有正向關聯，而與內化問題程度、親子衝突頻率間具有負向關聯（假設 1）。

其餘三種因應策略則相對地不利於親子衝突朝向建設性的歷程轉化，甚至有可能導致破壞性的結果。其中，自我犧牲與功利主義因應策略因為都只滿足個人願望或父母需求的其中之一，所以無法達到全面的建設性後果。更具體的說，雖然自我犧牲以滿足父母期待可能有助於親子關係的維繫，但它卻會因為個人願望受阻而使個體產生抑鬱、焦慮、壓力等內化問題（假設 2）。相對地，功利主義策略因個體堅持個人願望優先，這非但不代表個人願望必然能夠實現，更可能因此傷害到親子間的情感連結，進而引發後續更多的衝突，長遠地來看它也無益於個人的生活適應（假設 3）。最後，規避逃離只是在表面上暫時遏止了衝突持續延燒，實際上並未真正地解決引發衝突的問題癥結，同時也減低了雙方瞭解彼此需求的機會，因此習慣於採取規避逃離因應策略者對於個人身心適應以及親子關係品質的適應表現，會造成最不理想的破壞性後果（假設 4）。

（四）不同親子對偶性別的影響效果

不論是根據性別理論（gender theory; Thompson & Walker 1989）或是性別基模理論（gender schema theory; Bem 1985），親子衝突中的「性別」——父母的性別與子女的性別——都有可能對個體採取各種因應策略的傾向造成具體影響。

針對父母性別可能造成的影響，既有文獻指出：華人子女與母親之間的互動，相較於父親，會更著重在彼此情感需求的滿足（Ho, Chen, Tran, & Ko 2010; Jankowiak 1992）。此外，Berndt 等人（Berndt, Cheung, Lau, Hau, & Lew 1993）曾透過分析中國大陸、臺灣，以及香港三個地區的樣本資料發現，相對於父親，華人子女會更傾向於與母親建立起親密的情感連結。Liu 等人（Liu, Yeh, Wu, Liu, & Yang 2015）的研究也指出：臺灣青少年與母親之間的情感互動成分也顯著地高於父親。而 Chen 等人（Chen, Wu, & Yeh 2016）則分析臺灣成年子女與其父母的對偶資料發現，不只是子女評估自己與母親之間的情感關係品質高於父親，甚至母親相對於父親也自覺會採取較多的關懷、瞭解等屬於情感性支持教養行為與子女互動。由於華人子女與母親之間的相處，相較於父親，較傾向於以關係和諧作為互動的訴求目標，本研究認為親代性別差異效果主要出現在以滿足父母需求做為適應焦點的因應策略（如兼容並蓄、折衷妥協，以及自我犧牲等因應策略）的傾向上（假設 5）。因此，本研究將區分互動對象為父親與母親版本的量表，並比較青少年對父親、母親採取各種因應策略傾向的差異。

另一方面，即便到目前為止並未得到較為一致的研究結果，但仍可預期子女自身的性別可能對採取何種因應策略的傾向造成差異影響。像 Osterman 等人（Osterman, Bjorkqvist, Lagerspetz, Landau, Fraczek, & Pastorelli 1997）以芬蘭、以色列、義大利，以及波蘭的學童、青少年作為研究對象所進行的跨文化研究結果就指出：相較於男性，女性在關係衝突中較傾向於採取積極的因應策略。而 Owens 等人（Owens, Daly, & Slee 2005）以澳洲的青少年為對象的結果顯示：相對於男性，女性更傾向於採取妥協、遷就／順應、逃避等因應策略。在華人研究中，張妤玥與陸洛（2007）以臺灣的大學青少年、年輕成年人為研究對象，結果發現：女性在關係衝突中採取謙讓因應策略的傾向高於男性，而採取支配因應策略的傾向則低於男性。Zhao 等人（Zhao, Xu, Wang, Jiang, Zhang, & Wang 2015）以中國青少年作為研究對象，得到的結果顯示：女性採取逃避因應策略的傾向顯著地高於男性。然而，蕭綱玉、葉光輝、吳志文（2018）以臺灣的成年情侶對偶為研究對象，卻發現男性比女性更傾向於採取自我犧牲與規避逃離的因應策略，反而是女性比男性更傾向於採取功利主義的因應策略。雖然這些研究發現並未顯示性別在使用衝突因應策略的穩定差異，但都發現個體的性別確實會影響個體對衝突採取不同的因應策略。因此，本研究雖未提出具體研究假設，但也會探討參與者（子女）性別對於各種因應策略的影響，並且更進一步探討子女性別與父母性別對於各種因應策略的共同作用效果。

二、研究方法

(一)親子衝突因應策略量表之編製

本研究是以葉光輝（1997, 2012）的理論為基礎，先根據兼容並蓄、折衷妥協、自我犧牲、功利主義，以及規避逃離這五種因應策略的構念內涵，個別編寫七到十項具有內容效度的題目。過程中亦參考既有工具中用來測量各種因應策略的行為樣本，並且比較這些題目與葉光輝理論觀點之間的契合程度。接著再由一位心理學系教授，以及兩位心理學系博士生與四位碩士生共同討論，最後編製出一份具 25 個題項的預試版本，每種因應策略由五個題項測量，並依衝突對象區分為父親與母親兩個版本。指導語特別請參與者根據近六個月內，與父親、母親，發生意見不和或衝突時，選取各因應策略陳述句中符合自己採取解決方式的頻率。填答時採用 Likert 氏五點量尺，其中 1 代表「從未如此」、2 代表「偶爾如此」、3 代表「有時如此」、4 代表「經常如此」，以及 5 代表「總是如此」。所有題目皆依圈選數字直接計分，分數越高代表參與者在面對親子衝突時，採取該項因應策略的傾向越高。

(二)量表預試

本研究進行兩次預試，皆採方便取樣。第一次由 163 位臺灣北部高中職學生（女生 98 人；平均年齡 16.57 歲，標準差 0.45 歲）協助參與，除親子衝突因應策略量表，第一次預試參與者也有填寫生活滿意度、親子關係滿意度、內化問題程度（抑鬱、焦慮、壓力），以及親子衝突頻率等構念的預試量表。針對親子衝突因應策略量表，項目分析刪題的考量依據如下：(1) 進行極端組比較法要求所有題項的決斷值（critical ratio，CR 值）須達 6.0 以上；(2) 同質性檢驗法顯示所有題項得分與其所屬分量表總分之間的相關均須在 .30 以上；(3) 評估刪題後分量表的內部一致性信度，指出父親版與母親版各有兩項題目（父親：兩題皆屬於規避逃離的因應策略；母親：分別屬於自我犧牲與規避逃離的因應策略）在刪除後所屬分量表的 Cronbach's α 係數會獲得上升；以及 (4) 探索性因素分析以主軸法（principal axis factoring）抽取因素，並採取最優斜交法（promax）進行轉軸，參考 O'Connor（2000）的建議進行平行分析（parallel analysis），結果顯示：兩版本皆得到四個因素，KMO（Kaiser-Myer-Olkin）係數在父親版與母親版依序為 .854 與 .820，Bartlett 球形檢定係數均達顯著（p < .001），累積解釋的總變異量則依序為 50.1% 與 48.5%。大抵上，兼容並蓄與折衷妥協的題目聚集成一個因素，其餘屬於自我犧牲、功利主義，以及規避逃離的題目也各自聚集，不過父親版有三題（分別屬於自我犧牲、規避逃離，以及

折衷妥協）、母親版有兩題（分別屬於功利主義與規避逃離）被分到不同的因素上。為使兩個版本能保留完全對應的題目，本研究先依據前述的結果刪除了折衷妥協一題、規避逃離兩題、自我犧牲一題，以及功利主義一題；接著將兼容並蓄的五個題項中與折衷妥協題目相關最高者刪除；再重新撰寫一題可以反映規避逃離內涵的題目；最後編製成父親版、母親版各計有 20 題的評估量表。

接著再進行第二次預試，由 348 位臺灣北部高中職學生（女生 176 人；平均年齡 16.61 歲，標準差 0.41 歲）協助參與。採取上述同樣的刪題依據，結果指出：(1) 所有題目的 CR 值皆大於 12.0；(2) 所有題項得分與其所屬分量表總分之間的相關均大於 .42；(3) 每個題目在刪題後其所屬分量表分數的內部一致性信度係數 Cronbach's α 都會下降；以及 (4) 探索性因素分析採平行分析得到五個因素，同樣以主軸分析抽取因素，並採最優斜交法進行轉軸，KMO 係數在父親版與母親版依序為 .851 與 .876，Bartlett 球形檢定係數接達顯著（$p < .001$），累積解釋的總變異量則依序為 56.2% 與 56.6%。所有題目皆對應其所屬的因素且負荷量皆大於 .46，其中只有折衷妥協的兩項題目對應於兼容並蓄的因素負荷量偏高（大於 .38）。再次修飾題目文字後，正式量表仍共計有 20 題，每種衝突因應策略分量表各自有四個題項。

(三) 正式研究

1. 研究對象與調查程序

正式施測同樣透過方便取樣，邀請 1,157 位在臺灣北部就讀高中職的青少年學生協助參與，他們都在瞭解個人權益與資料匿名性的情況下同意參與此次的問卷調查。由於部份參與者可能因為家庭或個人因素而不方便填答與父親或母親之間的互動狀況，在指導語中都有特別提醒參與者可以略過部份不適用於自己的題目。最後刪除漏答與無法辨識的無效資料後，有效資料共計有 1,047 筆（女生 603 人；平均年齡 16.63 歲，標準差 0.38 歲）。近九成（87.9%）參與者的父母婚姻狀態為已婚同住，其餘者為已婚分居或離婚。有效資料中，父親的平均年齡為 47.98 歲（標準差 4.97 歲）、母親的平均年齡為 44.97（標準差

4.56 歲）。父親教育程度為國中（含以下）、高中職、專科或大學、研究所（含以上）的比例依序為 17.4% 、49.5%、29.6%，以及 3.5%；母親教育程度則依序為 14.5%、62.1%、29.7%，以及 1.7%。此外，本研究將判定為無效的資料獨立出來，並計算這些資料中其他可計分的量表得分：例如某一筆資料在親子衝突因應策略量表中的兼容並蓄分量表有漏答而被判定無效，其他因應策略（即折衷妥協、自我犧牲、功利主義，以及規避逃離）的分量表以及各項適應指標（生活滿意度、親子關係滿意度、內化問題程度，以及親子衝突頻率）的量表仍可計分，接著進一步比較這些無效資料與有效資料在這些可計分量表的得分上是否具有達顯著水準的差異；若是在其他（分）量表還有漏答，則依照相同邏輯比較其他可計分量表的得分在無效資料與有效資料之間的差異是否達顯著水準。比較的結果顯示，無效資料與有效資料之間在主要研究變項間並不具有達顯著水準的差異。

2. 其他研究工具

生活滿意度　採用 Diener 等人（Diener, Emmons, Larsen, & Griffin 1985）發展的生活滿意度量表（Satisfaction With Life Scale, SWLS），以五項題目測量個體對個人生活的主觀滿意程度（例題：「到目前為止，我能夠在生活中獲得我所想要的事物」）。本研究引用吳志文、葉光輝（2012）所編修翻譯的中文版本，由參與者評估各陳述句符合自己過去六個月內生活情形的程度。量表採 Likert 氏六點量尺作答：從 1 代表「完全不符合」到 6 代表「完全符合」，中間分數各自有相應的符合程度。該量表分數的內部一致性信度 Cronbach's α 係數，在前述第一次預試資料裡為 .88，正式研究資料中則為 .92。

親子關係滿意度　參考郭孝貞（1989）發展的親子關係滿意度量表。原量表係由父母親評估自己與子女之間的關係滿意度，本研究將之改編成由青少年子女評估自己與父親、母親之間的關係滿意程度。兩個版本都各自包含四個正向題（例如「我與爸爸／媽媽的關係很親密」）與兩個負向題（例如「我與爸爸／媽媽的相處充滿困難與挫折」）。由參與者評估各陳述句符合自己過去六個月內生活情形的程度，採用 Likert 氏六點量尺作答：從 1 代表「完全不符合」到

6 代表「完全符合」，中間的分數各自有相應的符合程度。父親版與母親版量表分數的 Cronbach's α 係數，在第一次預試資料中分別為 .91 與 .89，在正式研究資料中分別為 .93 與 .91。

內化問題程度　採用抑鬱焦慮壓力量表（Depression Anxiety Stress Scale, DASS）測量參與者的內化問題程度。原量表由 Lovibond 與 Lovibond（1995）發展，以 42 個題項陳述句測量個體出現抑鬱、焦慮以及壓力等內化問題的程度。後來 Brown 等人（Brown, Chorpita, Korotitsch, & Barlow 1997）從三個向度各選七題編製成短版量表（例題像是，抑鬱：「我對任何事情都失去了熱情」；焦慮：「我感覺自己即將要陷入莫名的恐懼感」；以及壓力：「我感覺很難放鬆自己的心情」）。本研究使用吳志文、葉光輝（2011）的中文版本，由參與者評估各陳述句符合自己過去六個月內生活情形的程度，採 Likert 氏四點量尺作答，1 代表「不符合」到 4 代表「總是符合」，中間分數各自有相應的符合程度。第一次預試資料與正式研究資料皆顯示該量表分數的內部一致性信度 Cronbach's α 係數為 .93。

親子衝突頻率　參考何穎秀（2014）發展的親子衝突頻率量表編修而成。原量表有 16 項衝突議題，本研究刪除 3 項親子衝突頻率相對較少的議題（穿著打扮、飲食偏好，以及參加課外活動）後，保留剩下的 13 項親子衝突議題，分別是：升學安排、學校課業、金錢使用、儀容體態、做事方法、家務分擔、晚歸時間或門禁、使用電腦或網路、講電話或手機、結交朋友、個人隱私、對待家人方式、個人衛生習慣。由參與者評估在過去六個月內為了這些事件與父親、母親發生意見不合或衝突的頻率，採 Likert 氏五點量尺作答，1 代表「從未如此」到 5 代表「總是如此」，中間的分數各自有相應的頻率程度。在第一次預試資料中，父親版與母親版量表分數的內部一致性信度 Cronbach's α 係數分別為 .86 與 .88，在正式研究資料中則分別為 .90 與 .89。

3. 資料分析方式

首先使用 SPSS 軟體 20 版進行內部一致性信度分析。接著以 LISREL 軟體 8.52 版，並採取最大概式估計法（maximum likelihood）進行量表的驗證性因素分析，確認各分量表的因素結構。考量到卡方值（χ^2）會因為較大的樣本數而較容易達到顯著水準，所以本研究同時採用多項指標判斷資料與模式之間的整體適配度。其中，就絕對適配度指標而言，分析所得到的 GFI 係數應大於 .90，RMSEA 係數應小於 .06，SRMR 係數也應小於 .08（Hu & Bentler, 1999）；在增值適配度指標的部分，分析所得到的 NFI、TLI、IFI，及 CFI 等係數都應大於 .90（Bentler 1990; Bentler & Bonett 1980; Bollen 1989）；再來針對簡效適配度指標，PGFI 係數與 PNFI 係數皆應大於 .50（Mulaik, James, Van Altine, Bennett, Lind, & Stilwell 1989）。再以 SPSS 軟體執行積差相關分析，探討各種因應策略間的相關以及其與各適應指標間的關聯性，最後再透過二因子混合設計的變異數分析，比較四種親子對偶關係對於採取各種因應策略傾向的差異影響。

三、研究結果

(一)內部一致性信度

如表 1 所示，不論是父親版或母親版，各衝突因應策略分量表分數的 Cronbach's α 係數都介於 .77 至 .90 之間，具有可接受的內部一致性信度。

表 1　「親子衝突因應策略量表」的內部一致性信度檢定結果

	父親版 Cronbach's α 係數	母親版 Cronbach's α 係數
兼容並蓄	.90	.88
折衷妥協	.79	.77
自我犧牲	.77	.78
功利主義	.80	.79
規避逃離	.79	.78

註：n = 1,047。

(二)驗證性因素分析

表 2 呈現衝突因應策略量表進行五因素結構的驗證性因素分析所得到的整體模型適配度結果。雖然父親與母親兩版本的卡方值（χ^2）皆達到顯著水準，顯示模型與觀察資料之間未理想地適配，但就如同前述，卡方值容易受到樣本數量影響，因此仍需參考其他適配度指標：(1) 父親版與母親版的 GFI 係數皆為 .90，剛好通過判斷門檻；(2) 兩個版本的 RMSEA 係數皆為 .079，已超出應小於 .06 的門檻，但若是參考 McDonald 與 Ho（2002）的建議，該係數若是小於 .08 仍屬於可以接受的範圍；(3) 兩個版本的 SRMR 係數皆小於 .08，也在可接受的門檻內；(4) 兩個版本的 NFI、TLI、IFI，及 CFI 等係數都有達到大於 .90 的門檻；以及 (5) 兩個版本的 PGFI 係數與 PNFI 係數皆達到應大於 .50 的門檻。

表 3 呈現題目內容與內在結構適配度的結果，指出題目的標準化因素負荷量皆大於 .50，並且都達到顯著水準（$ps < .001$），顯示所有題目在父親版與母親版皆可有效地作為其所屬因素的測量指標。組合信度（composite reliability）係數也都大於 .70，符合 Hair 等人（Hair, Anderson, Tatham, & Black 1998）建議的評估標準。綜合上述各項指標的表現，雖然部分反映模型適配度表現的指標係數未盡理想，但是絕大多數指標都能通過評估標準，顯示本量表具有可以接受的整體與內在結構適配度。

表 2 「親子衝突因應策略量表」五因素結構的整體適配度指標評估結果

整體適配度指標	評估標準	父親版		母親版	
		適配值	評估結果	適配值	評估結果
自由度（*df*）		160		160	
卡方值（χ^2）		1166.33		1148.22	
顯著性（*p* 值）	>.05	<.001	未通過	<.001	未通過
絕對適配度指標					
GFI	>.90	.90	通過	.90	通過
RMSEA	<.060	.079	尚可接受	.079	尚可接受
SRMR	<.080	.065	通過	.066	通過
增值適配度指標					
NFI	>.90	.94	通過	.93	通過
TLI	>.90	.94	通過	.93	通過
IFI	>.90	.95	通過	.94	通過
CFI	>.90	.95	通過	.94	通過
簡效適配度指標					
PGFI	>.50	.68	通過	.68	通過
PNFI	>.50	.79	通過	.79	通過

註：n = 1,047。

表 3 「親子衝突因應策略量表」各題項的標準化因素負荷量以及潛在因素組合信度

潛在因素	題目項次與內容	父親版 標準化因素負荷量	父親版 組合信度	母親版 標準化因素負荷量	母親版 組合信度
兼容並蓄	1. 我會思考雙方提出的各種考量，找出最佳的解決辦法。	.81	.90	.79	.88
	9. 我會換個角度思考彼此的需求，盡力讓雙方都能感到滿意。	.83		.82	
	14. 我會盡力同時達成 P 的期許以及自己的目標。	.78		.76	
	17. 我會盡量與 P 一起努力，達成兩全其美（雙方都滿意）的共識。	.88		.85	
折衷妥協	4. 我會以 P 和自己都覺得「不滿意但可以接受」的方法來處理。	.72	.78	.70	.75
	11. 我會和 P 交換條件達成妥協。	.56		.54	
	12. 我會以彼此遷就作為目標，與 P 達成某種協議。	.66		.62	
	16. 我通常會以雙方都退讓一步的方式來處理。	.79		.74	
自我犧牲	3. 我會說服自己聽從 P 的決定。	.63	.78	.71	.79
	8. 我會放棄自己的權益，優先考慮 P 的需求。	.77		.75	
	13. 我通常會放棄自己的目標或期待，來順從 P 的意見。	.71		.69	
	19. 我會遷就 P 的要求，自己承受所有的問題與困難。	.61		.61	
功利主義	5. 我會採取對自己最有利的方式來處理與 P 的衝突。	.75	.80	.72	.80
	7. 我會利用我應有的權利設法取得優勢。	.77		.79	
	10. 我會堅持己見，直到 P 最後願意接受自己的主張。	.55		.56	
	20. 我通常會優先考慮自己的權益，減少自己的損失。	.75		.73	
規避逃離	2. 我會逃離與 P 發生衝突的現場。	.50	.80	.53	.78
	6. 我會放著不管，讓時間解決我與 P 之間的問題。	.69		.67	
	15. 我會表現出毫無反應的樣子。	.80		.76	
	18. 我不會做任何反應，就當作這件事沒發生過。	.83		.78	

註：n = 1,047。P 在父親版、母親版中分別以「爸爸」、「媽媽」表示。

(三)各種因應策略之間的相關

本研究針對男性與女性參與者的資料，將各種策略間的兩兩相關分別呈現於表 4 與表 5，可以發現：父子（男性參與者—父親版）、母子（男性參與者—母親版）、父女（女性參與者—父親版）、母女（女性參與者—母親版），這四種親子對偶關係大致上都呈現相似的型態。

表 4 「親子衝突因應策略量表」各種因應策略的相關係數：男性參與者資料

	兼容並蓄	折衷妥協	自我犧牲	功利主義	規避逃離
兼容並蓄		.70**	.37**	.04	-.31**
折衷妥協	.73**		.37**	.24**	-.13**
自我犧牲	.30**	.35**		.14**	.10*
功利主義	.05	.23**	.06		.31**
規避逃離	-.38**	-.18**	.12*	.26**	

註：n = 444。左下角相關係數分析自父親版；右上角相關係數分析自母親版。
* $p < .05$; ** $p < .01$

表 5 「親子衝突因應策略量表」各種因應策略的相關係數：女性參與者資料

	兼容並蓄	折衷妥協	自我犧牲	功利主義	規避逃離
兼容並蓄		.71**	.41**	.04	-.29**
折衷妥協	.77**		.40**	.22**	-.08
自我犧牲	.41**	.43**		.17**	.09*
功利主義	.03	.15**	.13**		.37**
規避逃離	-.37**	-.22**	.107	.30**	

註：n = 603。左下角相關係數分析自父親版；右上角相關係數分析自母親版。
* $p < .05$; ** $p < .01$

首先，四種親子對偶關係中都發現兼容並蓄與折衷妥協這兩種屬於共享型策略，彼此之間具有中高程度的顯著正相關。其次，兼容並蓄、折衷妥協策略都與自我犧牲策略有顯著的正相關；兼容並蓄也與規避逃離策略有顯著的負相關，但是與功利主義策略之間沒有達顯著水準的相關；折衷妥協與功利主義兩策略有顯著的正相關，而折衷妥協與規避逃離策略之間的相關程度，在父子、父女，以及母子三種對偶關係中呈現顯著的負相關。第三，自我犧牲策略在母子、母女關係中與功利主義、規避逃離策略之間皆具有顯著的正相關；但在父子關係中僅與規避逃離策略有顯著的正相關；而在父女關係中則僅與功利主義策略有顯著的正相關。最後，功利主義與規避逃離策略在四種親子關係中彼此皆具有顯著的正相關。值得一提的是部分的相關係數數值偏低，在解讀上應該謹慎：換言之，即便統計上達到顯著水準，其在實務上的意義可能不是很大。

(四)因應策略與生活適應指標的相關程度

表 6 呈現各種因應策略與不同適應指標之間的相關程度，四種親子對偶關係皆得到相似的型態，而且大致都符合假設預期。首先，兼容並蓄與生活滿意度、親子關係滿意度等正向指標間皆具顯著的正相關，與內化問題程度、親子衝突頻率等負向指標都有顯著的負相關。其次，折衷妥協除了在母子、母女關係中與內化問題程度間的相關未達到顯著水準之外，與各項效標之間關聯性的趨勢都和兼容並蓄得到的結果相同。這些結果大致支持研究假設 1。此外，自我犧牲與親子關係滿意度間具有顯著的正相關，但是與內化問題程度也有達顯著水準的正相關，結果支持研究假設 2。最後，功利主義和規避逃離這兩種策略與各項正向適應指標間皆為顯著的負相關、而與負向適應指標之間則具有顯著的正相關，結果支持研究假設 3、4。惟同樣再次提醒：部分的相關係數數值較低，實務的價值可能較低，必須謹慎解讀。

表 6　「親子衝突因應策略量表」各種因應策略與不同適應指標之間的相關係數

因應策略	參與者	版本	個人範疇適應效標		親子範疇適應效標	
			生活滿意度	內化問題程度	與 P 關係滿意度	與 P 衝突頻率
兼容並蓄	男性	父親版	.45**	-.19**	.58**	-.29**
		母親版	.48**	-.16**	.61**	-.29**
	女性	父親版	.40**	-.15**	.61**	-.25**
		母親版	.40**	-.10*	.54**	-.31**
折衷妥協	男性	父親版	.36**	-.13**	.42**	-.19**
		母親版	.33**	-.06	.41**	-.12**
	女性	父親版	.30**	-.09*	.50**	-.15**
		母親版	.30**	-.02	.36**	-.11**
自我犧牲	男性	父親版	.09	.14**	.14**	-.01
		母親版	.08	.12*	.18**	-.05
	女性	父親版	.09	.15**	.20**	.02
		母親版	.06	.22**	.11*	-.01
功利主義	男性	父親版	-.14**	.13**	-.18**	.24**
		母親版	-.16**	.18**	-.27**	.29**
	女性	父親版	-.10*	.11**	-.16**	.20**
		母親版	-.10*	.15**	-.18**	.29**
規避逃離	男性	父親版	-.28**	.35**	-.50**	.37**
		母親版	-.28**	.30**	-.42**	.36**
	女性	父親版	-.28**	.28**	-.47**	.35**
		母親版	-.31**	.27**	-.42**	.41**

註：參與者為男性：n = 444；參與者為女性：n = 603。P 在父親版、母親版對應的細格中分別為「父親」、「母親」。
　* $p < .05$　** $p < .01$

（五）四種親子對偶關係的影響

各衝突因應策略的平均值、標準差，以及變異數分析的結果摘要列於表 7，結果顯示：當以兼容並蓄、折衷妥協，以及自我犧牲作為依變項時，子女性別的主要效果達到顯著水準，而且父母性別的主要效果也達到顯著水準。換言之，男性相較於女性更傾向於採取前述這三種因應策略，而且當衝突對象為母親時，相對於父親，青少年也會更傾向於採取前述這三種因應策略，結果支持研究假設 5。以功利主義作為依變項時，只有子女性別的主要效果達顯著水準，顯示男性相較於女性更傾向採取功利主義的因應策略。而以規避逃離作為依變項時，則未發現子女性別與父母性別主要效果達顯著水準。此外，所有分析中子女性別與父母性別的交互作用效果也都未達到顯著水準。必須說明的是，即便部分差異達到統計上的顯著水準，但 η^2 效果量係數均屬小效果量（small effect size），因此這些差異可能仍缺乏實務上的意義，應該謹慎解讀。

四、討論

Rahim 與 Bonoma（1979）針對人際關係衝突因應策略的分類架構已廣泛地應用於各種人際範疇的研究中，但值得注意的是，一開始他們提出的這個架構並沒有考量到不同人際關係的特殊性。葉光輝（1995，1997）的研究雖然沿用 Rahim 與 Bonoma 的分類架構，但卻是建立在深度訪談的實徵資料上，更強而有力地奠定該分類架構適用於探討華人親子關係的研究基礎。本研究參考葉光輝以該分類架構提出的本土化觀點，同時檢視既有量表題項在陳述措辭上的限制，重新依據兼容並蓄、折衷妥協、自我犧牲、功利主義，以及規避逃離等五種親子衝突因應策略編製「親子衝突因應策略量表」。經以各項統計分析，結果顯示：各分量表分數皆具有可接受的內部一致性信度，並且支持親子這五種衝突因應策略理論架構的因素結構主張。

此外，本研究進一步探討各種因應策略與青少年不同生活範疇適應指標的

表 7 「親子衝突因應策略量表」中各種因應策略的描述統計以及二因子混合設計變異數分析結果摘要

		父親版		母親版		二因子混合設計變異數分析（ANOVA）結果：F 值與 η^2 效果量係數		
因應策略	參與者	平均數	標準差	平均數	標準差	子女性別主要效果 (A)	父母性別主要效果 (B)	交互作用效果 (A*B)
兼容並蓄	男性	2.88	1.00	3.02	0.95	7.05**	36.48**	0.37
	女性	2.72	1.01	2.89	0.94	(0.01)	(0.03)	(0.00)
	整體	2.79	1.01	2.94	0.95			
折衷妥協	男性	2.46	0.83	2.65	0.81	4.85*	57.29**	0.47
	女性	2.38	0.83	2.53	0.79	(0.00)	(0.05)	(0.00)
	整體	2.41	0.83	2.58	0.80			
自我犧牲	男性	2.02	0.70	2.11	0.76	10.80**	19.62**	0.05
	女性	1.89	0.73	1.98	0.70	(0.01)	(0.02)	(0.00)
	整體	1.94	0.72	2.04	0.73			
功利主義	男性	2.33	0.87	2.38	0.87	8.46**	2.59	0.50
	女性	2.21	0.83	2.22	0.77	(0.01)	(0.00)	(0.00)
	整體	2.26	0.85	2.29	0.82			
規避逃離	男性	2.24	0.92	2.20	0.87	0.33	2.53	0.07
	女性	2.27	0.99	2.23	0.90	(0.00)	(0.00)	(0.00)
	整體	2.26	0.96	2.22	0.89			

註：參與者為男性：n = 444；參與者為女性：n = 603；參與者為整體：n = 1,047。子女性別為組間因子，父母性別為組內因子。主要效果與交互作用效果的自由度皆為：$df_1 = 1, df_2 = 1,045$。括弧內的數值為 η^2 效果量係數。

* $p < .05$; ** $p < .01$

關聯，初步也獲得支持的研究結果。其中，當青少年視實現個人願望與滿足父母需求這兩種目標焦點為不可分割的整體而採用「兼容並蓄」或「折衷妥協」之因應策略的傾向愈高時，其在個人身心與親子互動的正向生活適應表現（個人生活滿意度、親子關係滿意度）會較高、負向生活適應表現（內化問題程度、親子衝突頻率）會較低，反映出這兩類共享型策略對華人青少年來說，皆是屬於較為理想的親子衝突因應策略。而相對於折衷妥協，兼容並蓄與各項生活適應指標間的相關程度也都較為顯著，這點也符合葉光輝（2012）的觀點，指出折衷妥協是個體欲朝向雙贏之適應目標時，可能受到個人能力或是事件本質的阻礙而只好退而求其次的因應策略，因此其效果未能如兼容並蓄策略那麼理想。後續研究可利用本量表，具體深入探究有哪些前置因素，能夠促進、影響青少年在親子衝突中傾向採取兼容並蓄或是折衷妥協的因應策略。

相對地，當青少年習慣將實現個人願望與滿足父母需求這兩種目標焦點視為相互消長的零和關係時，不論採取的是自我犧牲或是功利主義策略，都會對青少年的個人適應或親子關係造成負面的影響。研究發現：自我犧牲雖然與親子關係滿意度具有正相關，但也與個人的內化問題程度具有正相關。另一方面，功利主義不僅與親子關係滿意度有顯著的負相關、與親子衝突頻率之間有顯著的正相關，而且也與個人的生活滿意度有顯著的負相關、與內化問題程度有顯著的正相關。本研究認為，上述這些結果能凸顯出以「實現個人願望」與「滿足父母需求」這兩個向度建構出來的分類架構，在應用於華人家庭時的脈絡特殊性，以及應用於親子關係時的範疇特殊性。更具體地說，在重視家庭生活、強調孝順價值觀的華人社會中（葉光輝 2009），青少年子女若只是一昧地以犧牲自我的願望來滿足父母需求，即便讓親子之間的關係更加令人滿意，但最後仍需承擔個人願望未能實現所帶來的抑鬱、焦慮，以及壓力的後果。相對地，青少年子女若是一意孤行採取不顧父母期待，只考慮個人利益的衝突因應策略，這不僅會危害親子關係互動的品質（較低的關係滿意度、較高的衝突頻率），且由於這樣的因應策略與華人的家庭文化規範背道而馳，長遠對於個人的生活適應也會帶來破壞性的負面影響（較低的生活滿意度、較高的內化問題程度）。

然而，必須進一步思考的是，孝道至今仍是華人社會重視的文化價值觀（黃囇莉、朱瑞玲 2011），但這是否就意味著華人子女與父母發生衝突時，採取自我犧牲因應策略就是體現文化規範的唯一出路？本研究認為，由於孝道強調的是滿足父母的期待，而事實上除了自我犧牲之外，兼容並蓄與折衷妥協這兩種因應策略也都能達成相同的適應目標，而且還能夠在符合孝道價值觀的前提下，兼顧個人願望的實現。本研究結果同樣指出兼容並蓄與折衷妥協這兩種因應策略不僅與親子關係滿意度具有顯著的正相關、與親子衝突頻率有顯著的負相關，同時也與個人生活滿意度有顯著的正相關、與內化問題程度有顯著的負相關。未來的研究應進一步探討，在華人家庭中，個體孝道信念與五種親子衝突因應策略之間的關聯性。

最後，慣用規避逃離因應策略也會導致破壞性的後果，而且不論是在程度上或是影響層面上，都比自我犧牲、功利主義來得更為顯著、廣泛。這項發現也指出親子衝突也許具有破壞性的負面影響，但若只是為了息事寧人而逃避面對，反而對個人身心、親子互動都會造成更嚴重的危害，而且也無法真正達到減少親子衝突頻率的效果。

綜上所述，這些結果不僅顯示「親子衝突因應策略量表」具有符合理論觀點的因素結構，同時也凸顯出以「因應策略」探討親子衝突的優勢，能夠更深入地理解青少年與父母發生衝突的過程中，透過採取不同的因應策略，會促使衝突分別導向建設性或破壞性結果轉化的可能發展歷程。

本研究也得到一些看似未符預期的結果，像是功利主義與生活滿意度之間的負相關、與內化問題程度的正相關。對此，本研究必須強調兩項重點。首先，在理論層面，葉光輝（1997）所提出的因應策略模型架構的兩個向度——「實現個人願望」與「滿足父母需求」——所表徵的都只是子女於衝突當下所主要關注的目標焦點，而非策略必然能達成的效果。事實上，個人身心與親子互動並非兩個完全獨立的生活範疇，相對地，兩者是唇齒相依的關係，會相互影響彼此的適應表現。這凸顯出唯有將實現個人願望與滿足父母需求這兩種適應焦點視為一個整體的共享型因應策略，才能夠全面、有效地促進華人青少年在個人身心與親子互動兩種生活範疇的適應表現。其次，在操作層面，因為本研究所測量的所有變項，皆是參與者依據過去半年內的生活狀況所進行的評估，因此結果所表徵的並非個體在單次衝突採取某種因應策略而導致的效果，而是親子兩兩之間相對長期的關聯性。舉例來說，個體在單一親子衝突中採取功利主義策略，即便當下真的實現了個人的願望，但其破壞關係的影響可能會持續延伸、擴散，最後透過對親子關係的危害，進而對個人身心適應造成更嚴重的傷害。建議未來研究可以比較因應策略在單一衝突中的效果，或是探究其長期對各項生活適應造成的影響，檢視不同因應策略與個人及關係兩種生活適應範疇之間相互促進、損害的交互影響歷程。

(一)共享型因應策略與基本心理需求

父親版與母親版的結果皆顯示：兼容並蓄與折衷妥協之間具有高度的正相關。這項發現與 Hammock 等人（Hammock, Richardson, Pilkington, & Utley 1990）、張妤玥與陸洛（2007）的量表預試，以及薛雪萍（2000）得到的研究發現相一致，而且也符合葉光輝（2012）的觀點，認為這兩種因應策略可以合併為共享型的因應策略，因為它們都是個體試圖整合「滿足父母需求」與「實現個人願望」這兩種適應訴求的因應策略。兩者間的差異只在於最後能達到雙贏目標程度的差異。其中，當情境狀況與雙方能力都允許的情況下，共享型的因應策略就能朝向兼容並蓄的方向發展；相對地，當情境狀況與雙方能力未盡理想時，只好退而求其次以折衷妥協策略作為處理的方向。

這兩種因應策略（兼容並蓄與折衷妥協）都同時強調「滿足父母需求」與「實現個人願望」這兩種適應訴求，而且也都發現它們與各項正向適應指標有顯著的正相關、與負向適應指標有顯著的負相關。這些研究結果與自我決定理論（Self-Determination Theory; Ryan & Deci 2000; Deci & Ryan 2012）的主張觀點相互契合，該理論是目前學術領域中探討個體心理動機極為重要的理論，不僅應用的範疇領域廣泛，並且累積了大量的實徵資料。這個理論主張個體有三種基本心理需求，依序是勝任感（competence）、自主性（autonomy），以及關係連結（relatedness），強調這三種基本需求的滿足程度與個體的生活適應表現息息相關。根據本研究發現，華人青少年子女與父母發生衝突時，採取兼容並蓄與折衷妥協這兩種共享式的因應策略，事實上就是同時顧慮到關係連結（滿足父母需求）與自主性（實現個人願望）這兩種心理需求的滿足；因此相較於其他只能滿足其一，或是兩者皆無法滿足的因應策略，其與正向生活適應指標具有較明顯的正相關、與負向生活適應指標也有較明顯的負相關。至於勝任感在整個華人親子衝突歷程中所扮演的角色、其與各種因應策略之間的關聯性等等問題，有待未來能夠進一步深入探究。

(二)多種因應策略的組合型態

本研究發現自我犧牲與兼容並蓄、折衷妥協策略之間具有中高度的正相關，這似乎反映出各種策略之間可能會隨著整個衝突歷程的動態演變，而形成具有特別意涵的組合型態。像是衝突初期，青少年可能因為華人文化規範子女應順從父母，所以會傾向於先以自我犧牲的方式因應衝突，而父母也會採取較具正面的回應方式，很可能就在這種彼此皆帶有善意的互動下，促成雙方樂於採取兼容並蓄或折衷妥協等屬於共享型策略來化解衝突。如果這種良性的互動模式實屬華人家庭中的常態，似乎也可以解釋為什麼青少年採取兩類共享型策略的傾向最高，而採取自我犧牲的傾向反而較低：因為原先部分採取自我犧牲策略者後續多能順利地將衝突的因應焦點轉化，促使雙方採取共享型的策略來解決衝突。此外，研究結果也顯示功利主義與規避逃離這兩種因應策略之間有中高度的正相關，這似乎也反映出另外一種多個因應策略組合的可能型態。

針對組織中上司與下屬的人際衝突，鍾昆原等人（鍾昆原、彭台光、黃囇莉 2006）就指出在各種衝突因應策略之上存在著具有特殊意義的組合型態。他們發現自己與上司之間實質關係良好的下屬，在採取面質的因應策略後很可能會轉變採取協調或妥協的因應策略，進而達成雙贏並維持雙方關係的良好互動品質；但是，自己與上司之間關係只流於表面和諧的下屬，在採取面質的因應策略後卻很可能會改變採取順應或退避的因應策略，而關係依舊只能流於表面上的和諧。

另一方面，從情緒調控的研究中也發現愈來愈多的學者（例如：Aldao & Nolen-Hoeksema 2013; Bonnano & Burton 2013）主張個體在面對情緒事件時會評估環境與個體之間關係的動態變化而採取多種情緒調控的策略，並藉此獲得最理想的因應表現。何文澤、葉光輝、呂婕、Sundararajan（2017）也針對華人青少年在親子衝突中採取的情緒調控策略提出「適當表達」的概念，這是一個強調動態歷程中多個階段因應策略的組合，它主張青少年子女與父母發生衝突時會先抑制自己當下的衝動，傾向以退為進地在後續選擇更為合適的時機與方式，再向父母表達自己的感受、立場，以及需求。他們的研究結果也確實顯示：這種多個階段複合的情緒調控策略（即適當表達調控策略），與個體的身心適應、親子關係滿意度之間皆有顯著的正向關聯性。可惜的是，本研究的資料尚未能探討各種因應策略在動態歷程階段中的不同組合型態，以及各種組合型態的不同作用效果，建議未來的研究可以針對這些可能的動態歷程進行更具體深入的探討。

（三）親子對偶關係的影響

本研究編製了內涵相同、品質理想的父親版、母親版量表，可用來比較不同性別的青少年與父親、母親發生衝突時採取各種因應策略的傾向。結果發現：當衝突對象是母親時，相較於父親，青少年採取兼容並蓄、折衷妥協，以及自我犧牲等因應策略的傾向會較高。這三種因應策略都包含強調以滿足父母需求作為親子衝突的適應焦點，而這結果似乎呼應了既有研究的發現，即由於華人子女與母親之間的親子互動型態，相較於父親，會更關注在維繫關係連結的價值取向上（Berndt, Cheung, Lau, Hau, & Lew 1993; Liu, Yeh, Wu, Liu, & Yang 2015; Chen, Wu, & Yeh 2016），所以華人青少年與母親發生衝突時，會更傾向於以滿足母親需求作為適應焦點而採取相應的衝突因應策略。

至於子女性別（參與者自身性別）效果的差異，本研究得到的結果卻與過去既有的研究不盡相同。推測主要的原因可能是，各研究所探討的文化脈絡與人際關係範疇並不相同。像是 Osterman 等人（Osterman, Bjorkqvist, Lagerspetz, Landau, Fraczek, & Pastorelli 1997）與 Owens 等人（Owens, Daly, & Slee 2005）都是以非華人文化的參與者作為研究對象，而且也都不是針對親子關係議題進行探究；張好玥與陸洛（2007）、Zhao 等人（Zhao, Xu, Wang, Jiang, Zhang, & Wang 2015），以及蕭綱玉等人（蕭綱玉、葉光輝、吳志文 2018）雖然是以華人作為研究對象，但探討的人際衝突也都不是聚焦在親子關係脈絡中。本研究的結果指出，除了規避逃離策略沒有顯現參與者性別差異的顯著效果之外，男性青少年與父母發生衝突時採取兼容並蓄、折衷妥協、自我犧牲，以及功利主義等因應策略的傾向皆較女性青少年來得高。這也許顯示：男性相較於女性青少年更傾向於採取外顯、立即的因應策略來解決自己與父母在衝突中的利害關係，而不論它是合作或是競爭的，也不論因應策略本身是傾向於建設性的或是破壞性的後果。即便本研究發現個體採取各種親子衝突因應策略的傾向程度，在統計上會隨著親子對偶間不同的性別配對而有差異，但必須再次強調這些結果都僅屬於小效果量，在實務應用上的意義較弱，在解讀這些發現應審慎小心。本研究不僅建議後續研究應繼續檢驗各種因應策略是否具有性別效果上的差異，也希望後續研究可以找出造成這些性別差異的評估（appraisal）中介歷程。

在不同因應策略間及因應策略與適應指標間的相關分析結果部分，本研究雖然在不同親子對偶關係中得到一些不一致的差異，但差異數值實際都不大，而且在方向上也都具有相同的趨勢。像是 (1) 規避逃離與折衷妥協兩種因應策略之間的負相關在父子、父女，以及母子關係中都達到顯著的水準，而雖然在母女關係中未達顯著水準，但同樣也是負向的關聯；(2) 自我犧牲與功利主義之間的正相關，在父女、母女，以及母子關係中都達到顯著的水準，但在父子關係中雖未達到顯著水準，但同樣也為正向的關聯；(3) 自我犧牲與規避逃離之間的正相關，在父子、母女，以及母子關係中都達到顯著的水準，雖然在父女關係中未達到顯著水準，但同樣也是正向的相關。這些差異除了可能是抽樣因素所產生的偏誤，也有可能是受到不同親子對偶關係常見之衝突議題差異的影響，或是如同前面所述，不同衝突因應策略之間會形成具有特殊意義的組合型態，而這些型態的組合方式會受到親子對偶間不同的性別配對而有所差異。至於在因應策略與適應指標的相關分析中，不論是青少年男性或是女性，與父親發生衝突時採取折衷妥協因應策略的傾向會與內化問題程度之間都有顯著的負相關，但是與母親發生衝突時，折衷妥協策略與內化問題程度之間的負相關則是未達到顯著水準。這個現象同樣可以從歷程演進的觀點來加以說明，這可能是與母親發生衝突時，個體所採取的折衷妥協策略只是整個因應歷程中的某一個階段，折衷妥協的因應策略有可能隨著母親的回覆方式、溝通模式，以及情緒反應，進而使得個體調整而改採取自我犧牲、功利主義，或是規避逃離的策略接續來因應。未來的研究應可以仿照鍾昆原等人（鍾昆原、彭台光、黃囇莉 2006）採用質性訪談的研究法，更細緻地探討四種親子對偶關係間發生衝突時的整體歷程，剖析不同親子衝突因應策略之間的轉化情形。

（四）限制與未來研究方向

本研究提出四項未來研究方向的建議。首先，本研究量表的預試和正式研究皆是以臺灣北部青少年作為研究參與者，其是否具有理想的外推效度仍值得關注，後續研究可以採用來自其他地區的華人青少年作為研究對象，重複檢核本量表的信、效度。其次，本研究僅以高中職生作為研究對象，後續研究也可擴大參與者的年齡層，除重複檢核本量表分數的信、效度，還能比較不同年齡層對親子衝突因應策略的影響效果。第三，本研究旨在編製一份適用於華人親子衝突因應策略的測量工具，所能捕捉到的是個體採取不同因應策略的傾向程度，然而衝突是一動態且具雙向交互作用的複雜歷程，因應策略之間可能會形成更高層次的組合型態，也隨時會受到互動對象的行為反應而有所轉變，這是本研究目前力猶未逮之處，未來研究可以應用本測量工具，進一步探討整個衝突歷程中不同階段採取的因應策略，並且蒐集親子關係的對偶資料，期能看見整個衝突歷程的演變全貌。最後，本研究也建議後續研究可以更深入探討共享型因應策略在親子衝突歷程中所扮演的重要角色，這除了可採取其他生活適應指標，重複驗證共享型因應策略是親子衝突導向建設性歷程的關鍵要素外，還可以探討那些因素能促進青少年採取共享型的策略來因應親子衝突，以利諮商領域的實務工作者參考，有助於輔導青少年採取更具功能性的方式來因應其與父親、母親之間的衝突。

參考書目

何文澤、葉光輝、呂婕、Sundararajan

2017 適當表達：親子衝突中的情緒精鍊。本土心理學研究 48:57-119。

何穎秀

2014 青少年親子衝突解決效能對親子衝突頻率與親子關係滿意度的作用效果。國立臺灣大學心理研究所碩士論文。

吳志文、葉光輝

2011 雙元自主性與雙元自我建構對生活適應的作用效果。發表於「第 7 屆華人心理學家學術研討會」，中央研究院，臺北市，8 月。

吳志文、葉光輝

2012 父母支持性溝通模式對子女衝突評估與生活適應的作用效果。發表於「第 51 屆臺灣心理學會暨學術研討會」，亞洲大學，臺中市，10 月。

張妤玥、陸洛

2007 愛情關係中對方衝突管理方式與自身關係滿意度之關連。中華心理衛生學刊 20(2):155-178。

莊玲珠

2000 國中生親子衝突來源及其處理策略之研究。國立臺中師範學院國民教育研究所碩士論文。

許惠婷

2014 大學生知覺父母管教方式、因應自我效能與親子衝突選擇因應策略相關研究。國立臺南大學諮商與輔導研究所碩士論文。

許詩淇、黃囇莉

2009 天下無不是的父母？——父母角色義務對親子衝突與親子關係之影響。中華心理學刊 51(3):295-317。doi:10.6129/CJP.2009.5103.02

郭孝貞

1989 父母婚姻關係、親子關係與其幼兒社會行為之相關研究。文化大學兒童福利研究所碩士論文。

黃囇莉

1999 人際和諧與衝突——本土化的理論與研究。臺北市：桂冠圖書公司（2006 年改由揚智公司出版）。

黃囇莉、朱瑞玲

2011 是亂流？還是潮起、潮落？——尋找臺灣的「核心價值」及其變遷。高雄行為科學學刊 3:119-145。

葉光輝

1995 孝道困境的消解模式及其相關因素。中央研究院民族學研究所集刊 79:87-118。

1997 親子互動的困境與衝突及其因應方式：孝道觀點的探討。中央研究院民族學研究所集刊 82:65-114。

2009 華人孝道雙元模型研究的回顧與前瞻。本土心理學研究 32:101-148。doi: 10.6254/2009.32.101

2012 青少年親子衝突歷程的建設性轉化：從研究觀點的轉換到理論架構的發展。高雄行為科學學刊 3:31-59。

蕭綱玉、葉光輝、吳志文

2018 親密關係衝突中的建設性轉化歷程：行動者與伴侶相依模式之探討。中華心理衛生學刊 31:29-67。

蕭麗玲

2009 台北縣國民小學高年級學童對親子衝突情境、來源與反應之研究。銘傳大學教育研究所碩士論文。

薛雪萍

2000 青少年家庭功能、親子衝突、因應策略與生活適應之相關研究。國立臺灣師範大學教育心理與輔導研究所碩士論文。

鍾昆原、彭台光、黃囇莉

2006 上下關係與衝突管理。刊於華人組織行為：議題、作法及出版。鄭伯壎、姜定宇主編，頁 234-264。台北市：華泰公司。

Aldao, A., & S. Nolen-Hoeksema

2013 One Versus Many: Capturing the Use of Multiple Emotion Regulation Strategies in Response to an Emotion-eliciting Stimulus. Cognition and Emotion 27(4):753-760. doi:10.1080/02699931.2012.739998

Bem, S. L.

1985 Androgyny and Gender Schema Theory: a Conceptual and Empirical Integration. Nebraska Symposium on Motivation 32:179-226.

Bentler, P. M.

1990 Comparative Fit Indexes in Structural Models. Psychological Bulletin 107:238-246. doi: 10.1037/0033-2909.107.2.238

Bentler, P. M., & D. G. Bonett

1980 Significance Tests and Goodness of Fit in the Analysis of Covariance Structures. Psychological Bulletin 88:588-606. doi: 10.1037/0033-2909.88.3.588

Berndt, T. J. , P. C. Cheung, S. Lau, K. T. Hau, & W. J. F. Lew

1993 Perceptions of Parenting Mainland China, Taiwan, and Hong Kong: Sex Differences and Societal Differences. Developmental Psychology 29:156-164. doi: 10.1037/0012-1649.29.1.156

Bollen, K. A.

1989 Structural Equations with Latent Variables. New York: John Wiley & Sons.

Bonanno, G. A., & C. L. Burton

2013 Regulatory Flexibility: An Individual Differences Perspective on Coping and Emotion Regulation. Perspectives on Psychological Science, 8(6):591-612. doi:10.1177/1745691613504116

Brown, T. A., B. F. Chorpita, W. Korotitsch, & D. H. Barlow

1997 Psychometric Properties of the Depression Anxiety Stress Scales (DASS) in Clinical Samples. Behaviour Research and Therapy 35:79-89. doi: 10.1016/S0005-7967(96)00068-X

Burr, W.

1982 Families under Stress. *In* Family Stress, Coping, and Social Support. H. McCubbin, A. Cauble, & J. Patterson, eds. Springfield, IL: Charles C. Thomas.

Canary, D. J., W. R. Cupach, & S. J. Messman

1995 Relationship Conflict: Conflict in Parent-child, Friendship, and Romantic Relationships. Thousand Oaks, CA: Sage.

Chen, W. W., C. W. Wu, & K. H. Yeh

2016 How Parenting and Filial Piety Influence Happiness, Parent-child Relationships and Quality of Family Life in Taiwanese Adult Children.

Journal of Family Studies 22(1):80-96. doi:10.1080/13229400.2015.1027154

Deci, E. L.,& R. M. Ryan

2012 Self-determination Theory. *In* Handbook of Theories of Social Psychology,Vol. 1. Van Lange P. A. M., Kruglanski A. W., Higgins E. T., eds. Pp. 416-437. Thousand Oaks, CA: Sage.

DeVito, J. A.

2007 The Interpersonal Vommunication Book (11th ed.). Boston: Pearson Education.

Diener, E., R. A. Emmons, R. J. Larsen, & S. Griffin

1985 The Satisfaction with Life Scale. Journal of Personality Assessment 49:71-75. doi: 10.1207/s15327752jpa4901_13

Gilbert, P., K. McEwan, R. Bellow, A. Mills, & C. Gale

2009 The Dark Side of Competition: How Competitive Behavior and Striving to Avoid Inferiority are Linked to Depression, Anxiety, Stress and Self-harm. Psychology and Psychotherapy: Theory, Research and Practice 88:123-136. doi:10.1348/147608308X379806

Hair, J. F., R. E. Anderson, R. L. Tatham, & W. C. Black

1998 Multivariate Data Analysis (5th ed.). Upper Saddle River, NJ: Prentice-Hall.

Hammock, G. S., D. R. Richardson, C. J. Pilkington, & M. Utley

1990 Measurement of Conflict in Social Relationships. Personality and Individual Differences 11:577-583. doi:10.1016/0191-8869(90)90040-X

Hill, R.

1949 Families under Stress: Adjustment to the Crises of War Separation and Reunion. New York, NY: Harper.

Ho, H.-Z., W.-W. Chen, C. Tran, & C.-T. Ko

2010 Parental Involvement in Taiwanese Families: Father-mother Differences. Childhood Education 86:376-381. doi:10.1080/00094056.2010.10523173

Hu, L., & P. M. Bentler

1999 Cutoff Criteria for Fit Indexes in Covariance Structure Analysis: Conventional Criteria Versus New Alternatives. Structural Equation Modeling 6:1-55. doi: 10.1080/10705519909540118

Jankowiak, W.

1992 Father-child Relations in Urban China. *In* Father-child Relations: Cultural and Biosocial Contexts. B. S. Hewlett, ed. Pp. 345-363. New York: De Gruyter.

Johnson, D. W.

1981 Reaching Out: Interpersonal Effectiveness and Self-actualization (2nd ed.). New Jersey: Prentice-Hall Inc.

Liu, J. H., K. H. Yeh, C. W. Wu, L. Liu, & Y. Yang

2015 The Importance of Gender and Affect in the Socialization of Adolescents' Beliefs About Benevolent Authority: Evidence from Chinese Indigenous Psychology. Asian Journal of Social Psychology 18:101-114. doi: 10.1111/ajsp.12102

Lovibond, S. H. & P. F. Lovibond

1995 Manual for the Depression Anxiety Stress Scales. (2nd ed.). Sydney: Psychology Foundation.

Maggs, J. L., & N. L. Galambos

1993 Alternative Structural Models for Understanding Adolescent Problem Behavior in Two-earner Families. Journal of Early Adolescence 13:79-101. doi: 10.1177/0272431693013001005

McCubbin, H. I., & J. M. Patterson

1982 Family Adaption to Crises. *In* Family Stress, Coping, and Social Support. H. I. McCubbin, A. E. Cauble, & J. M. Patterson, eds. Pp. 26-47. Springfield, IL: Charles C. Thomas.

McDonald, R. P., & M. H. R. Ho

2002 Principles and Practice in Reporting Structural Equation Analyses. Psychological Methods 7:64-82. doi: 10.1037/1082-989X.7.1.64

McNulty, J. K.

2010 When Positive Processes Hurt Relationships. Current Directions in Psychological Science 19(3) :167-171. doi: 10.1177/0963721410370298

Montemayor, R.

1986 Family Variation in Parent-adolescent Storm and Stress. Jouranl of

Adolescent Research 1:15-31. doi: 10.1177/074355488611003

Mulaik, S. A., L. R. James, J. Van Altine, N. Bennett, S. Lind, & C. D. Stilwell

1989 Evaluation of Goodness-of-fit Indices for Structural Equation Models. Psychological Bulletin 105:430-445. doi: 10.1037/0033-2909.105.3.430

O'Connor, B. P.

2000 SPSS and SAS Programs for Determining the Number of Components Using Parallel Analysis and Velicer's Map Test. Behavior Research Methods Instruments and Computers 32(3):396-402. doi:10.3758/BF03200807

Osterman, K., K. Bjorkqvist, K. M. J. Lagerspetz, S. F. Landau, A. Fraczek, & C. Pastorelli

1997 Sex Differences in Styles of Conflict Resolution: A Developmental and Cross-cultural Study with Data from Finland, Israel, Italy, and Poland. *In* Cultural Variation in Conflict Resolution: Alternatives to Violence. D. P. Fry and K. Bjorkqvist, eds. Pp. 185-197. Mahwah, NJ: Lawrence Erlbaum.

Overall, N. C., G. J. Fletcher, J. A. Simpson, & C. G. Sibley

2009 Regulating Partners in Intimate Relationships: The Costs and Benefits of Different Communication Strategies. Journal of Personality and Social Psychology 96(3):620-639. doi:10.1037/a0012961

Owens, L., A. Daly, & P. Slee

2005 Sex and Age Differences in Victimization and Conflict Resolution Among Adolescents in a South Australian School. Aggressive Behavior 31:1-12. doi: 10.1002/ab.20045

Rahim, M. A.

1983 A Measure of Styles of Handing Interpersonal Conflict. Academy of Management Journal 26:368-376. doi:10.2307/255985

Rahim, M. A., & T. V. Bonoma

1979 Managing Organizational Conflict: A Model for Diagnosis and Intervention. Psychological Reports 44 :1323-1344. doi:10.2466/pr0.1979.44.3c.1323

Rusbult, C. E., & I. M. Zembrodt

1983 Responses to Dissatisfaction in Romantic Involvements: A Multidimensional Scaling Analysis. Journal of Experimental Social Psychology 19(3):274-293.

doi:10.1016/0022-1031(83)90042-2
Ryan, R. M. & E. L. Deci
2000 Self-determination Theory and the Facilitation of Intrinsic Motivation, Social Development, and Well-being. American Psychologist 55(1):68-78. doi:10.1037110003-066X.55.1.68
Shek, D. T. L.
1997 The Relation of Parent-adolescent Conflict to Adolescent Psychological Well-being, School Adjustment, and Problem Behavior. Social Behavior and Personality 25:277-290. doi:10.2224/sbp.1997.25.3.277
Suikkanen, J.
2011 An Improved Whole Life Satisfaction Theory of Happiness. International Journal of Wellbeing 1:149-166. doi:10.5502/ijw.v1i1.6
Thompson, L., & A. J. Walker
1989 Gender in Families: Women and Men in Marriage, Work, and Parenthood. Journal of Marriage and Family 51:845-871. doi:10.2307/353201
Weiten, W., & M. A. Lloyd
2008 Psychology Applied to Modern life: Adjustment in the 21st Century (9th ed.). Belmont, CA: Wadsworth Cengage.
Yeh, K. H.
2011 Mediating Effects of Negative Emotions in Parent-child Conflict on Adolescent Problem Behavior. Asian Journal of Social Psychology 14:236-245. doi:10.1111/j.1467-839X.2011.01350.x
Yeh, K. H., & O. Bedford
2004 Filial Belief and Parent-child Conflict. International Journal of Psychology 39:132-144. doi:10.1080/00207590344000312
Yeh, K. H., W. C. Tsao, & W. W. Chen
2010 Parent-child Conflict and Psychological Maladjustment: A Mediational Analysis with Reciprocal Filial Belief and Perceived Threat. International Journal of Psychology 45:131-139. doi:10.1080/00207590903085505
Zhao, H., Y. Xu, F. Wang, J. Jiang, X. Zhang, & X. Wang
2015 Chinese Adolescents' Coping tactics in a Parent-adolescent Conflict and

Their Relationships with Life Satisfaction: The Differences Between coping with Mother and Father. Frontiers in Psychology 6:1572. doi:10.3389/fpsyg.2015.01572

A Validation Study of the Parent-Adolescent Conflict Resolution Strategy Scale

Chih-Wen Wu, Kuang-Hui Yeh, and Yu-Chung Wang

Abstract

The effect of parent-adolescent conflict on adolescent life adaptation could be destructive or constructive; the key element is what strategies are taken to solve the conflict. The main purpose of this study is to construct a Parent-Adolescent Conflict Resolution Strategy Scale to measure the tendency of different resolution strategies when adolescents were in conflict with their parents, and to investigate the relationships between different resolution strategies and the adaptation of a personal life domain and parent-adolescent interaction domain. According to previous classification, this study differentiates the resolution strategies of parent-child conflict into five types: compatible, compromising, self-sacrificing, utilitarian, and escaping. A total of 1,047 valid questionnaires were collected. The main findings of this study are: (1) the score of the Parent-Adolescent Conflict Resolution Strategy Scale had an acceptable coefficient of internal consistency reliability, and confirmatory factor analysis also showed that it had acceptable 5-factor construct validity. (2) Compatibility and compromise strategies can be combined as a 'shared' solving strategy due to their high degree of correlation. (3) Compatibility and compromise strategies were both positively associated with adolescents' life satisfaction and parent-child relationship satisfaction, and negatively connected to adolescents' internalized problem behavior, such as depression, anxiety, and stress, and frequency of parent-child conflict. (4) Although self-sacrificing strategy was positively associated with parent-child relationship satisfaction, it was positively related to internalizing problem behavior as well. (5) Both utilitarian and escaping strategies were not only negatively related to adolescents' life satisfaction and parent-child relationship satisfaction, but also positively associated with adolescents internalizing problem behavior and the frequency of parent-child conflict. (6) Male adolescents were more inclined than females to take compatibility, compromise, self-sacrificing, and utilitarian strategies to deal with parent-adolescent conflict. (7) The tendencies of compatibility, compromise, and self-sacrificing strategies were higher when adolescents were in conflict with their mother than with their father. Based on these findings, limitations and suggestions to future direction are discussed.

Keywords: Parent-Adolescent Conflict, Conflict Resolution Strategy

正念特質對新移民青少年學業表現之調節效果

張仁和

摘　要

以往研究顯示在臺灣的新移民青少年有較不良的學業表現及心理適應，本研究從正念緩解刻板印象威脅的角度出發，探討正念特質傾向對於新移民青少年在學業表現上的調節效益。正念源於佛教禪修，強調不評價而專注此時此刻的態度與歷程，以往研究發現正念能帶來較佳的自我彈性以及認知功能，是以從正念對於新移民青少年在學業表現上的可能影響來看，正念應能緩解新移民青少年對學業刻板印象之壓力，進而增益其學業表現。據此，研究一先確認正念特質傾向量表對於青少年之適用性，結果發現正念量表有穩定的因素結構，而且在男生和女生上透過驗證性因素分析顯示測量不變性；此外，正念量表能正向預測生活滿意度，並且負向預測心理憂鬱，顯示其效標關聯效度，是以表徵該工具合適於青少年使用之。研究二進一步探討正念特質傾向對新移民青少年和一般生在學業表現的影響（包含國文、英文、數學），結果發現正念特質傾向有主要效果能預測各科學業表現，在調節分析也發現正念特質傾向能拉近新移民青少年與一般生之學業表現。結論與建議並對本研究結果之應用與限制予以討論。

關鍵字：新移民青少年、學業表現、正念、刻板印象威脅新移民學生在國內的比率有逐年增加之趨勢，就今年的統計來看（教育部 2018），新移民學生佔現今國中小學生數已逾 18 萬 1 千人。不僅如此，自 2004 年來的這十多年裡，全臺灣國中、小學生數自 270 萬 7 千人降為 180 萬人，而新移民學生數則由 4 萬 6 千人成長至今日的 18 萬 1 千人（其中 2014 年更是高達 21 萬 2 千人），其比率由 1.6% 快速增加至現今的 11.31%。由於新移民家長在文化和語言的差異，也影響了新移民學生在學習和生活的適應問題。其中，在學習表現上，謝明娟與謝進昌（2013）回顧了數十篇臺灣在地關於新移民學生學習成就的研究，累積八千餘位新移民學生和四萬餘位一般學生的資料裡，然後進行後設分析（meta-analysis）穩定地發現新移民學生在整體學業表現上都有較差的表現；細部來看，數學科的差異性顯著高於語文科的差異，且此差異性穩定的出現在不同新移民背景的群體中（例如東南亞、大陸……等地區），顯示出新移民學生在科學項目中的數學表現更為劣勢，這樣的結果也呼應近期陶宏麟、銀慶貞及洪嘉瑜（2015）之發現。

針對新移民學生在學習表現較差的情形，以往研究較聚焦於課程內容上的調整然後進行介入之（吳錦惠、吳俊憲 2005; 張嘉育、黃政傑 2007; 賴文鳳 2007; 顧瑜君 2008）。然而，以往課程介入研究，常以多元文化論述作為基底，強調尊重及認識不同文化的差異，但這難以處理新移民學生背景異質性帶來的影響，例如越南、菲律賓、中國大陸……等等背景的新移民學生，其所處的文化特性有別，使用略為概括性的多元文化論述，可能會忽略文化背景特殊性帶來的潛在影響。此外，若過於聚焦多元文化特殊性，一來會造成更多在編制課程與教材內容的負擔，即是每個文化都需其獨特性背景知識；除此之外，過度強調多元文化特殊性，更可能會有加深文化刻板印象的潛在風險（Morris, Chiu, & Liu 2015），進而讓新移民學生在學習歷程裡被貼上更多負向標籤。如此過於聚焦多元文化之特殊性，雖有尊重及認識不同文化意涵的優點，但也會造成編製教材之負擔以及加深文化刻板印象的潛在風險，而有所兩難。

另一方面，針對新移民學生學業表現較差的分析，較多從其背景文化變項之影響來論述（謝明娟，謝進昌 2013; 張嘉育、黃政傑 2007），但是較忽略背景變項可能帶來的心理影響。是以，要如何避免上述提及多元文化論述可能帶來的兩難，並同時從新移民學生其所屬的特殊心理涵義來理解學業表現較差的現象，在本文將以刻板印象威脅（stereotype threat）的角度切入之。我們認為造成新移民學生在整體學業表現較差的原因，很有可能是因為所處的環境中，讓他們知覺到學習環境的不友善性，尤其是大眾對於新移民背景的負面刻板印象，進而影響新移民學生的學習狀況。在刻板印象威脅的研究中，多以美國黑人或女性的數學學習為探討對象，即是因為大環境對於他們常存有學習表現的刻板印象（例如黑人功課不好、女生不適合數學），而當環境刺激再度引發刻板印象時，即產生的身心焦慮影響了他們真實的學習表現（Steele 1997; Schmader, Johns, & Forbes 2008; Steele, Spencer, & Aronson 2002）。

本研究也呼應國內學者的論述，陳皎眉與孫旻暐（2006）在探討國內刻板印象威脅的現象時，便點出新移民學生可能受到「較不聰明」、「成績較差」的刻板印象所干擾。然而，要如何緩解刻板印象威脅對學業表現的負向影響，進而提升新移民學生的學業表現呢？本研究則嘗試從正念（mindfulness）予以切入。正念根基於東方佛教禪修，強調專注於當下的行為且不帶有評價的態度（Bishop et al. 2004; Brown & Ryan 2003; Kabat-Zinn 2003）。近期對正念實踐於教育現場的後設分析發現，正念對學生的心理健康和學習表現都有顯著的助益（Zenner, Herrnleben-Kurz, & Walach 2014），不僅如此，亦有實徵研究顯示正念對於和自我表現有關的刻板印象威脅具有緩解效用（Weger, Hooper, Meier, & Hopthrow 2012），因而在本研究中，將採取正念特質傾向作為緩解新移民學生在學業表現的調節因子（moderation effect; Hayes 2013）。整體而言，本研究以負向學業刻板印象切入新移民學生學業表現的影響，並且以正念特質傾向作為調節因子了解其緩解效果。

一、刻板印象威脅對於新移民學生學業表現之影響

(一)刻板印象威脅理論與相關研究

刻板印象威脅的相關研究始於現任加州大學柏克萊分校副校長 Claude Steele 博士。由於 Steele 博士本身為非洲裔美國人的黑人背景，在他成長的過程中，即感受到社會大眾對黑人的不友善，尤其是在學業表現上的歧視，很容易被貼上黑人是「愚蠢的」、「智能低的」……等負向標籤。長久浸淫在這樣負向標籤化的氛圍裡，黑人學生自然而然便認為這是固定不能被改變的事實。不僅如此，當再次接受到相關訊息時（例如新聞媒體報導出黑人較差的學業成就），更會強化原有的負面刻板印象，進而在真實面對相關學業表現的考試時，更易因為這些焦慮而無法展現其真實的能力，而只呈現出較差表現（Steele 1997; Steele, Spencer, & Aronson 2002）。

這樣的現象不僅在黑人學生上受到影響，後續研究也顯示，女性在數學與科學表現也深受其害，即是社會大眾對於女性不適合數學與科學的刻板印象，不僅影響到女性的成績表現，更影響到女性對於數學的學習動機和態度（Spencer, Logel, & Davies 2016）。在 Dar-Nimrod 與 Heine（2006）發表在頂尖期刊 *Science* 的研究裡便發現，當給予女學生閱讀女生數學不好是源自於基因論述的報導，即會讓他們後續的數學表現較差；相關研究更發現，這樣的論述會甚而負向影響女性投入數學與科學相關科目的學習興趣，而有較低的參與度（Murphy, Steele, & Gross 2007）。但是對於男生而言，即使操控他們所閱讀的訊息，像是告知有科學研究發現男生不適合念數學……等等類似假訊息，也不會對男學生的數學表現有所影響，因為這並不符合社會上存在的刻板印象。同樣地，對於白人學生來說，也不會有受到數學學科刻板印象威脅的情形。

然而，刻板印象威脅究竟如何「長期」影響具體表現呢？ Yeager 與 Walton（2011）認為，這些威脅效果主要會引發負向的「遞迴歷程」（recursive processes），即是一開始因刻板印象威脅讓這些受到負向標籤化的群體產生對自己的懷疑，進而降低投入的動機與意願，因而造成表現差；但這樣表現較差

又再成為他們自我驗證不適合該課目的證據，進而又強化該刻板印象的效果，終而陷入持續性的負向遞迴歷程中。這樣的論述也呼應相關的調查研究，即是黑人與白人的學業成績差距，並非在學齡期間的一開始就出現，而是隨著學齡提高，而會有差距愈大的趨勢（Cohen, Garcia, Purdie-Vaughns, Apfel, & Brzustoski 2009）。同樣地，在女生數學刻板印象威脅的研究裡，也發現女生在高中一入學時的數學表現與男生無顯著差異，但隨著年級增加，才出現男生顯著高於女性、且男生投入數學科目的人數顯著高於女性的趨勢（Miyake, Kost-Smith, Finkelstein, Pollock, Cohen, & Ito 2010; Yeager & Walton 2011）。

是以對於刻板印象威脅的效果，一方面係來自於個體的涉入程度（self-endorsement）所引發的動機削弱，像是女生愈是認同數學不好的刻板印象，則會愈是影響到他自身對於數學投入的動機，進而在數學表現上不夠認真或是了無興趣，至終讓數學表現不好。另一方面，刻板印象威脅也會帶來額外的認知負荷，即個體對於刻板印象威脅所產生的焦慮，需要花費額外的認知資源進行處理和對抗，因此在實際表現上僅有較少的認知資源能夠使用（Schmader et al. 2008）。

(二)刻板印象威脅與新移民學生學業表現之可能關聯性

若將刻板印象威脅的觀點拉至臺灣，再從謝明娟與謝進昌（2013）針對 58 篇新移民學生的後設分析顯示其學業表現較一般背景的學生差，蔡文煥（2013）也發現新移民學生在「國際數學與科學教育成就趨勢調查」（Trends in International Mathematics and Science Study, TIMSS）的表現僅達到中級國際基準點，然而在一般背景的學生中，則是達到高級國際基準點的表現。透過這些研究，一般大眾很有可能因為所得知的訊息（例如新聞媒體的報導），進而會穩定地產生新移民學習不佳的刻板印象。

另一方面，國內研究也發現新移民學生容易因為自己的背景，而有較低的自尊，並且有被貼上負向標籤的困擾（吳錦惠、吳俊憲 2005; 張嘉育、黃政傑 2007; 顧瑜君 2008）。近期在黃彥融與盧台華（2012）研究裡，針對新移民與一般背景的資優學生研究中更顯示，即使是新移民資優學生，仍在學習動機、同儕互動、師生關係、行為規範、自我概念都顯著低於一般背景的資優學生，顯示出新移民學生對於內在自我與外在環境的負向知覺。整體而言，這些研究可能透露出，不僅是大眾可能產生新移民學生有學業較差的刻板印象，新移民學生也可能有此刻板印象。

二、正念對新移民學生負向學業刻板印象威脅的緩解效果

倘若新移民學生受到刻板印象威脅的困擾，如何能減緩此威脅效果，而讓其學業成績得以恢復其常態水平，本研究嘗試從正念予以切入，以下將依序介紹正念理論與研究發現，並探討正念緩解刻板印象威脅的可能機制。

(一)正念理論與相關研究

正念（mindfulness）源自東方佛教禪修，係為採取一種開放的思維，並集中注意力覺察此時此刻，但又不對內在和外在刺激訊息進行評價的態度和歷程（Bishop et al. 2004; Brown & Ryan 2003; Kabat-Zinn 2003）。關於正念發展的歷史，早期由Kabat-Zinn等人（Kabat-Zinn 1982; Kabat-Zinn et al. 1992）將正念應用於臨床病患，建立出「正念減壓訓練」（Mindfulness Based Stress Reduction，簡稱MBSR），主要是藉由瑜珈練習、靜坐活動、身體掃描等步驟，來降低對疼痛的知覺程度，並同時提升對疼痛的忍耐程度。例如對於身體感官的覺察，可以練習在行走時，會提醒個案仔細感受腳跟接觸地面的感覺；在洗澡時，去感受水流經身體的觸覺和流動聲響帶來的聽覺；在吃飯時，仔細咀嚼食物，以同時感受觸覺、味覺與嗅覺。爾後正念與禪修則廣泛應用至不同狀況，甚至包含藥物濫用、皮膚癬、戒菸、健康行為的提升……等範疇（Galante, Galante, Bekkers, & Gallacher 2014; Ludwig & Kabat-Zinn 2008）。正念對身心適應的影響，更累積廣泛的研究成果，像是近期的後設分析與回顧型

研究顯示出不論是正念特質傾向（個別差異）或是訓練方式（介入），不僅都能促進個體的身心適應（Eberth & Sedlmeier 2012；Giluk 2009; Sedlmeier, Eberth, Schwarz, Zimmermann, & Haarig 2012），更是對兒童身心發展的促進與老化徵狀的延緩也極有幫助（Flook, Goldberg, Pinger, & Davidson 2015; Gallegos, Hoerger, Talbot, Moynihan, & Duberstein 2013）。

在正念減壓療法（MBSR）之後，Linehan、Armstrong、Suarez、Allmon 及 Heard（1991）更將此概念引入心理治療，建立出「辯證行為治療法」（Dialectical Behavior Therapy，簡稱 DBT），主要應用至邊緣性人格疾患（borderline personality disorder）。該治療法認為整個世界與環境一直處在動態的辯證系統中，他們將正念與黑格爾辯證系統觀進行連結，認為現實一直處在「正、反、合」的動態循環歷程，並非穩定而不動的僵化結構。然而，以往認知治療過於強調個體要主動去改變思考歷程，而這樣過於強調且刻意的主動，反而更會使個案感到壓力和抗拒；或者是在嘗試改變時若遭遇失敗，便會更加沮喪灰心，進而更降低改變的動機跟意願。因此，辯證行為治療強調個體對於現實環境的接納，且透過正念的訓練，能讓個體更直接體驗現實環境的瞬息萬變，進而理解辯證狀態的動態歷程，最終增益心理健康（Lynch, Chapman, Rosenthal, Kuo, & Linehan 2006）。

Teasdale 等人（Teasdale et al. 2000; Williams, Teasdale, Segal, & Soulsby 2000）則直接將正念融入認知治療，發展出「正念認知治療法」（Mindfulness Based Cognitive Therapy，簡稱 MBCT）。他們直接在治療歷程中，訓練個案藉由生活行動來直接對當下進行體驗。這樣的訓練方式，不僅在生活行動中可以實踐，更可以在思考與想法中運作，像是 Watkins 與其研究同事（Watkins, Baeyens, & Read 2009; Watkins & Moberly 2009）以此設計出「具體訓練活動」（concreteness training program），他們讓有憂鬱傾向的病人，多使用「如何思維」（"how" processing mode），少啟動「為何思維」（"why" process mode）。所謂如何思維即是回歸到行為本身，強調當下直接的行動與感受。為何思維則是進入精緻化思考，去細部探究與分析；然而，此種精緻化思考，執著地詢問「為何」，便是造成憂鬱症患者的「反芻」（rumination）的重要因素（Nolen-Hoeksema, Wisco, & Lyubomirsky, 2008）。此活在當下聚焦此時此刻的種種變化，更可以強化個體對於情緒層面的覺察，而非陷入情緒漩渦中，或是被負向自我概念的自動化連結所囿，而能讓個體看到更多樣而豐富的可能性，是以鬆動負向自我刻板印象，進而產生對自我概念的理解彈性，臻至較佳的心理適應（Gu, Strauss, Bond, & Cavanagh 2015）。正念認知治療法發展至今，尚穩定顯示對憂鬱症患者的療癒效果，尤其是對憂鬱症復發的預防有顯著影響（Kuyken et al. 2010; Piet & Hougaard 2011）。

Hayes 與其研究同事也參考正念的哲學思維（Hayes et al. 2004, 2006），建立出「接納與承諾治療法」（Acceptance and Commitment Therapy，簡稱 ACT）。他們認為個體對於環境與刺激的解讀經常是從「概念化」（conceptualize）或「由上而下」（top-down）的進行認知處理，是故會使用許多預先存在的既定語言的「基模」（schema）來理解外界訊息。雖然這樣能增加效率，但也同時會讓個體過於依賴原有的知識，喪失了心理彈性，進而形成「心理僵化」（psychological inflexibility）的狀態。舉例來講，當一般人聽到要喝下自己 50 毫升的口水時，多半會覺得噁心和不快；然而，就真實的經驗來看，人們每天都會吞下自己的口水，其單日吞下的總量必定大於 50 毫升，不過這樣真實的狀態卻是我們所忽略的。此例顯示了既定語言基模對個體形成的框架，久而久之，個體則會離現實經驗的世界愈來愈遠，而被過度精緻化與概念化的認知系統所限制。更有甚者，個體還會將這些概念化的知識誤認為自我本身，而使自我僅建構於認知的語意概念中，像憂鬱症即是以負面語意結構表徵了自我的全部，憂鬱傾向的個體會習慣用「我是不好的」、「我是糟糕的」來作為全部的自我概念，卻忽略了自我具有流動與轉變的可能。長久下來，這樣阻斷自我與當下多種體驗可能的接觸，形成了心理僵化。而此般過於僵化的狀態，不僅限制了心理彈性，更危害了心理適應。

最後，Killingsworth 與 Gilbert（2010）發表在 *Science* 的研究更是突顯出「活在當下」對於幸福感的直接影響。他們藉由智慧型手機（iPhone）發送簡訊，然後讓研究參與者回答當下是否在做「白日夢」（mind wandering）或是活在當下；如果是正在做白日夢，再評定此白日夢的內容為正向的、中性的、或是負向的，並記錄當下的幸福感。結果顯示，沒有在做白日夢的情況（活在當下），比起做白日夢的狀態、甚至比起是正向內容的白日夢，所回報的幸福感是最高的。此外，做白日夢與否（vs. 活在當下）相對於參與者當下的活動（例如工作、購物、聊天、性行為……等），前者對幸福感預測的解釋變異量高出五倍之多（做白日夢與否佔 17.7%，活動類別則佔 3.2%）。也就是說，即使所進行的活動可能讓人覺得無趣（例如工作），倘若個體仍能「活在當下」，細部感受此時此刻，則對幸福感的提升仍有極大的助益。更進一步地，Mrazek、Smallwood、Schooler（2012）探討做白日夢與正念特質傾向（係用正念覺察注意量表）之關聯，發現正念特質傾向與做白日夢有穩定的負相關，兩者類似於一體兩面之心理構念。

然而，一般人要如何促進正念呢？這部分主要以禪修或靜坐練習為主，由於在靜坐的過程中，即是需要高度的聚焦於自身的內在心理狀態與外在感官經驗，但對這些經驗又不進行精緻化的處理，練習讓「想法即是想法，念頭僅是念頭」，而不使這些想法跟念頭與「自我」有所連結（Hayes et al. 2006; Kabat-Zinn 2003）。在開始時，一般人由於不習慣或不適應這樣的靜坐方式，勢必會產生分心，諸如做白日夢的狀況；但這樣的分心，更可以讓個體感受到思緒是多麼容易地隨處流轉，並藉由這樣的機會，再練習將思緒拉回當下，重新體驗此時此刻的種種感受。Williams（2010）也嘗試將正念與靜坐活動予以連結，他認為正念的促進，即是個體藉由集中到分心，再從分心回到集中，以對意識的「涉入」（engage），再轉向「去涉入」（disengage）的循環歷程；而由涉入所產生的「停留」（stay），到去涉入所需要的「轉移」（shift），便是增加正念傾向的關鍵因素。

整體而言，不論是以正念為基礎的心理治療學派和介入活動，或是正念特質之測量，均顯示正念對於心理適應有顯著的提升或預測效果。近期幾項大型後設分析與回顧顯示，在臨床以正念為基礎的相關療法能有效降低憂鬱症的復發機率（Piet & Hougaard 2011; Piet, Wurtzen, & Zachariae 2012）、減緩焦慮患者的症狀（Treanor 2011）、減緩慢性疼痛患者的心理負擔與疼痛知覺（Chiesa & Serretti 2011）。正念不僅是在負向心理症狀的減緩，同時亦能提升正向心理功能，像是更能有效增益認知功能（Chiesa, Calati, & Serretti 2011）、強化情緒與自我調節的能力（Keng, Smoski, & Robins 2011; Tang, Tang, & Posner 2013）。另一方面在正念特質的測量研究裡，Giluk（2009）回顧了 29 個使用正念量表（主要是以 Mindfulness attention aware scale 為主）的實徵研究，進行後設分析，總樣本數約三千人。結果顯示正念特質與負向情緒和神經質呈現穩定的負相關，並與謹慎性與正向情緒呈現穩定的正相關。總結來說，東方佛教禪修為基的正念思維，在歐美的主流心理學中亦趨獲得重視，且同時在身心適應的提升顯示極佳的效果。然而，以往研究比較強調正念對心理健康的影響，本研究則以此延伸，聚焦於正念特質傾向對於刻板印象威脅的緩解，以統整兩者在理論與實務層次之連結，並以實徵資料檢驗之。

(二)正念對學業刻板印象威脅的緩解效果

關於正念對身心健康的影響已有許多實徵研究支持，然而正念對於刻板印象威脅的研究則相對較少。為何正念能有效緩解刻板印象威脅，就 Weger 等人（2012）的觀點，係從正念能有效促進認知表現的角度切入，由於以往研究穩定顯示正念能有效增益個體認知能力，而刻板印象威脅則是對認知能力有所損耗，是以正念能對此威脅有所緩解。在 Weger 等人（2012）的研究裡，係對女大學生進行正念介入，結果發現相較於控制組，正念介入組能維持較佳的數學表現，顯示出正念對於女大學生在數學刻板印象威脅的緩解效果。國內研究也發現正念特質能有效增益個體之心理彈性，減少特定固著行為（張仁和、黃金蘭、林以正 2016），係帶來更佳之學習表現的可能性。

據此，本研究嘗試將探討新移民學生之負向學業刻板印象能否透過正念特質傾向所緩解。將從正念特質之個別差異的角度切入，研究一係將「正念覺察注意量表」（張仁和、林以正、黃金蘭 2011; Chang, Huang, & Lin 2015）對青少年參與者進行信效度檢驗，以建立該工具適切性的指標。之後研究二則以正念特質傾向對於新移民學業負向刻板印象的調節效果，係預期正念特質傾向能調節新移民青少年的學業表現，即高正念特質傾向之新移民青少年其學科表現會和一般生接近，架構如圖 1 所示：

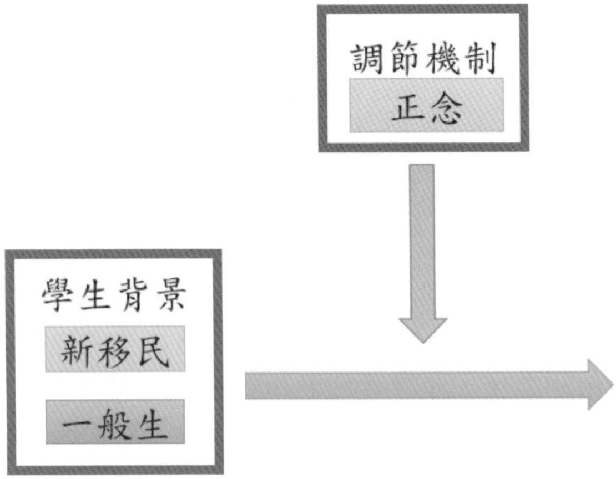

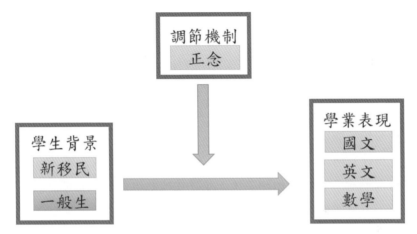

圖 1　正念傾向與介入對於新移民青少年和一般生在學業表現的調節效果。

研究一：青少年正念量表之信效度檢驗

研究一為確定正念特質傾向之個別差異能有效應用至國中生，係先針對中文版正念覺察注意量表進行青少年參與者之施測，主要確認其因素結構以及在不同性別下的穩定性，並且會透過心理健康（包含憂鬱與生活滿意度）作為效標關聯效度。研究一共招募 509 位參與者，平均年齡為 13.61 歲，女生為 251 名。相關施測量表說明如下：

正念覺察注意量表（MAAS; Brown & Ryan 2003）為單向度量表，在於測量個體對自己行為的覺察狀態，共 15 題，為六點量表，1 表示非常認同，6 表示非常不認同，是目前使用率最高的正念測量工具。該工具的編製過程，係由 Brown 與 Ryan（2003）回顧以往文獻，然後訪問具高度靜坐經驗的僧侶和了解佛教禪修理論的專家學者，以確立正念的定義，然後以此先產生 184 道題目，之後藉由專家檢核、探索性與驗證性因素分析……等嚴謹詳盡的步驟進行檢驗，在最終版本僅保留 15 題，為單一因素結構。相關題項涵蓋生活行動（例題：「我通常一路直奔到目的地，而沒有注意一路上的種種景物；我會不自覺地吃著零食」）與思考方式（例題：「我常被過去跟未來占據心思；有些情緒可能早已發生，但我卻過了一段時間後才覺察到它們」）。在 Brown 與 Ryan（2003）的研究結果中發現，MAAS 在不同樣本群的探索性與驗證性因素分析，均聚斂出單一因素結構。並且，它與負向適應指標（例如：憂鬱、焦慮、神經質人格特質）呈現負相關；而與正向適應指標（如生活滿意度、正向情緒）呈現正相關。此外，受過八週正念減壓訓練（MBSR）的研究參與者，相對於控制組，能顯著提升 MAAS 之得分。繁體中文版由張仁和、林以正及黃金蘭（2011）翻譯，以臺灣大學生為參與者，同樣顯示為單一因素結構，且對於心理適應有穩定的預測效果；並且在控制自尊與社會期許後，MAAS 的預測效果依舊維持，並且在國內研究也發現該量表能有預測相關心理健康指標（Chang, Huang, & Lin 2015; Chen, Wu, & Chang 2017）。本研究之信度 Cronbach's $\alpha = .86$。

生活滿意度：該量表用為表徵心理適應下主觀幸福感的認知層面，中文版由 Wu 與 Yao（2006）翻譯 Diener、Emmons、Larsen 及 Griffin（1985）的生活滿意度量表（Satisfaction with Life Scale, SWLS），共五題，測量整體生活滿意程度。Wu 與 Yao（2006）以大學生為樣本，發現在因素結構上具有跨性別的測量不變性。以往研究也指出此量表具有良好心理計量特性，和其他幸福感相關測量（如正向與負向情緒）具有良好的輻合效度，也是幸福感測量中最被廣泛使用的工具之一（Diener, Oishi, & Lucas 2003）。本量表在不同文化下均有良好的預測力，如對正向情緒、人際互動、工作表現均呈現正相關；而對負向情緒、敵意、神經質傾向呈現負相關（Diener et al. 2003）。計分採李克特氏七點量表，1 分表示「非常不同意」，7 分表示「非常同意」，全部為正向題，例題如「我的生活狀態非常理想」，分數愈高表示對整體生活感受愈好。本研究之信度 Cronbach's $\alpha = .89$。

<u>**心理憂鬱：**</u>該量表由 Radloff（1977）所發展之心理憂鬱量表（Center for Epidemiological Studies Depression Scale，簡稱 CES-D），中文版由 Chien 與 Cheng（1985）翻譯。原始量表共包含 20 種身心的徵兆，量表之作答方式係詢問受訪者於過去一星期內，是否具有特定的憂鬱症狀，採李克特氏四點計分法：0 分代表「沒有或極少（每週 1 天以下）」、1 分代表「有時候（每週 1 至 2 天）」、2 分代表「時常（每週 3 至 4 天）」、3 分代表「經常（每週 5 至 7 天）」，分數愈高代表愈憂鬱。Chien 與 Cheng（1985）以 16 分作為篩檢憂鬱症的切割點，應用此量表於區辨社區病人及非病人，量表的敏感度、特異性及誤失率分別為 92.0%、91.0%、8.2%，顯示其良好區辨力。本研究之信度 Cronbach's $\alpha = .90$。

研究一　結果

首先，研究一整體樣本和以性別為區分之相關背景資料和描述統計如表 1，整體而言，性別於年齡、正念特質傾向、生活滿意度以及心理憂鬱上均沒有顯著差異，*ts* < 1.02，*ps* > .31。之後，為了確定正念量表之結構效度有其穩定性，係進行驗證性因素分析，並且在依男生和女性進行測量不變性的比較。由於正念量表共 15 題，且預設為單一因素，這部分係參考以往研究係透過包裹法（parcel method; Little, Cunningham, Shahar, & Widaman 2002），以進行單一因素分析之（Carlson & Brown 2005; Coffey & Hartman 2008; Kong, Wang, & Zhao 2014），以提供一個更適當的模型估計以產生較適合的樣本和自由度比例，且為了避免各潛在變項之觀察變項過少而造成模型正定問題（model identification），故以大於 3 組包裹的方式，以避免剛好正定（just identification）的情形（Kline 2015），因而採取每 3 題為一組包裹共 5 組包裹進行之。驗證性因素分析以 EQS 6.1 進行之，結果如下表 2 所示。首先，在全樣本的部分，模型適配度尚為量好，除了 x^2 顯著外，其餘適配指標均在可接受的範圍。在分樣本男生和女生中，亦是呈現雷同的結果。

表 1　研究一各測量變項之描述統計

	全樣本（$N = 509$）	男生（$N = 258$）	女生（$N = 251$）
年齡	13.61（0.78）	13.61（0.79）	13.62（0.77）
正念	4.12（0.85）	4.09（0.82）	4.16（0.87）
生活滿意度	4.13（1.41）	4.10（1.44）	4.16（1.37）
心理憂鬱	1.76（0.50）	1.75（0.51）	1.77（0.48）

註：各背景變項之括弧內數值為標準差

表 2　驗證性因素分析與性別測量不變性

模型適配值	全樣本（$N = 509$）	男生（$N = 258$）	女生（$N = 251$）
x^2	13.092 $df = 5, p < .05$	10.170 $df = 5, p = .07$	7.028 $df = 5, p = .22$
NFI	0.986	0.977	0.985
NNFI	0.982	0.976	0.991
CFI	0.991	0.988	0.996
GFI	0.990	0.985	0.989
RMSEA (90%CI)	0.056 (.019, .095)	0.063 (.000, .119)	0.040 (.000, .103)
SRMR	0.021	0.026	0.020

之後，為確立該工具能在青少年男生與女生有相同的結構穩定性，係針對性別進行測量不變性的分析，如下表 3 所示。結果發現在因素結構與路徑強度皆符合穩定性（構型以及因素負荷不變性），僅有在殘差估計上有所差異，但這無損於測量不變性的成立，相關主張也認為測量殘差變異相當的假設太過嚴格，很少可以在實務中獲得驗證，且其對測量不變性的評估不是那麼重要（Kline 2015），故顯示正念量表在不同性別使用上之穩定性。

表 3　正念量表之性別測量不變性分析

Model	X^2	*df*	ΔX^2	Δdf	*p*	RMSEA	RMSEA 90% CI	CFI	ΔCFI
男生 (N=258)	10.17	5				.063	.001, .12	.99	
女生 (N=251)	7.03	5				.040	.001, .10	.99	
Configural	17.20	10				.053	.001, .09	.99	
Metric	21.17	14	3.968	4	.14	.045	.001, .08	.99	.001
Scalar	30.28	19	9.118	5	.04	.048	.004, .08	.98	-.005

最後，再進行效標關聯效度分析，係以生活滿意度和心理憂鬱為效標，結果發現，在青少年研究參與者的樣本中，正念特質傾向和生活滿意度呈顯著正相關（r = .24，p < .001），並與心理憂鬱呈現顯著負相關（r = -.45，p < .001）。整體而言，研究一顯示正念量表對於青少年樣本有其適切性，係有高信度以及穩定的因素結構，並在性別上有測量不變性，而且能有效預測心理適應之。

研究二　正念特質傾向對新移民青少年學業表現之增益效果

首先，圖 2 呈現一般生和新移民背景之青少年在各科學業表現上的差異，顯示新移民青少年在國文（t (439) = 2.33，p = .02）、英文（t (439) = 1.72，p = .086，為臨界顯著）、數學（t (439) = 2.15，p = .04）皆有相對較差的表現，大致呼應以往相關研究之發現。

之後，針對各學科進行調節效果的分析，係以各科標準化成績作為依變項，並以正念特質傾向為調節變項，且建立背景變項（一般生 vs. 新移民：一般生 = 0；新移民 = 1），以及背景變項與正念特質傾向之標準化變項進行後續調節效果分析用（Cohen, Cohen, Aiken, & West 2003; Hayes 2013），並且同時控制性別、年齡以及新移民學生之背景，結果如下表 4 所示。

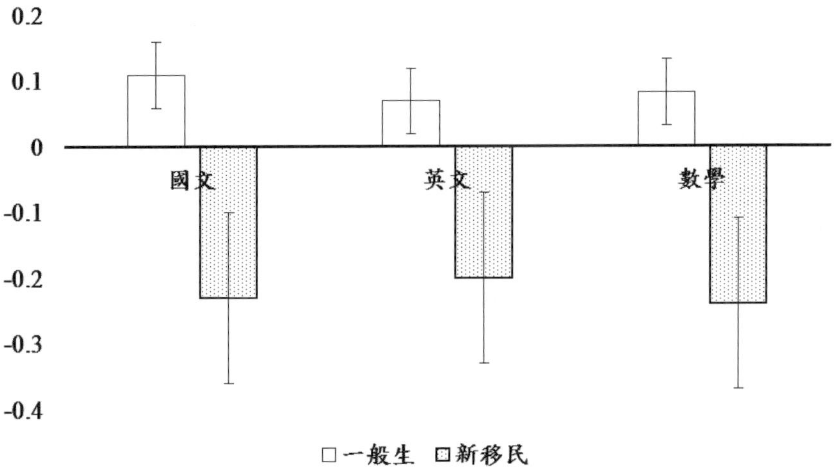

圖 2　新移民青少年與一般生在各科學業之表現（誤差為 ±1 標準誤）

表 4　新移民青少年與一般生在學科表現之迴歸分析（內為標準化 β 係數）

自變項／依變項	國文	英文	數學
性別（女生＝2；男生＝1）	$.22^{*}$	$.13^{**}$	.06
年齡	.04	.01	.02
背景（一般生＝0；新移民＝1）	$-.16^{**}$	$-.11^{*}$	$-.13^{**}$
正念	$.15^{**}$	$.16^{**}$	$.13^{**}$
正念 × 背景	$.18^{**}$	$.08^{+}$	$.12^{*}$
F	12.45^{***}	5.70^{***}	4.36^{**}
R^2	$.13^{***}$	$.06^{***}$	$.05^{**}$

$^{+}p < .10$，$^{*}p < .05$，$^{**}p < .01$，$^{***}p < .001$

首先，在國文表現上，在性別、學生背景、與正念特質傾向之主要效果均能預測國文表現，即女生表現優於男生，一般生表現優於新移民青少年，正念特質傾向愈高其表現愈佳。之後，正念 × 背景也顯著，顯示有調節效果，細部針對調節效果之簡單斜率檢驗（simple slope），參考 Cohen、Cohen、West 及 Aiken（2003）分析方式，並以 Hayes（2013）之 Process 2.16 版進行分析。結果如圖 3 所示，在低正念特質傾向時，新移民青少年之國文表現顯著低於一般生（b = -0.98，p < .001）；在高正念特質傾向時，新移民青少年與一般生之國文表現則無顯著差異（b = 0.01，p = .95），顯示出正念特質傾向在新移民青少年之國文表現之緩解效果。

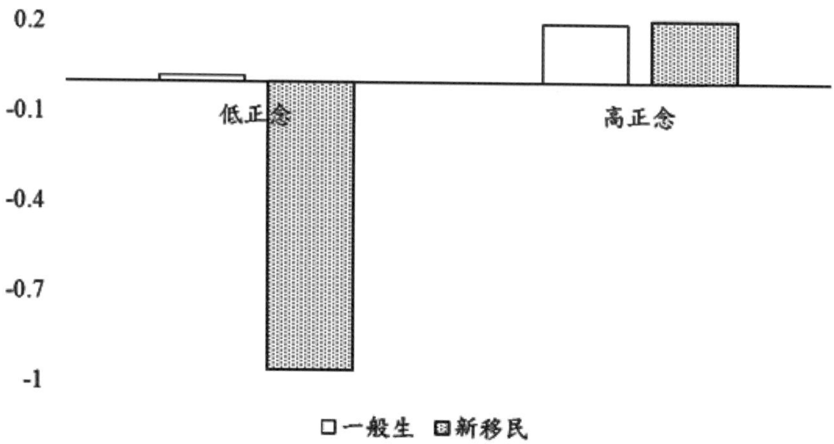

圖 3　正念傾向（±1 標準差）對新移民青少年與一般生在國文表現的影響

之後，在英文表現上，性別、學生背景與正念特質傾向之主要效果均能預測英文表現，即女生表現優於男生，一般生優於新移民青少年，正念特質傾向愈高則英文表現愈佳。之後，正念 × 背景則達臨界顯著（β = .08，p = .08），細部針對調節效果之簡單斜率檢驗，同前述之分析方式。結果如圖 4 所示，在低正念特質傾向時，新移民青少年之英文表現顯著低於一般生（b = -0.58，p =

.01）；在高正念特質傾向時，新移民青少年與一般生之英文表現則無顯著差異（b = -.13，p = .46），顯示出正念特質傾向在新移民青少年之英文表現之緩解效果。

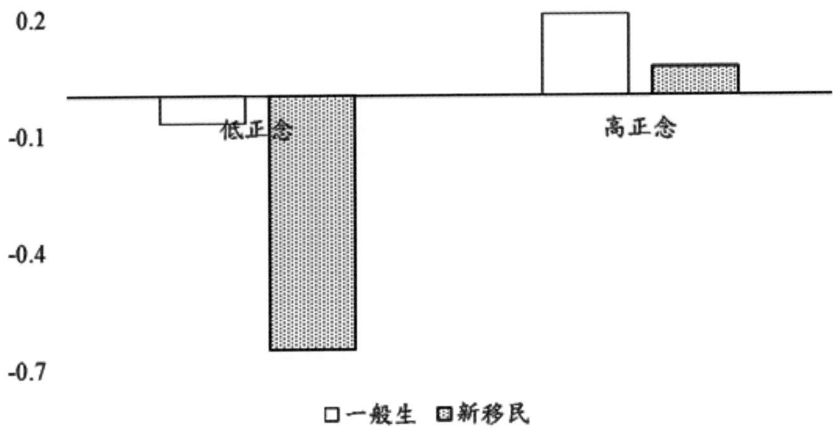

圖 4　正念傾向（±1 標準差）對新移民青少年與一般生在英文表現的影響

最後，在數學表現上，學生背景與正念特質傾向之主要效果均可以預測之，即一般生優於新移民青少年，正念特質傾向愈高其表現愈佳。之後，正念 × 背景也達顯著，顯示有調節效果，細部針對調節效果之簡單斜率檢驗，同前述之分析方式，結果如下圖 5 所示。在低正念特質傾向的情形下，新移民青少年之數學表現顯著低於一般生（b = -0.80，p < .001）；在高正念特質傾向的情形下，新移民青少年與一般生之數學表現則無顯著差異（b = -0.07，p = .72），再次顯示出正念特質傾向在新移民青少年之數學表現之緩解效果。

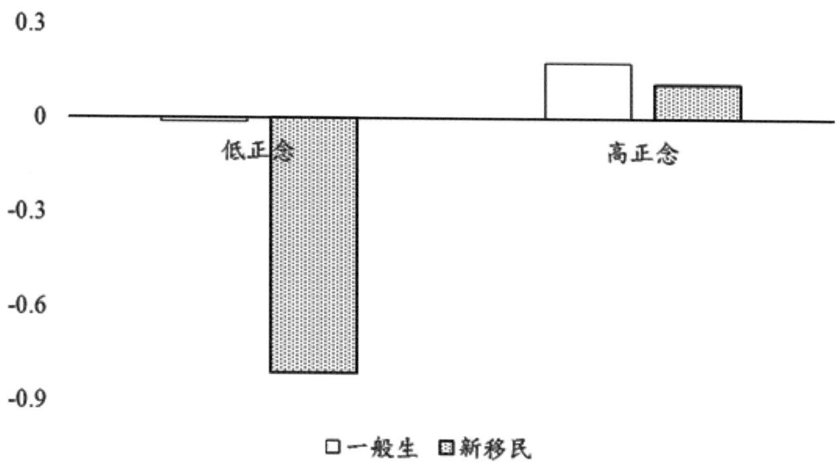

圖 5　正念傾向（±1 標準差）對新移民青少年與一般生在數學表現的影響

結論與建議

本研究探討正念特質傾向對於新移民青少年在學業表現上的緩解效果，在研究一先確認正念量表對於青少年的適用性，結果發現正念量表有穩定的因素結構，且在男生和女生上有其測量不變性，此外，正念量表能正向預測生活滿意度，並負向預測心理憂鬱，有其效標關聯效度，是以顯示該工具合適於青少年使用之。研究二則探討正念特質傾向對新移民青少年和一般生在學業表現的影響，結果顯示，正念特質傾向有其主要效果能預測學業表現，且能有效調節新移民青少年之表現，即是在高正念特質傾向時，新移民青少年跟一般生於國文、英文、數學之表現均無差異。整體而言，本研究穩定地顯示正念特質傾向對心理適應與學業表現之益處，不僅呼應 Weger 等人（2012）發現正念對於女性在數學刻板印象威脅之緩解，且本研究更進一步延伸至新移民青少年中，也顯示對於刻板印象威脅可能產生之緩解效果。

就整體發現來看，研究二顯示新移民青少年之各科學業表現低於一般生，係與謝明娟與謝進昌（2013）之整合分析發現雷同，進而也顯示出新移民青少年至今均在學業上受到刻板印象威脅之影響。然而，正念特質傾向對於新移民青少年學業表現之調節效果，係是拉近了他們與一般生的表現，但不是超越一般生，故該效益偏向緩解既有學業表現之負向刻板印象焦慮和壓力，而讓其展現出原來的狀態，呼應 Yeager 與 Walton（2011）強調的打破既有的負向循環圈，而讓他們如一般生能夠表現其更真實的能力。

當然，本研究並沒有針對刻板印象威脅所帶來的認知與情緒層面進行測量，這也是未來研究中可以延伸之處，在 Schmader、Johns 及 Forbes（2008）對刻板印象威脅機制的模型中，即是強調壓力情緒與工作記憶的影響性，亦即被標籤化之群體因為擔憂刻板印象的現象發生，此評價焦慮會抑制工作記憶容量，進而使個體有較差的表現，至終服膺了刻板印象的狀況。是以在未來研究中，為了更深刻理解刻板印象威脅對於新移民青少年的影響，以及正念可能帶來的緩解效果，係可以加入相關對應之壓力情緒與工作記憶容量之測量，係從更完整地角度切入新移民青少年在學業刻板印象威脅時，所影響內部心理狀態的各項關聯。此外，對於刻板印象威脅的研究範式中，亦有直接進行對刻板印象操弄之作法，例如刻意地提醒女生在數學表現上較男生差，而在本研究之未來延伸則可以針對新移民背景進行刻板印些之操弄，然後再檢驗正念之緩解可能，以更強化其機制歷程之探討。

在研究限制上，本研究之結果發現目前係從正念特質傾向之個別差異的角度來切入，是以在因果方向建立上仍有所侷限。據此，未來可能兩部分切入，首先是從短暫正念促發的方式，探討此對於後續學科表現的影響，而促發方式於國內近期如 Chang、Kuo、Huang 與 Lin（2018）的短暫正念覺察訓練，或是 Kuo 與 Yeh（2015）的正念呼吸，皆可以做為未來短期介入之方式。另一方面，亦可從長期正念活動的方式切入（Creswell 2017），惟正念課程在青少年學生適用性需要有所調整，包含從課程內容、時間長度、師資培育……等層面進行統整性的考量（Crescentini, Capurso, Furlan, & Fabbro 2016; Zenner, Herrnleben-Kurz, & Walach 2014）。不僅如此，本研究目前的指標測量聚焦於學業表現，未來建議能延伸至學校人際適應等多層面的影響，尤其探討正念對於人際挫折上的緩解特性（Yusainy & Lawrence 2015），以及更進一步延伸至利他行為的產生（Flook et al. 2015）。最後，為了解如 Yeager 與 Walton（2011）對於刻板印象威脅之負向循環圈的內部機制，未來研究可以加入不同時間點之追蹤測量，以更完整地區分出正念對於新移民學生之短期、中期甚至長期學業表現、心理適應與人我關係之動態軌跡。

參考書目

吳錦惠、吳俊憲

2005 「新臺灣之子」的教育需求與課程調適。課程與教學季刊 8:53-72。

教育部

2018 新移民學童就讀國中小人數分布概況統計。臺北市：教育部。

張仁和、林以正、黃金蘭

2011 中文版「止觀覺察注意量表」之信效度分析。測驗學刊 58:235-260。

張仁和、黃金蘭、林以正

2016 正念傾向對因應與情緒調節彈性之影響。中華心理衛生學刊 29:391-411。

張嘉育、黃政傑

2007 臺灣新移民學童教育課題與方向一多元文化教育概念之重建。課程與教學季刊 10:1-20。

陶宏麟、銀慶貞、洪嘉瑜

2015 臺灣新移民與本國籍子女隨年級的學習成果差異。人文及社會科學集刊 27:289-322。

陳皎眉、孫旻暐

2006 從性別刻板印象威脅談學業表現上的性別差異。教育研究月刊 147:19-30。

黃彥融、盧台華

2012 新移民子女資優生學校適應問題之研究——以北部三縣市為例。特殊教育學報 35:47-78。

賴文鳳

2007 聆聽邊緣之聲——以「新臺灣之子」的敘說作為實踐幼兒多元文化教育的起點。課程與教學 10:65-81。

蔡文煥

2013 從 TIMSS 2007 分析探討臺灣國小四年級新移民子女之數學成就表現。國立新竹教育大學數理教育研究所碩士論文（未發表）。

顧瑜君

2008 臺灣新移民之新教育觀：以在地教師課程觀點出發。臺灣教育社會學研究 8:89-128。

謝明娟、謝進昌

2013 本土與新移民學童學習表現之後設分析研究。教育與心理研究 36:119-149。

Bishop, S. R., M. Lau, S. Shapiro, L. Carlson, N. D. Anderson, J. Carmody, Z. V. Segal, S. Abbey, M. Speca, D. Velting,& G. Devins

2004 Mindfulness: A Proposed Operational Definition. Clinical Psychology-Science and Practice 11:230-241. doi: 10.1093/clipsy/bph077

Brown, K. W., & R. M. Ryan

2003 The Benefits of Being Present: Mindfulness and Its Role in Psychological Well-being. Journal of Personality and Social Psychology 84:822-848. doi: 10.1037/0022-3514.84.4.822

Carlson, L. E., & K. W. Brown

2005 Validation of the Mindful Attention Awareness Scale in a Cancer Population. Journal of Psychosomatic Research 58:29-33. doi:10.1016/j.jpsychores.2004.04.366

Chang, J.-H., C.-L. Huang, & Y.-C. Lin

2015 Mindfulness, Basic Psychological Needs Fulfillment, and Well-being. Journal of Happiness Studies 16:1149-1162. doi:10.1007/s10902-014-9551-2

Chang, J.-H., C.-Y. Kuo, C.-L. Huang, & Y.-C. Lin

2018 The Flexible Effect of Mindfulness on Cognitive Control. Mindfulness 9:792-800. doi:10.1007/s12671-017-0816-9

Chen, L. H., C.-H. Wu, & J.-H. Chang

2017 Gratitude and Athletes' Life Satisfaction: The Moderating Role of Mindfulness. Journal of Happiness Studies 18:1147-1159. doi:10.1007/s10902-016-9764-7

Chien, C. P., & T. A. Cheng

1985 Depression in Taiwan: Epidemiological Survey Utilizing CES-D. Psychiatria at Neurologia Japonica 87:335-338. doi:10.1111/j.1440-1819.1965.tb00044.x

Chiesa, A., R. Calati, & A. Serretti

2011 Does Mindfulness Training Improve Cognitive Abilities? A Systematic

Review of Neuropsychological Findings. Clinical Psychology Review 31:449-464. doi: 10.1016/j.cpr.2010.11.003

Chiesa, A., & A. Serretti
2011 Mindfulness-based Interventions for Chronic Pain: A Systematic Review of the Evidence. Journal of Alternative and Complementary Medicine 17:83-93. doi: 10.1089/acm.2009.0546

Coffey, K. A., & M. Hartman
2008 Mechanisms of Action in the Inverse Relationship Between Mindfulness and Psychological Distress. Complementary Health Practice Review 13:79-91. doi:10.1177/1533210108316307

Cohen, J., P. Cohen, S. G. West, & L. S. Aiken
2003 Applied Multiple Regression/correlation Analysis for the Behavioral Sciences (3rd ed.). Hillsdale: Erlbaum.

Cohen, G. L., J. Garcia, V. Purdie-Vaughns, N. Apfel, & P. Brzustoski
2009 Recursive Processes in Self-affirmation: Intervening to Close the Minority Achievement Gap. Science 324:400-403. doi: 10.1126/science.1170769

Crescentini, C., V. Capurso, S. Furlan, & F. Fabbro
2016 Mindfulness-oriented Meditation for Primary School Children: Effects on Attention and Psychological Well-being. Frontiers in Psychology 7. doi:10.3389/fpsyg.2016.00805

Creswell, J. D.
2017 indfulness Interventions. Annual Reivew of Psychology 68:491-516. doi:10.1146/annurev-psych-042716-051139

Dar-Nimrod, I., & S. J. Heine
2006 Exposure to Scientific Theories Affects Women's Math Performance. Science 314:435-435. doi: 10.1126/science.1131100

Diener, E., R. A. Emmons, R. J. Larsen, & S. Griffin
1985 The Satisfaction with Life Scale. Journal of Personality Assessment 49:71-75. doi:10.1207/s15327752jpa4901_13

Diener, E., S. Oishi, & R. E. Lucas
2003 Personality, Culture, and Subjective Well-being: Emotional and Cognitive

Evaluations of Life. Annual Review of Psychology 54:403-425. doi:10.1146/annurev.psych.54.101601.145056

Eberth, J., & P. Sedlmeier,
2012 The Effects of Mindfulness Meditation: A Meta-Analysis. Mindfulness 3:174-189. doi: 10.1007/s12671-012-0101-x

Flook, L., S. B. Goldberg, L. Pinger, & R. J. Davidson
2015 Promoting Prosocial Behavior and Self-regulatory Skills in Preschool Children Through a Mindfulness-based Kindness Curriculum. Developmental Psychology 51:44-51. doi:10.1037/a0038256

Galante, J., I. Galante, M. J. Bekkers, & J. Gallacher
2014 Effect of Kindness-based Meditation on Health and Well-being: A Systematic Review and Meta-analysis. Journal of Consulting and Clinical Psychology 82:1101-1114. doi: 10.1037/a0037249

Gallegos, A. M., M. Hoerger, N. L. Talbot, J. A., Moynihan, & P. R. Duberstein
2013 Emotional Benefits of Mindfulness-based Stress Reduction in Older Adults: The Moderating Roles of Age and Depressive Symptom Severity. Aging and Mental Health 17:823-829. doi: 10.1080/13607863.2013.799118

Giluk, T. L.
2009 Mindfulness, Big Five Personality, and Affect: A Meta-analysis. Personality and Individual Differences 47:805-811. doi: 10.1016/j.paid.2009.06.026

Gu, J., C. Strauss, R. Bond, & K. Cavanagh
2015 How Do Mindfulness-based Cognitive Therapy and Mindfulness-based Stress Reduction Improve Mental Health and Wellbeing? A Systematic Review and Meta-analysis of Mediation Studies. Clinical Psychology Review 37:1-12. doi:10.1016/j.cpr.2015.01.006

Hayes, A. F.
2013 Introduction to Mediation, Moderation, and Conditional Process analysis: A Regression-based Approach. New York, NY: Guilford Press.

Hayes, S. C., J. B. Luoma, F. W. Bond, A. Masuda, & J. Lillis
2006 Acceptance and Commitment Therapy: Model, Processes and Outcomes. Behaviour Research and Therapy 44:1-25. doi: 10.1016/j.brat.2005.06.006

Hayes, S. C., A. Masuda, R. Bissett, J. Luoma, & L. F. Guerrero

2004 DBT, FAP, and ACT: How Empirically Oriented are the New Behavior Therapy Technologies? Behavior Therapy 35:35-54. doi: 10.1016/S0005-7894(04)80003-0

Kabat-Zinn, J.

1982 An Outpatient Program in Behavioral Medicine for Chronic Pain Patients Based on the Practice of Mindfulness Meditation - Theoretical Considerations and Preliminary Results. General Hospital Psychiatry 4:33-47. doi: 10.1016/0163-8343(82)90026-3

2003 Mindfulness-based Interventions in Context: Past, Present, and Future. Clinical Psychology-Science and Practice 10:144-156. doi: 10.1093/clipsy/bpg016

Kabat-Zinn, J., A. O. Massion, J. Kristeller, L. G. Peterson, K. E. Fletcher, L. Pbert, W. R. Lenderking, & S. F. Santorelli

1992 Effectiveness of a Meditation-based Stress Reduction Program in the Treatment of Anxiety Disorders. American Journal of Psychiatry, 149:936-943. doi: 10.1176/ajp.149.7.936

Killingsworth, M. A., & D. T. Gilbert

2010 A wandering Mind is an Unhappy Mind. Science 330:932-932. doi: 10.1126/science.1192439

Kline, R. B.

2015 Principles and Practice of Structural Equation Modeling (4 ed.). New York: Guilford.

Kong, F., X. Wang, & J. Zhao

2014 Dispositional Mindfulness and Life Satisfaction: The Role of Core Self-Evaluations. Personality and Individual Differences 56:165-169. doi:10.1016/j.paid.2013.09.002

Kuo, C. Y., & Y. Y. Yeh

2015 Reset a Task Set After Five Minutes of Mindfulness Practice. Consciousness and Cognition 35:98-109. doi:10.1016/j.concog.2015.04.023

Kuyken W1, Watkins E, Holden E, White K, Taylor RS, Byford S, A. Evans, S. Radford, J. D. Teasdale, & T. Dalgleish

2010 How Does Mindfulness-based Cognitive Therapy Work? Behaviour Research and Therapy 48:1105-1112. doi: 10.1016/j.brat.2010.08.003

Linehan, M. M., H. E. Armstrong, A. Suarez, D. Allmon, & H. L. Heard

1991 Cognitive-behavioral Treatment of Chronically Parasuicidal Borderline Patients. Archives of General Psychiatry 48(12):1060-1064. doi: 10.1001/archpsyc.1991.01810360024003

Little, T. D., W. A. Cunningham, G. Shahar, & K. F. Widaman

2002 To Parcel or Not to Parcel: Exploring the Question, Weighing the Merits. Structural Equation Modeling: A Multidisciplinary Journal 9:151-173. doi:10.1207/S15328007SEM0902_1

Ludwig, D. S., & J. Kabat-Zinn

2008 Mindfulness in Medicine. Jama-Journal of the American Medical Association 300:1350-1352. doi: 10.1001/jama.300.11.1350

Lynch, T. R., A. L. Chapman, M. Z. Rosenthal, J. R. Kuo, & M. M. Linehan

2006 Mechanisms of Change in Dialectical Behavior Therapy: Theoretical and Empirical Observations. Journal of Clinical Psychology 62:459-480. doi: 10.1002/jclp.20243

Miyake, A., L. E. Kost-Smith, N. D. Finkelstein, S. J. Pollock, G. L. Cohen, & T. A. Ito

2010 Reducing the Gender Achievement Gap in College Science: A classroom Study of Values Affirmation. Science 330 :1234-1237. doi: 10.1126/science.1195996

Morris, M. W., C. Y. Chiu, & Z. Liu

2015 Polycultural Psychology. Annual Review of Psychology 66:631-659. doi:10.1146/annurev-psych-010814-015001

Mrazek, M. D., J. Smallwood, & J. W. Schooler

2012 Mindfulness and Mind-wandering: Finding Convergence Through Opposing Constructs. Emotion 12:442-448. doi:10.1037/a0026678

Murphy, M. C., C. M. Steele, & J. J. Gross

2007 Signaling Threat: How Situational Cues Affect Women in Math, Science, and Engineering Settings. Psychological Science 18:879-885. doi: 10.1111/j.1467-9280.2007.01995.x

Nolen-Hoeksema, S., B. E. Wisco, & S. Lyubomirsky

2008 Rethinking Rumination. Perspectives on Psychological Science 3:400-424. doi:10.1111/j.1745-6924.2008.00088.x

Piet, J., & E. Hougaard

2011 The Effect of Mindfulness-based Cognitive Therapy for Prevention of Relapse in Recurrent Major Depressive Disorder: A Systematic Review and Meta-analysis. Clinical Psychology Review 31:1032-1040. doi: 10.1016/j.cpr.2011.05.002

Piet, J., H. Wurtzen, & R. Zachariae

2012 The Effect of Mindfulness-based Therapy on Symptoms of Anxiety and Depression in Adult Cancer Patients and Survivors: A Systematic Review and Meta-analysis. Journal of Consulting and Clinical Psychology 80:1007-1020. doi: 10.1037/a0028329

Radloff, L. S.

1977 The CES-D Scale: A Self-report Depression Scale for Research in the General Population. Applied Psychological Measurement 1:385-401. doi:10.1177/014662167700100306

Schmader, T., M. Johns, & C. Forbes

2008 An Integrated Process Model of Stereotype Threat Effects on Performance. Psychological Review 115:336-356. doi: 10.1037/0033-295X.115.2.336

Sedlmeier, P., J. Eberth, M. Schwarz, D. Zimmermann, & F. Haarig

2012 The Psychological Effects of Meditation: A Meta-analysis. Psychological Bulletin 138 :1139-1171. doi: 10.1037/a0028168

Spencer, S. J., C. Logel, & P. G. Davies

2016 Stereotype Threat. Annual Review of Psychology 67:415-437. doi:10.1146/annurev-psych-073115-103235

Steele, C. M.

1997 A Yhreat in the Air: How Stereotypes Shape Intellectual Identity and Performance. American Psychologist 52:613-629. doi: 10.1037/0003-

066X.52.6.613

Steele, C. M., S. J. Spencer, & J. Aronson

2002 Contending with Group Image: The Psychology of Stereotype and Social Identity Threat. *In* Advances in Experimental Social Psychology ,Vol. 34. M. Zanna, Ed. Pp. 379-440. New York, NY: Academic Press

Tang, Y. Y., R. Tang, & M. I. Posner

2013 Brief Meditation Training Induces Smoking Reduction. Proceedings of the National Academy of Sciences 110:13971-13975. doi: 10.1073/pnas.1311887110

Teasdale, J. D., Z. V. Segal, J. M. G. Williams, V. A. Ridgeway, J. M. Soulsby, & M. A. Lau

2000 Prevention of Relapse/recurrence in Major Depression by Mindfulness-based Cognitive Therapy. Journal of Consulting and Clinical Psychology 68:615-623. doi: 10.1037//0022-006X.68.4.615

Treanor, M.

2011 The Potential Impact of Mindfulness on Exposure and Extinction Learning in Anxiety Disorders. Clinical Psychology Review 31:617-625. doi: 10.1016/j.cpr.2011.02.003

Watkins, E. R., C. B. Baeyens, & R. Read

2009 Concreteness Training Reduces Dysphoria: Proof-of-principle for Repeated Cognitive Bias Modification in Depression. Journal of Abnormal Psychology 118:55-64. doi: 10.1037/a0013642

Watkins, E. R., & N. J. Moberly

2009 Concreteness Training Reduces Dysphoria: A Pilot Proof-of-principle Study. Behaviour Research and Therapy 47:48-53. doi: 10.1016/j.brat.2008.10.014

Weger, U. W., N. Hooper, B. P. Meier, & T. Hopthrow

2012 Mindful Maths: Reducing the Impact of Stereotype Threat Through a Mindfulness Exercise. Consciousness and Cognition 21:471-475. doi: 10.1016/j.concog.2011.10.011

Williams, J. M. G.

2010 Mindfulness and Psychological Process. Emotion 10:1-7. doi: 10.1037/

a0018360

Williams, J. M. G., J. D. Teasdale, Z. V. Segal, & J. Soulsby

2000 Mindfulness-based Cognitive Therapy Reduces Overgeneral Autobiographical Memory in Formerly Depressed Patients. Journal of Abnormal Psychology 109:150-155. doi: 10.1037//0021-843X.109.1.150

Wu, C. H., & G. Yao

2006 Analysis of Factorial Invariance Across Gender in the Taiwan Version of the Satisfaction with Life Scale. Personality and Individual Differences 40(6):1259-1268. doi:10.1016/j.paid.2005.11.012

Yeager, D. S., & G. M. Walton

2011 Social-psychological Interventions in Education: They're not Magic. Review of Educational Research 81:267-301. doi: 10.3102/0034654311405999

Yusainy, C., & C. Lawrence

2015 Brief Mindfulness Induction Could Reduce Aggression After Depletion. Consciousness and Cognition 33:125-134. doi:10.1016/j.concog.2014.12.008

Zenner, C., S. Herrnleben-Kurz, & H. Walach

2014 Mindfulness-based Interventions in Schools: A Systematic Review and Meta-analysis. Frontiers in Psychology 5:603. doi: 10.3389/fpsyg.2014.00603

The Moderating Effect of Mindfulness on the Academic Performance of New Immigrants' Children

Jen-Ho Chang

Abstract

Recent studies have demonstrated that new immigrants' children in Taiwan have lower academic performance and psychological adjustment compared with local Taiwanese students. Therefore, the current study is based on the buffering effect mindfulness has on stereotype threats, and then investigates the influence of the traits of mindfulness on the academic performance of new immigrants' children. Mindfulness is derived from Buddhism, and is an attempt to focus on the present moment without judgment. Previous research studies have revealed the positive effect of mindfulness on self-flexibility and cognitive functions, thereby indicating the possibility that mindfulness can reduce the pressure faced by new immigrant children from academic stereotype threats, and then enhance their academic performance. Study 1 found that the Chinese version of mindful attention and awareness scale (CMASS) had stable factor structure, and showed the measurement invariance in both male and female young adolescents. In addition, CMASS positively correlated with life satisfaction, and negatively correlated with depression, in which it demonstrated appropriate psychometric properties for young adolescents. Study 2 further revealed that mindfulness traits positively correlated with academic performance (i.e., Chinese, English, and mathematics), and also moderated the relationship between new immigrants' background and academic performance. Limitations and implications are discussed.

Keywords: New Immigrants' Children, Academic Performance, Mindfulness, Stereotype Threat

代間照顧新模式：初探高齡家庭照顧之協力跨界現象

利翠珊、唐先梅、焦源羚、丁品瑄

摘　要

臺灣社會在快速高齡化的過程中，高齡安養照顧的問題成為一大挑戰。在以「家庭」為本位的文化中，高齡者的生活福祉往往與家庭支持程度息息相關。即使普設各種照顧服務資源，亦難忽視高齡者家庭成員的配合程度與決策權力。

本研究以家庭代間關係為主要的探究焦點，挑戰傳統以角色為基礎的華人代間反饋模式與西方代間接力模式，透過質性訪談資料的收集，提出符合當代臺灣社會的代間照顧模式，試圖說明社會變遷下，世代之間角色期望與互動方式的差異，以及如何回應高齡照顧需求。

本研究採後實證取向的質性研究法，收集22名年齡介於50至64歲，具代間互動經驗的已婚女性之訪談資料，以了解世代之間在客觀與主觀關鍵議題上對彼此的角色期望與落差，以及面對這些落差的想法、感受與行為改變。

資料分析結果顯示，世代間照顧角色期望呈現變遷的價值觀，主要表現在中生代女性對丈夫或手足而非對子女的期待，且基於對子女的保護，中生代父母普遍對下一代有「隱性」與「延遲」的回饋期待，並且透過以身作則的方式希望子女傳承孝道。中生代的父母對此價值觀的世代變遷調整適應的方式分為擔心無奈與接受轉換兩個部分。

研究結果也呈現了代間照顧的運作方式，指出跨越「世系」的照顧權力決策與跨越「家系」的協力合作之核心現象，並據此提出代間協力跨界照顧模式，說明世代與家系間協同合作的重要，以及民間與政府資源可能扮演的角色。

關鍵詞：代間照顧、高齡照顧、世代角色期望、家庭系統界線

一、研究背景

人類壽命延長導致高齡人口增加是一個全球性的現象，它除了具有學術研究的意涵之外，也衍生了各種亟待解決的問題，已經對各國政府的政治決策與經濟產業造成衝擊。

臺灣社會老人與子女同住的比例比世界各國相較高出甚多，以 1986-2005 年政府統計調查的資料分析來看，老人與子女同住的比例雖從 70.24% 下降到 57.28%，但仍比日本的 48% 高，與歐美國家相較則高出更多（薛承泰 2008）。可見在臺灣邁向高齡甚至超高齡社會的過程中，代間關係的處理便成了一個主要的議題，也是本研究所關注的焦點。以下將從四個方面進一步說明之：

(一)高齡人口快速增加，家庭難置身事外

臺灣自 1993 年老年人口比率超過 7%，正式進入高齡化社會；2018 年老年人口占 14%，正式進入高齡社會（內政部統計處 2017）。高齡化雖是一個全球共同必須面對的議題，但是臺灣社會所面臨的更大挑戰是，我們從高齡化到高齡社會的過程中僅有 24 年，與美國 69 年（1944-2013）、法國 115 年（1865-1980）相比，人口老化的速度與日本、韓國並列全球之冠（林萬億 2012）。

在這種情況下，政府積極重視高齡人口的安養照顧問題，在各地設置各種照顧服務資源，包括長期照顧機構與社區式、居家式及機構住宿式等服務機構。這些資源不僅提供低收入老人或獨居、失能老人部分社會資源與支持，也為家庭照顧提供了一些喘息服務。

不過，在華人「家」的文化觀念影響下，臺灣目前大多數的老人仍是居住在家庭中的。即使是使用上述機構式服務，家人的意願與配合狀況仍相當程度地影響著老人的生活適應與品質，特別是傳統擔負著照顧責任的成年子女往往在其中扮演著關鍵的角色。

因此，在高齡社會所帶來的老人照顧問題中，家庭難以置身事外。雖然社會變遷使得老人與子女代間共同居住的比率降低，但是老人壽命的延長也使得

代間關係跟著延長，家庭中的成年子女若與父母關係不睦，已難以用逃避或忍耐的方式等待問題自動消失，而宜使用更正向的方式去經營代間關係，也必須以不同的角度去面對代間照顧的議題。

(二)社會支持 vs. 家庭支持的政策方向

臺灣自 2005 年即曾在國科會的推動下，由社會福利學者林萬億組成研究團隊，分別從社會照顧、健康照顧、經濟安全、老人住宅、就業退休、交通等六大面向進行研究，以因應預估 2025 年臺灣老年人口達 1/5 比例的高齡社會之來臨。該計畫經過第一期規劃、第二期基礎研究，到第三期整合研究，歷時六年，產出許多研究報告，其中重要的發現為證實了城鄉老人生活的差距，以及社區介入對老人生活品質提升具有效益（林萬億 2012）。這項計畫可說是臺灣學術界首次嚴肅面對高齡社會議題的一次大結合，受到不少重視，也為本土高齡研究奠立不錯的基礎。

然而，以問題解決或預防問題為出發點的思維固然有助於六大面向社會安全網的建立，但是，從臺灣長久以來的民俗民德來看，社會在面對高齡人口的結構變化之際，尚有一個難以忽視的面向是「家庭」，因為大多數臺灣的老人主要是生活在家庭中而非機構中。

在西方國家中，究竟是「家庭」或是「政府」來扮演支持個人與維護社會安定的角色，往往引發許多辯論。最直接的例子是在家庭發生成員彼此爭吵甚至施暴時，要替家人尋找安置庇護的場所或是支持家庭共渡危機，一直是頗具爭議的問題（Miller& Knudsen 1999）。臺灣雖然也曾有過類似的辯論，但維護家庭的完整性以及不願政府介入家庭似乎較符合一般大眾的文化期待。政府在 1993 年所訂定的「家庭政策」中即明白地指出其核心思想在「支持家庭」而非「無限制地侵入家庭或管制家庭」，並闡明「家庭所面對的問題與需求，亟需國家與社會給予協助」。而在政府組織改造中，衛生福利部「社會及家庭署」於 2013 年 7 月 23 日正式揭牌成立，下設包含「家庭維護」、「發展支持」、「家庭資源」等三個科別的「家庭支持組」，顯示對家庭的支持已成了我國政府重要的施政方向，必然需要以更深入的研究成果作為後盾。

由此可知，政府支持家庭或提供家庭成員支持的政策方向已頗為明確，但是家庭是否準備好對家中的高齡者提供必要的支持？更進一步來問，家庭成員究竟需要什麼樣的政府政策支持呢？在目前已有居家照顧，社區照顧等服務之外，是否也宜協助他們面對家人關係中的各種矛盾與為難，以及增強原有家人關係的力量，以共同面對高齡化帶來的挑戰？

(三)家庭中代間關係的延長，其重要性可能超越核心家庭關係

西方著名的家庭老人學研究者 Vern Bengtson 曾於 2001 年在家庭研究重要期刊 Journal of Marriage 與 Family 發表一篇回顧文章，他指出在高齡化現象下，過去西方社會並不太重視的家庭代間關係已經因為核心家庭衰退與家庭型態多元等因素，受到眾多學者的關注；而祖父母協助家庭功能的達成也成為近代西方社會中的重要資源，顯示家庭中代間連結（solidarity，或譯「連帶」）關係的重要性與時俱增，甚至可能超越既有的核心家庭關係。

十年之後，Silverstein 與 Giarrusso（2010）從七個家庭研究與老人學的重要期刊中，搜尋過去十年代間關係的研究，再針對其中具有前瞻性及領域平衡性的 124 篇論文進行回顧。該文不僅見證了這十年來家庭代間關係的蓬勃發展，也更進一步指出高齡家庭的多元結構，以及代間關係所涉及的支持與照顧議題。而在代間支持與照顧關係中更存在著角色相依性，乃至情感關係複雜性等現象，均值得進一步理解。

(四)華人以角色規範為主的家人關係受到挑戰

在華人傳統中，家庭內的角色規範是相當明確的，家庭中的權力大小往往遵循著「代→性別→年齡」法則，通常輩份較高、男性、年齡較長的人，會是家中握有最大權力的人（Baker 1979）。父母與子女的關係是權威的，對子女往往有著傳承家業、反哺盡孝的期待。然而，隨著社會觀念以及經濟方式的改

變，家庭中的權柄也發生移轉的現象（利翠珊、張妤玥 2010），不論是身為長輩的父母，或是男性的長者，均面臨到權力大不如前的挑戰，因而在代間關係中可能會出現失去權力的焦慮，接受權力移轉的中年子女則會有取得權力的壓力與責任。這種權力移轉的過程若處理不當或有失衡的現象，相當容易引起家庭間的爭端。因此，成年子女與父母雙方如何面對角色規範期待的改變，以及如何處理代間權力關係，以使老人安養與照顧需求得以被滿足，子女能在照顧父母的過程中獲得正向回饋，產生能量去面對壓力，是值得探討的議題。

二、文獻探討

在上述的研究背景下，本研究擬將焦點放在家庭代間照顧關係中，試圖了解家庭中世代觀念的差異，以及探究世代如何回應家庭中的老人安養照顧議題。以下分別從兩部分進行文獻回顧與評析。

(一)家庭中世代經驗與價值觀的差異

在臺灣走向高齡社會的同時，家庭中世代數量已經從兩、三代增加到四、五代，代間關係不論在持續的時間或複雜性上都與過去的社會有很大不同。而這些代間關係中的個人往往背負著不同世代的文化與家庭價值觀，他們如何在世代價值與家庭傳承的價值中自處，乃至彼此了解、接納、融合、尊重，進而形塑新的價值，將是高齡化社會下個人與家庭的一大挑戰。

學者們曾經指出，華人社會最重要的雙人關係是「父子」，在這個脈絡下，傳統華人社會具有延續性、血統性、包容性、非性性等四大特色（楊國樞 1996）。也就是說，華人的世代關係中重視的是以父子為主軸的家族與血緣傳承，男女之間重要的並非親屬情感或性關係，而是透過婚姻的結合來擴大父系家族的影響力。

不過，隨著時代的變遷，這套傳統以父系代間關係為主軸的文化規範受到西方以「夫妻」為社會主軸的思維影響，女性與年輕一輩漸漸對於父系傳統世代共居的價值觀與生活安排產生不同的想法，因而形成既非父子軸也非夫妻軸的「混合式家庭」。楊國樞（1996）指出，混合型家庭中常見的衝突有八種，分別是：重孝不重慈／重慈不重孝、子女絕對服從／子女互相尊重、角色重於情感／情感重於角色、父母中心決策／子女中心決策、子女收入公有／子女收入私有、親子長久同住／親子暫時同住、子女待遇不同／子女待遇相同、母子關係鬱結／母子關係自然。這八種衝突幾乎全數與代與代間的相處有關，既涵蓋了文化價值（孝與順）、世代權力（父母 vs. 子女）、居住安排（共居 vs. 分居）、性別差異（子 vs. 女）等議題，也點出世代間在角色情感關係上因各自所看重部分的不同而容易產生想法上的落差。

在臺灣社會剛開始面對上述代間想法的差異時，我們慣常以「代溝」來指稱這種現象，並開始注意到世代之間需要溝通來解決因想法不同所帶來的紛爭，而親子之間的代溝也往往隨著子女長大，進入婚姻成為父母之後，才能真正了解當年父母的想法與心情，正是所謂的「養兒方知父母恩」。不過，兩代之間即使可能因為子女成為父母而拉近彼此的經驗，進而產生同理的心情，但是世代之間在教養下一代觀念上的不同仍然可能為他們帶來矛盾與衝突。此外，高齡社會中延長的代間關係以及多世代家庭的出現，將使得父母與成年子女不僅要處理彼此的關係，也要共同面對與上一代祖父母、曾祖父母，以及與下一代孫子女、曾孫子女的關係。而整體社會青壯年照顧人力的缺乏，亦將使家庭的照顧角色更為吃重，這些均挑戰著世代成員的智慧。

學術上有關成年子女與父母關係的研究多以「代間關係」稱之，以有別於成年後與子女的「親子關係」。利翠珊與張妤玥（2009）曾經以 11 位年齡介於 65 至 80 歲，無重大疾病尚能自由活動的高齡者為對象，初步探討了世代間的期望，他們的研究結果顯示臺灣的老人已漸漸脫離「含飴弄孫」的想像，老年父母「帶孫」的出發點多是替子女減輕生活負擔，有強烈的協助意涵，也有穩固自我價值的意味；此外，老年父母在代間關係中的付出似乎是永不停止的，除了協助帶孫外，也會協助家務，並且對子女工作、健康、婚姻等有許多牽掛，他們努力保持身體健康的動力也是要避免增加子女的照顧負擔，所作所為有絕大部分是為了孩子。該研究也發現，老年父母對子女的孝道期待已有很大程度的轉變，父母一方面希望表現出尊重子女不干涉他們生活的態度，或是接受自己照顧自己的事實，但一方面也期待孩子在未來能回到身邊接手照顧自己，顯現出一些矛盾的心情。

從成年子女的角度來看也有相似的結果，一項針對 34 名 30 至 55 歲成年子女有關代間照顧關係的訪談研究顯示，成年子女對父母的照顧表現在「陪伴」上，反而是老年父母會提供他們各種協助；而在代間互動中也呈現出子代決策權力增加的樣貌（利翠珊、張妤玥 2010）。

上述的研究雖然為臺灣社會代間關係的轉變提供了一些例證，但是僅停留在初步的關係描述，對於世代之間在高齡照顧上一些實際的人力調度、醫療決策、財務處理等議題上並無聚焦的資料收集與討論，也未能深究代間期望的可能落差與因應方式。此外，這些研究雖已指向高齡者在代間關係中並非純粹的照顧者，而是重要的付出者，但卻少有研究以此角度來看待高齡者在代間關係的主動性與能動性，進而探究新的代間照顧方式之可能性。特別是在代間關係延長與多世代家庭的現代社會中，高齡者作為家庭照顧人力的一環，不僅具有提昇高齡者自我價值的作用，也是重要的人力補充。

不過代間在面對高齡照顧議題上的協力與協商並非一蹴可幾，它牽涉到各世代的想法是否因著時代的需要而轉變，以及世代間是否能彼此了解各自的社會脈絡。一些以中生代女性為對象的研究顯示，代間關係會因期待落空而產生矛盾與糾結（利翠珊 2000），且已婚女性對公婆的矛盾情感對自己的身心健康有負面的影響（利翠珊 2007）。也有研究顯示，在三代同堂的家庭中，面對經濟獨立且教育程度高的媳婦，身為婆婆的老年婦女已處於經濟依賴與居住困境的弱勢（胡幼慧、周雅容 1996），可見，如何讓兩代甚至多代家庭了解彼此的價值觀及角色期待，並且在一些實際的代間相處與照顧議題上促成世代的合作、結盟，或是協商出一些務實的處理方式，仍需要更多的探究。

家庭中世代間的期待落差來自哪些文化期待呢？在探討臺灣代間關係中

的文化心理運作機制的研究中，孝是一個重要的研究主題，學者們發現，現今臺灣社會的孝已經與傳統所稱的孝有很大的不同，例如社會變遷的調查研究顯示，雖然奉養祭祀的孝道觀念仍深植人心，但是一般來說，壓抑自己順從父母等孝道內涵有逐漸減低甚至大幅降低的情形（葉光輝 1997）。也有學者認為孝道雖仍普遍存在民眾的心中，但孝道的表現方式已有很大的不同，例如過去的「孝」重視「隨侍在側」，現在的孝則是主張子女在選擇住所時，應「考慮就近照顧父母」（陸洛、高旭繁、陳芬憶 2006）。

一項針對 22 位 63 至 85 歲社區居家老人的訪談研究顯示，老人對孝道的看法是「以父母為先的心態」，受訪的老人一致認為子女對父母的回饋是應該的，但是又不敢期望，一些老人則會對媳婦所展現的影響力感到憂心，隱含有權力不再的感嘆（陸洛、陳欣宏 2002）。該研究也提到一個特別的現象，那就是就算老人對子女奉養方式不滿意，通常也不會告訴別人，主要是擔心兒子被說「不孝」，反過來為自己帶來恥辱感。可見在華人家庭中，「孝道」不僅是子女成年之後的反哺與回報，也是父母親職角色成功與否的檢視標準，因此在面對快速變遷的現代社會，老年父母也有諸多矛盾。

孝道觀念的變遷以及行孝方式的改變只是兩代之間差異進行調整的例證之一，在高齡照顧議題上父母與子女經歷著人生階段與角色權力的反轉，父母對子女究竟應該重慈或重孝，子女對父母又應絕對服從或相互尊重，背後均有文化價值的作用，特別是與家庭有關的價值觀。

周玉慧曾經對臺灣家庭價值觀的研究做過一些整理，她從較廣的層面來定義家庭價值觀，將其視為「與家庭相關的多元範疇態度信念，與家人關係、夫妻關係、親子關係、親屬關係及家庭婚姻事務相關的觀念、態度與信念，均包含在家庭價值觀裡（周玉慧 2017:339）」。她進一步發展一套包含傳統生育、奉養團聚、母職教養、儲蓄理財、性別角色、婚姻認命等六面向的家庭價值觀測量題組，並以大臺北地區 369 對夫妻問卷調查資料進行驗證性因素分析，確立了家庭價值觀測量的六大構面。本研究亦以大範圍的角度來界定家庭價值觀，並特別注意家庭成員在高齡照顧過程中常出現的照顧陪伴（奉養團聚）與財務分配（儲蓄理財）上的觀念差異，以及實際在醫療決定與日常家務分工上所反映出的想法落差，聚焦探討成年子女與父母兩代，甚至三、四代之間觀念與期待的差異會為他們帶來哪些困擾，進而影響彼此關係以及身心健康？而世代之間是否能打破傳統角色與權力關係的限制，產生新的規範並形成新的機制來處理這些差異，則是本研究的核心關懷。

（二）家庭中老人的安養照顧：反哺 vs. 接力？

以上的討論可知，人口高齡化與社會及家庭價值觀念的轉變造成不同世代家庭成員間權柄轉移以及彼此的期待落差，而這種期待落差則使得傳統老人安養與高齡照顧的運作方式受到挑戰。針對家庭世代成員彼此間的照顧方式，費孝通（2006）曾經以「反饋模式」與「接力模式」來說明東西方社會的不同，並著重代間照顧中「贍養」的部分。此點也反映出在過去以農為主的華人社會中照顧父母經濟及提供父母生活必需用品的重要考量。在費氏的主張中，反饋模式指的是父母撫養子女，等子女長大成人之後又反過來贍養父母；而接力模式則是指父母有撫養下一代的責任，但子女則無贍養上一代的義務，一代一代只向下承擔責任。

在西方社會的接力模式下，高齡家庭照顧的議題往往限縮在同一世代的個人中，關心的是照顧行為對個人身心健康的影響，以及如何減輕家庭成員作為主要照顧者的壓力負荷。例如，Sharma,Chakrabarti and Grover（2016）的回顧研究指出，女性擔負著大部分的家庭照顧工作，並且承擔許多隨之而來的照顧負荷及身心健康壓力。Murphy,Nalbone,Wetchler and Edwards（2015）針對 191 名已婚家庭照顧者的研究則顯示，照顧高齡父母的壓力是影響照顧者婚姻滿意度最主要的因素，其他如壓力因應技巧及宗教與靈性（religiousness/ spirituality）則可以提昇家庭照顧者的婚姻滿意程度。

然而對東亞社會而言，父母年老後提供家庭照顧可以說是天經地義的事。在西方文獻中提到高齡家庭照顧或支持的文獻有相當比例來自中國大陸、日本、韓國等地，並且多強調家庭支持對老年生活的重要（LaFave 2017; Sim &

Bang 2017; Lee 2010）。不過，家庭對老年人的支持也為成年子女帶來不少矛盾情結，一項針對日本社會 104 名成年人的訪談研究顯示，家庭在照顧老人過程中的矛盾經驗主要來自三種價值規範的衝突，分別是：孝道義務、性別意識形態，以及親子連結的文化信念。此外，女性是最明顯感受到這些矛盾與衝突的，因為他們必須在照顧自己父母、照顧姻親長輩，以及日本社會改變中的性別期待中尋求合適的解決方式（Lee 2010）。

由此可知，高齡家庭照顧雖是全球性的議題，但有文化與社會間的差異。臺灣社會這方面的研究並不多，也缺乏具文化脈絡的理論探討。若以華人社會來看，前述費孝通（2006）所提出的反饋模式是少數廣受重視的理論，而其主張也獲得許多中國學者的認同，並依此進行不少後續研究。李銀河 (2011) 針對中國甘肅省蘭州市 805 位隨機抽樣的調查研究顯示，在養老模式方面，他發現新一代子女已漸漸放棄家庭養老而準備靠自己儲蓄養老，顯示在中國的城市中，反哺模式的改變已露出端倪，將從子女贍養轉變成靠自身和社會養老，與西方的接力模式趨同。不過該研究也發現，雖然蘭州的城市家庭中夫妻平等的程度已經越來越像西方的家庭，但從親子關係來看，兩代之間的撫育與反哺關係似乎仍然與西方以個人主義為基調的家庭關係存在著巨大差異。也就是說，在養老的經濟準備上似乎已漸漸脫離靠子女反哺的方式，但是在家人關係上，可能仍有子女反哺的期待。

在中國社會變遷的過程中，也有學者擔心子女的家庭意識與責任弱化，出現「啃老」行為，使反饋模式變到挑戰，更進一步出現養老危機（鐘漲寶、馮華超 2014）。也有人擔心中國獨生子女的世代若對自己的父母有贍養之心無贍養之力的現狀再發展下去，子女棄養父母可能會被各種理由正當化，進而形成一個老無所養的社會（趙曉力 2011）。學者擔心年輕一代一旦失去養兒防老的文化動力，結婚的動力也會隨之消失，那麼「反哺」與「接力」都會一併消失瓦解，社會將走向不婚與不育。

不過，也有一些學者並非如此悲觀，楊善華（2011）的研究顯示，1990 年代以來，中國城市的家庭中雖然出現代際傾斜的現象，但是年輕一代因職業競爭優勢增加，反而確保了他們在家庭中代際平等關係的實現。楊善華認為，代際關係中向下傾斜的不僅表現在收入上，與「家本位文化」有關的，尚有父母對子孫負責的「責任倫理」，主要是由於時代的變化使得「事親」成為一件難度日益增大的事情。父母基於親情與對代際和諧及家庭凝聚力的重視，在與子女相處時，會表現出「責己嚴、待人寬」的態度，年輕時父母對子女不計回報地付出，等到自己年老喪失付出能力的時候，他們則把不要子女的付出或儘量減少子女的付出作為自己的付出。楊善華認為，表面上來看，中國反哺的文化似乎漸漸衰微，但是新的責任倫理並非只是發生在老一輩的父母，而是會隨著世代綿延代代相傳，等到年輕一代步入生兒育女階段時，將會理解並感受到父母的親情，並促使他們向「家本位」傳統回歸。

與中國相似的是，臺灣社會對代與代間反哺與孝道的重視一直是文化的重要核心，也在社會變遷過程中同樣面臨西方個人主義思潮的衝擊。不同的是，臺灣社會並無一胎化的生育政策，父母與子女間也非一對一的對價關係，因此無論是撫育或反哺，均非獨占的責任與義務。這點雖使臺灣的子女照顧父母的責任相對獲得分擔，但也可能增加與父母以及與其他子女彼此合作協商的需要。

此外，臺灣社會因經濟快速發展所帶來的城鄉差距以及政治上解禁與思想開放的快速，也較早經驗到多元價值的衝突、爭議與彼此尊重的需要，因而在代間角色與情感關係上，均較難形成一個放諸四海皆準的規範。臺灣社會所面臨的困境是，新舊價值之間不易在家庭內找到合適的立足點，代與代之間想法上的差距如何在實際的老人安養與照顧上體現及獲得解決，實需更多探究。

以國內既有文獻觀之，華人傳統反饋模式所主張的子女對父母養育之恩的回報似乎也起了變化，葉光輝（2009）以 2006 年五期二次社會變遷基本調查資料分析的結果顯示，子女對父母的回報不僅會因不同孝道信念而有區別，也會依回饋內容而有不同。該研究顯示，子女的相互性孝道信念越高，越傾向提供父母金錢、家務與情感支持，權威性孝道信念則僅與家務支持有關；此外，子女對父母金錢的回報主要是依父母需求而定，但是對父母家務與情感的支持則是立基於互惠原則，並非來自父母的需求或權威命令。

另一些研究則顯示，家庭中個人經濟資源與家庭中性別角色平等的觀念，似乎也左右著代間安養照顧方式的變化。有別於傳統「養兒防老」的觀念，一項全臺灣面訪調查與焦點訪談資料分析的結果顯示，就自己未來養老規畫而言，獨居與經濟獨立是較多數人的理想方式；而個人教育高、都市化居住經驗多、子女數少者，較傾向不與已婚子女同住和經濟自主的奉養態度（伊慶春、陳玉華 1998）。朱瑞玲與章英華（2001）的研究則提到，臺灣社會與娘家在經濟與生活上的來往有明顯增加，娘家的社會資源已呈現某種重要性，但是他們也指出這並不表示以「父子軸」為傳統的臺灣家庭已走向西方式「夫妻軸」的家庭型態。

由此可見，華人傳統反饋模式已無法完全解釋臺灣社會代間贍養與照顧關係，而植基於西方文化的接力模式亦缺乏我們文化中對世代倫理及男女雙方家系的不同考量，因而需要重新檢視世代間面對家庭老人安養照顧的方式。

(三)研究問題

本研究從高齡化對家庭代間關係的挑戰出發，聚焦於世代間期望的可能落差以及代間照顧機制之探究，在既有的反饋模式與接力模式之外，試圖探究在世代觀念轉變以及照顧人力缺乏的臺灣社會狀況下，世代之間如何打破上對下的傳統期待，以不同方式共同面對挑戰的可能性。

具體的研究問題有：

1. 世代間在高齡照顧上的角色期望為何？
2. 中年世代面對高齡安養照顧問題所做的調整為何？
3. 當代代間照顧機制的運作為何？

三、研究方法

(一)研究參與者

本研究採取後實證的質性研究取向，以深度訪談（in-depth interview）法蒐集資料，試圖獲取貼近受訪者生活經驗的資料，並進行有系統有組織的分析。受訪對象必須符合以下幾個條件，分別是：年齡介於 50 至 64 歲間、育有子女且自覺與子女及父母有頻繁或深刻互動經驗之女性。

選擇女性作為高齡家庭照顧受訪者的主要考量是，過去文獻一致地指出代間照顧關係中女性扮演著重要角色。利翠珊與張妤玥（2010）的文獻回顧指出，西方成年子女對父母照顧中，有超過 90% 的照顧者為女性，兒子通常只有在家中無其他女性照顧者時，才會成為父母的主要照顧者；此外，臺灣社會除了過度誇大女性照顧意願的情感部分外，也因勞動市場中女性薪資低於男性的事實導致女性辭去工作擔負家庭照顧角色的可能性增高。由於質性研究訪談需要能侃侃而談的受訪者，本研究因此選取相對具有豐富家庭照顧經驗的女性為受訪者，並進一步考量年齡、教育程度、工作、代間居住狀況等背景變項上的異質性。

22 位參與本研究的受訪者之年齡、教育程度、工作、婚姻狀況、子女數、代間居住、健康、經濟互動者等背景資料呈現於表 1。受訪者的年齡介於 50 至 54 歲、55 至 59 歲、60 至 64 歲者分別有 5、9、8 人，在教育程度方面有 8 位是大專以上、8 位是高中職、2 位是國中及 4 位國小及國小以下，工作狀態目前 7 位有全職工作、3 位有兼職工作、12 位沒有工作，婚姻狀態為 20 位已婚、1 位離婚、1 位喪偶，子女數介於 1-4 個之間。有關代間居住狀況的部分，僅與下一代同住、與上下代同住、僅與上一代同住及未與上下代同住者分別為 8 位、6 位、2 位及 3 位，其他尚有與上一代輪住 2 位及與下一代和手足同住 1 位。在健康狀況方面，其中 10 位認為自己的健康狀況比同齡者好，11 位認為與同齡者差不多，1 位認為比同齡者差。在經濟狀況方面，6 位受訪者認為自己的經濟狀況比同齡者好，14 位覺得跟同齡者差不多，2 人認為比同齡者差。有關頻繁或深刻互動者填答中，填寫父、母、公公、婆婆、兒子的分別為 2 位、10 位、1 位、8 位、1 位。

表 1　受訪者基本資料表 (N=22)

背景變項	個數	背景變項	個數
年齡		**健康**	
50-54 歲	5	比同齡者好	10
55-59 歲	9	與同齡者差不多	11
60-64 歲	8	比同齡者差	1
教育程度		**經濟**	
國小以下	4	比同齡者好	6
國中	2	與同齡者差不多	14
高中職	8	比同齡者差	2
大學以上	8		
婚姻		**居住**	
已婚	20	與上下代同住	6
離婚	1	僅與上一代同住	3
喪偶	1	僅與下一代同住	7
		未與上下代同住	3
		其他	3
子女數		**互動**	
1	4	父	2
2	8	母	10
3	9	公公	1
4	1	婆婆	8
		兒子	1
工作			
全職	7		
兼職	3		
無工作	12		

(二)研究程序

受訪者的邀請採用滾雪球取樣，透過研究者認識的親友及任職機構的學生推薦符合條件之受訪者，並邀請他們協助留下有受訪意願之受訪者的電話。研究助理會主動致電與受訪者聯繫訪談時間與地點，若受訪者成功受訪，推薦人與受訪者均可獲得禮券作為謝酬。總計於 2016 年 5 月至 12 月間共訪談 22 名已婚女性，每次訪談時間約為 1-2 小時之間。

訪員主要由計畫主持人與協同主持人親自負責，另有一名研究生助理協同訪問。團隊定期聚會討論訪談大綱、研究參與者的招募、訪談期間所遇到的狀況，以及訪談後的想法。受訪前，訪員會事先向研究參與者說明研究目的，告知訪談內容將進行錄音，同時聲明訪談資料絕不外流僅作為研究使用，若受訪者同意受訪，則請其簽署同意書以維護雙方權益。為確保受訪者可以自在且安心的受訪，訪談時間與地點均盡可能配合受訪者的需求。

本研究事先擬定一份訪談大綱，但實際訪談過程中問題的順序則是依照當時的狀況而定，並有一些進一步的澄清與提問。訪談大綱首重邀請受訪者談論高齡家庭照顧過程中出現的印象深刻事件，以及該事件背後所反映出的角色期望落差與實際的面對與處理方式。另根據文獻回顧而設計有關家庭價值觀及常見照顧議題作為補充提問，大致規劃三大方向：

1. 了解目前代間居住與互動狀況
2. 主觀關鍵事件（印象最深的一件事）（衝突／快樂事件的經驗？）
   (1) 彼此角色互動期望／落差程度（想法不一樣的部分有哪些？例如：用錢的方式、對待長輩、照顧小孩的方式等）
   (2) 合作方式（如何處理？相處上需要做些什麼？）
3. 客觀關鍵議題：
   (1) 照顧（陪伴）方式（看醫生時，有沒有孩子陪？需不需要陪爸媽看病？）
   (2) 財務分配（家中錢通常是怎麼管的？固定會給誰錢嗎／有人固定會給你錢嗎？需要用錢時會向誰拿嗎？買東西時需要考慮誰的想法嗎？）

(3) 醫療決定（爸媽生病時，誰決定要不要住院／動手術／換醫院……？）

(4) 家務分工（〔家人〕退休沒？家裡事情誰做？分著做還是請人做？過年都是怎麼過的？）

(三)資料分析

本研究主要採用紮根理論法的精神進行資料分析（林本炫 2006）。研究者先將訪談錄音進行謄稿，再依據逐字稿進行編碼分析，步驟包含開放式譯碼、主軸譯碼以及選擇性譯碼三個做法，在開放式譯碼的部分，主要是針對逐字稿的內容劃線，暫時給予概念性的標籤，之後再將各個概念進行整合，把相似的標籤聚集一起形成抽象層次較高的範疇。主軸譯碼的階段則是在範疇與範疇間比對，逐漸聚焦，並捨棄較無法連結的範疇，歸類並組織範疇與次範疇，以達到概念與範疇的密實化。最後進行的是選擇性編碼，回到研究問題與資料中密實的概念與範疇中尋找關聯性，最後系統性地串聯出本研究的發現。

由於本研究目的之一是提出當代代間照顧機制的理論模式，因此在資料分析過程中特別重視 Glaser 與 Strauss（1967）所提到的「持續比較法」（constant comparative method），亦即資料分析過程既重視編碼（coding），也重視分析程序（analytic procedure），透過持續比較事件、類別、範疇，試圖兼顧質性研究「發現」（discovery）的精神與科學研究「系統化」（systematic）的嚴謹，並且透過來回閱讀訪談資料、訪談札記、團隊會議檢視等過程完成。

研究結果中所引用的資料來自不同受訪者的談話內容，並以「……」連接不同段落的逐字稿。各段落後括弧內標註了受訪者編號及引文的逐字稿頁碼，例如：09，P.11-12 指的是引文內容取自第九位受訪者訪談逐字稿中的第 11 至 12 頁。

四、研究結果

本研究受訪者所談的經驗主要反映的是中年已婚女性面對照顧公婆及父母的議題。在此前提下，本研究針對原先設定的研究問題有以下幾項初步發現：

(一)高齡照顧角色期望呈現世代變遷的價值觀

本研究的結果顯示，對中生代已婚女性而言，高齡照顧的角色期待雖仍有傳統樣貌，但她們在擔負家中主要照顧角色的同時，也開始尋求配偶或手足的協助；此外，對下一代的期望也不如往昔般強烈，以下分別說明之。

1. 對丈夫或手足協力照顧上一代的期望

本研究的結果顯示，第二代是照顧第一代高齡者的主力，這些中間世代中年女性合作的對象通常是配偶或手足。與配偶在照顧上呈現出性別分工，例如在貼身照顧上的夫顧公、妻顧婆，以及維持傳統經濟上的男主外女主內等性別分工。

有別於傳統的是，家系之間的性別界線似乎有鬆動現象，也就是已婚女性並不會因結婚而不顧原生家庭的父母，甚至有些人還是娘家的照顧主力。不過女性在向娘家父母提供照顧時，09 與 11 都提到丈夫的支持或至少不阻撓仍是一個必須被考慮的因素。

> 我先生都沒計較了，那我做女兒的怎麼計較。像我媽這次跌倒，我媽總共來回三次醫院全部都是我先生在帶的……我就照顧我媽媽，那都是我先生載來載去（09，P.11-12）。

除了對配偶協助照顧的期待外，中年女性對手足也有一些分擔照顧責任的期待（05 與 10），此外，在一些主導照顧父母責任的女性身上，06 與 09 也都提到她們期待手足能夠配合她們對父母的照顧安排。

我現在是有在想，怎麼樣讓所有的兄弟姊妹回來，回來譬如說關照媽媽，照顧媽媽……假日時間到了，他必須知道他要回來看他的母親，年紀也有了。……不管他們家庭有多忙，你假日你一定要找一個時間，自己過來陪媽媽陪一個小時也好（05，P.22）。

2. 對子女「隱性」與「延遲」的未來照顧期望

至於對下一代在照顧責任上的期望在本研究中並不多見，反映出的是她們仍將已成年的子女視作孩子，有希望子女成功、幸福的期待，即使子女已經成家立業，仍表現出對子女忙碌及經濟壓力的體諒，願意由自己這一代扛起對上照顧的責任，並且對自己未來的安養照顧表現出不希望子女操心的態度。這一點似乎已經相當接近西方社會代間傳承的接力模式。

然而，仔細了解這些對下一代似乎沒有照顧期望的中年女性，可以發現她們對子女並非真的沒有期望。受訪者 13 與 08 均表示，她們雖然會為自己未來的養老做規劃而準備，但並不表示她認為子女可以完全棄父母於不顧。受訪者中有人會在目前子女經濟能力不穩固且必須要在事業上衝刺的階段時盡力給他們支持，也有人曾參觀各家養老院做好年老的準備，以便在自己未來需要被照顧時有更多的選擇性。不過，她們雖然希望子女不用為她做很多，但是可以說出口的是要為她用心，替她著想，也就是說，她們對子女回饋的期待是隱性與延遲的，且希望是備而不用的。

以後我們死在外面他都不知道，我怕會這樣子阿，以後連收屍的人都沒有。所以我就說，離你近一點沒關係，但是你一定要知道我們有什麼事情，你也要知道（13，P.10）。

此外，也有受訪者表示自己不會對子女有期待是因為自己本來就應照顧好自己，而「不應」對下一代有照顧的期待，或即使有此期待，也「不應」說出來，以免造成下一代的困擾，但是若進一步追問，則透露了內心深處的擔憂與期盼顯現出隱性期待與矛盾的心情。

> 如果我需要照顧的話。我會希望她們主動來照顧我，但是如果她們不過來的話我也不會要求他們過來。我就會去看要怎樣……我不會想要別人來做什麼事情，妳要來做也好……那不是我叫他去做，是他自己願意去做的（05，P.17）。
>
> 你會希望你的晚輩來照顧你嗎……當然，人走到這個盡頭也是會啊……也是會希望齁（04，P.21-22）。

3. 以身作則希望子女傳承孝道

或許是由於在現代社會中對子女的照顧期待已無法明說，不少受訪的中年女性相當強調「言教不如身教」，在她們照顧上一代的過程中，這樣的想法往往支撐著她們承受照顧過程中的辛勞，相信「人在做、天在看」，也相信子女會從中學習，此時的付出未來將會得到回報。

> 我這些小孩子……他們有看到我對我的爸爸媽媽、公公婆婆。小孩都看在眼裡……我結婚三十幾年，我沒有跟我婆婆頂過一句話，一句話都沒有（09，P.12-13）。
>
> 像我對我婆婆這樣子，我小孩都看得出來，我女兒都看的出來，以後自然而然就會孝順了（07，P.24）。

（二）調整適應下一代的生活方式

面對時代變遷，處於中間世代的女性所經驗到的價值觀衝擊是最大的。在上一節中，我們呈現了她們在照顧高齡父母中的主要角色，也窺知她們並不打算把這樣的責任與壓力完全放在下一代的身上。然而在臺灣人口高齡化的變遷趨勢中，她們卻是未來最可能缺乏照顧資源的一群人。本研究這批年齡介於50-64歲的女性正處於這樣的階段，她們一方面對未來呈現某種程度的擔心無奈，另一方面似乎也逐漸接受並轉換心情以面對高齡後被照顧的需求，以下分兩個部分說明之。

1. 擔心與無奈

對經濟資源不錯的女性來說，她們的擔心比較反映在對未來的不確定性，特別是對子女盡孝的不確定性。02、11 與 18 均在訪談中透露了這樣的訊息。

> 我覺得我們這一代是夾心餅乾，對上一定，我們都一定要盡一份……可是我們對下一輩，我們不敢有這種想法，我們這一代我們就想說要把自己照顧好（02，P.3）。
>
> 那天，我婆婆在不吃飯……我先生就會給她拿一支枝仔冰，給她拐說：「你快吃，這支冰就給你吃。」她現在老了孩子性……我跟我兒子說這樣……以後我老了不吃飯，你就不要理我，乾脆不要理我，讓我餓死比較乾脆。你知道我兒子回我什麼嗎？我們也會買枝仔冰拐妳（11，P12-13）。
>
> 像我女兒那一代，我很少聽她說年輕人會有這個思想「媽媽，我要跟妳住、媽媽，你怎麼樣怎麼樣」，很少……我是覺得應該是說現在的趨勢就是這樣，她那個時代的小孩好像沒有那個概念說「我為什麼要奉養妳？」（18，P.11）。

2. 接受與安排

雖然許多受訪者都提到擔心與無奈的心情，但為了不停留在這些不快樂的心情中，一些受訪者也提到自己「看開了、想透了」的過程，進而接受或轉換自己的心態，例如 08 想到兒子生活習慣的差異及與媳婦相處的複雜性，而逐漸放下對子女的期待。

> 慢慢的就會發現真的孩子回來住一起，結果就發現小朋友十分跟我們不一樣，等於是說你看我們六點起床，他就到九點才起床，光這個生

活起居作息就不一樣，……再過來就是，我們講的養老處的話，他可能他很自在嗎……假如說跟孩子住，以後他有媳婦也是會有一點拘束（08，P.6）。

除了心態上的接受外，有些人也會在行為上開始做一些安排規劃。例如考慮在孩子住處買一戶鄰近的房子，希望在彼此都自由的情況下，透過住得近來保有一份安心的感覺。若經濟能許可，有些人會透過資助兒子買新房的方式，使這個安排可以成真。

以我們現在的心情來講，我們是說希望父母能夠最好是在自己的自己周邊，然後可以常常照顧，……但是我希望我以後也不要給小孩這樣的麻煩，我的觀念就是以後小孩大部分都在哪裡的時候，我們就去到那裏找一個房子自己住，而不是跟兒女住，他們就近照顧就好（16，P.10）。

（三）代間照顧的運作方式

在代間照顧的實際運作上，本研究結果顯示，中間世代的夫妻或手足往往是核心人物，穿梭於配偶與手足間，扮演著重要的溝通橋樑；有些家庭並未出現特定的核心人物，而是基於一種習慣或默契，共同分擔照顧責任，這點與重視父子關係的反饋模式及重視夫妻關係的接力模式均有所不同，展現出跨越「世系」與跨越「家系」的現象，且開始向其他家人及家庭外尋求資源協助。以下分別說明之。

1. 跨越世系的權力與決策

本研究結果顯示，傳統長輩說一不二的現象，在高齡照顧的實際運作上，已與過去有些不同；而中生代女性對上對下的做法不同，也是相當明顯的事實。以下分別說明之。

（1）長輩權力下降

本研究結果顯示，在奉養方式的選擇上，上一代不再具有絕對權威。從受訪者 11 的敘述中可以看到，婆婆對於晚上要住在哪裡並沒有做決定的權力甚至意願，傳統婆婆指揮媳婦的方式在某些家庭中已經形成婆婆詢問媳婦意見的權力反轉。

> 我婆婆會問我說：「那今晚是要住大的那，還是要回來這裡？」那我就跟我婆婆說：「妳衣服帶一帶，放到車上去，那如果有人叫，妳就要帶，人有開口說：「媽～妳住在這。」妳就要住這裡。那如果沒開口，那妳再回來。……感覺說，她也不敢說她要住那裡，也不敢說，啊你也怕我說她都去那住在那，這是我自己想的啦（11，P.9)。

不過，媳婦的權力取得往往是透過對婆家家人相當程度的付出，如受訪者 03 提到陪伴小姑，甚至小姑的先生去醫院檢查的經驗；而她說到公公住院時自己陪睡的主因是擔心先生身體狀況無法承擔，一方面表現出對先生的關懷，另方面也透露出若先生生病將面臨經濟無以為繼的擔驚受怕心情。

> 我嫁到他們那邊去，他們所有的人辦住院都是我陪的……妳就等於是家裡面主要的重心……我公公胰臟癌住院……晚上也都是我在那邊睡的。我一直擔心我先生高血壓，晚上要睡好。我怕他中風怕得要命，我都說你給我好好睡（03，P.6）。

照顧決策權力轉移到下一代的原因也可能與經濟能力的反轉有關，本研究多位受訪者都提到對父母或公婆金錢奉養的行為，如受訪者 13 與 20 分別提到大伯與弟媳在費用上的補貼。

> 他們兄弟我大伯他人也很好……他說爸爸的事都你在用，那爸爸的錢

都給你用，看你要怎麼用，把他拿出來，看你要怎麼用，就給他用（13，P.2-3）。

我們等於是在家裡的，所以我才有多餘的時間可以陪媽媽，那我弟媳是去外面上班，就變成……他在費用上面就是補貼我們姊妹這樣子（20，P.2）。

（2）對上對下做法不同

雖然中生代在照顧決策上比上一代擁有較高的權力，但他們並未忽略應盡的奉養義務，除了提供金錢外，受訪者 14 也提到先生一日三次打電話給婆婆的行為。但是，雖然對上一代多仍善盡奉養之責，但她們對於自己年老之後是否能獲得子女的關心慰問或金錢資助表示不敢期望，因而在做法上也是盡量不給子女壓力，最多就是希望子女能沒有負擔的在他們身邊，共享天倫之樂。

我先生是天天打電話，然後照三餐打，早中晚打給我婆婆，……一定打給我婆婆，就可能我婆婆重心就在我先生上……（14，P.17）。

現在的年輕人跟我們是完全不一樣的，我沒有說非常的期待，對不對？不需要去把他們綁手綁腳的，真的阿，也不要給他們壓力（17，P.18）。

每一個父母……他們也一定會想到會把自己經濟弄得很獨立，弄得很充裕，讓你們沒有負擔，但是你們每天都能常侍左右，笑嘻嘻的（16，P.11）。

2. 跨越家系的協力合作

本研究以中間世代已婚女性為對象，在世代傳承過程中，展現出婚姻中配偶與原生家庭及姻親手足所扮演的重要角色，可以說是一種跨越家系的合作模式。此種跨家系的協力合作具有兩種特性，分別是互惠而非規範的合作基礎，以及資源與能力的協商互助。以下進一步說明之。

（1）互惠而非規範的合作基礎

雖然傳統的孝道觀念仍相當程度影響中生代已婚女性的盡孝行為，但讓她們更願意真心照顧長輩的，往往是配偶或婆家家人所表現出的善意，特別是當配偶跨越傳統家系界線，以女婿的角色對丈母娘表現出善意的行為，會讓已婚女性更願意照顧公婆。

> 我老公對我媽媽很好……我媽媽現在都不知道人、養老院啊，我都每個月有去看她……我先生都會陪我去看……以前知道人的時候，她說好喜歡我先生去，她都說這個女婿比兒子還好，所以我先生對長輩很孝順（15，P.15）。
>
> 我先生在當兵，公公在上班，那時候都擔心我肚子餓，下班……以前有那個椪餅……都拿去房間，怕當媳婦的不敢跟婆婆說肚子餓，他說拿去吃。對我很好……（15，P.9）。
>
> 真的剛嫁過去人家，我就洗洗洗，然後我大伯就覺得，我大伯也大我很多歲，他就不忍心我一直洗碗，他後來全部換免洗碗，連碗都不用（笑）（01，P.14）。

（2）資源與能力的協商互助

除了先生對太太娘家父母的協力跨界照顧行為外，已婚女性自己對娘家父母的照顧也可以說是一種跨越家系的協力照顧行為，而這種跨界往往與女性自身擁有較豐沛的經濟資源與領導能力有關。

在娘家排行老三，並不具長女身分的受訪者 09 在父母照顧安排上擁有很大的主導權，除了因為有先生的支持之外，更重要的是工作上的成功，使得她在經濟上擁有實力，也因為成長過程中受到許多待人處世的磨練，因而頗能服眾。

受訪者 22 也是類似的狀況，訪談中她提到自己處理母親住院過程中的面面俱到，似乎也是她得以跨界主導娘家父母照顧的主因。

> 媽媽那時候在醫院的時候決定說誰是，她應該要住院或動手術，要不要換醫院阿這些，是誰在決定的……都是我決定，但是我會先取得，私訊的時候先第一時間跟爸爸報備，然後讓兄弟姊妹們都知道，但是我會告訴他們我的決定（22，P.5）。

受訪者 19 則是提到兄弟姊妹彼此互助，大幅降低照顧的壓力。

> 因為我們甚麼事都會商量，那時候兄弟姊妹顧也顧得很好啦，因為白天我跟我姐姐顧，然後晚上我哥哥顧，有時候假日我弟弟就會來顧，他們都也很會顧，啊大家顧的就是，雖然我媽很嚴重大家顧得覺得說啊沒有壓力，因為大家可以互相依靠對方（19，P.4）。

3. 家庭外的協力照顧

本研究以家庭內代間關係作為理解家庭照顧行為的主要切入點，所討論的多是家庭內的高齡照顧行為，但仍有一些受訪者主動提及運用家庭外資源協助照顧父母的考量。其中照顧失智症公公多年的 06 提到與先生因照顧方式的不同而多有爭執，她曾想過送安養機構照顧的可能性。

> 當然是會為了老人家吵架……我先生是跟他講說要講道理，我跟他講說失智的人沒有道理可以講啦。就是順他……他說妳這樣寵他。我就說他失智……其實我先生被他盧得也快有點受不了了。我就說我也沒有辦法，他也沒有辦法，那怎麼辦我不曉得（06，P.4）。
>
> 她們（按：大姑小姑）都說能送出去就送出去。可能也是真的送，她們多少會幫忙分擔啦。……兩個姐姐可以，兩個妹妹其實現在的……壓力應該也很大，姊姊可能比較有辦法（06，P.11）。

此外，受訪的女性中，12 是離婚並領有政府補助的經濟困難戶，她在獨立照顧高齡母親多年的過程中，雖然維持著一定程度的樂觀與積極，努力尋求各種可能的社會資源協助，但是由於多年來與子女的疏遠，談到未來自己可能面臨無人照顧的困境，仍有不少憂慮，顯現出在家庭且個人資源不足的情況下，對政府照顧政策的期盼。

五、討論與結論

本研究結果顯示，世代間在高齡照顧議題上所表現出的角色期待已與過去不同。傳統上女性結婚後被視為夫家的人，公婆往往是女性第一個必須負擔的照顧責任。就本研究的受訪女性的基本資料來看，自覺與原生家庭父母有頻繁或深刻互動經驗者有 12 人，超過與公婆有此經驗的 9 人，似已打破了傳統「嫁出去的女兒是潑出去的水」的文化期待。但是有趣的是，她們對代間互動經驗的描述仍多集中於公婆，較少放在原生家庭父母的部分。但我們也發現她們並未如傳統般地與娘家斷絕關係，特別是在某些情況下（例如：公婆住外地、公婆已過世、婚姻關係疏離或已解除、婚姻中較能自主等），她們反而是娘家主要的照顧資源。

此外，本研究也發現女性在照顧高齡父母的過程中，已顯現出一種融合了傳統與現代的跨越世系與家系的合作模式，對已婚女性而言，世系的跨越表現在照顧決策的權力反轉以及對下一代隱性與延遲的照顧期待，對家系的跨越則是可以較自由地遊走於三個家系間──「我」自己的原生家庭、配偶「他」的原生家庭，以及透過婚姻組成的「我們」的再生家庭。這點已與 Baker(1979) 所提出的華人依世代、性別、婚姻之順序來界定權力大小有很大的不同，傳統具有長輩、男性、丈夫等三種角色，似乎已不一定是家庭照顧中的主要決策力量。

(一) 協力跨界照顧模式的提出

本研究的結果顯示，文獻中所探討的世代回饋與接力模式，雖然仍部份說明了中間世代女性的想法與做法，但是回饋與接力模式所反映的世代「垂直傳承」的想法，似乎或多或少被打破了，取而代之的是更重視彈性與務實的世代「水平合作」方式，以因應照顧人力不足及照顧期待不可得的現況。本研究因此提出跨越世代與家系的「協力跨界」照顧模式 (圖 1)，試圖說明在社會變遷過程中，家庭如何打破傳統反饋模式中的「世代」與「家系」界線，以及如何展現有別於西方接力模式的運作特色。

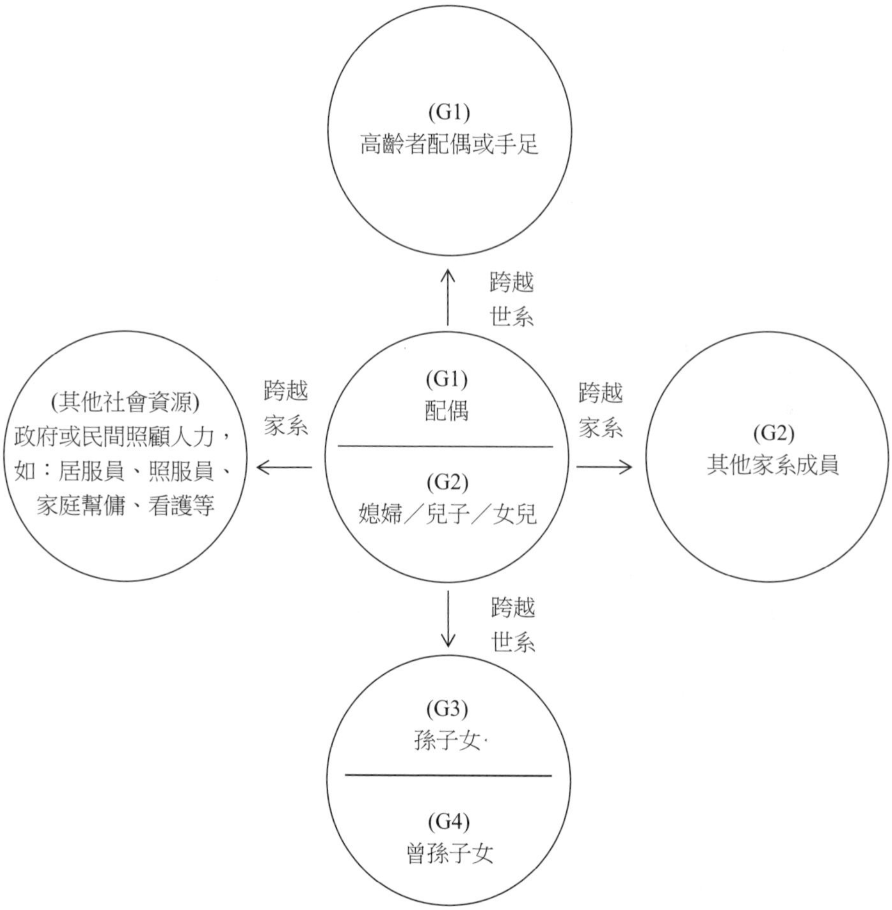

圖 1　協力跨界照顧模式

在協力跨界照顧模式中，第一代（G1）的配偶及第二代（G2）的媳婦、兒子、女兒承擔主要照顧者的角色，符合華人傳統的期待。就本研究受訪的已婚女性而言，媳婦是他們婚後最主要的家庭角色，與配偶（也就是被照顧者的兒子）共同擔負照顧主責；但在某些家庭中，女兒也可能是主要照顧者，故用括號表示。圖 1 以 G1 及 G2 為核心，往上指向第一代（G1）及往下指向第三代（G3）與第四代（G4）的箭頭標示了跨越世系的現象，也就是部分高齡者的手足，以及第三或四代的 (曾) 孫子女均可能被納入照顧人力。此外，往右與往左的箭頭所標示的是跨越家系的人力運用，分別指向同屬第二代的其他家系成員以及其他政府或民間社會資源。

本研究所提出的協力跨界模式，初步呈現了 G2 作為主要照顧者在面臨家庭照顧人力不足的情況下，必須打破傳統的世系與家系界線，向外尋求協力照顧資源的努力。這些努力呈現在實際照顧現場中的是更多元與複雜的動態過程，主要照顧者必須在世代與家系中的多重角色中進行轉換，也要在多種人力間進行折衡協商，以達成協力照顧的目標。在本研究受訪者所舉出的實例中，就可以看到期望手足分擔卻不可得的例子（如：05、06），在跨界中如何取得平衡是高齡家庭照顧者中的一大考驗。

此外，協力跨界模式也指出了在現代多元社會中，世系與家系界線的鬆動。就「世系」跨界而言，本研究的結果顯示，中生代女性對上一代仍遵循孝道原則，盡力符合反饋模式親力親為奉養父母的要求，但也看到上一代已無法完全期待以自己希望的方式養老，他們的配偶或手足若仍健在，也可能是照顧人力的一環；而中生代女性對下一代的期望雖部份向接力模式靠近，主張不應對子女有所期望，但某種程度對子女仍存有隱性的期望，在此情況下，個人明白自己應盡的角色義務，也得以在世代輪替的過程中，為自己的老年生活有所規劃。此結果呼應了伊慶春與陳玉華（1998）的分析，展現出對自己老年經濟自立的期盼，也反映出植基於傳統卻又不囿限於傳統的價值觀轉變。

「家系」跨界部分所打破的是原生家庭與姻親家庭的界線，也因而一併打破了性別界線。本研究結果顯示，對已婚女性而言，在高齡照顧議題上「婆家」

與「娘家」的差別已不如往昔明顯，不少女性是娘家父母的主要照顧者，也在照顧決策上有明顯的權力。這點似乎呼應了文獻中所提到的女性婚後與娘家互動並未疏遠的現象（蔡采秀 1992; 朱瑞玲、章英華 2001），也隱約指出娘家對女性所提供的資源與協助似乎到老年有獲得回報的可能性，而並非完全是「利益流向男方」（蔡采秀 1992）

此外，協力跨界模式也指出家庭照顧人力缺乏的困境，在高齡化與少子化的雙重夾擊下，協力跨界也許是不得不然的轉變，卻同時引發了家庭向外界尋求協助的行動。本研究的結果雖然顯示多數高齡照顧仍在家庭內產生，但也透露了家庭向民間或政府機構尋求安養與看護人力的一些考量。特別是在談到自己未來規劃時，民間與政府資源的運用已逐漸成為重要選項。

（二）本研究的貢獻與限制

本研究所提出的協力跨界照顧模式明顯與傳統反饋模式不同，它鬆動了傳統的家庭角色關係，具有較大的彈性；協力跨界模式也非西方接力模式的翻版，而是要解決無人反饋也無人接力的高齡社會困境。因為在接力模式中，第一代把第二代養育成人後即完成了自己的責任，並不需要也不求取第二代的養育回饋；但是在華人社會的傳統中，第一代往往透過「交棒」或「分家」的概念，將養老準備放在第二代的身上，若第二代沒有照顧的意願或是力有未逮時，第一代不但無法獲得反饋，也來不及作接力交棒前的準備，此時在無完整規劃個人退休養老金且社會福利制度尚未健全的情況下，家庭養老的困境便日趨嚴重。

根據薛承泰 (2011) 的分析，臺灣戰後嬰兒潮世代擁有的子女數量明顯降低，未來獲得子女經濟支持與生活照顧的機會都將明顯減少。換句話說，在臺灣人口高齡化的變遷趨勢中，這群戰後嬰兒潮世代已無法適用過去的家庭照顧文化，必須尋求其他方式取得照顧資源。本研究所呈現的即是這群中生代女性在養老行為與想法上因應時代變遷所做的調整，她們雖仍將上一代的安養照顧視為自己的責任，但是在行為上已經出現了一些轉變。訪談資料顯示，這些跨界的行為轉變，使他們在家庭人力欠缺的情況下，能更稱職地完成傳統所期待的照顧奉養父母挑戰，也使他們對自己未來的老年安排更有規劃。換句話說，家庭若能成功形成跨界模式，或可減輕個人的照顧壓力並增加家庭成員的幸福感，也可間接抒解高齡安養照顧的社會負擔。

然而跨界並非輕易可得，就世系層面而言，跨界除了需要一些突破傳統的勇氣之外，個人的傳統孝道與家庭價值觀念若牢不可破，可能會增加跨界的難度。就家系層面而言，代間、夫妻、手足既有的情感關係，以及彼此互動溝通的狀況，也可能是跨界成功與否的重要因素。未來若能針對此模式的核心概念與其間的關聯進一步探討，釐清世系跨界與家系跨界的指標，探討成功跨界所需的脈絡條件，以及其與家庭照顧壓力及個人幸福感的關聯，將有相當大的潛力應用於高齡家庭照顧議題上。

本研究的限制主要表現在受訪者的選取條件上。本研究在鎖定 50-64 歲且具代間頻繁或深刻互動經驗的人做為訪談對象時，也一定程度地選擇了在代間客觀關鍵議題（如：財務分配、醫療決定與安養照顧等）上具有重要角色或責任的人，再加上願意分享或是對這些家內事務有感受的人通常是女性，就這個生命階段而言，這些女性的子女均已成年，若以家庭中的家人議題為關注焦點，則她們代間互動的對象多以上一代為主，難以預想當她們真正面對自己的安養議題時，對下一代的期望是否會有所改變。此外，這些女性多半擁有尚稱良好的代間關係及家庭資源，此背景雖然增加他們接受代間安養照顧議題的受訪意願，但也限縮了本研究的推論範圍，對於處於沒有得到婆家祝福或支持婚姻中的女性或是與娘家疏離的中年婦女，並無法得知他們的經驗，是未來可以繼續探究的部分。

本研究也未能涵蓋當代多元家庭樣貌中的照顧關係，所反映的是 50-64 歲世代的主流家庭樣貌，未能同時處理高齡社會漸增的「老人照顧老人」現象，也未能針對社會經濟不利家庭乃至其他族群進行深入剖析。根據美國學者 Reczek and Umberson（2016）針對男同志、女同志、異性戀各 15 對伴侶的質性訪談研究顯示，同志伴侶在代間照顧上傾向提供較多時間與情感上的支持，而異性戀伴侶中的男性很少提供女性在代間照顧上所需的支持。未來宜有更多針對不同族群以及不同家庭類型的研究，以反映臺灣社會所展現的多元性。

參考書目

內政部統計處

2017　內政統計通報。網路資源，https://www.moi.gov.tw/chi/chi_site/stat/news_detail.aspx?sn=11735，2018 年 7 月 16 日。

朱瑞玲、章英華

2001　華人社會的家庭倫理與家人互動：文化及社會的變遷效果。華人家庭動態資料庫學術研討會，中央研究院經濟研究所，臺北南港。

伊慶春、陳玉華

1998　奉養父母方式與未來奉養態度之關聯。人口學刊 19:1-32。

利翠珊

2000　親子情感、家庭角色與個人界域——已婚女性代間情感糾結的經驗與內涵。中華心理衛生學刊 13(4):77-107。

2007　華人已婚女性代間矛盾情感之特色與測量。中華心理衛生學刊 20(4):357-386。

利翠珊、張妤玥

2009　社會變遷中的代間關係：老年父母的付出與期待。輔仁民生學誌 15:41-53。

2010　代間照顧關係：臺灣都會地區成年子女的質性訪談研究。中華心理衛生學刊 23(1):99-124。

李銀河

2011　家庭結構與家庭關係的變遷——基於蘭州的調查分析。甘肅社會科學 1:6-12。

林本炫

2006　第九章：紮根理論研究法評介。刊於質性方法與資料分析，於齊力、林本炫編，頁 189-218。嘉義縣：南華大學社教所。

林萬億

2012　臺灣的社會福利：歷史經驗與制度分析。臺北市：五南圖書。

周玉慧

2017　家庭價值觀與夫妻互動。刊於跨 ‧ 文化：人類學與心理學的視野，胡台麗、余舜德、周玉慧主編，頁 337-367。臺北市：中央研究院。

胡幼慧、周雅容

1996 代際交換與意涵：臺灣老年婦女的家務變遷研究。臺灣學刊 20:1-48。

陸洛、高旭繁、陳芬憶

2006 傳統性、現代性、及孝道觀念對幸福感的影響：一項親子對偶設計。本土心理學研究 25:243-278。

陸洛、陳欣宏

2002 臺灣變遷社會中老人的家庭角色調適及代間關係之初探。應用心理研究 14:221-249。

費孝通

2006 家庭結構變動中的老年贍養問題。刊於中國家庭研究・第一卷，上海社會科學院家庭研究中心主編，頁 3-15。上海市：上海社會科學院出版社。

楊國樞

1996 父子軸家庭與夫妻軸家庭的運作特徵與歷程：夫妻關係。行政院青年輔導委員會專題研究計畫成果報告。

楊善華

2011 中國當代城市家庭變遷與家庭凝聚力。北京大學學報 48(2):150-158。

葉光輝

1997 臺灣民眾之孝道觀念的變遷情形。九〇年代的臺灣社會：社會變遷基本調查研究系列二(下)。臺北市：中央研究院社會學研究所籌備處。

2009 臺灣民眾的代間交換行為：孝道觀點的探討。本土心理學研究 31:97-141。

趙曉力

2011 中國家庭正在走向接力模式嗎。文化縱橫 6:56-63。

蔡采秀

1992 工業化對臺灣親屬關係的影響。婦女與兩性學刊 3:59-88。

薛承泰

2008 臺灣家庭變遷與老人居住型態：現況與未來。社區發展季刊 121:47-56。

2011 我國當前長期照顧政策研擬與困境。社區發展季刊 136:20-49。

鐘漲寶、馮華超

2014 論人口老化與代際關係變動。北京社會科學 1:85-90。

Baker, H. D.

1979 Chinese Damily and Kinship. Southeast Asian Journal of Social Science 7(1/2):136-139.

Bengtson, V. L.

2001 Beyond the Nuclear Family: The Increasing Importance of Multigenerational Bonds. Journal of Marriage and Family 63(1): 1-16.

Glaser, B., & A. Strauss

1967 The Discovery of Pundpd Theory: Strategies for Qualitative Inquiry. Chicago, IL: Aldine.

LaFave, D.

2017 Family Support and Elderly Well-being in China: Evidence from the China Health and Retirement Longitudinal Study. Ageing international, 42(2):142-158.

Miller, J. L., & D. D. Knudsen

1999 Family Abuse and Violence. *In* Handbook of Marriage and the Family ,Pp. 705-741. Springer, Boston, MA.

Murphy, J. S., D. P. Nalbone, J. L. Wetchler, & A. B. Edwards

2015 Caring for Aging Parents: The Influence of Family Coping, Spirituality/Religiosity, and Hope on the Marital Satisfaction of Family Caregivers. The American Journal of Family Therapy 43(3):238-250.

Lee, K. S.

2010 Gender, Care Work, and the Complexity of Family Membership in Japan. Gender & Society 24 (5):647-671.

Sharma, N., S. Chakrabarti, & S. Grover

2016 Gender Differences in Caregiving among Family-caregivers of People with Mental Illnesses. World Journal of Psychiatry 6(1):7.

Silverstein, M., & R. Giarrusso

2010 Aging and Family Life: A Decade Review. Journal of Marriage and Family 72(5):1039-1058.

Sim, S., & M. Bang

2017 A Study on the Depression, Family Support and Life Satisfaction in the

Elderly. The Korean Journal of Rehabilitation Nursing 20(2):122-128

Reczek, C., & D. Umberson

2016 Greedy Spouse, Needy Parent: The Marital Dynamics of Gay, Lesbian, and Heterosexual Intergenerational Caregivers. Journal of Marriage and Family 78(4):957-974.

A New Model of Intergenerational Care: Exploring Cross-Generational Collaboration of Elderly Care within Families in Taiwan

Tsui-shan Li, Shain-May Tang, Yuan-Ling Chiao, and Pin-Hsuan Ting

Abstract

Taiwan is a rapidly aging society. As a consequence, care for the elderly is becoming a considerable societal challenge. Despite the fact that the government has in place some policies and resources for elderly care, in Taiwan's family-oriented culture, it is the care and support of family members that is inextricably linked to the quality of life of the elderly.

This research focuses on intergenerational relationships within families, rather than concentrating on the traditional Chinese intergenerational reciprocity mode or Western intergenerational transmission mode. More specifically, through the collection and analysis of qualitative interview data, this study aims to identify a model of intergenerational care that is reflective of societal changes, addresses the needs of elderly care, and also takes into consideration the nuances of role expectations and interactions involved in intergenerational care within families.

This research follows the post-positivism paradigm and utilizes qualitative research methods. In-depth interviews were collected from 22 women: all aged 50-64, married, and currently providing care and support for elderly family members.

These interviews sought to understand both their subjective and objective perspectives regarding intergenerational interactions. In addition, the interviews also explored their expectations for intergenerational care, and the changes and adjustments to their attitudes and behaviors.

The research results reveal that there were changes to the role expectations of intergenerational care. The women interviewed expected their husbands and siblings to take more active roles in the care of elderly family members. Most of the women interviewed had the tendency to want to shield their own children from the direct burdens of intergenerational care. Instead, they displayed 'implied' and 'postponed' expectations for reciprocity. More specifically, the women interviewed hope to lead by example, and that their children will witness and apply similar expressions of filial piety to them in their old age. The women of this generation expressed feelings of worry, helplessness, and gradual acceptance of these generational changes in values and expectations.

The research results demonstrate the process of intergenerational care in families, and reveal the importance of cross-generation care and decision-making, and of kinship cooperation. A model of a cross-generational collaboration approach to care for elderly family members is also proposed – to not only explain the importance of cooperation within families, but also to inform future civil and government roles and policies.

Keywords: Intergeneration Relationship, Cross Generation Collaboration, Communal Coping, Elderly Care, Role Expectation

老爸老媽幫幫忙！
代間支持與心理憂鬱的性別差異

林瑋芳、利翠珊

摘　要

育兒階段的雙薪家庭夫妻成員，在家庭與工作的多重角色壓力下，往往需要家庭成員的互助合作，以家庭協力的方式共同因應。本研究以獲得上一代的代間協助切入，分別探討勞務支持與情感支持對雙薪家庭成年子女的心理適應之預測效果。

研究對象為108對來自雙薪家庭的夫妻樣本，以問卷調查成年子女獲得來自父母與配偶父母的代間支持和心理憂鬱。結果發現，發現來自父母或配偶父母的勞務支持無明顯差異，但來自配偶父母的情感支持則明顯少於來自父母的情感支持。進一步檢驗獲得代間支持與心理適應間的關聯性，發現獲得越多來自父母的情感支持，越多來自配偶父母的勞務支持，則成年子女的心理適應越佳。但是，當獲得越多來自父母的勞務支持，成年子女的心理憂鬱卻越高。此外，代間支持與心理適應的關聯性，在太太身上較為明顯，在先生身上則較為不明顯。整體而言，本研究呈現了臺灣在社會快速變遷的洗禮下，代間互動多元而豐富的樣貌。

關鍵字：代間支持、心理憂鬱、性別差異

一、緒論

(一)雙薪家庭的職家壓力

成家之後，就會像童話故事的美麗結局，從此過著幸福快樂的日子了嗎？華人文化下的婚姻關係，不僅是兩個人對彼此的承諾，更表徵著背後兩個家庭的結合。個體一方面必須面臨與姻親家族成員之間的適應磨合，但另一方面，卻也形成更豐富的家庭資源，成為個體在面對壓力時可能的助力來源。

近年來，有越來越多已婚有偶的女性持續在職場工作，雙薪家庭的比例逐年攀升。作為雙薪家庭的夫妻成員，個體無可避免地面臨工作與家庭之間，多重角色的壓力考驗。尤其是在育兒階段，新生兒的出生伴隨著大量家庭勞務急劇地增加，育兒觀念的差異，更可能造成夫妻之間乃至上下兩代之間的衝突。雙薪家庭的個體處在為人子女、為人父母、為人員工、為人妻或為人夫等蠟燭多頭燒的情況下，可能造成生理和心理的適應不良，影響其心理幸福感、家庭關係乃至工作表現。如何幫助身處雙薪家庭的個體因應多種角色壓力，顯然已成為當前社會重要的課題。因此，本研究以代間支持的角度切入，探討子女與父母及配偶父母的代間互動情況，關注獲得父母或配偶父母的代間協助，其與婚姻適應和心理適應的關聯性。

(二)代間協力的互動形態

為了突顯雙薪家庭在家庭與工作之間的多重角色壓力，本研究鎖定在育有學齡前幼兒的雙薪家庭。在這個階段中，由於幼兒缺乏自理能力，需要大人時刻看照，衍生出大量的家庭勞務工作，且家人之間在育兒初期，家人之間對於教養和照顧上的觀念差異，也容易形成家庭衝突，需要更多的磨合適應，突顯其壓力和困境，並在此脈絡下探討成年子女與父母之間的代間互動。

在傳統孝道責任的影響下，成年子女必須擔負保護照顧年邁父母的責任，因此在代間互動中，期待成年子女作為支持輸入的照顧者，形成反哺型的互動方式。然而，近來許多學者提出在探討代間互動議題時，應由動態歷程的角度思考成年子女與老年父母之間的互動變化（林如萍 2000）。當老年父母處於健康良好，具有獨立生活能力的狀態下時，其與成年子女之間的互動方式，並非單向受扶養關係，而是能夠提供子女協助，使上下兩代形成雙向協力的互動關係。而隨著父母的年歲漸增，健康下滑，則會越來越仰賴成年子女的照顧。Cooney 和 Uhlenberg（1992）探討成年子女在不同生命週期與父母之間的代間互動，發現在成年子女在二十多歲時，父母提供的協助仍呈現逐年上升的趨勢，直至三十多歲時達到高峰，而後逐漸下降。此消彼長的狀態顯示代間互動方式與類型乃是動態歷程，父母不必然作為接受照顧的角色，特別是當成年子女處在三十多歲的家有幼兒階段時，成年父母甚至反過來提供子女協助。而傳統的孝道規範，也隨著成年子女時而成為照顧者，時而成為被照顧者，彈性轉換不同的角色，而呈現了更多元豐富的樣貌。林如萍（2012）根據臺灣社會變遷調查資料庫的研究結果，發現緊密型的代間互動方式是當代家庭代間關係的最佳寫照，由成年子女提供父母經濟支持，而代間勞務則是呈現相互支持的互惠方式，甚至在雙薪家庭中，父母所提供的勞務協助更是成年子女重要的資源。利翠珊和張妤玥（2010）以質性訪談的研究方法探討代間議題，也發現代間互動的內涵上有重要的轉變，尤其是當成年子女面臨的是剛步入老年的父母時，多數健康狀態良好，不僅能獨立打理生活，甚至能照顧成年子女，提供各種代間協助，而非護理或社工界所討論之失能老人，必須仰賴子女照顧。由此可知，成年子女與父母之間，孰為照顧者，孰又為被照顧者，係一動態轉換的過程，代間議題隨著生命歷程的變化，將會展現不同的面貌。

另一方面，由於華人傳統文化中父子軸的社會結構使然，代間互動也以兒子作為老年父母的主要照顧者，嫁出去的女兒則被視為夫家的一員，多與先生的原生家庭有更多的互動。然而，隨著家庭結構和社會風氣的變化，在現今的社會中，許多出嫁的女兒仍與原生家庭保有緊密的互動關係。特別是在都市化程度越高的已婚女性，普遍教育程度較高且經濟獨立，在婚後仍與娘家互動頻繁（蔡采秀 1992）。利翠珊（1999）的研究以已婚女性為主體，探討其與父母和公婆的互動情況，發現已婚女性雖然與公婆的互動多於父母，但是在情感的交流上則是與父母多過公婆。顯然在代間的互動上，父母和配偶父母的角色和功能性是截然不同的，父母與子女的關係是血濃與水的親情為基礎，但是與配偶父母的關係卻是建立在姻親的制度上，彼此在關係初始先循應盡之義互動，尚須加入真誠之情，方可能使婆媳關係進一步轉化為實性和諧（黃囇莉、許詩淇 2006）。許詩淇和黃囇莉（2006）的研究也指出，婆媳之間的互動多數仍侷限於家務和照護的範圍，僅少數能夠突破藩籬，達到情感的交流。此外，受到華人傳統下父權結構的影響，過去探討華人社會代間互動的文獻，多聚焦於婆媳關係，較少探討女婿與岳父母之間的互動。因此在本研究中，嘗試以對偶資料結構，同時蒐集成年子女夫妻樣本，並區分父母與配偶父母，期能呈現父母與配偶父母在提供代間支持時，所扮演的角色差異，進一步釐清代間協助對心理適應的預測效果。

(三)代間支持與心理憂鬱的關聯性

在探討代間支持與心理適應的關聯性的議題上，資源保存理論（The theory of conservation of resource）供了清楚的理論架構。資源保存理論由 Hobfoll（1989）所提出，以獲得和失去資源的角度來解釋壓力。資源保存理論的基本假設為人都有保存與建立資源的傾向，並儘可能減少資源的流失損耗。當個體面臨資源流失的潛在壓力或實際損失時，則會形成壓力，造成不良身心適應。相對的，當個體擁有充沛的資源時，其在面對困難和挑戰時，能展現更佳的因應和表現。在育兒階段的雙薪家庭夫妻，在為人父母後，面臨急劇增加的家庭勞務工作，必須付出更多的時間、金錢與心力，都可視為資源流失的威脅因子，此時如能獲得來自父母或是配偶父母的代間支持，即能額外獲得資源以幫助因應壓力，應有助於減緩壓力，降低心理憂鬱。

過去的相關研究也發現，尋求外在資源的挹注，是夫妻形成婚姻韌性，度過壓力挑戰的重要助力，像是獲得太太娘家在經濟或養育子女上的協助，即有助於夫妻因應壓力，度過困境（利翠珊 2006）。因此，本研究預期無論是來自父母或配偶父母的勞務支持或情感支持，皆負向預測心理憂鬱，即獲得越多代間支持，其心理憂鬱越低。

(四)性別差異

性別是在探討代間互動時非常重要的因素。由於傳統華人文化所賦予兒子和女兒的角色義務與角色期待不同，也使子女在處理代間互動時，展現不同的風貌。尤其是在傳統文化父權結構的影響下，養兒防老的觀念深值上一代的心中，女兒總有一天會出嫁離家，兒子才是老年生活的寄託和盼望，因此「生兒」遠比「育女」更值得慶賀。在華人文化中，兒子通常背負著奉養父母的責任（Lin & Yi 2013; Park, Phua, McNally, & Sun 2005; Yi & Lin 2009），但有趣的是，即使是兒子被期待作為父母的主要照顧者，多數的照顧工作仍是落在媳婦身上，由女性扮演家庭照顧者（溫秀珠 1996）。由太太協助先生照顧年邁父母的現象，也發生在西方文化中。Horowitz（1985）的研究指出，一般是由女性作為父母的主要照顧者（Rosenthal 1985），兒子通常在家中無其他姐妹能夠照顧父母時，才承擔照父母的責任，且通常仍需要仰賴太太的支持協助，突顯男性在進入婚姻後，配偶會自然地分擔了家庭照顧的責任（George 1986）。即使時代變化，男主外女主內的分工模式已經有所變動，雙薪家庭結構為了當前社會主流，但是相關的研究仍一致地指出，太太仍然背負著家庭主要照顧者的責任。綜合上述，女性作為家庭主要照顧者的角色，可能更敏感於代間支持和協助，面對來自父母或配偶父母的勞務或情感支持，有助於舒緩照顧責任伴隨而來的壓力，因此，研究者推論代間支持與心理憂鬱之間的負向關聯，在太太身上更明顯，在先生身上則較不明顯。

二、研究方法

(一)研究參與者

本研究所使用之研究樣本，來自利翠珊所主持之長期追蹤資料計畫，關注工作家庭平衡與代間互動研究議題。依據本研究所關注之研究議題為雙薪家庭三明治世代的代間互動，本研究挑選出符合：(1) 夫與妻兩人皆具有全職工作；(2) 公婆或岳父母至少各有 1 人在世，三項條件之研究參與者共 108 對夫妻（$N = 216$）進行正式分析。

研究樣本平均年齡為先生 37.50 歲（$SD = 4.22$），太太 35.49 歲（$SD = 3.34$）。樣本中除 4 人未填答教育程度外，1 人為國中學歷，20 人為高中學歷，另外 195 人（90.28%）皆有大專以上教育程度，整體而言為高教育水準樣本。而在居所安排方面，78 對夫妻（72.22%）為核心家庭結構，僅與小孩同住；5 對夫妻與太太父母同住（4.63%）；19 對夫妻與先生父母同住（17.59%）；其他 6 對與其他親戚同住（5.56%）。

(二)研究程序

本長期追蹤樣本在初次建立樣本資料庫時，係透過 31 名聯絡人的協助，向 404 對夫妻發出研究問卷，共回收 654 份有效問卷（327 對），詳細資料蒐集流程，見利翠珊（2012）方法說明。後續間隔 12 至 18 個月，研究助理會再與研究參與者聯繫，以郵寄方式發出追蹤問卷，邀請研究參與者協助填答問卷，再將問卷寄回，即完成所有研究程序。本研究係此長期追縱資料庫之第四波追蹤資料，資料結構為橫斷式對偶資料。

(三)研究工具

1. 代間互動題組

代間互動題組出自中央研究院臺灣社會變遷基本調查第五期第二次家庭組

之題項，共有 4 題。本研究關注研究參與者從親代獲得之代間支持協助，研究參與者分別以父母和配偶父母為填答對象，以五點量尺作答（1 分代表從未，5 分代表總是），回答下列問題：金錢支持（給我錢）、勞務支持（幫我料理家務，例如打掃、準備晚餐、買東西、代辦雜事或照顧小孩及其他家人）及情感支持（聽我的心事或想法；提供我意見）。其中來自父母與來自配偶父母的兩題情感支持題項，相關分別高達 .83 和 .76，因此後續計算兩題之平均，作為情感支持的指標。

2. 心理憂鬱

心理憂鬱原始量表是由 Radloff（1977）所發展，共有 20 題。題目內容涵蓋 20 種不同的身心徵兆，請個體以李克特氏四點量表，評量自己在過去一個星期內經驗到特定身心徵兆的頻率，0 分代表沒有或極少（每週 1 天以下）；1 分代表有時候（每週 1 至 2 天）；2 分代表時常（每週 3 至 4 天）；3 分代表經常（每週 5 至 7 天）。整體分數越高，代表個體越常經驗到憂鬱的身心徵兆。中文版量表由 Chien 與 Cheng（1985）翻譯修訂。本研究使用十題精簡版，精簡版心理憂鬱量表已有廣泛使用，且具良好信效度（Zhang, O'Brien, Forrest, Salters, Patterson, Montaner, Hogg, & Lima 2012）。此量表用本研究的 Cronbach's α 為 .87。

三、研究結果

首先針對本研究代間支持變項進行描述統計（見表 1），以瞭解代間互動情況。結果發現獲得代間金錢支持呈現正偏分佈，獲得父母金錢支持之偏態為 1.77，獲得配偶父母金錢之持之偏態為 2.35。由於本研究關注之樣本群為雙薪家庭，多數為經濟獨立之小家庭，因此僅極少數樣本頻繁接受父母或配偶父母的金錢支持（見表 2）。由於獲得代間金錢支持之變項違反常態假設，因此在後續正式分析中未納入此變項。

表 1　獲得代間支持變項之描述統計（$N = 216$）

	最小值	最大值	平均數	標準差	偏態
獲得父母代間支持					
獲得父母金錢支持	1.00	4.00	1.44	0.72	1.77
獲得父母勞務支持	1.00	5.00	2.64	1.38	0.35
獲得父母情感支持	1.00	5.00	2.56	1.02	0.60
獲得配偶父母代間支持					
獲得配偶父母金錢支持	1.00	4.00	1.24	0.53	2.35
獲得配偶父母勞務支持	1.00	5.00	2.52	1.32	0.51
獲得配偶父母情感支持	1.00	5.00	1.85	0.86	1.04

1. 獲得代間支持：父母與配偶父母之比較

以成對樣本 t 檢定，檢驗獲得父母與配偶父母之代間支持差異，結果顯示，無論對先生或是太太而言，來自父母的情感支持皆顯著高於來自配偶父母的情感支持（$t = 5.79$，$p < .01$；$t = 6.91$，$p < .01$），而在勞務支持方面，來自父母或配偶父母的勞務支持則無顯著差異（$t = 0.16$，ns；$t = 1.13$，ns）。而在比較代間支持的種類時，則發現無論對先生或太太而言，獲得來自父母的勞務支持和情感支持頻率無明顯差異（$t = 1.29$，ns；$t = -0.20$，ns），但在來自配偶父母的代間支持，則是勞務顯著高於情感（$t = 1.29$，$p < .01$；$t = -0.20$，$p < .01$）。由此可知，作為被照顧者，自己父母同時提供勞務支持與情感支持，而配偶父母則主要提供勞務支持，反映了代間結構組成的差異。成年子女與父母之間是血濃與水的親情，與配偶父母之間卻是伴隨婚姻制度形成的親屬關係，因此相對情感基礎較為薄弱，情感交流較少。

表 2　獲得代間支持描述統計、成對樣本 t 檢定及變異數分析

	先生（$N = 108$）			太太（$N = 108$）		
	父母	配偶父母	t 檢定	父母	配偶父母	t 檢定
勞務支持	2.59（1.39）	2.56（1.23）	0.16	2.69（1.37）	2.47（1.40）	1.13
情感支持	2.42（0.91）	1.88（0.81）	5.79^{**}	2.71（1.10）	1.83（0.90）	6.91^{**}
t 檢定	1.29	5.83^{**}		-.20	4.37^{**}	

註：$^{\dagger}p < .10$, $^{*}p < .05$, $^{**}p < .01$。

2. 代間支持與適應指標之關聯性與性別差異

由於本研究蒐集之夫妻樣本為對偶資料，關係中的雙方具有非獨立性（nonindependence）的特性，因此採用階層線性模式（Hierarchical Linear Modeling, HLM）（Raudenbush & Bryk 2002）進行分析。為了檢驗來自父母或配偶父母的代間支持，對於心理憂鬱的預測效果，模式一採檢驗代間支持變項之主效果，模式二則進一步檢驗代間支持與性別之交互作用效果（見表 3）。

在代間支持的主效果方面，獲得父母的勞務支持或情感支持，對心理憂鬱皆達臨界預測效果（$\gamma = 0.07$，$p = .09$；$\gamma = -0.07$，$p = .06$）。顯示當獲得父母越多的情感支持，其心理憂鬱呈現越低的趨勢，與研究預期相符。但是獲得父母越多的勞務支持，其心理憂鬱卻呈現越高的趨勢，以研究預期相反。對此，研究者在綜合討論中作更詳細的說明。另一方面，獲得配偶父母的勞務支持顯著預測心理憂鬱（$\gamma = -0.09$，$p < .05$），顯示獲得配偶父母越多的勞務支持，其心理憂鬱越低，與研究假設相符。

表 3　階層線性模式分析結果：代間支持與性別在適應指標上的預測效果

	心理憂鬱			
	父母提供代間支持		配偶父母提供代間支持	
	M1	M2	M1	M2
截距項	1.82^{**}	1.83^{**}	1.82^{**}	1.82^{**}
性別		0.00		0.02
獲得父母代間支持				
父母勞務支持	$0.07^{\dagger}$	0.08^{*}		
父母情感支持	$-0.07^{\dagger}$	$-0.08^{\dagger}$		
父母勞務支持 × 性別		-0.08^{*}		
父母情感支持 × 性別		0.08^{*}		
獲得配偶父母代間支持				
配偶父母勞務支持			-0.09^{*}	-0.09^{*}
配偶父母情感支持			-0.03	-0.03
配偶父母勞務支持 × 性別				-0.03
配偶父母情感支持 × 性別				0.03

註 1：$^{\dagger}p < .10$, $^{*}p < .05$, $^{**}p < .01$。
註 2：M1= 模式一，檢驗獲得代間支持的主效果；M2= 模式二，檢驗性別的調節效果。

進一步檢驗代間支持與性別的交互作用效果，則發現獲得父母勞務支持與性別的交互作用，和獲得父母情感支持與性別的交互作用，兩者皆顯著預測心理憂鬱。為了釐清性別與代間支持在預測心理憂鬱上的作用趨勢，研究者以正負一個標準差代入，繪製交互作用圖。結果發現，獲得父母勞務支持與心理憂鬱之間的正相關，在太太身上較為明顯，在先生身上則較不明顯（圖 1），而獲得父母情感支持與心理憂鬱之間的負相關，同樣是在太太身上較為明顯，而在先生身上則較不明顯（圖 2）。

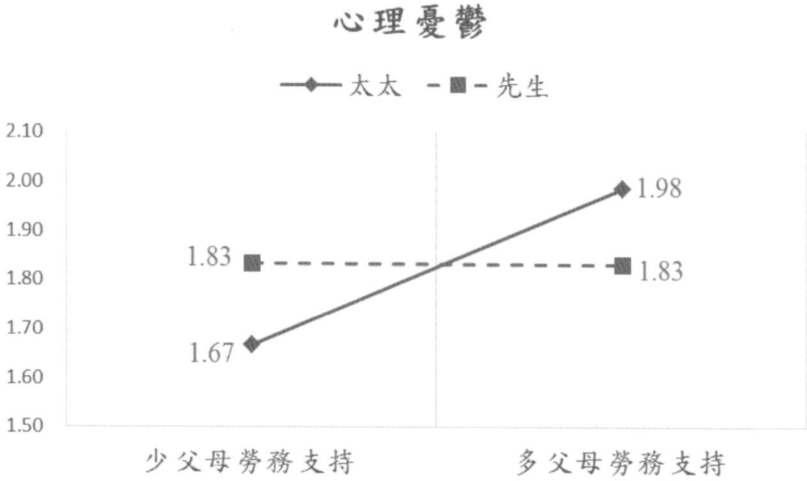

圖 1　獲得父母勞務支持與性別預測心理憂鬱的交互作用圖

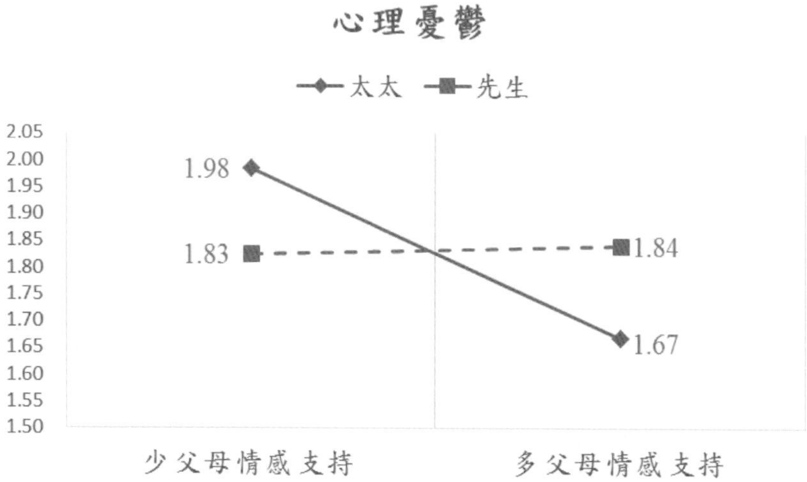

圖 2　獲得父母情感支持與性別預測心理憂鬱的交互作用圖

四、綜合討論

本研究探討成年子女獲得來自父母與配偶父母的代間協助情形，發現來自父母或配偶父母的勞務支持無明顯差異，但是來自配偶父母的情感支持則明顯少於來自父母的情感支持。研究者同時檢驗獲得代間支持與心理適應之間的關聯性，發現獲得越多來自父母的情感支持，越多來自配偶父母的勞務支持，則成年子女的心理適應越佳。但是，當獲得越多來自父母的勞務支持，成年子女的心理憂鬱卻越高。在加入性別角色的觀點後，則進一步發現代間支持與心理適應的關聯性，在太太身上較為明顯，在先生身上則較為不明顯。以下將逐一討論研究發現及相關應用延伸。

(一)代間支持的型態

過去研究探討代間交換時，區分為金錢、勞務及情感三大面向。但是研究結果發現，以頻率的概念調查成年子女獲得代間金錢支持情況，易呈現正偏分佈，即多數成年子女並未獲得代間金錢支持。然而，代間的金錢互惠情況真的不存在嗎？舉例來說，受到大環境的景氣影響，年輕人的收入偏低，房價又居高不下，成年子女購屋買房往往需要父母在金錢上的援助。類似的情況在現今社會中相當普遍，而此類金錢支持多為一次性給予，恐不適用頻率概念的調查，且金額龐大，恐怕遠大於子女每月給予父母的孝親費。換句話說，代間的金錢交換互惠是確實存在的現象，如何修改相關的測量題項與調查方法，以更精確地反映代間金錢交換的現況，進一步釐清金錢支持在代間互動中的意義與影響，尚有待未來研究繼續深入爬梳。

另一方面，本研究的結果發現，成年子女獲得來自父母或配偶父母的勞務支持沒有明顯差異，但來自父母的情感支持則顯著高於勞務支持，與過去研究相符。利翠珊（1999）探討已婚女性與上一代的互動情形，也發現已婚女性仍以母親作為最親近的互動對象，但婆婆則是介入生活最密切的角色。本研究延伸過去發現，將先生與岳父母的互動情況納入考量，也發現類似結果，配偶父母與先生的互動涉及更多的勞務支持，較少的情感支持。這很可能是因為勞務支持如協助操持家務或帶小孩，都是具體的行為，較容易客觀評估，因此在無論夫或妻在評估來自父母或配偶父母的勞務支持時，不會出現明顯落差。相較之下，情感支持則是更抽象的指標，涉及個人主觀的感受體察，容易產生偏頗失準的情況。舉例來說，「父母會給我意見」和「父母干涉我的決定」，前者是獲得代間支持，後者則是描述代間介入，兩者差異極為微妙，主要是個人主觀的認定和解讀，可能因而影響了代間情感支持的評量。此外，情感支持的多寡也反映了「自己人」的界線，尤其是與配偶父母之間的互動，要能達到情感交流的實性和諧，不僅需要彼此共同的努力，也需要關係轉型的契機（黃囇莉、許詩淇 2006）。

(二)代間支持與心理適應

代間協力——兩代之間勞務互惠的代間交換模式，是臺灣社會在面臨高齡社會與快速變遷的環境考驗時，一種可能的因應出路。來自上一代的支持協助，其出發點必然是希望幫助下一代過得更好，減輕壓力，帶來更佳的心理適應，但是究竟能否達到成效呢？

依據壓力因應的相關文獻，獲得越多的代間支持，理當有助於減輕壓力，帶來較佳的心理適應（Cohen & Wills 1985），而在本研究也發現部份相符的結果，依獲得越多來自父母的情感支持與來自配偶父母的勞務支持時，成年子女的心理憂鬱越低。尤其是情感支持的特殊性，有別於勞務支持確實減少成年子女必須投入的家庭勞務工作（如洗衣、煮飯或整理家務），情感支持重點在於傾聽和回應，讓個體在心理上獲得力量以面對壓力。換句話說，當上一代隨著年邁而逐漸失能，無法再提供勞務協助時，也可能透過口頭上的回應，表達感謝與同理，形成情感支持的力量，幫助減輕成年子女的照顧負荷（Lin, Chen, & Li 2013）。這也為代間交換的動態歷程，指引了可能的出路，當父母隨著年邁而健康下滑，無法貢獻家庭勞務時，也不需要自覺成為子女的負擔，透過情感支持的交流，亦是代間互惠的彈性體現。

值得一提的是，一樣是提供成年子女勞務協助，來自父母和來自配偶父母的勞務協助卻展現截然不同的作用歷程。來自配偶父母的勞務支持越多，子女的心理憂鬱越低；但來自父母的勞務支持越多，子女的心理憂鬱卻越高，且此現象在太太身上更為明顯。研究者認為必須將太太娘家提供勞務支持的特殊性納入考量。由於勞務協助通常與居所安排和地緣關係密不可分，同住或比鄰而居的時候，越容易提供勞務協助。而多數成年子女的居所是以兒子的原生家庭為軸心，呈現「從子居」的特性（林如萍 2012）。從子居可能有不同的居住結構，或與兒子的父母同居，形成三代同堂的家庭結構；或居住在公婆家附近，方便彼此照顧。在此前提下，考量到地緣的不便性，由女方的父母來提供勞務協助是非常特殊的情況。究竟是因為接受了父母的勞務支持，讓太太的心理憂鬱升高，或是因為太太的狀況不佳，壓力很大，才需要父母來提供勞務支持？受限於本研究是以相關法進行分析，而無從得知代間勞務支持與心理憂鬱之間的因果關係，建議未來研究繼續深入居所安排與夫妻心理適應的議題，探討太太與娘家之間的勞力互惠情況，及其如何對心理適應和婚姻適應產生影響。

此外，本研究的結果，也突顯了已婚女性在家庭角色中的特殊性。無論是養兒育女，孕育下一代，或是反哺盡孝，奉養上一代，「承上啟下」的照顧重擔，皆是落在太太身上。正因為太太作家庭中的主要照顧者，也可能讓太太更敏感於來自上一代的代間協助，強化代間協助與心理適應之間的關聯性。

（三）研究限制與未來研究方向

雙薪家庭的三明治世代，面對多重角色壓力夾擊，來自上一代的支持協助，能否有助於緩和壓力，提升心理適應？本研究檢驗獲得代間支持與心理憂鬱之間的關聯性，嘗試提供初步的回應。然而，本研究係以橫斷式研究探討代間支持與心理適應之間的關聯性，無法推估兩者之間的因果關係，換言之，獲得情感支持與心理適應之間的關聯，究竟是因為獲得父母的情感支持，減緩壓力而降低心理憂鬱，抑或是因為本身心理憂鬱情況較低，較少受到負向情感的影響而形成知覺偏誤（Gable, Gosnell, Maisel, & Strachman 2012），而避免低估了來自父母的情感支持，則無從得知。建議未來研究可以透過長期追蹤的研究方法，以更深入釐清代間支持與心理適應之間的因果關係。另一方面，本研究係關注於成年子女單向觀點，然代間交換實為雙向互動，建議未來研究可蒐集對偶資料，同時考量父母與成年子女的觀點，探討代間支持的獲得與給予，期能更完整而全面地反映上下兩代間真實的互動情況。

面對快速變遷的社會環境，代間交換已不再侷限於子女反哺，給予多於接受到單一形式，家庭中的代間互動已展現出多元的風貌。尤其是面對近年極受矚目的高齡社會照顧難題，如何帶動正向老化，減輕成年子女的照顧負荷和心理壓力，協力互惠型的代間關係或許了提供可能的出路。本研究以獲得上一代的代間協助切入，分別探討勞務支持與情感支持對雙薪家庭成年子女的心理適應之預測效果，初步描繪了變遷中的家庭新風貌。另一方面，隨著雙薪家庭逐漸成為臺灣社會主要的家庭型態，性別平權觀念亦逐漸落實於家庭與工作的場域，傳統家庭中的夫妻角色義務出現鬆動的可能性，也衝擊著已婚成年子女與上一代的互動模式。家的形式樣貌正在改變，而家庭中的每個成員也在變遷的過程中，探索著各種安頓的可能性。

參考書目

利翠珊

1999 已婚女性與上一代的互動關係與情感連結。中華家政學刊 28:31-46。

2006 華人婚姻韌性的形成與變化：概念釐清與理論建構。本土心理學研究 25:101-137。

2012 夫妻關係間的忍與婚姻滿意度之關連。中華心理衛生學刊 25(3):447-475。

利翠珊、張妤玥

2010 代間照顧關係：臺灣都會地區成年子女的質性訪談研究。中華心理衛生學刊 23(1):26。

林如萍

2000 老年父母與其最親密的成年子女之代間連帶。中華家政學刊 29:32-58。

2012 臺灣家庭的代間關係與代間互動類型之變遷趨勢。刊於臺灣的社會變遷 1985~2005：家庭篇，臺灣社會變遷基本調查系列三之一。伊慶春、章英華主編。臺北市：中央研究院。

許詩淇、黃囇莉

2006 "情同母女" 之外：婆媳關係的多元和諧。本土心理學研究 26:35-72。

黃囇莉、許詩淇

2006 虛虛實實之間：婆媳關係的和諧化歷程與轉化機制。本土心理學研究 25:3-45。

溫秀珠

1996 誰成為失能老人的照顧者？——以文化規範的脈絡來審視。刊於質性研究——理論、方法及本土女性研究實例。胡幼慧主編。臺北市：巨流。

蔡采秀

1992 工業化對臺灣親屬關係的影響。婦女與兩性學刊 3:59-86。

Chien, C. P., & T. A. Cheng

1985 Depression in Taiwan: Epidemiological Survey Utilizing CES-D. Seishin Shinkeigaku Zasshi 87(5):335-338.

Cohen, S., & T. A. Wills

1985 Stress, Social Support, and the Buffering Hypothesis. Psychological Bulletin 98(2):310-357. doi:10.1037/0033-2909.98.2.310

Cooney, T. M., & P. Uhlenberg

1992 Support from Parents over the Life Course: The Adult Child's Perspective*. Social Forces 71(1):63-84. doi:10.1093/sf/71.1.63

Gable, S. L., C. L. Gosnell, N. C. Maisel, & A. Strachman

2012 Safely Testing the Alarm: Close Others' Responses to Personal Positive Events. Journal of Personality and Social Psychology 103:963-981. doi:10.1037/a0029488

George, L.

1986 Caregiver Burden: Conflict Between Norms of Reciprocity and Solidarity. *In* Conflict and Abuse in Families of the Elderly: Theory, Research, and Intervention. K. Pillemer & R. Wolf, eds. Boston, MA: Auburn Hosue

Hobfoll, S. E.

1989 Conservation of Resources: A New Attempt at Conceptualizing Stress. American Psychologist 44:513-524. doi:10.1037/0003-066X.44.3.513

Horowitz, A.

1985 Sons and Daughters as Caregivers to Older Parents: Differences in Role Performance and Consequences. The Gerontologist 25(6):612-617.

Lin, J.-P., & C.-C. Yi

2013 A Comparative Analysis of Intergenerational Relations in East Asia. International Sociology 28(3):297-315. doi:10.1177/0268580913485261

Lin, W.-F., L. H. Chen, & T.-S. Li

2013 Adult Children's Caregiver Burden and Depression: The Moderating Roles of Parent–Child Relationship Satisfaction and Feedback from Others. Journal of Happiness Studies 14(2):673-687. doi:10.1007/s10902-012-9348-0

Park, K.-S., V. Phua, J. McNally, & R. Sun

2005 Diversity and Structure of Intergenerational Relationships: Elderly Parent–adult Child Relations in Korea. Journal of Cross-cultural Gerontology 20(4):285-305.

Radloff, L. S.

1977 The CES-D Scale: A Self-report Depression Scale for Research in the General Population. Applied Psychological Measurement 1:385-401.

Raudenbush, S. W., & A. S. Bryk

2002 Hierarchical Linear Models: Applications and Data Analysis Methods. Thousand Oaks, CA: Sage.

Rosenthal, C. J.

1985 Kinkeeping in the Familial Division of Labor. Journal of Marriage and the Family 47(4):965-974.

Yi, C.-c., & J.-p. Lin

2009 Types of Relations Between Adult Children and Elderly Parents in Taiwan: Mechanisms Accounting for Various Relational Types. Journal of Comparative Family Studies 40(2):305-324.

Zhang, W., N. O'Brien, J. I. Forrest, K. A. Salters, T. L. Patterson, J. S. Montaner, R. S. Hogg, & V. D. Lima

2012 Validating a Shortened Depression Scale (10 item CES-D) among HIV-Positive people in British Columbia, Canada. PLoS One 7(7):e40793. doi:10.1371/journal.pone.0040793

The Gender Difference Between the Perceived Support from Parents and Parents-in-Law in Predicting Depression

Wei-Fang Lin, and Tsui-Shan Li

Abstract

This study focuses on how the instrumental and emotional support from parents and parents-in-law could help dual-earner couples deal with depression. One hundred and eight dual-earner couples ($N = 216$) who are at the child-rearing stage reported depression and their perceived instrumental and emotional support from their parents and parents-in-law, respectively. Results show that participants perceived more emotional support from their parents than their parents-in-law. In addition, those who perceived more instrumental support from their parents-in-law were associated with less depression. More importantly, the interaction between perceived support from parents and gender were significant in predicting depression. Specifically, wives reported less depression when they perceived more emotional support from their parents, yet husbands reported relatively similar depression regardless of whether they perceived more or less emotional support from their parents. Conversely, wives reported more depression when they perceived more instrumental support from their parents, yet no such effect was found for husbands. Our finding highlights the gender difference in the effects of perceived support from parents and parents-in-law.

Keywords: Depression, Gender, Intergenerational Support

親密關係中的自我一致性：不同性傾向認同者的適應探討

李怡青、周玉慧、張仁和

摘　要

過往研究多比較不同性傾向認同者的適應程度差異，唯較少細膩探討引發差異的原因。本研究分別針對不同性傾向認同、性傾向生心理指標的相符程度（即自我一致性）分別提出三個不同的假設，檢驗對生心理及社會適應的影響：非主流性傾向認同者可能察覺與他人不同的「內在困惑假設」、因非主流親密關係樣態引發他人的「敵意環境假設」，以及自我表裡一致的「自我一致性優勢假設」。本研究使用「臺灣青少年成長歷程研究」的貫時性資料，十五年共 2,752 人（男性 1,468 人）。成年初期未曾有過戀愛經驗、性經驗者，約有 83.8% 預設自己為異性戀，且男性多於女性。此外，人們的性傾向認同與其三年後交往對象的性別多屬一致（98.9%），生理性傾向與性傾向認同間的相符程度高，男女比例相仿。對生心理及社會適應的影響，「內在困惑假設」獲得支持，主要影響在情緒與人際關係指標，同性戀認同者於國中時期有較差的適應，其他／懷疑認同者則在成年期有較差的適應。「自我一致性優勢假設」亦獲得證據支持，且出現較差適應的時間點早在國中時期，顯示適應狀況較佳的人們，在愛戀關係中自我一致性的程度越高。「敵意環境假設」未獲支持證據。本研究檢視預設親密關係樣態與個人性傾向認同對青少年生心理與社會適應的影響，反思更彈性探索自我之環境的可能。

關鍵詞：親密關係、縱貫性研究、青少年、內在困惑、敵意環境

一、文獻回顧

> 「永遠別因霸凌而沉默，永遠別讓自己被形塑成受害者，別接受任何對你生命的定義，而是要自己定義（Never be bullied into silence. Never allow yourself to be made a victim. Accept no one's definition of your life; define yourself.）」
>
> ——Harvey Fierstein

性愛及性傾向認同在過去一個世紀被視為是禁忌（如 Bancroft 2004 的歷史回顧）或病態（如同性戀於 1970 年代才逐漸被排除為精神疾病，American Psychological Association 2012），以致於學術社群投入對於性愛及性傾向認同的探討有限（如 Lee & Crawford 2007），且往往充滿政治權力的角力（Bancroft 2004），與異性戀預設立場[1]（heteronormativity，Habarth 2015）。國內學術社群對於人們如何形成性傾向認同，生理性傾向與其認同可能影響的相關研究更是貧乏（楊文山、李怡芳 2016）。本研究將回顧過往文獻，提出一個含納不同性傾向認同的觀點，致力於檢驗臺灣社會年輕民眾不同性傾向認同者的生理、心理、社會適應指標，並提出三個檢驗這些適應程度的不同假設，以深入了解不同性傾向認同者可能面對的瓶頸與挑戰。

人們如何定義自己在親密關係的定位？在資源豐富且越來越強調自由、平等的現代化社會，個人意志與理性思考越發彰顯（Inglehart & Baker 2000），這使得性生理發展（sexuality development）與心理層面認同的探討，越來越重要。我們遵循 Worthington、Savoy、Dillon 及 Vernaglia（2002）對於生理、心理層面的區隔，區分生理性傾向（sexual orientation）與心理層面的性傾向認同（sexual identity or sexual orientation identity）。前者係指人們穩定受到他人

1　異性戀預設立場定義社會認可的關係與認同，如將性別角色等同於生理性別，且認為是涇渭分明的，強化文化定義的異性戀角色，將異性戀視為唯一自然且正常的（Habarth 2015）。

在想法、感覺、生理、性等面向上的吸引力，可從完全的同性戀到完全的異性戀，並被認為是持久且難以被外力改變的（如 American Psychiatric Association 2000; American Psychological Association 2017; Cochran et al. 2014）；後者則是指人們對於自己生理性傾向的肯認、接納及認同，反映的是個人的選擇。

過往學者發現人們的愛慾對象並非截然的同異性二分。有些學者著眼在性行為（如金賽量尺以同性、異性性行為為量表兩端，Kinsey, Pomeroy, & Martin 1948），有些則加入吸引力、性幻想等（如 Klein 性傾向方格表，以同性、異性吸引力為量表兩端，Klein, Sepekoff, & Wolf 1985）。國內學者楊文山、李怡芳（2016）亦發現生理性傾向指標間不見得完全契合，例如有對異性的吸引力及對異性的性幻想者，不見得已經有性行為。考量如上例之指標間的不一致情況（如有性吸引力、性幻想對象，但無性經驗者），若是在特定指標上還未有相關經驗（如性經驗），則應以已有相關經驗的指標評估（如性吸引力與性幻想對象性別）較宜。此外，無論是以何種指標，Galupo、Mitchell、Grynkiewicz 及 Davis（2014）指出研究者多將雙性戀視為是一種過渡期：或是忽略人們對兩性的吸引力／性幻想／性行為強度不一，設定只有「同性戀」與「異性戀」的標籤；或是預設回答者愛慾對象的性別必定是男或女，忽略跨性別者。本研究反對這些預設立場，在這些學者的批評與實際研究可行性的雙重考量下，將愛慾對象區分為四大類，同性吸引／交往／性行為、雙性吸引／交往／性行為、異性吸引／交往／性行為，及尚無相關經驗者。關於此四大類，舉例來說，人們可能對於同性有性吸引力，但與異性發生性關係，若具有這樣的經驗，則在本研究被歸為具有雙性吸引／交往／性行為。本研究將以此四大群人探討其性傾向認同與生理、心理、社會適應的關聯。

性傾向認同則通常以單題自陳式題目測量（Bailey, Vasey, Diamond, Breedlove, Vilain, & Epprecht 2016；可參見 Robertson, Tran, Lewark, & Epstein 2017，整理美國十二個全國性大型資料測量性傾向認同的題項）。此種測量方式的優點為簡單、廣泛被使用，缺點則是其以研究者提供的方式測量不同性傾向認同（如同性戀、雙性戀、異性戀），忽略其他可能類別（如泛性戀）或同類別認同內的強度差異。

性傾向認同並非與生俱來，而多有逐漸形成的歷程，以下分別介紹不同性傾向認同的發展。

(一)性傾向認同發展：彩虹族群

探討性傾向認同發展，過往學者多著眼在紀錄生命歷程的里程碑（milestones）與發展階段。根基於社會上普遍異性戀認同的預設立場，這些學者察覺到人們發展性傾向認同的社會脈絡，多只探討同性戀認同的發展歷程，且重視的是促進同性戀認同發展的經驗、因素。舉例來說，Floyd 與 Stein (2002) 提到異性戀青少年並未經歷同性戀、雙性戀青少年在察覺自己不同於主流的愛慾後逐步發現自己並建立自我認同的歷程，因此性傾向認同發展歷程的探討並不納入異性戀青少年。

過往的性傾向認同發展多以同性戀認同、雙性戀認同、其他／懷疑認同者為目標對象，為求行文流暢，後文一併指稱為彩虹族群。學者們（如 Cass 1979; Troiden 1989; Floyd & Stein 2002）認為彩虹族群多會經歷一些困惑、不安期，再逐步地接納與肯認自己的性傾向認同。以 Troiden（1989）的四階段理論為例，同性戀認同可分為敏感期（sensitization）、認同困惑期（identity confusion）、認同預設期（identity assumption）及承諾期（commitment）。敏感期的人們通常在童年時期開始察覺自己與他人的不同，如興趣（如有些男同性戀對於男性化運動與同儕有別）與性別特質（如有些女同性戀的男孩氣質）。不過，這個階段的人們預設自己是異性戀，沒有將與同儕有別的感受聯結到性方面。根據 Troiden 的說法，通常到了青少年時期，人們進入認同困惑期，開始察覺自己可能是同性戀，而與原有的異性戀認同形成衝突，必須面對自己內在的糾結與不確定性。而這個階段的人們也開始嘗試性行為，更因為與異性的性接觸亦可能引發生理的興奮狀態而更加不確定（如雙性戀）。社會上對同性愛戀的汙名化或無知（如特定宗教對於同性愛戀的汙名化）亦增加人們在此階段的困惑。為了降低困惑，人們可能否認自己的同性愛慾、嘗試修復自己的異性愛慾、迴避接觸性愛（尤其是同性愛戀）、甚至可能對同性戀抱持敵對的態度、讓自己更加投入於經營異性關係、或最後承認自己是同性戀。根據 Troiden 對於性傾向認同階段的看法，人們進入認同困惑期之後才會遭受較大的困惑與困境。

成年後，人們多進入認同預設期（Troiden 1989），這個階段的人們容忍、知道自己是同性戀，但不見得能接納自己。而在這個階段，人們若能認識其他的同性戀，且在這些關係中有正面的經驗，將有助於人們進一步的探索與瞭解自己的性傾向。最後一個階段則是承諾期，人們肯認並且對於自己的同性戀認同感到自在、快樂，這個階段的人們會融合自己的不同面向（包括同性愛慾與情感），達到整合的自我觀。此外，達到這個階段的人們也會自在做自己，經營同性愛戀關係、揭露自己的同性戀認同、並且採取與前面階段不同的認同管理策略。舉例來說，這個階段的人們會區分自己的性傾向認同與特定關係、場域的關聯性，並在自我確認的情況下選擇是否揭露性傾向訊息。

根據 Floyd 與 Stein（2002）整理的里程碑發展階段，亦可見與 Troiden（1989）階段論間的共通性（參見表 1）。雖然人們進入不同階段的年齡有蠻大

表 1　彩虹族群里程碑與年齡的對應

里程碑	平均年齡（SD）	中位數	年齡區間
覺察同性吸引力	10.4 (3.4)	11	3 – 18
懷疑自己的性傾向	13.4	13	3 – 22
與異性發生性行為	15.5	16	8 – 26
覺得自己是同性戀／雙性戀	16.1	16	3 – 24
與同性發生性行為	16.3	17	4 – 25
告訴他人	17.3	17	11 – 24
告訴家長	18.1	18	11 – 26
出櫃	18.1	18	8 – 24
認真的同性關係	18.5	18	13 – 25
告訴其他家庭成員	18.7	18	11 – 25

表註：資料摘錄自 Floyd 與 Stein（2002）

的歧異，如 Troiden（1979）指出認同自己為彩虹族群者的平均年齡為 21 歲，而 D'Augelli, Grossman, Starks 及 Sinclair（2010）的樣本則發現無論是否已經出櫃，自我認同的年紀約莫十四、十五歲；顯現社會氛圍影響彩虹族群的自我認同（Russell & Fish 2016）。不過研究多支持這些里程碑發展階段的先後順序（如 Calzo, Antonucci, Mays, & Cochran 2011; Floyd & Stein 2002）。

(二)性傾向認同發展：異性戀族群

異性戀認同發展的探討則相對晚近，主要針對的是文化、社會對於性腳本的僵固程度，無論人們的生理性傾向為何，性腳本的僵固程度將使人們有性傾向認同早閉的現象或抗拒非異性戀的心態，預設自己的異性戀認同（Worthington et al. 2002）。Worthington 等人（2002）以多面向解釋異性戀認同的發展，包括 1) 文化、2) 性別規範與社會化、3) 性偏見與特權及系統性對同性戀的負面觀感、4) 宗教性、5) 社會脈絡的影響、6) 性生理發展。文化腳本提供人們對於不同性傾向認同發展的可能性，文化亦提供不同社群、家庭規範，以約束與提倡「合宜的性行為與性偏好」。而文化又直接影響性別規範與性偏見的內涵，如男尊女卑的二分概念、男子氣概迷思（如抑制自己的情緒、不能展露女性化或同性愛的一面）。社會上透過影像、文字、角色模範、刻板印象等傳遞異性戀的預設立場，並透過歧視與暴力對待彩虹族群（亦可稱為：直接或間接的受害經驗，Katz-Wise & Hyde 2012），這使得無論人們的生理性傾向為何，有些人會透過異性親密關係去證實自己的「正常」。而社會提供異性戀者的特權，如婚姻權、生育子女的法律保障，也使得有想望這些保障的人們進入異性戀關係。而對於特定宗教者，宗教與性是糾結難分的。宗教會透過對於特定性行為的提倡（如異性間之傳統體位性行為）或妖魔化影響信徒對於特定性行為的嘗試、探索（如同性性行為），進而提升信徒對於異性戀性傾向的接納與肯認程度。而人們生活中實際互動的對象（如親友、同事、鄰居）所持的性態度與實際的身分（如同性戀認同者），亦可能影響人們對於性傾向的接納與肯認程度。最後，性傾向認同的探索亦與生理因素有關，包含生理上對於愛慾對象性別的生理反應及性功能發展（如青春期第二性徵的出現、生殖器官的成熟）有密切相關。

（三）一個統整的性傾向認同發展架構：親密關係之建立與定位

突破異性戀預設立場探討性傾向認同與其可能的影響，有必要尋求更大的架構，納入不同性傾向認同者，而非侷限於某幾類或排斥某幾類。因此，本研究採取與過往研究者不同的取徑，將性傾向認同（無論是異性戀、同性戀、雙性戀或視其他／懷疑中者）視為是一種個人在親密關係中尋找定位的指標，並探討人們在親密關係中尋找定位時的生心理、社會適應狀態。這樣的取徑也讓我們得以釐清不同性傾向認同者在各層面的適應差異，及其背後的因素。

以親密關係定位的認同發展架構來理解性傾向認同，可對性傾向認同的穩定與流動有更清楚的了解。過往研究雖顯示生理性傾向無法被外力改變（American Psychiatric Association 2000; American Psychological Association 2017; Cochran et al. 2014）；然而，性傾向認同卻可能隨著人們和外界的互動，對自己的瞭解有所改變。也就是說，愛慾經驗不僅反映自己的特性，也反映對方的特性，使性傾向認同有自發改變的可能。這種性傾向認同的改變多被稱為性流動性（sexual fluidity），目前已發現有支持的證據（如 Diamond 2003; Galupo et al. 2014）。性傾向認同隨著個人年齡發展及生活經驗而可能改變，反映人們在親密關係中持續尋找定位。舉例來說，尚未有過愛慾經驗者可能將自己預設為異性戀，之後在有重要同性愛慾經驗後肯認自己的同性戀認同，而後若有重要異性愛慾經驗，則可能視自己為雙性戀，或在比對自己的同性、異性愛慾強度後，復又認同自己為異性戀。

本研究採取一個親密關係定位的認同發展架構，探究臺灣社會脈絡下，愛慾經驗（即生理性傾向）與性傾向認同間的自我一致性程度。本研究的第一個目的是檢視生理性傾向與性傾向認同間相符的自我一致性程度。生理性傾向與性傾向認同的相符程度有重要的意涵，反映兩種不同的形態。首先，若無任何相關的性經驗，但預設自己為異性戀者，屬於異性戀預設立場。另一個相符程度的評估則是生理性傾向與性傾向認同的符合程度，相符程度低屬於認同困惑期的指標，相符程度高則屬於認同預設期或承諾期的指標；根據 Troiden（1989）、Floyd 與 Stein（2002）的性傾向認同發展階段，處於認同困惑期可能產生較多的生心理、社會適應問題。

此外，檢視不同性傾向認同者及自我一致性程度不同者的生心理、社會適應狀況，可突顯人們在親密關係中尋找定位可能面對的困難與瓶頸。非異性戀性傾向認同，或生理性傾向指標與心理性傾向認同若不符，有較多生心理、社會適應問題。研究多發現彩虹族群的生心理有較差的狀態（如憂鬱、自我傷害、自殺信念，Almeida, Johnson, Corliss, Molnar, & Azrael 2009），過往多認為這是因為環境對彩虹族群的敵意（如自陳歧視，Almeida et al. 2009; Katz-Wise & Hyde 2012）所致，而社會支持，尤其是家人支持則被發現與彩虹族群的正向調適有關（Snapp, Watson, Russell, Diaz, & Ryan 2015）。本研究加入彩虹族群認同發展理論（Floyd & Stein 2002; Troiden 1989），區分內在困惑與外在敵意兩種影響。兩者最大的差異在於外在敵意假設他人因當事人的非主流性傾向認同或行為，而產生某些負面評價或行為，進而造成彩虹族群成員們的適應困難，此係為過往研究針對的敵意環境（如少數者的壓力，Meyer 2003）。內在困惑假設則為彩虹族群察覺自己與他人不同，且在預設異性戀的社會氛圍下形成的困惑，進而造成彩虹族群成員們的適應困難。內在困惑與外在敵意並非對立假設，而可能有相乘的效果，如早期的適應困難在成年期越發嚴重。

而將內在困惑與外在敵意環境區隔開來，也讓我們得以進一步探討生理性傾向與性傾向認同的自我不一致性所產生的內在不安或困惑，對於生心理與社會適應的可能影響。換句話說，彩虹族群或自我一致性低者面對的可能是來自個人內在的衝突與糾結，亦可能來自於外在環境的敵意。個人內在的衝突與糾結的發生年齡層通常較輕（如察覺同性吸引力、懷疑自己的性傾向、覺得自己是同性戀的年齡層，參見表 1），而外在敵意環境的遭逢年齡層通常較長（如與同性發生性行為、告訴他人、告訴家長、認真的同性關係、告訴家庭其他成員的年齡層，參見表 1）。

要判斷內在困惑與外在敵意環境假設的發生關鍵時期，我們參考國內外研究，將青少年時期設定為內在困惑發生的時期，而成人早期則開始遭受外在敵意環境的影響。國外研究均發現性探索與嘗試多始於青少年階段（如美國 Floyd & Stein 2002），國內研究則發現國人性探索與嘗試的年齡約莫在成年期初期（柯澎馨、林琇雯 2011），較美國人晚（黃淑玲、李思賢、趙運植 2010）。因此，我們聚焦國中時期與成年初期，檢視人們自陳的愛慾對象性別（即生理性傾向，包含愛戀感覺、交往經驗、性行為）與性傾向認同間的相符程度，及其可能的適應差異。

最後，由於社會對於男女性在親密關係的期待與規範不同，這會影響男女性在親密關係中尋求定位的主動性。首先，Troiden（1989）指出不同性別者在認同困惑期對於同性之性慾望與經驗有差異，男同性戀的性慾望與經驗均較女同性戀早，可能突顯的是社會上性別社會化過程對性活動嘗試的性別差異。進入認同預設期的男女性知道自己是同性戀的依據來源有所不同，可能反映的是性別社會化對於性愛強調程度的差異：女同性戀較多會以與另一些女性間的深度情感連結來定義自己的同性戀身份；男同性戀則多以社交、性的場合定義自己（如喜歡去同志酒吧）。此外，Worthington 等人（2002）的異性戀認同發展亦彰顯性別腳本的差異。若將這些研究應用於了解臺灣社會青少年的性傾向認同發展，可推測華人文化對於男女性的評價差異，可能反映在男女性預設異性戀程度的不同（男性預設異性戀程度較女性高）。

（四）本研究目的與假設

為探討生理性傾向與性傾向認同間的自我一致性程度，與影響青少年生心理、社會關係適應的因素，本研究有兩個主要研究目的、三個研究假設。首先檢驗生理性傾向與性傾向認同間的自我一致性程度，以區分預設異性戀立場指標與認同困惑期指標。第二個研究目的在於檢視非主流的性傾向認同與自我一致性（即生理性傾向和性傾向認同間的相符程度）對青少年生心理、社會關係適應的影響。而在非主流的性傾向認同影響中，過往研究發現彩虹族群的生心理有較差的狀態（如憂鬱、自我傷害、自殺信念，Almeida et al. 2009），這可能是外在敵意環境或／和個人察覺與他人有異之內在糾葛所致。若是內在察覺與他人有異的糾葛所致，應在年紀較輕，尚未形成性傾向認同時就已有此差異。若是外在敵意環境所致，應在年紀較長時才有此差異，且交往對象為同性者（相對於雙性者）應有最大的生心理、社會適應困擾。

本研究以追蹤十五年三個時間點的貫時性資料，檢驗非主流的性傾向認同、與生理性傾向和性傾向認同間的相符程度對於生心理及社會層面的調適的影響。第一個時間點為國中階段，第二個時間點為成年初期，第三個時間點為成年期。這三個時間點的重要性在於人們逐漸尋求以致建立親密關係（研究顯示：半數中國大學生尚無穩定伴侶，Higgins, Zheng, Liu, & Sun 2002；僅約三成臺灣大學生有性經驗，Tung, Cook, & Lu 2011）。性傾向認同資料蒐集的時間點為成年初期（第二個時間點），可以搭配評估第一個時間點與第三個時間點的生心理與社會適應狀況。若是在第一個時間點就已經發現有性傾向認同的差異，比較適合解釋的理由是由內而外的因素，亦即感受到自我與主流社會的差異，而面臨困惑、未知所引發的調適問題。若是在第三個時間點才出現適應指標上的差異，則問題可能是由外而內，亦即在經營非主流親密關係的過程中，面對外界的不友善與敵意所引發的調適問題。最後，低自我一致性可能反映認同困惑期的指標，本研究亦將檢視自我一致性與生心理、社會適應狀況的關聯。

據此本研究形成三個假設。假設一為「內在困惑假設」：若人們察覺到自己與主流異性戀的預設不同（如愛慾或交往對象不都是異性），而開始有困惑與內在的掙扎，進而影響其生心理與社會適應，預期應在國中時期出現性傾向認同的主要效果，因為異性戀認同者沒有經歷這樣的困惑與內在的掙扎，生心理與社會適應狀況較好。若只有「內在困惑」對適應程度造成影響，結果將顯示不同性傾向認同者的適應差異可能在第一個時間點最大，而到第三個時間點適應差異減少，意味人們最後終能達成認同的接納或承諾。

假設二則是「敵意環境影響」，社會環境的影響可能來自兩個層面。第一、社會氛圍可能隨時間改變越來越傾向對彩虹族群的友善，使得人們年紀越長，感受到敵意環境影響的困擾越少，這樣的影響與內在困惑的影響無法區隔。不過，敵意環境另一個可能的影響是來自個人生命歷程中開始有交往對象，當交往對象使他人察覺或懷疑其性傾向，或自我肯認行為（如自我介紹為同性戀）使他人對其有負面的行為或態度，則當人們的年紀越長，開始經營親密關係時，而伴侶性別異於主流異性戀預設時有最大的影響（交往對象為同性）。以此推論性傾向認同主要效果會隨著時間點越來越強，且有交往對象性別的主要效果（交往對象性別為同性者，會有較差的生心理與社會適應狀況）時，則屬於敵意環境的影響。由於前者敵意環境的影響與內在困惑的影響無法區隔，本研究能檢視的敵意環境影響係指後者。

第三個假設為「自我一致性優勢」，自我一致性越低代表處於認同困惑期（Troiden 1989），也就是說，生理性傾向與性傾向認同越相符的人們生心理、社會適應狀況越好。由於本研究的生理性傾向與性傾向認同的蒐集時間點為成年期初期（2011 年），若自我一致性優勢在國中時期就已出現，則顯示適應程度越高的人們，在親密關係中越能展現出自我一致性的樣貌。若自我一致性優勢在成年期（2014 年）才出現，則顯示在親密關係中越能展現出自我一致性的樣貌者，適應程度越高。

本研究檢驗三個時間點的生心理、社會適應困擾以區分內在糾葛或外在敵意環境的影響，並進一步區分交往／愛慾對象性別與自身的性傾向認同，以釐清適應差異的來源。由於過往探討不同性傾向者的適應狀況研究多屬於橫斷面研究法，單取一個時間點，無從判斷性傾向認同與生心理、社會適應間的因果關係。此外，這些研究也多屬於便利取樣，無法排除抽樣誤差。本研究則追蹤臺灣北部（臺北縣市、宜蘭縣）國中生，檢視其 2000 年、2011 年、2014 年三個時間點的資料。這個貫時性的研究資料有四個優勢，第一、本研究為代表性樣本，可以評估不同性傾向認同者的性流動性程度（sexual fluidity）。第二、本研究資料來源包括自陳資料與青少年身邊的重要他人（家長、老師），可以多方面的評估不同性傾向認同青少年面臨的困擾。第三、可以檢視生心理、社會層面的困擾是否源自於性傾向認同為非異性戀所致，抑或這些可能的困擾早在尚未確認性傾向認同異於主流群體時就已經存在（即區分內在困惑與外在敵意之影響）。第四、可以檢視生心理、社會層面的困擾是否源自於親密關係中的自我一致性程度低所致，抑或這些可能的困擾早在經歷親密關係前就已經存在。

本研究探討的生心理適應與社會適應包含內化問題（如憂鬱）、外化問題（如違反規定，Chen, Chen, Chang, Lee, & Chen 2010），並且控制性別效果。過往研究發現內外化問題有微幅的性別差異，亦即男性較女性有較高的外化問題，女性較男性有較多的內化問題（如 Huselid & Cooper 1994; Hyde 2005）。預期若性別社會化影響生心理與社會適應，應在三個時間點皆有性別主要效果（即：男性展現在外化問題，女性展現在內化問題）。而彩虹族群通常有較多性別非典型的樣貌（Bem 1996; Lippa 2008; Zheng, Lippa, & Zheng 2011），如女同性戀比較男性化，男同性戀比較女性化，且這些性別非典型的樣貌是從小就表現出來的（Bailey & Zucker 1995）。如果性別社會化影響生心理與社會適應，則亦可能有性別及性傾向認同的交互作用（即：性別差異在異性戀認同者最為明顯，而在非異性戀認同者較不明顯），因此加以控制。最後，過往研究者多未特別探討其他／懷疑中者的生心理與社會適應狀況，本研究將特別加以區分探討。

二、研究方法

(一)資料來源

本研究使用「臺灣青少年成長歷程研究計畫」（Taiwan Youth Project）之長期追蹤調查資料（中央研究院主題計畫經費補助，伊慶春教授總主持），該計畫自 2000 年起每年蒐集資料，但鑒於本研究之旨趣，僅篩選出三個時間點：國一、國三樣本 2000 年第一波自陳、導師、家長評估資料（伊慶春 2008a, 2008b, 2008c, 2008d, 2008e, 2008f）與 2011、2014 年的追蹤資料（伊慶春

2016a, 2016b）。這些樣本來自臺北縣市與宜蘭縣（臺北縣今已更名為新北市）之國中分層隨機抽樣的資料，各時間點資料人數請參見表 2。其中，第一波資料有 5,541 人（國一 2,690 人，國三 2,851 人），2010 年有 3,093 人（55.8% 原樣本），2014 年則尚有 2,752 人（49.7%）。由於不同變項、時間點皆有不同筆數遺漏值，本研究採成對刪除法（pair-wise deletion），實際分析人數為 1,242 名男性、1,053 名女性。

表 2　青少年成長歷程研究 2000 年、2011 年、2014 年樣本

	2000 年		2011 年		2014 年	
	男	女	男	女	男	女
自陳資料 [a]	2806	2735	1647	1444	1468	1284
平均年齡	14.4 (13~19)	14.4 (13~18)	24.3 (23~28)	24.3 (23~28)	28.3 (27~32)	28.3 (27~31)
教師資料 [b]	2797	2731				
家長資料 [c]	1775	3646				

表註：a: 2011 年總樣本數為 3,093 人，有 2,450 筆遺漏值，2014 年有 2,744 筆遺漏值。
b: 學生性別有 13 筆遺漏值。c: 此處為家長性別，120 筆遺漏值。

(二)研究材料

生理性傾向：生理性傾向分為吸引力（兩題，詳細題項參見附錄一）與性行為（第一次性交對象之性別、目前交往對象之性別、發生第一次性行為的年紀）。其中以引發吸引力之對象、性行為對象、交往對象交叉比對出愛慾對象性別（異性、同性、雙性、無對象）。這些測量中，除了交往對象在 2011、2014 各收集一次外，其餘題項均在 2011 年收集。

性傾向認同與自我一致性：性傾向認同於 2011 年收集，性傾向認同（單題）區分同性戀認同、異性戀認同、雙性戀認同與其他／懷疑中。2011 年之性

傾向認同與愛慾對象性別相符者，在自我一致性上編碼為 1 分，不相符者自我之一致性的編碼為 0 分。

適應指標：適應指標分為生理指標、心理指標、行為與關係指標，分數越高表示適應越差。生理指標取自於自陳資料，且根據概念與因素分析結果，分別為身體疼痛（5 題，三個時間點單一因素的特徵值 > 2.39，詳細題項參見附錄一，信度參見表 3）、睡眠問題（3 題，三個時間點單一因素的特徵值 > 1.85）。心理指標分別來自自陳資料，包括情緒問題（3 題，三個時間點單一因素的特徵值 > 2.16）。此外尚有家長與老師評估的身心問題（各 6 題，特徵值 > 2.66）。

關係指標包括自陳一般關係問題（3 題，三個時間點單一因素的特徵值 > 1.71，詳細題項參見附錄一，信度參見表 3）、親密關係的滿意程度（2 題，特徵值 > 1.79）、分手／失戀的影響（單題）。此外，還包括 2000 年教師之師生關係評估（8 題，特徵值 = 4.61）與行為問題評估（家人關係問題、他人關係問題、人際疏離）；2000 年家長的關係評估（正向指標 3 題，特徵值 = 2.51；負向指標 3 題，特徵值 = 2.07）。以上這些題項的負荷量在各因素皆大於 .30。

綜合性指標包括學校問題行為、藥癮行為、自我價值低落三個指標。信度參見表 3。

人口學變項：國中時期的居住地區、性別、年齡、國中時期的家庭收入、國中時期與母親同住與否。

表 3　研究使用變項構念、題項數、測量年度、資料來源及信度

測量構念（量尺）	題項數	測量年度	資料來源	信度
生理指標[a]				
身體疼痛（1 - 5）	5	2000, 2011, 2014	自陳	.71 ~ .76
睡眠困擾（1 - 5）	3	2000, 2011, 2014	自陳	.68 ~ .75
心理指標[a]				
情緒問題（1 - 5）	3	2000, 2011, 2014	自陳	.80 ~ .84

測量構念（量尺）	題項數	測量年度	資料來源	信度
身心理問題（1 - 5）[b]	6	2000	家長、教師	.75、.85
他人關係				
一般關係問題（1 - 5）	3	2000, 2011, 2014	自陳	.62 ~ .65
親密關係（1 - 4）	2	2011	自陳	.79
性生活（1 - 4）	1	2011	自陳	
失戀、分手影響[a]（1 - 5）	1	2011, 2014	自陳	
關係問題（1 - 5）	8	2000	教師	.92
家人關係問題（1 - 4）[b]	7	2000	自陳、家長	.84[c]
人際疏離（1 - 4）	2	2000	教師	.76
特定關係 - 家長（正，1 - 7）	3	2000	家長	.85
特定關係 - 家長（反，1 - 7）	3	2000	家長	.84
特定關係 - 教師（1 - 4）	8	2000	教師	.89
綜合性指標[a]				
學校問題行為（1 - 4）	7	2000	教師	.86
藥物使用行為（1 - 4）	4	2000	教師	.42
自我價值低落（1 - 4）	2	2000	教師	.84

表註：[a] 因為其他性傾向認同的資料太少，不列入分析。[b] 資料來源不同之相同構念（家人關係問題分為個人自陳與家長評估）不合併，以檢視不同資料來源的效果是否一致。[c] 兩來源之構念信度相同

三、研究結果

跨性別者的評估：我們先檢視人們多個生理性別指標（第一時間點自陳、教師評估；第二、三時間點自陳）的性別資訊，結果發現有 23 筆性別不一致的資料，不過考量到跨性別者應仍有時間點的持續性（如第一時間點男，第二、三時間女），而不會有時序跳躍情況（如第一時間男，第二時間女、第三時間

點男），我們將時間點持續者定義為跨性別者，時序跳躍者則判定為資料誤植，結果發現有兩筆資料符合跨性別者的預測，國中時期自陳與老師評定為男性（女性），大學至少一個時期自陳為女性（男性）。另有兩筆資料因為只有兩個資料來源，無從判定為資料誤植或跨性別者。其餘 19 筆應為資料誤植，且均為 2011 年的資料誤植。由於跨性別者筆數過少，對於整體結果影響有限，後續不再討論之。

本研究分析：首先，本研究目的一為檢視生理性傾向與性傾向認同間的相符程度。參見表 4 愛慾對象性別與性傾向認同之間的相符程度，呈現年輕人的異性戀預設立場：絕大多數自陳未曾有過交往、心儀或性對象的人們，認同自己為異性戀（佔總人數的 83.8%）。其中，男性預設異性戀的比例高於女性（89.3% vs. 78.0%）。另外，檢視性傾向認同與三年後交往對象性別，發現兩者間的相符程度頗高（$\chi^2_{(df = 12)} = 39.10, p < .001$，參見表 4 下半部）。人們的性傾向認同與其三年後交往對象的性別多屬一致（不區分性傾向認同，整體 98.9%，男性 99.1% vs. 女性 98.5%，見表 4 區分性傾向認同的相符程度），生理性傾向與性傾向認同間的相符程度高。此外，有過性行為的參與者發生性行為的年紀中位數為 19 歲。

進一步比較不同性傾向認同者，發現同性戀認同者發生性行為的年紀較其他認同者低，但差距不大（中位數 18 歲，雙性戀、異性戀、其他／懷疑中者則均為 19 歲）。這些資料顯示兩個特點：1) 2011 至 2014 三年中，我國青少年的確有些人經歷了性流動性，但比例不高；2) 我國青少年發生性行為的年紀遠較美國青少年晚。

表 4　戀愛感覺與性傾向認同

性傾向認同	戀愛、交往、性對象性別				總人數	相符程度
	異性	同性	雙性	沒有對象		
2011 年無性經驗者						
異性戀	697 (368)a	5 (2)	33 (6)	145 (67)	880 (443)	79.2%
同性戀	2 (1)	7 (2)	2 (1)	0	11 (4)	63.6%
雙性戀	23 (7)	8 (2)	19 (6)	17 (4)	67 (19)	28.4%
其他	10 (7)	1 (1)	1 (0)	11 (2)	23 (10)	47.8%
2011 年有性經驗者						
異性戀	1775 (1036)	1 (1)	58 (15)	0	1835 (1052)	96.8%
同性戀	5 (2)	21 (7)	16 (13)	0	42 (22)	50.0%
雙性戀	41 (16)	7 (2)	67 (14)	0	115 (32)	58.3%
其他	9 (4)	1 (0)	5 (2)	0	15 (6)	0.0%
2014 年交往對象						
異性戀	1290 (765)	11 (6)	N/A	329 (190)	1630 (961)	99.2% (99.2%)
同性戀	4 (1)	22 (9)	N/A	7 (3)	33 (13)	84.6% (90.0%)
雙性戀	55 (39)	24 (6)	N/A	37 (14)	116 (59)	A
其他	10 (5)	2 (1)	N/A	9 (5)	21 (11)	A

表註：無性經驗者 χ^2 (df=9) = 347.02, $p < .001$；有性經驗者 χ^2 (df=9) = 1303.66, $p < .001$。三年後交往對象，僅限同性戀認同、異性戀認同者，男性 χ^2 (df=4) = 415.41, $p < .001$；女性 χ^2 (df=4) = 301.83, $p < .001$。

a: 括號中為男性人數與比例，女性人數為總數減去男性人數。

N/A: 未提供此選項。

A: 因為蒐集的資料不足，難以判斷此相符程度。

(一)性傾向認同的預測指標

我們檢視生理性傾向（性吸引力、性行為對象、與交往對象性別）對於性傾向認同的預測力，採區別分析（discriminant analysis），結果發現符合特徵值高於一，且 Wilk's Lambda 值顯著的函數有一個，包含交往對象性別與性行為對象性別兩個題項。此區別分析函數正確預測人們性傾向認同的比例分別為異性戀認同（1,621 人，95.2%）、同性戀認同（21 人，77.8%）、雙性戀認同（27 人，54.0%）、其他／懷疑中（1 人，25.0%）。除了其他／懷疑中人數過少，其他性傾向認同的預測力均大於機率值，顯示人們的性傾向認同並非隨機，而是與親密關係對象有關鍵連結。

(二)適應指標的分析策略

本研究的第二個研究目的，在於檢視青少年生心理、社會關係適應的影響因素。由於彩虹族群（即同性戀認同、雙性戀認同、其他／懷疑中）的人數較少，為避免遺漏值造成單一細格人數過少，故不探討多個變項的交互作用，而僅在控制地區、年齡、家庭收入、與母親同住與否下，探討性別、性傾向認同、及自我一致性的主要效果，以及性別與性傾向認同、性別與自我一致性的二因子交互作用。若第二個時間點出現符合敵意環境假設的研究結果，則將伴侶性別加入探討。概念相同的變項（如家人關係問題分由參與者自陳與其家長評估）或不同時間點之資料（如身體疼痛）採重複量數的共變數分析（控制變項：國中時期的居住地區、年齡、國中時期的家庭收入、國中時期與母親同住與否），概念不同的變項（如情緒困擾、身心理問題）採多變量的共變數分析。

依據本研究三個主要假設，假設一「內在困惑假設」發生時期較早，彩虹族群的生心理與社會適應狀況在早期即有差異。假設二為「敵意環境影響」，當青少年的交往對象使他人察覺或懷疑其性傾向，從而使他人對青少年出現負面的行為或態度；此種敵意環境影響隨著人們的年紀越長，而伴侶性別異於主流異性戀預設時（交往對象為同性），將產生最大的影響。假設二預期性傾向認同效果隨著時間點越來越強，交往對象性別為同性，會有較差的生心理與社會適應狀況。假設三為「自我一致性優勢」，自我一致性高者有較佳的生心理與社會適應狀況，若此優勢在國中時期即出現，顯示適應狀況較佳的人在親密關係中能發展出較高的自我一致性；若此優勢在成年期才出現，顯示具有自我一致性者，能發展出較佳的生心理與社會適應狀況。而由於控制變項對於本文探討三個假設的貢獻度有限，為避免閱讀上的干擾，不在文中詳細說明控制變項的效果。

（三）適應指標

國中階段

由於多數人在國中階段尚未有性經驗（本研究顯示平均第一次性經驗之平均年齡為 18、19 歲），而根據 Floyd 與 Stein（2002）性傾向認同發展的階段，約莫到 18 歲後才確立，因此我們將國中階段視為性傾向認同前期。此階段若出現性傾向認同的差異，將支持內在困惑假設；反之若此階段無性傾向認同差異，而成年期後出現，則支持敵意環境假設。此兩個假設並非全然的對立假設，有可能同時存在，如適應指標在國中階段出現的差異，到了成年時期更加明顯。此外，本研究探討自我一致性的優勢假設，由於國中階段參與者多半未具有親密關係經驗，若此階段出現自我一致性的優勢效果（即適應狀況佳），則在成年期將較能展現出親密關係中的自我一致性。

多變量共變數分析結果發現，生理適應指標（包含生理疼痛、睡眠困擾）上未發現性傾向認同的顯著效果，或自我一致性的顯著效果，僅有性別效果。女性的睡眠困擾高於男性（$M_{女} = 1.54$ vs. $M_{男} = 1.26$, $p = .007$），其他效果則均不顯著（$ps > .12$）。生理適應指標未有符合「內在困惑假設」與「自我一致性優勢假設」的證據。

心理適應指標上顯示有性傾向認同效果（自陳情緒困擾、師評身心困擾）、性別效果與自我一致性交互作用效果（自陳情緒困擾、師評身心困擾、家長評身心困擾）。同性戀認同者有較高的情緒困擾（自評 $M_{同性戀} = 2.37$ vs. $M_{異性戀} = 1.69$ 、$M_{雙性戀} = 1.66$、$M_{其他認同} = 1.68$, $ps < .004$），且在教師評的身心困擾指標上亦有相同趨勢（$M_{同性戀} = 1.91$ vs. $M_{雙性戀} = 1.65$、$M_{異性戀} = 1.57$, $ps < .05$）。最後，性別與自我一致性的交互作用效果顯著，事後比較顯示無論是自評或師評、家長評估，具有自我一致性男性的情緒困擾低於不具有自我一致性的男性（$M_{Ds} > 0.14$, $ps < .062$），但這樣的趨勢在女性不明顯（$M_{Ds} < 0.01$， *ps* > .14）。情緒困擾指標呈現出符合「內在困惑假設」（參見表 5）與「自我一致性優勢假設」（參見表 6）的證據。同性戀認同者有較高的情緒困擾，而自我一致性的優勢主要展現在男性。「內在困惑假設」之整體支持證據整理於表 5，「自我一致性優勢假設」之整體支持證據整理於表 6。

表 5　支持內在困惑假設的研究證據：

性傾向於各檢驗變項上的平均數（信賴區間）

檢驗變項	性傾向認同			
	同性戀	異性戀	雙性戀	其他／懷疑中
自評情緒困擾（2000 年）	2.37[a] (1.90, 2.84)	1.69[b] (1.30, 2.07)	1.66[b] (1.33, 2.00)	1.68[b] (1.20, 2.15)
2011 年男性／女性 [A]	-0.05 / -0.72	0.35 / 0.19	0.14 / 0.09	-0.11 / 0.90
2014 年男性／女性 [A]	-0.10 / -0.71	0.17 / 0.07	-0.15 / 0.07	0.12 / 0.07
師評生心困擾（2000 年）	1.91[a] (1.61, 2.20)	1.65 (1.41, 1.89)	1.57[b] (1.36, 1.77)	1.68 (1.39, 1.98)
家長評生心困擾（2000 年）	1.88 (1.58, 2.19)	1.89 (1.58, 2.19)	1.97 (1.70, 2.24)	1.96 (1.58, 2.33)
一般關際困擾（2000 年）	1.34[a] (1.04, 1.63)	1.07[b] (0.84, 1.31)	1.16 (0.95, 1.37)	1.15 (0.86, 1.45)
2011 年 [A]	-0.24[a+] (-0.64, 0.16)	0.08b[+] (-0.23, 0.38)	-0.07 (-0.33, 0.19)	-0.01 (-0.42, 0.40)
2014 年 [A]	-0.21[a] (-0.60, 0.19)	0.03 (-0.27, 0.33)	-0.12[a] (-0.38, 0.14)	0.24b (-0.16, 0.65)
親密關係滿意程度（2011）	1.99[a] (1.64, 2.34)	1.90[a] (1.60, 2.21)	1.85[a] (1.58, 2.11)	2.52[b] (2.07, 2.96)
性生活滿意程度（2011 年）	2.20[a] (1.83, 2.56)	2.19[a] (1.87, 2.51)	2.03[a] (1.76, 2.31)	2.75[b] (2.28, 3.21)

表註：A. 與 2000 年相較的改變量；[+] 臨界顯著，$p < .081$。上標小寫英文字母不同表示事後比較有顯著差異 ($p < .05$)。

表 6　支持內在一致性優勢假設的研究證據：
自我一致性於各檢驗變項上的平均數（信賴區間）

檢驗變項	自我一致性高者		自我一致性低者	
	男	女	男	女
自評情緒困擾（2000 年）	1.63[a] (1.23, 2.04)	2.00 (1.62, 2.37)	1.91[b] (1.51, 2.31)	1.86 (1.49, 2.24)
師評身心困擾（2000 年）	1.71[a+] (1.45, 1.96)	1.66 (1.43, 1.89)	1.84[b+] (1.59, 2.09)	1.60 (1.37, 1.83
家長評身心困擾（2000 年）	1.81[a] (1.49, 2.13)	1.93 (1.63, 2.23)	2.02[b] (1.70, 2.34)	1.94 (1.64, 2.24)
師評人際疏離[A]（2000 年）	1.36 (1.14, 1.58)[a]		1.49 (1.27, 1.71)[b]	
家人關係（自評、家長評，2000 年）[A]	1.99 (1.79, 2.19)[a+]		2.06 (1.86, 2.26)[b+]	

表註：$^{+}p < .092$。A. 自我一致性主要效果顯著，無自我一致性與性別的交互作用。上標小寫英文字母不同表示事後比較有顯著差異 ($p < .05$)。

一般人際關係的問題上自我一致性的主要效果顯著。教師評估自我一致性高者的人際疏離較低（$M_{自我一致性} = 1.36$ vs. $M_{非自我一致性} = 1.49$，$p = .007$），符合「自我一致性優勢假設」（參見表 6）。

而特定人際關係裡（師生、家人、親子關係），自我一致性呈現臨界顯著效果。無論評估者是國中生或家長，自我一致性高者的家庭關係問題有較少的趨勢（$M_{自我一致性} = 1.99$ vs. $M_{非自我一致性} = 2.06$, $p = .09$）。這些結果展現部分支持「自我一致性優勢假設」的證據（參見表 6）。

特定關係中並未發現性傾向認同或自我一致性的顯著效果，不支持「內在困惑假設」與「自我一致性優勢假設」兩個假設。

最後檢視教師察覺的綜合性指標，包含學校問題行為、藥物使用行為、自我價值低落等，均未出現顯著效果，未支持「內在困惑假設」與「自我一致性優勢假設」。

大學畢業後：2011 年、2014 年

控制 2000 年資料後，生理適應指標無顯著效果（$ps > .16$）。自陳情緒困擾則有性別、性傾向認同與指標間的交互作用效果，女同性戀認同者相較於其他認同女性有大幅自陳情緒困擾的降低，且以第二個時間點的降幅最大（參見表 5，$M_{Ds} < -.71, ps < .004$），但男性則無相同的趨勢（$M_{Ds} > -.10, ps > .49$）。此結果部分支持「內在困惑假設」，同性戀認同者雖然在國中時期就出現較多的情緒困擾，但這些困擾在女同性戀認同者上逐漸減少。

相較於 2000 年，人際困擾減少的趨勢在同性戀認同者最為明顯（$M_D <$ -0.21，參見表 5），且在 2014 年與其他／懷疑認同者出現明顯的差異（$M_{D\text{同性戀}} = -0.21$ vs. $M_{D\text{其他／懷疑中}} = 0.24, p = .045$），其他／懷疑認同者與異性戀認同者亦有顯著差異（$M_D = -0.12, p = .032$）。雙性戀認同則三個時間點的一般關係困擾並無明顯改變（$ps > .15$，參見表 5）。伴侶性別全無顯著效果。以上資料部分支持「內在困惑假設」，當人們具有同性戀或異性戀認同時，由於對象伴侶性別明確，且與現代社會對於性生理同性戀－異性戀兩個端點的理解相符，因此同性戀認同與異性戀認同者相似，均隨著時間逐漸接納、肯認自己的性傾向，在一般關係的困擾越趨減緩。然而其他／懷疑中者，則可能在持續尋找自己在親密關係中的定位，一般關係困擾隨時間而不斷起伏。

親密關係中，其他／懷疑認同者對於親密關係的不滿意程度較同性戀認同者、異性戀認同者，及雙性戀認同者高（$ps < .03$），且伴侶性別並無顯著效果，支持「內在困惑假設」（參見表 5）。而其他／懷疑認同者者對於性關係的不滿意程度（$M = 2.75$）顯著較同性戀認同（$M = 2.20$）、雙性戀認同（$M = 2.19$）與異性戀認同者（$M = 2.03$）高（$ps < .02$），且伴侶性別與其他效果並不顯著，亦支持「內在困惑假設」（參見表 5）。

另外，2011 年不同性別、不同性傾向認同者的分手比例相仿（$ps > .12$），2014 年亦無顯著差異。

四、綜合討論

本研究以尋求親密關係定位的新視角，探討人們的生理性傾向與性傾向認同間的相符程度，並進一步檢驗性傾向認同與自我一致性對於生心理、社會指標的預測力。如同預期，本研究獲得多項內在困惑假設的支持證據。內在困惑假設係指個人的性傾向認同異於主流社會設定時，人們會產生困惑而反映在生心理等適應上。本研究發現內在困惑多反映在情緒與關係層面，包含自評與他評資料（如自評情緒困擾；教師評估的人際疏離，參見表 5）。此外同性戀認同者的差異在國中時期就已經顯現，而其他／懷疑認同者的差異到成年期才出現。換句話說，人們並非是接受了非異性戀認同後，才形成情緒與關係的困擾。反而，接納自己的非異性戀認同可以降低這樣的困惑與困擾（如同性戀認同者）。而若到了開始建立穩定親密關係的成年期後，仍未能確定自己的性傾向認同（其他／懷疑中）者，會出現較多親密關係上的困難。

而自我一致性優勢假設亦獲得證據支持（參見表 6）。自我一致性的優勢在國中時期就已出現，顯示適應較差的人們比較難獲得自我一致性。自我一致性的優勢在情緒與身心指標上主要反映在男性，至於人際關係指標上則男女性皆相似。這顯示不同指標可能具有特殊性，有賴未來研究深入探討之。

敵意環境假設則未獲研究證據支持，乍看之下與過往文獻不相符 (如歧視經驗與身心健康，Pereira & Costa 2016；少數身分壓力，Meyer 1995, 2003) 。不過仔細檢驗這些文獻與本研究的分析，則可發現有幾點疑慮。首先，過往研究多仰賴個人自陳受到歧視或偏見對待的經驗，個人自陳受到歧視或偏見對待的經驗越高，身心狀況越差（Pascoe & Richman 2009）。而本研究並未直接檢驗人們自陳的受害經驗與身心狀況之間的關聯，這可能使得本研究的資料敏感度較不高。不過，過往文獻並未區分內在困惑、外在敵意環境，而是將兩者視為一體的兩面，亦即外在的環境越敵意，人們對於自己非異性戀傾向的接受度越差，困惑感越高；對自己的非異性戀性傾向越無法接受者，感受外界的敵意程度越高；而本研究雖然清楚定義內在困惑，但對外在敵意環境的測量可能並不充分。再則，臺灣社會大環境對於彩虹族群整體的接納程度隨著時間有越來越高的趨勢，這可能抵銷了青少年隨著年紀漸長建立親密關係時所可能遇到外界敵意環境的負面效果。未來研究應更清楚區分內在困惑與外在環境指標，將更有助於檢視敵意環境假設的檢驗。

延伸本研究的發現，近年臺灣社會對於同性戀認同者的接受度漸增，但社會提供給人們認識自己與引發自己情慾的對象間逐步了解的空間卻相對缺乏，這使得許多人即便自陳沒有任何引發愛戀感覺的對象，也已經先認定自己的性傾向（多數為異性戀），屬於 Marcia（1966）認同類型中的認同早閉型，根據 Cheng（2004）的中美比較研究探討一般的自我認同，發現認同早閉型雖然不見得有較差的心理適應，但有較低的認同真誠感（即：未反映真實自我或感到假假的）。而這種異性戀預設立場也將使得那些無法套入預設異性戀認同者的社會調適（如一般關係、親密關係）困難度，隨著年紀而漸增。

楊文山與李怡芳（2016）以本研究之樣本「臺灣青少年成長歷程研究計畫」深入檢視慾望、行為及認同之間的相符程度，結果發現有一定比例的人曾有對同性或雙性的慾望，卻認同為異性戀。本研究進一步發現與人們認同最有直接相關的，不是愛戀慾望，而是行為（性行為、交往行為）。這顯示若是人們無法在愛戀感覺中進一步化為行為（如對方不願意交往、自己限定交往對象性別等），這樣的愛慾感覺就不會進一步挑戰或整合進人們的性傾向認同。這樣的發現與國外階段理論有些共通點（如 Troiden 1989），亦即當人們進入深度關係後（不見得一定要是性行為），這些關係才會整合至個人的性傾向認同。

本研究結果顯示，若社會具有對不同性傾向者的僵固想像，將增加非主流群體的困惑（如其他／懷疑認同者）與經營親密關係的困難。開放的臺灣社會不是要把異性戀變成同性戀、雙性戀，而是要讓人們的生理性傾向與心理層次的性傾向認同達到一致性，增加自己肯認在親密關係中的真誠感，有足夠且彈性的空間認識自己，並得以建立一段有意義的深度關係。

參考書目

伊慶春

2008a 臺灣青少年成長歷程研究：國一樣本(J1)第一波，青少年問卷（C00176_4）【原始數據】。網路資源，中央研究院人文社會科學研究中心調查研究專題中心學術調查研究資料庫 https://srda.sinica.edu.tw。doi:10.6141/TW-SRDA-C00176_4-1

2008b 臺灣青少年成長歷程研究：國一樣本(J1)第一波，家長問卷（C00176_5）【原始數據】。網路資源，中央研究院人文社會科學研究中心調查研究專題中心學術調查研究資料庫 https://srda.sinica.edu.tw。doi:10.6141/TW-SRDA-C00176_5-1

2008c 臺灣青少年成長歷程研究：國一樣本(J1)第一波，導師問卷（C00176_6）【原始數據】。網路資源，中央研究院人文社會科學研究中心調查研究專題中心學術調查研究資料庫 https://srda.sinica.edu.tw。doi:10.6141/TW-SRDA-C00176_6-1

2008d 臺灣青少年成長歷程研究：國三樣本(J3)第一波，青少年問卷（C00176_1）【原始數據】。網路資源，中央研究院人文社會科學研究中心調查研究專題中心學術調查研究資料庫 https://srda.sinica.edu.tw。doi:10.6141/TW-SRDA-C00176_1-1

2008e 臺灣青少年成長歷程研究：國三樣本(J3)第一波，家長問卷（C00176_2）【原始數據】。網路資源，中央研究院人文社會科學研究中心調查研究專題中心學術調查研究資料庫 https://srda.sinica.edu.tw。doi:10.6141/TW-SRDA-C00176_2-1

2008f 臺灣青少年成長歷程研究：國三樣本(J3)第一波，導師問卷（C00176_3）【原始數據】。網路資源，中央研究院人文社會科學研究中心調查研究專題中心學術調查研究資料庫 https://srda.sinica.edu.tw。doi:10.6141/TW-SRDA-C00176_3-1

2016a 臺灣青少年成長歷程研究：國三樣本(J3)第八波，青少年問卷(C00272_3)【原始數據】。網路資源，中央研究院人文社會科學研究中心調查研究專題中心學術調查研究資料庫。doi:10.6141/TW-SRDA-C00272_3-1。

2016b 臺灣青少年成長歷程研究：國一樣本(J1)第八波，青少年問卷(C00272_6)【原始數據】。網路資源，中央研究院人文社會科學研究中心調查研究專題中心學術調查研究資料庫。doi:10.6141/TW-SRDA-C00272_6-1。

柯澎馨、林琇雯

2011 青少年休閒活動參與及婚前性行為之研究。臺灣性學學刊 17(1):57-76。

黃淑玲、李思賢、趙運植

2010 世紀之交臺灣人性行為分析：世代、性別、教育及婚姻狀態之交織差異。臺灣性學學刊 16(1):1-28。

楊文山、李怡芳

2016 步入成人初期之臺灣年輕人性傾向之研究。調查研究——方法與應用 35:47-79。

Almeida, J., R. M. Johnson, H. L. Corliss, B. E. Molnar, & D. Azrael

2009 Emotional Distress among LGBT Youth: The Influence of Perceived Discrimination Based on Sexual Orientation. Journal of Youth and Adolescence 38:1001-1014.

American Psychiatric Association

2000 Position Statement on Therapies Focused on Attempts to Change Sexual Orientation (reparative or conversion therapies). American Journal of Psychiatry 157:1719-1721.

American Psychological Association

2012 Guidelines for Psychological Practice with Lesbian, Gay, and Bisexual Clients. American Psychologist 67:10-42.

2017 Sexual Orientation & Homosexuality. Retrieved from http://www.apa.org/topics/lgbt/orientation.aspx

Bailey, J. & K. J. Zucker

1995 Childhood Sex-typed Behavior and Sexual Orientation: A Conceptual Analysis and Quantitative Review. Developmental Psychology 31:43-55.

Bailey, J. M., P. L. Vasey, L. M. Diamond, S. M. Breedlove, E. Vilain, & M. Epprecht

2016 Sexual Orientation, Controversy, and Science. Psychological Science in the Public Interest 17:45-101.

Bancroft, J.

2004 Alfred C. Kinsey and the Politics of Sex Research. Annual Review of Sex Research 15:1-39.

Bem, D. J.

1996 Exotic Becomes Erotic: A Developmental Theory of Sexual Orientation. Psychological Review 103:320-335.

Calzo, J. P., T. Antonucci, V. M. Mays, & S. D. Cochran

2011 Retrospective Recall of Sexual Orientation Identity Development among Gay, Lesbian, and Bisexual Adults. Developmental Psychology 47:1658-1673.

Cass, V. C.

1979 Homosexual Identity Formation: A Theoretical Model. Journal of Homosexuality 4:219-235.

Chen, H., M.-F. Chen, T.-S. Chang, Y.-S. Lee, & H.-P. Chen

2010 Gender Reality on Multi-domains of School-age Children in Taiwan: A Developmental Approach. Personality and Individual Differences 48:475-480.

Cheng, C.-C.

2004 Identity Formation in Taiwanese and American College Students (Unpublished doctoral dissertation). University of Texas, Austin, U.S. A.

Cochran, S. D., J. Drescher, E. Kismodi, A. Giami, C. Garcia-Moreno, E. Atalla, A. Marais, E.M. Vieira,& G. M. Reed

2014 Proposed Declassification of Disease Categories Related to Sexual Orientation in the International Statistical Classification of Diseases and Related Health Problems (ICD-11). Bulletin of the World Health Organization 92:672-679.

D'Augelli, A. R., A. H. Grossman, M. T. Starks, & K. O. Sinclair

2010 Factors Associated with Parents' Knowledge of Gay, Lesbian, and Bisexual Youths' Sexual Orientation. Journal of GLBT Family Studies 6:178-198. doi: 10.1080/15504281003705410

Diamond, L.

2003 Was it a Phase? Young Women's Relinquishment of Lesbian/Bisexual Identities over a 5-year Period. Journal of Personality and Social Psychology 84:352-364.

Floyd, F. J. & T. S. Stein

2002 Sexual Orientation Identity Formation among Gay, Lesbian, and Bisexual Youths: Multiple Patterns of Milestone Experiences. Journal of Research on Adolescence 12:167-191.

Galupo, M. P., R. C. Mitchell, A. L. Grynkiewicz, & K. S. Davis

2014 Sexual Minority Reflections on the Kinsey Scale and the Klein Sexual Orientation Grid: Conceptualization and Measurement. Journal of Bisexuality 14:404-432.

Habarth, J. M.

2015 Development of the Heteronormative Attitudes and Beliefs Scale. Psychology & Sexuality 6:166-188.

Higgins, L. T., M. Zheng, Y. Liu, & C. H. Sun

2002 Attitudes to Marriage and Sexual Behaviors: A survey of Gender and Culture Differences in China and United Kingdom. Sex Roles 46:75-89.

Huselid, R. F., & M. L. Cooper

1994 Gender Roles as Mediators of Sex Differences in Expressions of Pathology. Journal of Abnormal Psychology 103:595-603.

Hyde, J. S.

2005 The Gender Similarities Hypothesis. American Psychologist 60:81-592.

Inglehart, R., & W. E. Baker

2000 Modernization, Cultural Change, and the Persistence of Traditional Values. American Sociological Review 65:19-51.

Katz-Wise, S. L., & J. S. Hyde

2012 Victimization Experiences of Lesbian, Gay, and Bisexual Individuals: A Meta-analysis. Journal of Sex Research 49:142-167.

Kinsey, A. C., W. B. Pomeroy, & C. E. Martin

1948 Sexual Behavior in the Human Male. Philadelphia: W. B. Saunders.

Klein, F., B. Sepekoff, & T. J. Wolf

1985 Sexual Orientation: A Multi-variable Dynamic Process. Journal of Homosexuality 11:35-49.

Lee, I.-C. & M. Crawford

2007 Lesbians and Bisexual Women in the Eyes of Scientific Psychology. Feminism Psychology 17:109-127.

Lippa, R. A.

2008 Sex Differences and Sexual Orientation Differences in Personality: Findings from the BBC Internet Survey. Archives of Sexual Behavior 37:173-187. doi:10.1007/s10508-007-9267-z

Marcia, J. E.

1966 Development and Validation of Ego-identity Status. Journal of Personality and Social Psychology 3:551-558.

Meyer, I. H.

1995 Minority Stress and Mental Health in Gay Men. Journal of Health and Social Behavior 36:38-56.

2003 Prejudice, Social Stress, and Mental Health in Lesbian, Gay, and Bisexual Populations: Conceptual Issues and Research Evidence. Psychological Bulletin 129:674-697.

Pascoe, E. A., & L. S. Richman

2009 Perceived Discrimination and Health: A Meta-analytic Review. Psychological Bulletin 135:531-554.

Pereira, H., & P. A. Costa

2016 Modeling the Impact of Social Discrimination on the Physical and Mental Health of Portuguese Gay, Lesbian and Bisexual People. Innovation: The European Journal of Social Science Research. doi: 10.1080/13511610.2016.1157683

Robertson, R. E., F. W. Tran, L. N. Lewark, & R. Epstein

2017 Estimates of Non-heterosexual Prevalence: The Roles of Anonymity and Privacy in Survey Methodology. Archives of Sexual Behavior. doi: 10.1007/s10508-017-1044-z.

Russell, S. T., & J. N. Fish

2016 Mental Health in Lesbian, Gay, Bisexual, and Transgender (LGBT) Youth. Annual Review of Clinical Psychology 12:465-487. doi:10.1146/annurev-clinpsy-021815-093153

Snapp, S. D., R. J. Watson, S. T. Russell, R. M. Diaz, & C. Ryan

2015 Social Support Networks for LGBTYoung Adults: Low Cost Strategies for Positive Adjustment. Family Relations 64:420-430.

Troiden, R. R.

1979 Becoming Homosexual: A Model of Gay Identity Acquisition. Psychiatry 42:362-373.

1989 The Formation of Homosexual Identities. Journal of Homosexuality 17:43-74.

Tung, W.-C., D. M. Cook, & M. Lu

2011 Sexual Behavior, Stages of Condom Use, and Self-efficacy Among College Students in Taiwan. AIDS Care 23(1):113-120.

Worthington, R. L., H. B. Savoy, F. R. Dillon, & E. R. Vernaglia

2002 Heterosexual Identity Development: A Multidimensional Model of Individual and Social Identity. The Counseling Psychologist 30:496-531.

Zheng, L., R. A. Lippa, & Y. Zheng

2011 Sex and Sexual Orientation Differences in Personality in China. Archives of Sexual Behavior 40:533-541. doi:10.1007/s10508-010-9700-6

附錄一　生理、性傾向、各適應指標與題項

測量構念	題項
生理性傾向	
吸引力	1. 你是否曾經有以下經驗：被一位男生深深吸引，進而產生想與他戀愛的感覺。有／沒有／不知道 2. 你是否曾經有以下經驗：被一位女生深深吸引，進而產生想與他戀愛的感覺。有／沒有／不知道
性行為	1. 交往對象，請問他／她的性別是？男性／女性／不知道 2. 第一次性行為，他／她的性別是？男性／女性／不知道 3. 你的第一次性行為發生在幾歲？ ____ 歲
生理適應指標	
身體疼痛	過去一個星期，你有沒有下列不舒服的情形？不舒服的程度如何？ (1) 頭痛、(2) 頭暈、(3) 肌肉痠痛、(4) 身體某些部位感到麻木或是針刺、(5) 好像有東西卡在喉嚨
睡眠困擾	過去一個星期，你有沒有下列不舒服的情形？不舒服的程度如何？ (1) 睡眠不安穩或一直醒過來；(2) 一大早就醒了，想再睡又睡不著；(3) 失眠、不易入睡
心理適應指標	
情緒問題	過去一個星期，你有沒有下列不舒服的情形？不舒服的程度如何？ (1) 孤獨、(2) 鬱卒、(3) 擔心過度
身心理問題 (家長)	您那讀 __ 的小孩，最近這半年來，是否出現下列情形？ (1) 容易害怕或憂慮；(2) 動不動就哭；(3) 不由自主地咬指甲或抓、摸臉頰和身體；(4) 過度在意整齊或清潔 (例如：太常洗手、洗澡)；(5) 動作遲緩、缺乏活力；(6) 原因不明的頭痛、肚子痛

測量構念	題項
身心理問題 (教師)	這個學生，最近這半年來，是否出現下列情形？ (1) 容易害怕或憂慮；(2) 動不動就哭；(3) 不由自主地咬指甲或抓、摸臉頰和身體；(4) 過度在意整齊或清潔；(5) 動作遲緩、缺乏活力；(6) 原因不明的頭痛、肚子痛
人際關係	
一般關係問題	過去一個星期，你有沒有下列不舒服的情形？不舒服的程度如何？ (1) 很想要去毆打、傷害別人；(2) 常常和別人爭吵；(3) 尖聲大叫或摔東西
親密關係	1. 你是否滿意與你男／女朋友／配偶間的關係？【指整體關係】 2. 你對你們之間的交往情形／婚姻狀況感到快樂嗎？
性生活	你是否滿意與你男／女朋友／配偶間的性生活？
失戀、分手影響	過去一年內，下列事情發生過嗎？對你影響大不大？我失戀／分手了
關係問題 (教師)	這個學生有沒有下列的行為問題？其嚴重程度如何？ (1) 愛現，吸引別人注意；(2) 脾氣不好；(3) 喜歡與人爭論爭吵；(4) 喜歡鬧彆扭、唱反調；(5) 企圖支配別人、恐嚇威脅；(6) 自吹自擂；(7) 捉弄別人；(8) 會欺負別人
家人關係問題（自陳、家長）	下列有關你／您家中生活的情形，你／您認為符不符合？ (1) 家人彼此間的關係比外人的關係來得密切；(2) 家人彼此間覺得很親近；(3) 作決定時，家人會彼此商量；(4) 家人喜歡共度休閒時光；(5) 當有家庭活動時，我們家每個人都會參加；(6) 我們喜歡一家人共同做某些事；(7) 當我需要幫忙或忠告時，我可以依賴我的家人
人際疏離	這個學生是否有下列的情形？其嚴重程度如何？ (1) 較孤僻、不和同學在一起；(2) 不受別人歡迎、被孤立

測量構念	題項
特定關係 - 家長（正）	回想這半年來，當您和您那讀國 __ 的小孩相處時，有沒有以下的情形？(1) 會問您對重要事情的看法；(2) 仔細聆聽您的看法或想法；(3) 表現對您的關心
特定關係 - 家長（反）	回想這半年來，當您和您那讀國 __ 的小孩相處時，有沒有以下的情形？(1) 對您很不禮貌；(2) 很生氣地對您大吼大叫；(3) 因為您不同意他的看法而跟您爭執
特定關係 - 教師	這個學生和您的相處情形如何？您覺得符合下列的描述嗎？(1) 他和我很親近、(2) 他有事會找我商量、(3) 他有課業上的問題會找我談、(4) 他有情緒上的煩惱會找我談、(5) 他有交友上的困擾會找我幫忙、(6) 我和他家人很熟、(7) 我瞭解他的想法、(8) 我喜歡他
綜合性指標	
藥物使用行為	這個學生是否有下列的情形？其嚴重程度如何？(1) 嗑藥、(2) 吃檳榔、(3) 偷東西、(4) 喝酒或抽煙
學校問題行為	這個學生是否有下列的情形？其嚴重程度如何？(1) 不能專心，無法維持長時間的注意力；(2) 在課堂上睡覺；(3) 不聽老師的話；(4) 不遵守校規；(5) 逃學或曠課；(6) 跟一些有麻煩的人混在一起；(7) 考試作弊
自我價值低落	3. 這個學生是否有下列的情形？其嚴重程度如何？害怕自己沒有價值或比別人差 4. 這個學生有沒有下列的行為問題？其嚴重程度如何？害怕自己比別人差

Self-Consistency in Intimate Relationships: Adjustments among Different Sexual Identifiers

I-Ching Lee, Yuh-Huey Jou, and Jen-Ho Chang

Abstract

Previous studies have shown that people of minority sexual identities may exhibit lower levels of psychological adjustments. Yet very few researchers have investigated reasons for the aforementioned differences. We offered and tested three hypotheses focusing on the effects of minority sexual identities, and the correspondence between one's sexual orientation and sexual identity on physiological, psychological, and social adjustments, respectively. First, people of minority sexual identities may suffer physiologically, psychologically, and socially because they have detected their differences from the compulsory heterosexuality in the society (i.e. heteronormativity) and were internally confused (internal confusion hypothesis). In addition, people of minority sexual identities may suffer because they experience hostility from others due to their unconventional intimate relationships (hostile environment hypothesis). Finally, people of minority sexual identities may suffer because they are not able to accept a sexual identity correspondent with their sexual orientation (advantageous self-consistency hypothesis). Our research is based on a longitudinal study of the Taiwan Youth Project, with a sample of 2,752 people (1,468 males) over 15 years. For young adults who have never experienced love or sex, about 83.8% of them presume themselves to be heterosexual (and they are more likely to be male than female). In addition, people's sexual identities predict the sex of their dating partner after three years (98.8%, similar gender proportions), indicating a high level of correspondence between sexual identity and sexual orientation. Examining physiological, psychological, and social adjustments, there is supporting evidence for the internal confusion hypothesis. That is, on indicators of emotions and interpersonal relationships, homosexual identifiers reported poorer adjustments in junior high school years (during a time when they start to be aware of one's sexual being), whereas the questioning/other identifiers reported poorer adjustments in early adulthood. There is also some support for the advantageous self-consistency hypothesis, but the evidence suggests that well-adjusted individuals are able to achieve self-consistency in intimate relationships, not vice versa. There is no support for the hostile environment hypothesis. We conclude that there is a default mode of intimate relationships (i.e., heterosexuality) in Taiwan and such a default mode may create internal confusion for those whose sexual orientation is not heterosexual. A more flexible and open environment in which people feel safe to explore themselves may ensure one's physiological, psychological, and social well-being.

Keywords: Intimate Relationships, Longitudinal Study, Adolescents, Internal Confusion, Hostile Environment

家庭與學校對於
香港學前兒童內隱種族偏好的影響

陳伊慈

摘　要

身為社會的一員，每個人都會通過不同的資訊（例如種族）來辨識他們所屬的群體，並依照這些群體資訊來作其它決定（例如與誰交朋友）。透過本研究，我們希望多了解在種族多樣化社區中成長的學前兒童，探討他們是否可以區分不同的種族群體，以及能表現出對自己所屬群體的偏好。一百九十一名香港華裔兒童（93 名女性；年齡範圍：39 至 78 個月；平均年齡 61.14 個月）參與了兩項電腦實驗。在實驗中，受試者必須對一系列的面孔進行分類，辨認出哪些面孔屬於「內團體」（華人）或「外團體」（白人／東南亞人）。實驗分成兩部份。在前測部份，實驗面孔被分成「華人」及「白人」或「東南亞人」；每個面孔表情不分明。在主要測試部份，實驗面孔種族不分明，表情分成兩種，「高興」與「憤怒」。實驗結果透露，學前兒童能夠區分內團體和外團體之間的面孔。對比內團體，幼兒更容易將憤怒的面孔歸類到外團體，意味著對內團體存有隱性的偏好。在「白人—華人」實驗中，幼兒的年齡、性別、種族辯識能力、就讀學校及家庭是否聘請傭工都對於他們歸類憤怒面孔有影響。在「東南亞人—華人」實驗中，幼兒年齡、種族辯識能力及家庭傭工都有影響他們歸類憤怒面孔的傾向。我們的研究顯示，香港的華裔學前兒童對自己種族表現出隱性的偏好；同時，幼兒所屬的社會群體、家庭背景，以及學校經驗也扮演著重要的角色。

關鍵字：社會認知、群體關係、認知發展、幼兒發展

Our early experiences form a foundation for our identity and well-being. At home and at school, children develop and acquire knowledge through experiences with the peers and adults around them; these encounters allow for further learning as they enter the larger society (UNESCO 2007). However, children are not indiscriminate learners. They can and often consider their potential informants carefully, using characteristics of these individuals to determine trustworthiness (Harris 2012), usefulness for learning and socializing (Gaither, Chen, Corriveau, Harris, Ambady, & Sommers 2014), and belongingness—that is, whether these individuals belong to the same social groups as themselves (i.e., their social *ingroups*; see Chen, Corriveau, & Harris 2011, 2013).

As early as three months of age, infants are capable of differentiating between members of their ingroups and members of social *outgroups* (Gaither, Pauker, & Johnson 2012; Kelly, Quinn, Slater, Lee, Gibson, Smith, Ge, & Pascalis 2005; Pauker, Williams, & Steele 2016). The ability to perceive intergroup differences has been linked to the appearance of implicit racial bias in infancy (Lee, Quinn, & Pascalis 2017), and by 5 years of age, children are able to demonstrate an explicit preference for members of their own race (Kinzler & Spelke 2011). The ingroup preferences that children exhibit by the time they enter preschool extend across several different social categories, including gender, age, and ethnicity (Shutts, Banaji, & Spelke 2010). The strength of these preferences can be surprisingly robust, especially at the implicit level; prior studies have found that children's implicit preference for their social ingroup members, at least in certain domains such as race and ethnicity, are comparable to that of adults (Baron & Banaji 2006; Qian, Heyman, Quinn, Messi, Fu, & Lee 2016).

The present study seeks to investigate the early-emerging social group recognition abilities and preferences of Chinese children who are born and raised in Hong Kong. It builds on previous literature on children's implicit social preferences, in particular work conducted by Dunham, Chen, and Banaji (2013). The Dunham et al. (2013) study examined the implicit ingroup preferences of participants from three different ethnic groups. Two of the ethnic groups (i.e., European American, or White; and Taiwanese Chinese, or Taiwanese) are considered to be dominant in their respective societies (the United States and Taiwan), while the third ethnic group (African American, or Black) is considered a minority in the U.S. To examine implicit preference across the lifespan, the researchers recruited participants ranging from three years of age to adulthood. Participants were asked to complete an ambiguous face categorization task, a measure based on one used in Hugenberg and Bodenhausen (2004), which required them to categorize computer-generated, ethnically ambiguous faces that appeared either happy or angry as belonging to the ingroup or to the outgroup. White participants completed one of two versions of the task: one with Black as the ethnic outgroup, the other with Asian as the ethnic outgroup. For both Taiwanese and Black participants, the ethnic outgroup was always White.

Findings from Dunham et al. (2013) indicate that both White and Taiwanese participants were more likely to view the angry, ethnically ambiguous faces as belonging to the outgroup (Black or Asian for the White participants, White for the Taiwanese participants), suggesting an implicit preference for the ingroup (see Dunham, Chen, & Banaji 2013, and Hugenberg & Bodenhausen 2004, for further discussion on the relationship between the association of angry faces with the outgroup and implicit attitudes against that particular outgroup). However, the Black participants showed no such preference for their ingroup over the comparison White outgroup. No differences were found between the children and their adult counterparts. Thus, these results not only confirm that a preference for one's ingroup emerges early in age and remains consistent throughout one's life, they also highlight the importance of the perceived status of one's ingroups in society, as well as the contribution of one's specific experiences—as a member of a social majority or minority—to this perception.

Here, we seek to further understand the impact of young children's experiences on their implicit preferences. We focus on the early-emerging social group recognition abilities and preferences of Hong Kong Chinese children for several reasons. First, we sought to investigate the extent to which children's understanding of social group differences—in this case, differences between various ethnicities—appears across different cultures. Despite the growing body of research on the development of social cognition, much of the prior work has been gathered from participants living in Western countries, who are often not representative of those from other cultures (Henrich, Heine, & Norenzayan 2010). The underrepresentation of children from non-Western populations in developmental psychology has been of concern recently, with researchers noting that while 57% of participants in all the leading developmental science journals were from the U.S., only 4.36% were recruited from countries in Asia (Nielsen, Haun, Kärtner, & Legare 2017). Cross-cultural research has shown that culture can impact even the basic psychological processes (e.g., autobiographical memory; see Wang 2016 for a detailed review) and that the development of social cognition can vary depending on the child's cultural environment (Callaghan, Moll, Rakoczy, Warneken, Liszkowski, Behne, & Tomasello 2011). Thus, we seek to understand how Hong Kong Chinese children compare to their peers from other cultures.

Second, although some research has already investigated ethnic group categorization and preferences among young children in East Asia (Dunham, Baron, & Banaji 2006; Dunham, Chen, & Banaji 2013; Morland 1969; Morland & Hwang 1981; Qian, Heyman, Quinn, Messi, Fu, & Lee 2016), fairly little is known about the implicit social preferences of children who live in an ethnically homogenous community but have significant exposure to members of ethnic outgroups as well. Acknowledging the specific contexts in which children are raised (along with the social groups to which they already belong) and how children relate to these contexts are crucial to understanding how children develop over time (Lerner 2011; Lerner & Overton 2008). For this reason, we turn to Hong Kong, a Special Administrative Region in the People's Republic of China. Ninety-four percent of Hong Kong residents identify as ethnically Chinese (Hong Kong

Census and Statistics Department 2012). However, although the communities in which most children live are relatively homogenous in terms of ethnicity, children regularly encounter members of two other ethnic groups across school-based settings (i.e., White) and home-based settings (i.e., Southeast Asian).

During (and since) its 156 years under British rule, Hong Kong has had to accommodate a high-status minority group: white Westerners (Guan, Verkuyten, Fung, Bond, Chen, & Chan 2011; Koutonin 2015). The inclusion of these Westerners in Hong Kong society is reflected in its school system; for instance, prior to the return of Hong Kong to China in 1997, English was the main language of instruction in approximately 80% of the secondary schools (Chiu & Hong 1999). In the current early childhood education system (Hong Kong Education Bureau 2015), the employment of Western teachers and the usage of English in the curriculum are two key ways to differentiate between the kindergartens. International kindergartens typically employ both Chinese and Western teachers, with the Western teachers (e.g., White teachers from the United States, Europe, and Australia) providing English language instruction to the students (R. Wong, Perry, MacWhinney, & I. Wong 2013). On the other hand, local kindergartens typically hire only Chinese teachers full-time and instruct the students in Chinese (usually Cantonese). Thus, depending on the type of schools they attend, children may be regularly exposed to White individuals in a position of expertise and authority.

Additionally, many Hong Kong children spend a substantial amount of time interacting with domestic helpers at home. Such helpers tend to be women of Southeast Asian (Filipino or Indonesian) origin. According to a recent study, approximately a third of Hong Kong families with young children hire a domestic helper (Cortés & Pan 2013), who typically live full-time in the same residence and are responsible for the bulk of the childcare duties before the children enter school around age 2 or 3 (Groves & Lui 2012). As a result, domestic helpers can have a considerable influence on children's development. Research has shown that the caregiving style of Filipina domestic helpers, particularly their self-perceived warmth and control, is associated with children's ability to be responsible for their own behavior (Ip, Cheung, McBride-Chang, & Chang 2008).

To summarize, the extent and kind of exposure Hong Kong Chinese children experience with members of other ethnic groups, both in their school and home environments, may impact their implicit preferences for their ethnic ingroup (Chinese), despite their ingroup being the dominant ethnicity in their society. Given past work (e.g., Dunham, Chen, & Banaji 2013), we anticipate that these children will still demonstrate a strong preference for their ethnic ingroup. However, we also predict that children's preferences will also depend on their exposure to individuals from different ethnic groups in familiar settings, including outgroups that are relatively high in status and that are relatively low in status.

Method

Participants

One hundred and ninety-two ethnic Chinese children (93 female; age range: 39 to 78 months; mean age: 61.18 months, SD: 7.5 months) were recruited from kindergartens in Hong Kong. One child was removed from the data set due to experimenter error, resulting in 191 participants in total (93 female; age range: 39 to 78 months; mean age: 61.14 months, SD: 7.49 months). Of these participants, 120 children attended local schools, while 71 children attended international schools. In both types of kindergartens, the majority of the student population is Chinese; on average, 97% of the children enrolled at the local schools and 97.5% of the children enrolled at the international schools are ethnically Chinese.

Parents were asked to complete a demographics questionnaire. Of those who did so (n = 189), the majority reported that their families resided in a largely Chinese community (85.2%), with a smaller number of families reporting that they lived in a mixed-ethnicity community (14.3%), and only one family reporting that they lived in a community with very few ethnic Chinese people. Over half of the parents (53.4%) perceived their families to be of middle socioeconomic status (SES), 24.1% of the respondents perceived their families to be of lower SES, and 12.6% perceived their families to be of higher SES. Nineteen families (9.9%) chose not to report on their income level. At home, 114 children were from families that did not have a Southeast Asian domestic helper; of these families, 20 (17.5%) enrolled their children in international schools, while 94 (82.5%) enrolled their children in local schools. Seventy-seven children were from families that did have domestic helpers at home; of these families, 51 (66.2%) of the children attended international schools, while 26 (33.8%) attended local schools.

Materials

The ambiguous face categorization task was modified after Dunham et al. (2013), and required participants to categorize computer-generated faces that appeared in the middle of a computer screen as either belonging to their ethnic ingroup or to an ethnic outgroup. The ingroup and outgroup categories were represented by two computer-generated headshots, one ingroup and one outgroup, positioned on either side of the screen over either a blue vertical bar or yellow vertical bar (see Appendix A). There were two phases to each task. In the pretest phase, eight stimuli faces were presented, clearly appearing to be ingroup faces or outgroup faces; all the faces were neutral in affect. In the test phase, 30 stimuli faces were presented, all designed to appear racially ambiguous; they were clearly happy (smiling) or angry (frowning) in affect.

Two versions of the ambiguous face categorization task were created with FaceGen (Singular Inversions 2017) and Inquisit (Inquisit 4 Lab 2015) software, one with White as the ethnic outgroup and the other with Southeast Asian as the ethnic outgroup. In the first version, the stimuli faces in the pretest phase were either clearly Chinese or White; in the test phase, the stimuli faces were created by blending White and Chinese facial features. In the latter version, the pretest stimuli faces were either Chinese or Southeast Asian; the test stimuli faces were created by blending Southeast Asian and Chinese facial features. Please see Appendix A for screenshots from both pretest and test phases.

Both tasks were completed on a laptop with two large push pads attached. The push pads allowed categorizations to be made without using the laptop keyboard. They were positioned on either side of the laptop, with the color of the push pad (one blue, one yellow) corresponding to the color of the category bar on the same side.

Procedure

Children were seated individually before a laptop, and asked to place their hands on the push pads. The experimenter then instructed the participants in Chinese (Cantonese), as follows: "In a moment, you will see some faces. Once you see a face, please think about whether it looks more like a Chinese face or more like a White (or Southeast Asian) face, and use these yellow and blue push pads to make your choice. There is no right or wrong answer, but do your best to choose quickly!" Children then completed the two ambiguous face categorization tasks, one immediately after the other. The order in which the two tasks were completed was counterbalanced across participants. In each task, children first completed the pretest phase, to check whether they could accurately categorize faces that were not racially ambiguous, before completing the test phase, in which they had to categorize racially ambiguous faces that were either positive or negative in affect.

Results

Pretest Phase

Overall, children were above chance in categorizing ethnic faces correctly (maximum score = 8) for both the White-Chinese ambiguous face categorization task, $M = 5.17$, $SD = 1.79$, $t(190) = 9.05$, $p < .001$, and the Southeast Asian-Chinese ambiguous face categorization task, $M = 5.18$, $SD = 1.99$, $t(190) = 8.18$, $p < .001$. A paired-samples t-test revealed no significant difference between children's performance for the two tasks, $t(190) = .03$, $p = .97$. These results indicate that by 39 months, children were able to distinguish between faces belonging to the ingroup and those belonging to the outgroup, regardless of the ethnicity of the comparison outgroup.

Test Phase

We first examined children's overall categorization of angry faces ($n = 15$) and happy faces ($n = 15$), together and separately, in the test phase. A paired-sample t-test revealed that in the White-Chinese ambiguous face categorization task, children were slightly more likely to categorize the test phase faces as belonging to the ingroup ($M = 15.03$, $SD = 4.96$) instead of the outgroup ($M = 14.97$, $SD = 4.96$), though this difference was not significant, $t(190) = .07$, $p = .94$. In the Southeast Asian-Chinese ambiguous face categorization task, children tended to see the faces as belonging to the outgroup ($M = 15.70$, $SD = 5.64$) over the ingroup ($M = 14.30$, $SD = 5.64$), but this difference was not significant as well, $t(190) = 1.72$, $p = .09$. Among the angry faces only, children were more likely to categorize the stimuli as Chinese ($M = 8.09$, $SD = 3.73$) rather than as White ($M = 6.91$, $SD = 3.73$), $t(190) = 2.20$, $p = .03$, $d = .32$. In the Southeast Asian-Chinese ambiguous face categorization task, although children were slightly more likely to categorize the angry faces as Southeast Asian ($M = 7.67$, $SD = 3.49$) rather than as

Chinese ($M = 7.33$, $SD = 3.49$), this difference was not significant, $t(190) = .67$, $p = .50$. Children were more likely to see the happy faces as belonging to the outgroup, in the White-Chinese task (M for White faces = 8.07, $SD = 3.56$; M for Chinese faces = 6.93, $SD = 3.56$), $t(190) = 2.21$, $p = .03$, $d = .32$, and in the Southeast Asian-Chinese task (M for Southeast Asian faces = 8.03, $SD = 3.27$; M for Chinese faces = 6.97, $SD = 3.27$), $t(190) = 2.25$, $p = .03$, $d = .33$.

Because the dependent variable (whether the stimuli faces were categorized as belonging to the ingroup or to the outgroup) was dichotomous in nature, we then ran binomial logistic regression analyses to examine the impact of several independent variables on children's categorization of the ethnically ambiguous faces (categorization as ingroup = 0, categorization as outgroup = 1): participant age (in months), participant gender (female = 0, male = 1), pretest accuracy (score range: 0 to 8), kindergarten type (local = 0, international = 1), presence of helper (not present = 0, present = 1), and emotion of face stimulus (happy = 0, angry = 1). To interpret our findings obtained from logistic regression analyses, we used odds ratios, which indicate a change in the odds for the dependent variable (i.e., participants' categorization of the ambiguous faces) based on a unit change in one or more of the predictors (i.e., participant age, participant gender, pretest accuracy, kindergarten type, helper presence, and stimuli emotion); examining the odds ratios allows us to understand the effects of the predictors more clearly (Field 2013). We detail the findings below.

White-Chinese Ambiguous Face Categorization Task

The final model for the White-Chinese task revealed significant effects of the following factors: participant age, $\beta = 0.01$, $SE = .005$, $p = .015$; participant gender, $\beta = .33$, $SE = .08$, $p < .001$; pretest accuracy, $\beta = .05$, $SE = .02$, $p = .038$; kindergarten type, $\beta = .14$, $SE = .07$, $p = .04$; helper presence, $\beta = -.17$, $SE = .06$, $p = .006$; and facial emotion, $\beta = 2.30$, $SE = .46$, $p < .001$. Additionally, we found a Facial Emotion x

Participant Age interaction, $\beta = -.03$, $SE = .007$, $p < .001$; a Facial Emotion x Participant Gender interaction, $\beta = -.52$, $SE = .11$, $p < .001$; and a Facial Emotion x Pretest Accuracy interaction, $\beta = -.10$, $SE = .03$, $p = .001$. No other significant effects or interactions were found.

The results of the logistic regression indicated that, when the target predictors were included in the analyses, the odds of children categorizing angry faces as White were 9.99 times that of them categorizing happy faces as White. The odds of categorizing the faces as White for children from international schools were 1.15 times that of children from local schools. Finally, the odds of categorizing the faces as White for children with domestic helpers were .84 times those without domestic helpers at home.

Because the main effects of participant age, participant gender, and pretest accuracy were all smaller than interaction effects involving these variables, we focus on the interpretation of these interactions instead. The effect of participant age significantly differed for happy faces compared to angry faces. For angry faces, the odds of categorizing the faces as White decreased by .017 times for every one-month increase in age; conversely, for happy faces, the odds of categorizing faces as White increased by .013 times for every one-month increase in age (see Figure 1). The effect of participant gender also differed significantly depending on the emotion of the stimuli faces. For angry faces, the odds of boys categorizing the faces as White was 0.83 times compared to girls; for happy faces, the odds of boys categorizing the faces as White was 1.39 times compared to girls (see Figure 2). Finally, the effect of pretest accuracy differed for angry faces compared to happy faces. For angry faces, the odds of categorizing the faces as White decreased by .05 times for every 1 point increase in pretest accuracy; on the other hand, for happy faces, the odds of categorizing faces as White increased by .05 times for every 1 point increase in pretest accuracy (see Figure 3).

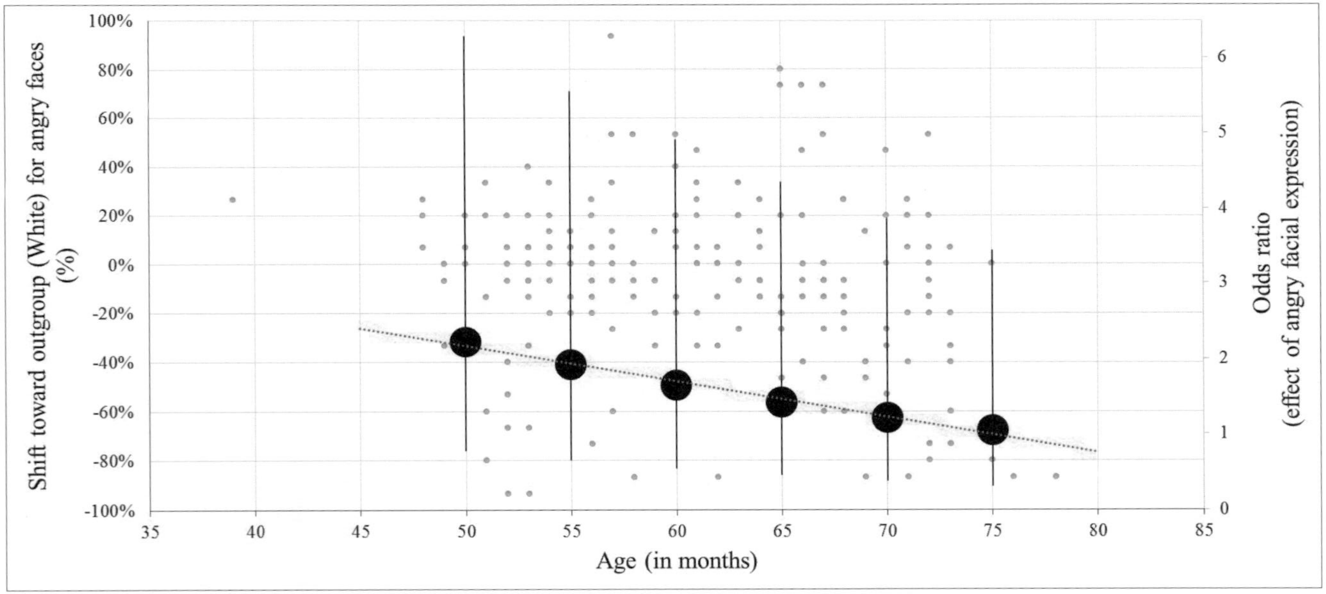

Figure 1. The following figure represents a percentage shift in categorization of angry faces as belonging to the White outgroup (raw participant-level data, gray dots; left *y*-axis) and odds ratios estimating the increased likelihood of categorizing an angry face as belonging to the outgroup (black circles; right *y*-axis), as a function of age in months (*x*-axis). The percentage shift in categorization was calculated as the difference between the percentage of angry faces categorized as the outgroup and the percentage of angry faces categorized as belonging to the ingroup; the error bars indicate 95% confidence intervals for the odds ratios. Although the odds ratios are shown as discrete age bins, age was treated as a continuous variable in the actual analyses. Finally, the dotted line indicates the ordinary least square regression of odds ratio on age.

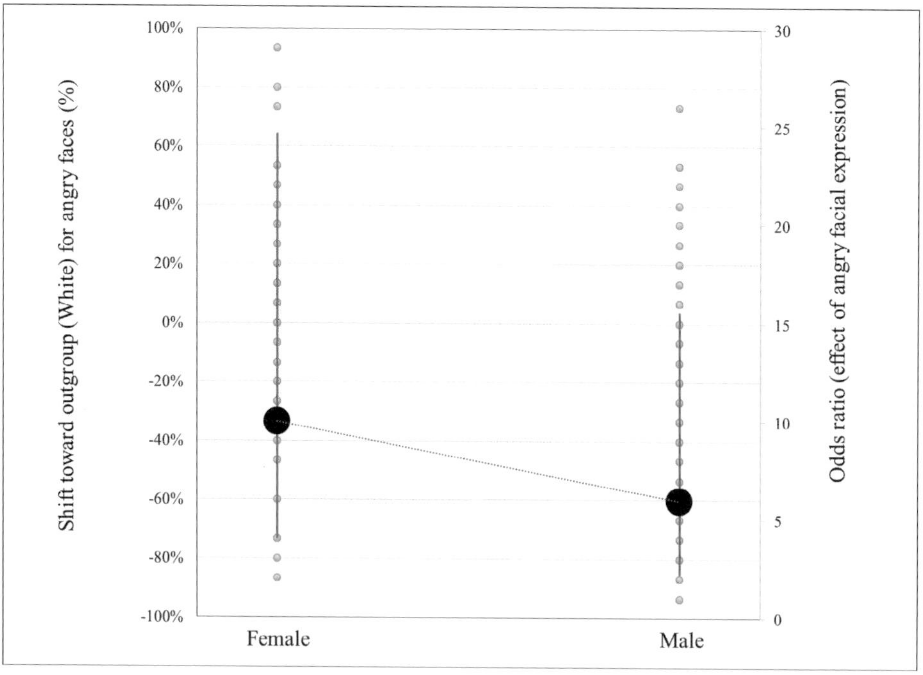

Figure 2. The percentage shift in categorization of angry faces as belonging to the White outgroup (raw participant-level data, gray dots; left *y*-axis) and odds ratios estimating the increased likelihood of categorizing an angry face as belonging to the outgroup (black circles; right *y*-axis), as a function of gender (female, male; *x*-axis). Error bars indicate 95% confidence intervals for the odds ratios; the dotted line indicates the ordinary least square regression of odds ratio on age.

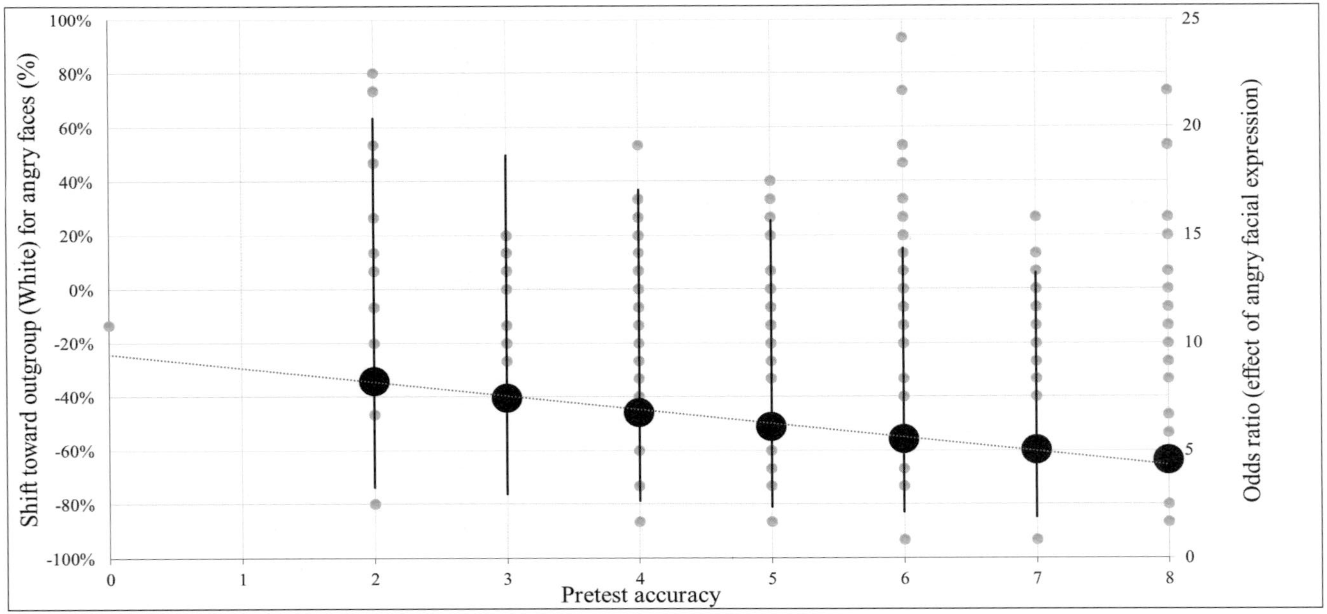

Figure 3. The percentage shift in categorization of angry faces as belonging to the White outgroup (raw participant-level data, gray dots; left *y*-axis) and odds ratios estimating the increased likelihood of categorizing an angry face as belonging to the outgroup (black circles; right *y*-axis), as a function of pretest accuracy (maximum possible score = 8 faces correctly categorized in the pretest phase; *x*-axis). Error bars indicate 95% confidence intervals for the odds ratios; the dotted line indicates the ordinary least square regression of odds ratio on age.

Southeast Asian-Chinese Ambiguous Face Categorization Task

The final model for the Southeast Asian-Chinese task revealed significant effects of following factors: participant age, $\beta = 0.02$, $SE = .005$, $p < .001$; pretest accuracy, $\beta = .05$, $SE = .01$, $p < .001$; and of facial emotion, $\beta = 1.15$, $SE = .45$, $p = .01$. A Facial Emotion x Participant Age interaction, $\beta = -.02$, $SE = .007$, $p = .002$, and a Facial Emotion x Helper Presence interaction $\beta = .24$, $SE = .11$, $p = .03$. No other main effects or interaction effects were found.

Children who were more accurate during the pretest were 1.05 times more likely to categorize the faces as Southeast Asian as opposed to Chinese. Because the interaction effects were larger than the main effects of facial emotion and participant age, we focus on interactions instead. The effect of participant age differed significantly for happy and angry faces. For angry faces, the odds of categorizing the faces as Southeast Asian decreased by .004 times for every 1-month increase in age; for happy faces, the odds of categorizing the faces as Southeast Asian increased by .018 times for every 1-month increase in age (see Figure 4). Whether children were raised with a Southeast Asian helper at home made a difference in how they categorized the faces. For angry faces, the odds of children categorizing the faces as Southeast Asian increased by .11 times if they were raised with a domestic helper at home compared to those raised with no helpers; for happy faces, the odds of categorizing the faces as Southeast Asian decreased by 0.12 times if they were raised with a domestic helper (see Figure 5).

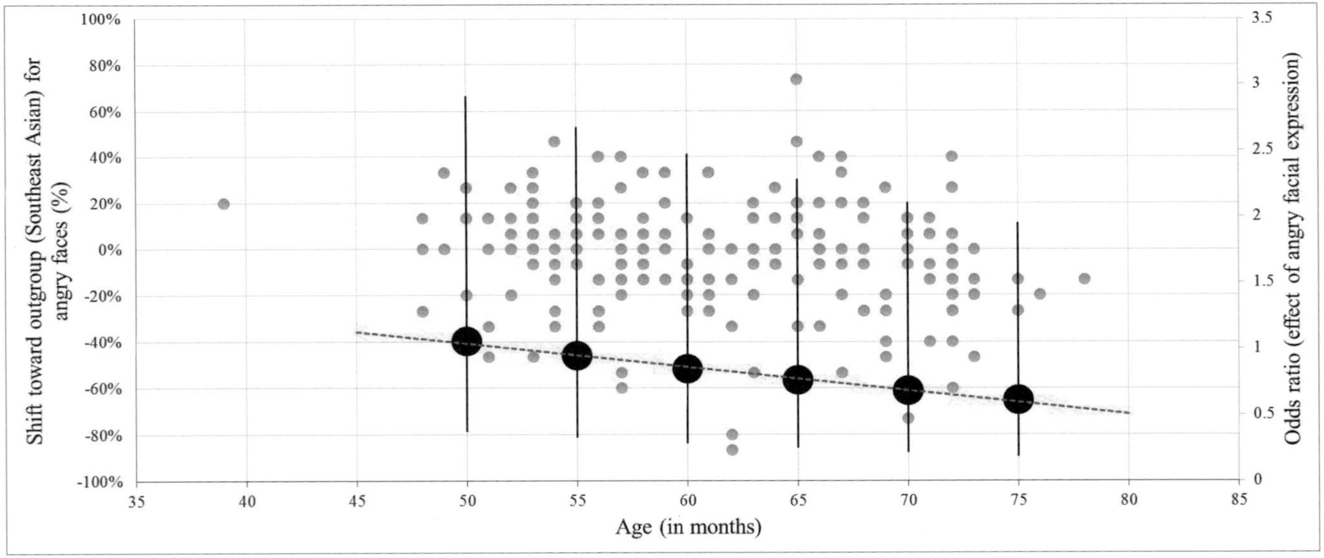

Figure 4. The percentage shift in categorization of angry faces as belonging to the Southeast Asian outgroup (raw participant-level data, gray dots; left *y*-axis) and odds ratios estimating the increased likelihood of categorizing an angry face as belonging to the outgroup (black circles; right *y*-axis), as a function of age (in months; *x*-axis). Error bars indicate 95% confidence intervals for the odds ratios; the dotted line indicates the ordinary least square regression of odds ratio on age.

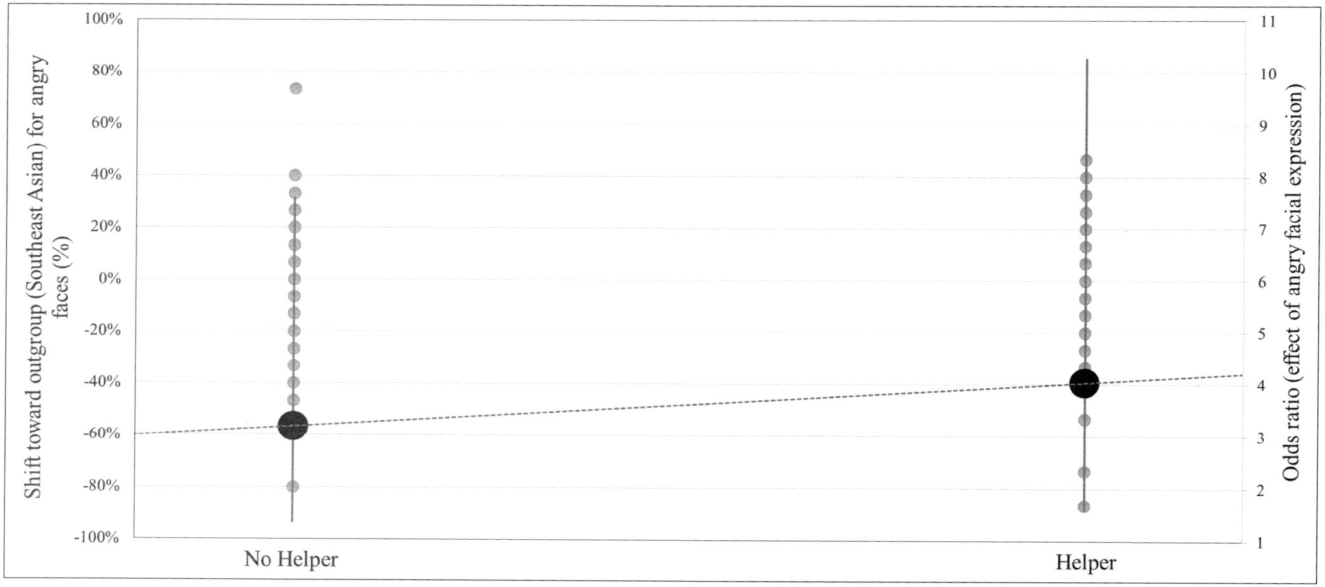

Figure 5. The percentage shift in categorization of angry faces as belonging to the Southeast Asian outgroup (raw participant-level data, gray dots; left *y*-axis) and odds ratios estimating the increased likelihood of categorizing an angry face as belonging to the outgroup (black circles; right *y*-axis), as a function of domestic helper presence at home (no helper at home, helper at home; *x*-axis). Error bars indicate 95% confidence intervals for the odds ratios; the dotted line indicates the ordinary least square regression of odds ratio on age.

Discussion

In the present study, we examined the social group recognition abilities and social group preferences of preschool Chinese children growing up in Hong Kong. Specifically, we sought to investigate whether young children would exhibit implicit preferences for members of their ethnic ingroup, and whether their exposure to members of various ethnic outgroups—both low-status (Southeast Asian) and high-status (White)—in familiar settings (home, school) would impact the extent to which they prefer ingroup members.

For the pretest phase, children were asked to categorize faces that clearly resembled the ethnic ingroup or one of the two ethnic outgroups (White, Southeast Asian). Overall, results indicate that children were able to distinguish between faces belonging to the ingroup from those belonging to the outgroup, both for the White and Southeast Asian outgroups. These results are consistent with past findings (Baron & Banaji 2006; Dunham, Chen, & Banaji 2013) demonstrating that by preschool age, children are capable of ethnic group recognition.

By contrast, the results found in the test phase were more unexpected. In the test phase for the White-Chinese task, initial examination of the logistic regression analyses suggested that children were more likely to see angry faces (rather than happy faces) as White. Despite this tendency, however, several factors reduced the "angry = outgroup" finding. First, older children were less likely to see the angry faces as White compared to the younger children. Second, compared to girls, boys were less likely to classify the angry faces as White. Third, children who were better at recognizing ethnic group differences in the pretest phase were less likely to consider the angry faces as outgroup faces. The type of school attended and the presence of a domestic helper at home also impacted children's decisions. Children who attended international schools were more likely to see the faces—regardless of emotional expression—as White rather than

Chinese. Conversely, children who were raised with a domestic helper at home were more likely to categorize the faces as Chinese rather than White.

These results differ from those found with the children in Dunham et al. (2013), including the White children and Taiwanese children, which is surprising given that all these children are members of the dominant ethnic groups in their respective communities. In Dunham et al. (2013), both White and Taiwanese children—provided that they could distinguish between the ethnic ingroup and outgroup—viewed the angry faces as resembling the outgroup instead of the ingroup, indicating a robust implicit preference for their ingroup; no other effects were found. By contrast, when considering the effects of age, gender, and pretest accuracy, Hong Kong Chinese children did not show similar levels of preference for the ingroup.

There are several possible reasons for this discrepancy. The first possibility is that Hong Kong Chinese children had difficulty completing the task, resulting in less consistent results. However, the ambiguous face categorization tasks were the same in design as the ones used in Dunham et al. (2013), which were created specifically so that young children would be able to complete the task (i.e., using pictures instead of words). Additionally, our participants were similar in age with the youngest of the children recruited in Dunham et al. (2013), including children from another East Asian culture. Finally, special care—with the experimenters spending time at the very beginning to explain the task to the participants, and using large push-pads in lieu of the laptop keyboard—had been taken to ensure children's understanding of the task. Therefore, it is unlikely that the Hong Kong children failed to understand how to complete the study. Our results also indicate that children had little trouble completing the initial pretest phase—it was at the test phase that they differed.

The second possibility is that Hong Kong Chinese children—in particular, those who were older, those who were boys, and those who were better at ethnic group recognition—simply preferred the targeted ethnic outgroup (White) over their own ingroup. However, in a separate study conducted with the same group of children (Chen, Corriveau, Lai, Poon, & Gaither [under review]), participants exhibited a strong tendency to choose their ingroup for learning new information (i.e, the functions for novel objects) and for socializing with unfamiliar peers (e.g., sharing a snack with another person). These results suggest that the children are not just aware of ethnic group differences, but are capable of demonstrating a preference for their own group members as well. Given children's ingroup preferences with regards to learning and socializing, as well as their overall perception of the happy faces as Chinese faces, it is not likely that the implicit ingroup preferences of Hong Kong children are less robust than those of their peers.

A third possibility is that the participants do possess a preference for the ingroup, but that this preference is impacted by children's specific experiences within Hong Kong society, particularly with individuals belonging to a higher-status ethnic minority group—that is, those who are White. As children interact with members of different ethnicities, their willingness to associate angry or threatening faces with the White outgroup may be attenuated by the fact that the European and European American people they encounter often occupy authoritative positions, including in their school environment, particularly if they attend international schools with full-time Western teachers employed. Prior work (Horwitz, Shutts, & Olson 2014; Shutts, Brey, Dornbusch, Slywotsky, & Olson 2016) has shown that in addition to ethnicity, preschool children can be sensitive to the social status and wealth of individuals, considering these factors when making evaluations of other people. If the majority of White people children meet appear to have a relatively high social status, their preference for their ingroup may weaken over time, especially as they continue to interact with them in their daily lives.

But unlike the Black participants in Dunham et al. (2013), sensitivity to the relative social status of one's ingroup relative to outgroups may not be immediately apparent in Hong Kong, since the Chinese ethnic group is still the dominant majority. Therefore, the association of angry faces with the ingroup (instead of with the outgroup) may emerge only as the children age and spend more time in formal schooling, and as they become more able to distinguish between ingroup and outgroup faces. This tendency may be especially apparent in our study because the faces we used were adult faces, which potentially resembled the faces of authority figures. Finally, other research (Shutts, Banaji, & Spelke 2010) has demonstrated that gender is an even more salient social category for young children. Thus, because the stimuli faces were all male, boys may have been more attentive and affected relative to their female counterparts.

In comparison with the results from the White-Chinese task, children who were better able to categorize faces in the pretest phase for the Southeast Asian-Chinese task were more likely to categorize the faces, regardless of affect, as belonging to the outgroup rather than the ingroup. Having a domestic helper at home led children to see the angry faces as belonging to the outgroup rather than the ingroup. These findings are more consistent with those in previous literature (Dunham, Chen, & Banaji 2013; Hugenberg & Bodenhausen 2004), in that children who were better at distinguishing between ingroup and outgroup faces tended to see the ambiguous faces in the subsequent test phase as outgroup faces rather than ingroup faces, particularly the faces that were angry in appearance. The fact that this tendency was especially seen in children who were being raised with Southeast Asian helpers at home suggests that, as in the White-Chinese task, children may be attending to the social status of the outgroup. Since the Southeast Asians children encounter are likely to be of from a lower status compared to themselves, the implicit preference for the ingroup remains robust. Puzzlingly, older children were also more likely to see the angry faces as belonging to the ingroup rather than the outgroup. Since this same tendency was observed in the White-Chinese task, it is possible that older children—especially as they become more familiar with other ethnic outgroups beyond the immediate environment—are more cautious in judging outgroup members, even perceiving them more positively. This interpretation is consistent with recent work indicating that after extended exposure to previously unfamiliar faces, adults tend to perceive the expressions on these faces as being happier compared to those on novel faces (Carr, Brady, & Winkielman 2017). More work extending beyond preschool is needed to examine whether this increasing "angry = ingroup" tendency is indeed observed among the children and adults in Hong Kong.

To summarize, Hong Kong Chinese children, like their counterparts in the U.S. and in Taiwan, demonstrate an awareness and sensitivity to ethnic group information. However, in contrast with their peers, their ingroup preference was attenuated by a number of factors, which varied depending on whether the comparison outgroup was White or Southeast Asian. Children appeared to show increasing preference for White outgroup members as they got older and as they improved in ethnic group recognition, especially among the male participants. If they attended international school, children were more likely to consider the stimuli as White. Children also appeared to show increasing preference for Southeast Asian outgroup members as they got older; however, familiarity with the outgroup—via growing up with a Southeast Asian domestic helper at home—led to an increased tendency to perceive the angry faces as outgroup faces. These findings suggest that exposing children to different ethnicities may help them to view different outgroups more favorably as they age—provided that the exposure does not occur in a context highlighting a relatively low social status for the outgroup. Children are not only sensitive to ethnic group information; they are also capable of considering the familiarity and status of the ethnic groups they encounter, and weigh those information together when making decisions about people (or faces) they have not seen before.

Our study represents a preliminary step into investigating the ingroup preferences of Hong Kong Chinese children, specifically when their ethnic group members are compared against two ethnic outgroups that often occupy unique roles (i.e., White outgroup members occupying positions of relative high social status, Southeast Asian outgroup members occupying positions of relative low social status) in their society.

Further probing, using both implicit and explicit measures, is needed to examine the robustness of these implicit intergroup preferences, especially across the lifespan. The extent to which children receive knowledge about their own ethnic group and other ethnic groups, and the contexts in which this knowledge is gathered, also deserves careful study. Doing so will allow for deeper insights to be gained into how different social groups, including those that are more dominant and those that are more vulnerable, can exert influence on one another in society.

References

Baron, A. S., & M. R. Banaji

2006 The Development of Implicit Attitudes. Psychological Science 17:53-58. doi:10 .1111/j.1467-9280.2005.01664

Callaghan, T., H. Moll, H. Rakoczy, F. Warneken, U. Liszkowski, T. Behne, & M. Tomasello

2011 Early Social Cognition in Three Cultural Contexts. Monographs of the Society for Research in Child Development 76(2, Serial No. 299). doi: 10.1111/j.1540-5834.2011.00603.x

Carr, E. W., T. F. Brady, & P. Winkielman

2017 Are You Smiling, or Have I Seen You Before? Familiarity Makes Faces Look Happier. Psychological Science 1-16. doi: 10.1177/095679761770200

Chen, E. E., K. H. Corriveau, & P. L. Harris

2011 Children are Sociologists. Anales de Psicología 27:625-630.

2013 Children Trust a Consensus Composed of Outgroup Members – But Do Not Retain It. Child Development 84:269-282. doi: 10.1111/j.1467-8624.2012.01850.x

Chen, E. E., K. H. Corriveau, K. W. Lai, S. L. Poon, & S. E. Gaither

[under review] Learning and Socializing Preferences in Hong Kong Chinese Children.

Chiu, C. -Y. & Y. -Y. Hong

1999 Social Identification in a Political Transition: The Role of Implicit Beliefs. International Journal of International Relations 23:297-318. doi:10.1016/S0147-1767(98)00040-6

Cortés, P. & J. Y. Pan

2013 Outsourcing Household Production: Foreign Domestic Helpers and Native Labor Supply in Hong Kong. Journal of Labor Economics 31:327-371. doi: 10.1086/668675

Dunham, Y., A. S. Baron, & M. R. Banaji

2006 From American City to Japanese Village: A Cross-cultural Investigation of

Implicit Race Attitudes. Child Development 77:1268-1281. doi: 10.1111/j.1467-8624.2006.00933.x

Dunham, Y., E. E. Chen, & M. R. Banaji
2013 Two Signatures of Implicit Intergroup Attitudes: Developmental Invariance and Early Enculturation. Psychological Science 24:860-868. doi: 10.1177/0956797612463081

Field, A.
2013 Discovering Statistics Using IBM SPSS Statistics. London, England: SAGE Publications.

Gaither, S. E., E. E. Chen, K. H. Corriveau, P. L. Harris, N. Ambady, & S. R. Sommers
2014 Monoracial and Biracial Children: Effects of Racial Identity Saliency on Social Learning and Social Preferences. Child Development 85:2299-2316. doi: 10.1111/cdev.12266

Gaither, S. E., K. Pauker, & S. P. Johnson
2012 Biracial and Monoracial Infant Own-race Face Perception: An Eye Tracking Study. Developmental Science 15:775-782. doi: 10.1111/j.1467-7687.2012.01170.x

Groves, J. M. & C. W. Lui
2012 The “Gift” of Help: Domestic Helpers and the Maintenance of Hierarchy in the Household Division of Labour. Sociology 45:57-63. doi: 10.1177/0038038511416166

Guan, Y., M. Verkuyten, H. H.-L. Fung, M. H. Bond, S. X. Chen, & C. C. -H. Chan
2011 Out-group Value Incongruence and Intergroup Attitude: The Roles of Common Identity and Multiculturalism. International Journal of Intercultural Relations 35:377-385.doi: :10.1016/j.ijintrel.2010.04.007

Harris, P. L.
2012 Trusting What You’re Told: How Children Learn from Others. Cambridge, MA: The Belknap Press/Harvard University Press.

Henrich, J., S. J. Heine, & A. Norenzayan
2010 The Weirdest People in the World? Behavioral and Brain Sciences 33:61-135. doi: 10.1017/S0140525X0999152X

Hong Kong Census and Statistics Department

2012 Thematic Report: Ethnic Minorities (2011 Population Census). Retrieved from http://www.statistics.gov.hk/pub/B11200622012XXXXB0100.pdf

Hong Kong Education Bureau

2015 Overview of Kindergarten Education in Hong Kong. Retrieved from http://www.edb.gov.hk/en/edu-system/preprimary-kindergarten/overview/index.html

Horwitz, S. R., K. Shutts, & K. R. Olson

2014 Social Class Differences Produce Social Group Preferences. Developmental Science 17:991-1002. doi: 10.1111/desc/12181

Hugenberg, K., & G. V. Bodenhausen

2004 Ambiguity in Social Categorization: The Role of Prejudice and Facial Affect in Race Categorization. Psychological Science 15:342–345. doi:10.1111/j.0956-7976.2004.00680.x

Inquisit 4 Lab

2015 Retrieved from http://millisecond.com.

Ip, H. M., S. K. Cheung, C. McBride-Chang, & L. Chang

2008 Associations of Warmth and Control of Filipina Domestic Helpers and Mothers to Hong Kong Kindergarten Children's Social Competence. Early Education and Development 19:284-301. doi: 10.1080/10409280801963988

Kelly, D. J., P. C. Quinn, A. M. Slater, K. Lee, A. Gibson, M. Smith, L. Ge, & O. Pascalis

2005 Three-month-olds, but not Newborns, Prefer Own-race Faces. Developmental Science, 8, 31-36. doi: 10.1111/j.1467-7687.2005.0434a.x

Kinzler, K. D. & E. S. Spelke

2011 Do Infants Show Social Preferences for People Differing in Race? Cognition 119:1-9. doi: 10.1016/j.cognition.2010.10.019

Koutonin, M. R.

2015 Why are White People Expats When the Rest of Us are Immigrants? The Guardian. Retrieved from https://www.theguardian.com/global-development-professionals-network/2015/mar/13/white-people-expats-immigrants-migration

Lee, K., P. C. Quinn, & O. Pascalis

2017 Face Tace Processing and Tacial Nias in Rarly Fevelopment: A Perceptual-social Linkage. Current Directions in Psychological Science 26:256-262. doi: 10.1177/0963721417690276

Lerner, R. M.

2011 Structure and Process in Relational, Developmental Systems Theories: A Commentary on Contemporary Changes in the Understanding of Developmental Change Across the Life Span. Human Development 54:34-43. doi: 10.1159/000324866

Lerner, R. M. & W. F. Overton

2008 Exemplifying the Integrations of the Relational Developmental System: Synthesizing Theory, Research, and Application to Promote Positive Development and Social Justice. Journal of Adolescent Research 23:245-255. doi: 10.1177/0743558408314385

Morland, J. K.

1969 Race Awareness among American and Hong Kong Chinese Children. American Journal of Sociology 75:360-374. doi: 10.1086/224789

Morland, J. K. & C. -H. Hwang

1981 Racial/Ethnic Identity of Preschool Children: Comparing Taiwan, Hong Kong, and the United States. Journal of Cross-Cultural Psychology 12:409-424. doi: 10.1177/0022022181124002

Nielsen, M., D. Haun, J. Kärtner, & C. H. Legare

2017 The Persistent Sampling Bias in Developmental Psychology: A Call to Action. Journal of Experimental Child Psychology 162:31-38. doi: 10.1016/j.jecp.2017.04.017

Pauker, K., A. Williams, & J. R. Steele

2016 Children’s Racial Categorization in Context. Child Development Perspectives 10:33-38. doi: 10.111/cdep.12155

Qian, M. K., G. D. Heyman, P. C. Quinn, F. A. Messi, G. Fu, & K. Lee

2016 Implicit Racial Biases in Preschool Children and Adults from Asia and Africa. Child Development 87:285-296. doi: 10.1111/cdev.12442

Shutts, K., M. R. Banaji, & E. S. Spelke

2010 Social Categories Guide Young Children's Preferences for Novel Objects. Developmental Science 13:599-610. doi: 10.1111/j.1467-7687.2009.00913.x

Shutts, K., E. L. Brey, L. A. Dornbusch, N. Slywotsky, & K. R. Olson

2016 Children Use Wealth Cues to Evaluate Others. PLOS One 11: e0149360. doi: 10.1371/journal.pone.0149360

Singular Inversions

2017 Retrieved from https://facegen.com/.

UNESCO

2007 Strong Foundations: Early Childhood Care and Education (EFA Global Monitoring Report 2007). Retrieved from http://unesdoc.unesco.org/images/0014/001477/147794e.pdf

Wang, Q.

2016 Why Should We All be Cultural Psychologists? Lessons from the Study of Social Cognition. Perspectives on Psychological Science 11:583-396. doi: 10.1177/1745691616645552

Wong, R. K. S., C. Perry, B. MacWhinney, & I. O. Wong

2013 Relationships between Receptive Vocabulary in English and Cantonese Proficiency Among Five-year-old Hong Kong Kindergarten Children, Early Child Development and Care 183:1407-1419.doi: 10.1080/03004430.2013.788819

Appendix A.

Sample screenshots of the ambiguous ethnic face stimuli used, in the following order: a) White-Chinese task, pretest phase; b) White-Chinese task, test phase; c) Southeast Asian-Chinese task, pretest phase; and d) Southeast Asian-Chinese task, test phase.

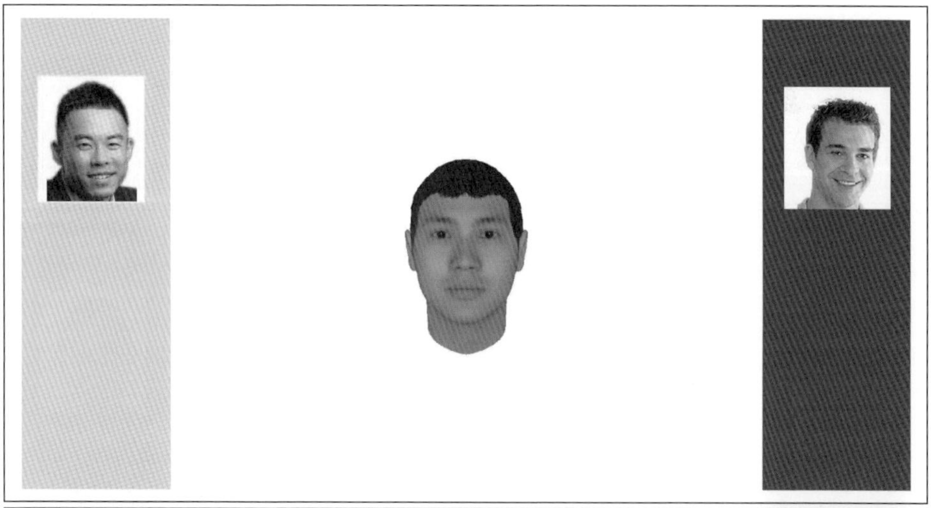

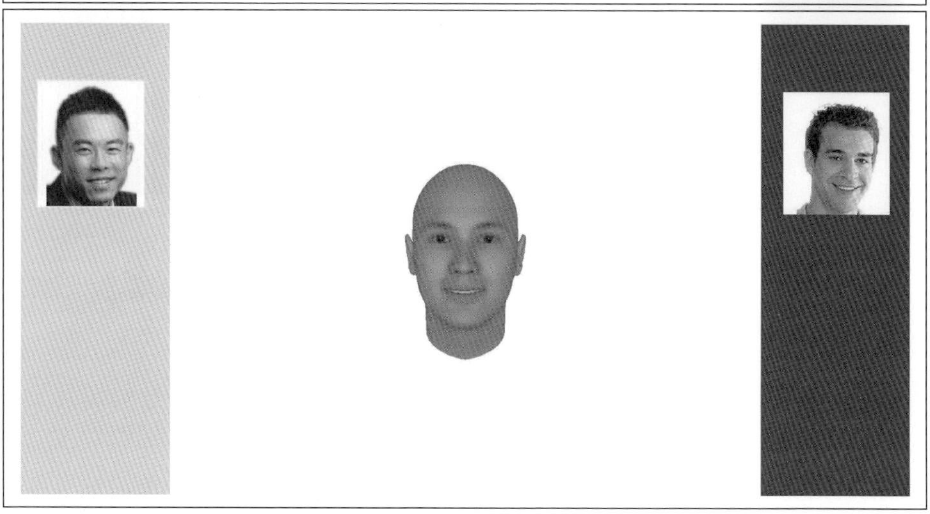

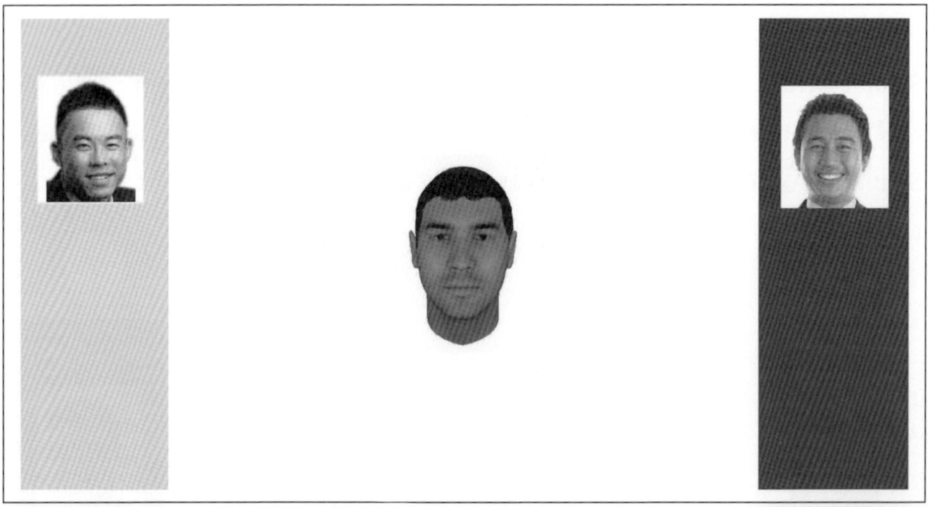

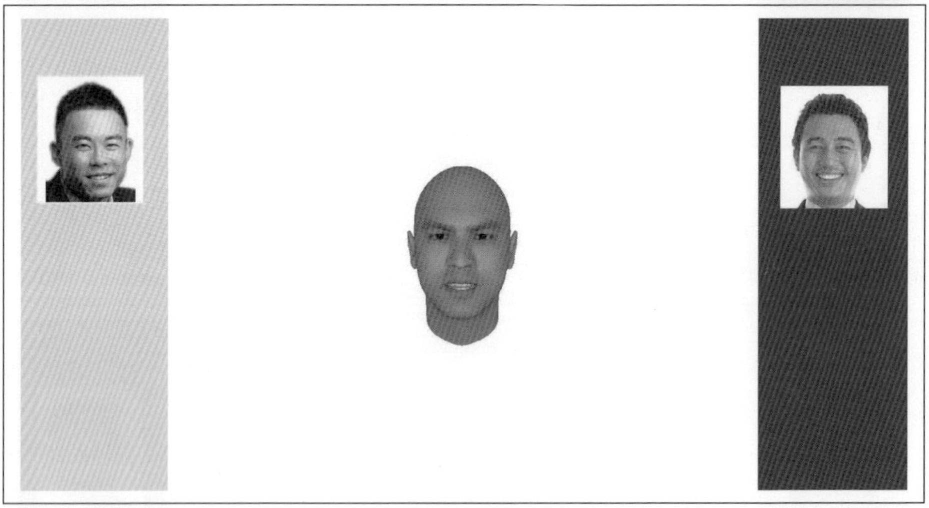

Examining the Impact of Family and School Background on the Implicit Ethnic Preferences of Hong Kong Chinese Children

Eva E. Chen

Abstract

As social beings, humans attend to cues signaling the groups (e.g., ethnicity, gender, and age) to which they belong, using those cues to make further decisions in their lives. Here, we examine whether young children growing up in an ethnically diverse community can distinguish between different ethnic groups and show a preference for their own group. We also investigate the role of key family and school background factors. One hundred and ninety-one Hong Kong Chinese children (93 female; age range: 39 to 78 months; mean age: 61.14 months) were asked to complete two versions of a computer task, where they had to sort ethnically ambiguous faces that were either happy or angry as belonging to the ingroup (Chinese) or to the outgroup (White or Southeast Asian). Overall, children were able to distinguish between ingroup and outgroup faces. Logistic regression analyses revealed that children were more likely to categorize the angry faces as either of the two outgroups than as Chinese. On the White-Chinese task, participant age, participant gender, and ethnic group recognition impacted the degree to which children considered the angry faces as belonging to the outgroup. The type of school the children attended and the presence of a domestic helper at home influenced children's decisions as well. For the Southeast Asian-Chinese task, participant age, ethnic group recognition, and domestic helper presence impacted children's categorization of the ethnically ambiguous faces. Our findings suggest that by preschool age, Hong Kong Chinese children exhibit an implicit preference for their ethnicity, though this preference is strongly affected by group membership in other social domains and by specific home and school experiences.

Keywords: Social Cognition, Intergroup Relations, Cognitive Development, Early Childhood

作者簡介

丁品瑄

現職親子天下行銷企劃，輔仁大學兒童與家庭學系碩士。研究領域為婚姻關係、代間關係。

王郁琮

國立彰化師範大學輔導與諮商學系教授。研究領域為青少年心理學、混合模式（Mixture Models）、教學評鑑、學習成效評量、試題差異反應研究。

朱瑞玲

中央研究院民族學研究所兼任研究員、臺灣大學心理學系兼任教授。研究領域為人格與社會心理學，主要研究議題包括華人社會的家人關係、面子現象、價值觀以及利社會行為等。

利翠珊

輔仁大學兒童與家庭學系教授。美國普度大學博士，主修家庭研究，副修家庭諮商。研究領域包含婚姻情感、伴侶關係發展、成年子女與父母關係等。

吳志文

國立臺灣師範大學人類發展與家庭學系助理教授，2016 年國立臺灣大學心理學博士。研究領域為親子衝突、代間依附關係、青少年自主性、華人孝道信念、本土心理學。

李怡青

臺灣大學心理系教授，曾任政治大學心理系教授、副教授、助理教授。研究興趣在於探討文化、群際關係結構、偏見與歧視、及社會改變之間的關聯。研究的特點在於使用不同類型的研究方法（整合分析、實驗法、調查研究法、內容分析法等），相信每個研究方法有其擅長回答的問題，兼用不同的研究方法對關心主題有不同的視角。研究主題包含社會權力、性別議題、政治心理學議題、偏見歧視與刻板印象。

周玉慧

中央研究院民族學研究所研究員，1995 年日本廣島大學心理學博士。研究領域包含社會心理學、婚姻與家庭心理學、人際溝通與互動、生活壓力與社會支持、青少年心理學、成人與老人心理學。

林惠雅

輔仁大學兒童與家庭學系教授，1985 年美國加州大學聖塔芭芭拉教育心理學博士。研究領域包含兒童發展、青少年心理學、父母教養、親職教育、共親職。

林瑋芳

中原大學心理學系助理教授，2014 年臺灣大學心理學博士。研究領域包含人際關係、心理適應及字詞分析。

唐先梅

國立空中大學生活科學系教授，1993 年美國威斯康辛大學麥迪遜分校，兒童與家庭研究博士，研究領域包含家務分工、家人互動，與家庭生活品質。

張仁和

中央研究院民族學研究所助研究員，2013 年臺灣大學心理學博士。研究領域包含文化與社會認知、正向心理學、自我與人際動機、正念。

陳伊慈 (Eva E. Chen)

香港科技大學社會科學分部助理教授，2012 年哈佛大學教育學院博士。研究領域包含發展心理學、社會心理學、認知心理學與幼兒教育。

焦源羚

私立輔仁大學兒童與家庭學系，2009 年澳洲墨爾本大學社會政治系博士。研究領域包含家庭社會學、大學生時間運用與管理、跨文化研究。

葉光輝

中央研究院民族所研究員、臺灣大學心理學系教授。研究領域為性格、本土以及家庭心理學。

劉蓉果

臺灣大學心理學系博士候選人，臺灣大學心理學碩士。研究興趣為人格與社會心理學、家庭教化、家人關係與文化。

蕭英玲

輔仁大學兒童與家庭學系教授 1998 年美國華盛頓州立大學社會學博士。研究領域包含伴侶與婚姻關係、工作與家庭、夫妻權力、家庭與婚姻態度的變遷。

國家圖書館出版品預行編目 (CIP) 資料

華人家庭、代間關係與群際認同 /
周玉慧、葉光輝、張仁和 主編.
-- 初版 . -- 臺北市：中研院民族所 , 2019.3
330 面 ; 17x23 公分
ISBN 978-986-05-8749-4（精裝）

1. 家庭關係 2. 家庭結構 3. 家庭心理學

544.1 108003074

華人家庭、代間關係與群際認同

主　編：周玉慧、葉光輝、張仁和
編　輯：李宗洋
出版者：中央研究院民族學研究所
發行者：中央研究院民族學研究所
　　　　臺北市南港區研究院路二段 128 號
電　話：(02)2652-3300
印　刷：大光華印務部
　　　　臺北市萬華區廣州街 32 號 6 樓
電　話：(02)2302-3939
定　價：新臺幣 300 元
初　版：2019 年 3 月
ISBN：978-986-05-8749-4
GPN：1010800356